花火
魅丽文化
花火工作室

U0923609

你乖不乖2

卿白衣 著

江苏凤凰文艺出版社
JIANGSU PHOENIX LITERATURE AND ART PUBLISHING, LTD

图书在版编目（CIP）数据

你乖不乖．2 / 卿白衣著．-- 南京：江苏凤凰文艺出版社，2020.6
ISBN 978-7-5594-4875-0

Ⅰ．①你… Ⅱ．①卿… Ⅲ．①长篇小说－中国－当代
Ⅳ．①I247.5

中国版本图书馆 CIP 数据核字 (2020) 第 080314 号

你乖不乖．2

卿白衣 著

责任编辑　张　倩
特约编辑　黄　欢　沐　沐
装帧设计　46 设计
出版发行　江苏凤凰文艺出版社
　　　　　南京市中央路 165 号，邮编：210009
网　　址　http://www.jswenyi.con
印　　刷　湖南天闻新华印务有限公司
开　　本　880mm×1230mm 1/32
印　　张　10.5
字　　数　296 千字
版　　次　2020 年 6 月第 1 版，2020 年 6 月第 1 次印刷
书　　号　ISBN 978-7-5594-4875-0
定　　价　39.80 元

CONTENTS

目录

一颗西柚 001
二颗西柚 030
三颗西柚 054
四颗西柚 090
五颗西柚 126
六颗西柚 156
七颗西柚 184
八颗西柚 222
九颗西柚 249

目录

CONTENTS

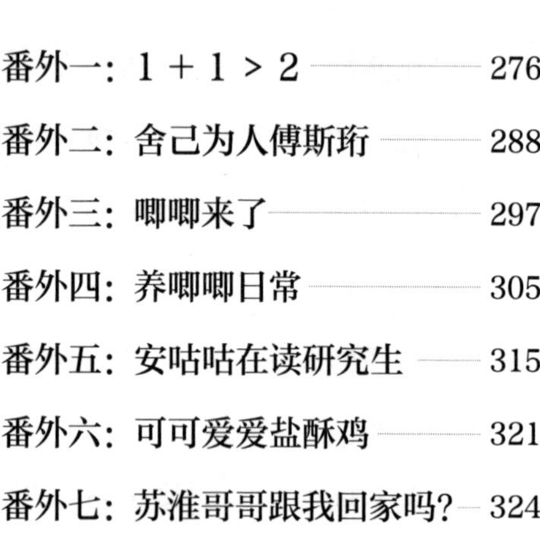

番外一：1 + 1 > 2 …… 276

番外二：舍己为人傅斯珩 …… 288

番外三：唧唧来了 …… 297

番外四：养唧唧日常 …… 305

番外五：安咕咕在读研究生 …… 315

番外六：可可爱爱盐酥鸡 …… 321

番外七：苏淮哥哥跟我回家吗？…… 324

◈◇ 一颗西柚

乐珊和何进峰住的独栋小别墅中，从下午开始就一直没精打采的“小公主”突然吐了。

开始还好，乐珊以为小朋友吃坏了肚子，喂了一片胃药后想让“小公主”睡一觉。

但“小公主”刚睡下去没多久，又吐了。吐到最后，“小公主”脸色苍白，泪眼婆娑。

乐珊和何进峰都没带过小孩子，一下子慌了。

最先反应过来的何进峰迅速打了影帝郝嘉宸的电话，没多久，郝嘉宸便带着程灵赶了过来。

一进门，程灵直奔躺在沙发上的“小公主”，摸了摸她的额头，发现她发着烧。

“送医院吧。”程灵直接道，还温柔地将“小公主”眼角的泪花拭去。

乐珊面露难色：“程灵姐，我们现在在录节目，去医院钱恐怕不够吧……”

何进峰也担心钱的问题，点头：“是啊，她应该是吃坏肚子了。”

程灵一听，有些气：“节目重要还是孩子重要？节目是死的，规矩是死的，可人是活的！不是医生就不要乱下定论。”

郝嘉宸沉思后，说：“钱不够我们几家可以先凑凑，开拍没两天，大家应该都剩挺多的，先垫个两三千不成问题。”

乐珊更尴尬了，他们家一直在点外卖，逛超市买的那些食材又没人会做，浪费了不少，钱根本没剩下多少。

但为了节目效果，乐珊还是同意了。

简单的商定后，帝后夫妇负责联系“圈圈夫妇”，而乐珊和何进峰则负责联系安歌和傅斯珩。

“你打，我不打。”在摄像机拍不到的角度，乐珊面色不虞，推诿着。

何进峰没法，权衡之下，没敢打傅斯珩的电话，直接打了安歌的电话。

短暂的等待后，傅斯珩的声音透过电磁波传来，不疾不徐，清冷好听。

安歌在带“小草莓”涂色卡，没空接电话。

何进峰心里一惊，也不好明说想让安歌听电话，只能迅速组织语言：“这么晚了没打扰到你们吧？能请你们帮帮忙吗？我们家的小宝宝好像生病了，应该是吃坏了肚子，从刚才开始一直在吐，现在需要去医院……”

S 市人民医院。

晚上近七点，天色昏暗，医院内的白炽灯光明亮，四处皆白，透着股压抑感。

风拂起白色窗帘，凉风趁隙而入，夏天傍晚的余温被一扫而尽，冷了下来。

雨还未下，风越来越大，呼号着席卷上枝丫。

“小草莓”被安歌抱着，瑟缩着埋在安歌的脖颈处，只露了一双圆溜溜的大眼睛，打量着四周。

“还疼吗？”值班室中坐了一位上了年纪的老医生，他一身干净的白大褂，面容严肃，鬓发发白，但语气温和。

“小公主”连说话的力气都没有了，只微微点了点头，眼眶里蓄满了泪，模样实在太过可怜。

老医生叹了口气，直起腰板，低头写病历，一边写一边说：“先挂一瓶水吧，我给你们开点药，回去以后照着吃。

“你们先扶她去楼下的输液室，那里有床，愿意躺着就躺着，不愿意躺还有椅子。”老医生写完，环顾了一圈值班室，“你们谁扶？”

不大的值班室内挤满了人，几对夫妇尽数到场。

门口挤了不少节目组跟拍的工作人员，扛摄像机的小哥更是将摄像机直接对准了正在写病历的老医生。

老医生一直皱着眉，面色不虞，但又不好明说。

小孩子都吐成这样了才想起来送医院？怎么当家长的？

郝嘉宸说："我抱她下去吧！"

"我跟着，没事。"程灵拍了拍乐珊的肩膀，以示安慰。

乐珊仍旧是一副手足无措的模样。

郝嘉宸说完，一把抱起无精打采的"小公主"就要往楼下跑。

挤在门口负责拍摄的节目组工作人员见状，立刻让开了一条道。

一道黑影闪过，老影帝跟学了《火影忍者》中四代火影波风水门的瞬身术一样，一下就没了人影。

程灵转身拿个外套的工夫被甩了老远，她忙喊："等等我啊，外套还在我这儿呢！

"先给她披上，起风了！冷！"

程灵风风火火地跟着跑了出去。

这夫妻俩是个热心肠的，但是……没人缴费哪来的药啊？

安歌抱着"小草莓"，用肩膀轻轻碰了一下傅斯珩，又和书淡淡对视了一眼："我们先去缴费取药吧？"

"行啊。"书淡淡点头，"等会儿直接去输液室找他们。"

老医生的面色依旧不太好，拿钢笔在桌角敲了敲："病历拿着，去楼下缴费！"

病历本未合上，上面的字潦草到像波浪号。

傅斯珩离得近，从老医生手中接过病历本，翻了翻："谢谢。"

老医生不满地哼了一声。

这都什么人啊？家长不像家长的！什么事都需要别人提醒！

"有什么需要忌口的吗？"

老医生抬眼，透过镜片上方的缝隙看着傅斯珩，目光带着审视："忌生、冷、辛辣等刺激性食物。"

傅斯珩颔首，安歌跟着不住地点头。

反观另一边，坐着的两位依旧半点反应都没有。

老医生一下来了火气，甩了笔，屈指叩着桌面问："到底你们是她的父母还是他们？

"没事就去缴费取药，父母留下！

"把门口那些人也带走！别碍事！"

“小草莓”忍不住缩脖子。

傅斯珩揽着安歌的肩，替“小草莓”挡住了老医生的目光，将一大一小带了出去。

姜临和书淡淡冲老医生道了谢。

值班室门“砰”的一声，被风带上了。

两对被关在门外的夫妇陷入了短暂的沉默。

“生气了？”姜临一只手牵着冷酷小男孩，一只手揉了揉书淡淡的头，“能不气吗？”

“妹妹好可怜哦。”冷酷小男孩撇嘴道。

“小草莓”跟着点头：“好可怜哦！”

隔着道门，老医生中气十足的声音清晰地传来。

老医生不认识什么流量明星，他只知道这孩子肠道过敏完全是家长的疏忽造成的。

这就罢了，可恨的是这两人半点没有为人家长的自觉。

不闻不问。

“也不知道你们是怎么当家长的！你们真的是小孩子的父母？她不能吃海鲜你们不知道？

“小孩子正是长身体的时候，工作再忙还能忙到做顿饭的时间都抽不出来吗？天天点外卖，天天点外卖，这下好了，吃出问题了吧！

“小孩子的肠胃功能弱，尽量不要给她吃生肉类的食物。生食可能含有的细菌和寄生虫会对小孩子的健康产生不良影响。这些你们都不知道吗？”

暴雨将至，聒噪的蝉鸣陡然一低。

楼下大厅，傅斯珩看完自助流程，缴了费，取了药。

傅斯珩从安歌手中接过“小草莓”，单手抱着“小草莓”，牵着安歌往输液室走。

姜临和书淡淡紧跟其后。

晚上的输液室要安静不少，一排又一排的三人位蓝色输液椅整整齐齐地向后排列着。

儿童输液区和成人输液区分开，隔着一条走廊，儿童输液区明显热闹不少，哭声夹杂着咳嗽声，此起彼伏。

两边靠墙的位置用芯片板隔出了一间又一间的小输液房，房内的布置十分简单，一张床加两把陪护的椅子。

郝嘉宸怕节目组拍摄打扰到别人，带“小公主”选了个最里面的床铺。

“小公主”吐了半天，又受了惊吓。

输液的针头插入手背没多久，她便被程灵拍着背哄睡了。但因为胃一直不舒服，她睡得并不安稳。

她细细的手腕搭在床边，露在被子外面。

“嘘——”程灵歪坐在床边，见众人进来，忙比了个手势，示意大家小点声。

傅斯珩将药袋放到床边。

“谢谢。”

“麻烦你们了。”

“小草莓”对医院的抵触情绪很重，一直很沉默。

她胖乎乎的胳膊紧紧地勾着傅斯珩的脖颈，侧身埋在傅斯珩的肩上，偷偷地去看躺在病床上输液的“小公主”。

冷酷小男孩很想开口问书淡淡，但是一想到刚才程灵阿姨让大家安静点的动作，他又紧紧地闭上了嘴巴，躲到姜临身后。

安歌压低了声音问：“乐珊呢？”

程灵未来得及开口，输液室外面响起一阵奔跑声。

没几秒，乐珊出现在了门口，她的长发稍显凌乱，眼眶发红，显得楚楚可怜。

一进门，乐珊只看了“小公主”一眼，便急着开口对众人解释：“我是真的完全不知道她对海鲜过敏！

“如果知道，我肯定不会点那份生鱼片！”

何进峰的表情焦急，跟着解释：“是啊，我和乐珊都没养过小孩子，没有经验。”

傅斯珩轻轻扯了扯嘴角，连眼角都懒得给他们。

姜临看着窗外，未置一词。

时刻牢记自己是个十八线的书淡淡差点没绷住直接开怼，张了张嘴忍住了。

说什么呢？搞得他们有经验似的。

安歌朝一副忧心忡忡模样的乐珊看了好几眼，末了，嘴角一勾。

这对夫妇可真有意思——“小公主”在输液，这两人第一时间不是关心小朋友的情况，反倒向他们解释这些有的没的。

这解释也挺有意思的——字里行间都透露着甩锅的意味，不知者无罪。他们是无辜的，他们不知道。

没关系，娘娘最喜欢打假了！就当提前庆祝3•15了。

安歌取过正式开拍前导演发的红包，将红包递到了乐珊眼前。

正表演着忧心忡忡的乐珊一见安歌递过来的红包，顿时眉头一松，伸手就要接过。

惨白的灯下，正红色的纸映着白光，再配上乐珊那泫然欲泣的脸，显得分外讽刺。

“谢谢！谢谢！”乐珊一改刚才的苦情，伸手去拽捏在安歌指尖的红包。

她一拉，发现安歌并未松手，甚至加了点力道紧紧地将红包捏在手中。

乐珊疑惑地朝安歌看去。

安歌未施粉黛却依旧明艳漂亮，哪里都很精致。

安歌轻飘飘地说：“不知道可以问。

“况且就算不问，也应该知道小朋友最好不要吃生食，别把你们的想法强加到小朋友身上。”

说完，安歌松了手。

正拽着红包的乐珊向后一踉跄，姿势非常难看。

书淡淡在心里给安歌点了个赞，顺便补刀：“你们家是顿顿外卖？”

何进峰有些不好意思：“是啊。”

“没人做饭？”书淡淡追问。

何进峰硬着头皮说：“没有……我们都不会做饭……”

还挺理直气壮的。书淡淡忍住了想翻白眼的冲动。

姜临垂首，额发垂下，遮住了他细长的眼。随后抬手，左手食指弹了弹手上的红包。

一直在忙前忙后的程灵一口气卡在了嗓子眼，咽也不是，不咽也不是。

程灵缓了缓，开口：“你们点外卖之前没问问小朋友什么能吃什么不能吃？”

何进峰的面色难看。

拿到安歌红包的乐珊急忙圆场：“她太小了，问了也说不清楚啊。”

书淡淡当下没忍住，对着天花板翻了个白眼。

“轰隆”一声，窗外炸起了惊雷，一道道闪电划破漆黑的夜幕，暴雨倾盆而下。

豆大的雨点打在窗户上，发出噼里啪啦的声响，隔着玻璃，暴雨催花花皆尽。

雨势一时不会停歇。

程灵看了一会儿，道：“下雨了，你们都带伞了吧？先回去吧，这里有我们呢。”

“淡淡回去帮我带一下我们家的小朋友，可以吗？”

书淡淡应允。

快到“小草莓”睡觉的时间了，安歌没准备再多逗留。

路过乐珊时，安歌又轻飘飘地问了句：“你不问又怎么知道小朋友说不清呢？”

乐珊的细眉一拧，当下想反驳，却被何进峰制止了。

“我们的疏忽！我们的疏忽！”何进峰忙道。

姜临将红包给了乐珊，动作宛如在施舍街边故意装穷骗钱的乞丐。

书淡淡虽不待见乐珊，但一想到正在输液的“小公主”，还是说了一句：“我回去熬点红豆粥送过来，辛苦了。”

程灵说了一句：“谢谢，麻烦了。”

他们一走，乐珊立刻坐到床边，拆开了红包。

傅斯珩和安歌送的红包里面足足包了一千元，而姜临和书淡淡也包得不少，八百元。

乐珊数完，心里一轻。

程灵看着不由得又担心上了，小声地和郝嘉宸念叨着：“他们怎么包这么多啊？刚才的医药费也是傅总他们垫的。”

这钱不是包给他们的，郝嘉宸也不好开口说退回去一点，只得给程灵使了个眼色，手拍了拍程灵的手背，示意她别再说了。

“小公主”只是普通的过敏，输了液后回家多休息休息，按时吃药，别再吃过敏性食物即可，完全用不了这么多钱。

乐珊听见了，有些不乐意，理了理稍显凌乱的长发，说道：“等她好了，我和老何带她出去吃顿好的，多补补身子。”

何进峰附和着：“对啊！而且傅总和姜临他们两家有钱，他们家庭的模特大赛一个一等奖一个二等奖，光奖金就大几千呢。”

程灵特别无语，良好的教养让她明智地选择了闭嘴。

对比程灵的无语，弹幕就直白得多了——

“他有事吗？奖品只是购物卡啊，万一再有个什么意外，这万象的购物卡还能看医生不成？”

“人间迷惑行为！我从刚才一直看到现在，越看越无语，本来是乐珊的路人粉，真失望透了。”

“医院果然是最暴露人性的地方，古人诚不欺我！这是典型的我弱我有理，我弱你们都得扶贫扶着我！是这个意思吗？”

“什么意思啊？我们珊珊第一次带孩子，还不准有失误了吗？你们就能保证第一次带孩子，事事都做到完美吗？他们又不会做饭，还不让点外卖了吗？”

“听听这还是人话吗？什么叫‘我不会做饭我就不做了’？那傅少就会做饭了吗？我看傅少天天在那里拿个手机百度菜谱给娘娘和‘小草莓’做饭呢！”

“夏虫不可以语冰！我们说的是态度问题，还请某些人的粉丝搞搞清楚。你们家的主子到现在可是连句‘谢谢’都没说！只在娘娘给她送红包的时候说了声‘谢谢’，影帝抱‘小公主’去输液、傅总替他们垫了医药费，她都没说过‘谢谢’！”

“什么叫说不清楚就不问了？不提娘娘和傅总，书淡淡在第一天有没有问过小朋友的忌口问题？需要我把视频剪辑出来怼到你们脸上循环播放吗？”

“乐珊粉，说句实话，我觉得乐珊的吃相是真难看。她根本没有关心过‘小公主’，一直在点外卖就算了，刚才也是，只数了红包，根本没问‘小公主’怎么样了。脱粉了！”

在一大片脱粉的弹幕中，居中出现了一行红字。

“大家快去看微博！营销号开始吹乐珊人美心善了，‘小公主’生病她担心的同时立刻将‘小公主’送进了医院！我要被这些营销号尬死了。”

弹幕整齐地飘过了一行问号。

这是什么人间迷惑行为？

大批粉丝纷纷涌进了微博。

原来是乐珊的工作室坐不住了，一看风向不对，立刻买了水军并通知工作室旗下的营销号发文，开始给乐珊营造一个人美心善的形象。

着重吹捧乐珊在知道“小公主”身体不舒服后立刻联系了“帝后夫妇”，并毫不犹豫地把“小公主”送到了医院。

明知节目组给的生活费不多，但丝毫不吝啬，认为“小公主”的健康才是最重要的。

营销号下场，水军控评。

评论区前排一副歌舞升平的景象。

“钞能力夫妇”和“圈圈夫妇”的粉丝瞬间不干了，连带着一直在观看直播了解具体情况的路人都看不下去了，纷纷感叹，这是什么奇葩脑残粉？

很快，号称娱乐圈行动力最强、最团结的姜临粉丝迅速将反转视频剪辑了出来。

什么毫不吝啬？

分明在程灵提送医院时还不太乐意，一副担心钱不够的样子。

毫不吝啬的明明是“钞能力夫妇”和“圈圈夫妇”好吗？

什么人美心善？心善到连句“谢谢”都不会说？心善到天天让“小公主”吃外卖？整容怪也好意思吹自己盛世美颜？

问过娘娘了吗？问过淡总了吗？

“圈圈夫妇”的粉丝负责剪辑反转视频，而“钞能力夫妇”的粉丝则充分发扬并继承了他们最豪的土豪粉粉头“GGdlgHB”的优秀习惯——转发抽奖！

短短时间内，反转视频转发量过十万，播放量破百万。

乐珊被锤得死死的，不少理智粉纷纷脱粉。

工作室迫于压力只能将通稿一一删除。

医院外，两对夫妇分道扬镳。

书淡淡打车准备去超市买点食材，替“小公主”补补身子。

路边车来车往，溅起了大片水花。

暴雨如注，雷鸣阵阵。

风卷着安歌的纱裙，雨点飘进伞内，安歌身上湿了一片，纱裙贴着肌肤，又湿又冷。

雨伞只有一把，不大，一家三口挤着，大部分都遮在了“小草莓”身上。

又是一阵冷风卷过，安歌不受控制地打了一个喷嚏，雨伞被吹歪了。

傅斯珩将一直缩在自己怀里的“小草莓”给了安歌，“抱着。”

安歌下意识地抱住热乎乎的“小草莓”。

下一秒，带着傅斯珩体温的西服外套兜头盖下，笼住了安歌，也笼住了安歌怀里的“小草莓”。

伞下是个小世界，西装外套下又是一个静谧、温热的小世界。

熟悉的性冷淡香调不知什么时候成了令人神经舒缓的存在。

安歌的腰后环上了只有力的手臂，她被傅斯珩半揽着向前走。

他撑着伞，黑伞大部分都倾斜到了她和“小草莓”那边。

很快，他露在外面的衬衫湿透了，紧紧地覆在他的手臂上，勾勒出紧实而又不夸张的肌肉。

斜风一吹，雨飘了进来，傅斯珩衬衫的另一半也湿了。

安歌抬眼，往傅斯珩怀里挤了挤。

回到家，安歌带“小草莓”泡了个热水澡，傅斯珩也在另一间浴室简单地冲了个热水澡。

安歌替“小草莓”洗完澡后，傅斯珩接手了哄睡的任务，他刚洗完澡，身上带着水汽，头发擦到半干，斜靠在床头，长腿随意地交叠着。

“小草莓”很懂事，将安歌买的故事书递到了他手上，意思很明显。

傅斯珩随手翻了翻故事书，挑了个短一点的故事念。

他的声音冷，说话没什么情绪起伏，“小草莓”也不嫌弃。

安歌悄悄出了卧室，准备熬点姜汤。

姜汤一熬好，卧室的门开了又合上。

“珩宝。”

待傅斯珩走进来，安歌抬手摸了摸他的额头，又将盛着老姜汤的瓷碗送到他嘴边：“预防一下。”

姜汤熬的时间过长，收了汁，变得很浓。

傅斯珩垂眼，喝尽。

姜汤并不好喝，安歌也没加糖。

直播未关，傅斯珩忍住了想吻她的冲动，只抬手勾上了她的腰。

“本来还想在最后一天带‘小草莓’去游乐园玩的……我都和她说好了，只要她乖乖的，我就带她去游乐园坐旋转木马……”

暖色灯下，安歌眼里盛着一汪清泉，轻轻一抬眼，带着丝丝媚意。

“这下去不了了……

“贫穷阻止了我！

“我在她的眼里像不像个小骗子？”

傅斯珩一手抱着安歌，一手将刚盛过姜汤的碗拿到水池里冲洗干净：“可以等节目拍摄结束带她过去，和她父母沟通一下。”

安歌一听，觉得这个主意不错，嘴上却说：“那傅总不工作了？一分钟三万，这损失可太大了。”

傅斯珩朝安歌瞥了一眼，挺腰，将她往吧台边抵了抵。

对付小学生废话基本没什么用，不如直接做。

有吧台作遮掩，直播摄像头根本拍不到下面，再加上两人都是大长腿，从后面看完全看不出什么异样。

只有安歌知道……傅斯珩很恶劣，懒得开口就直接动手。

安歌一顿，忙道：“去！”

去还不成吗？

第二天，安歌和书淡淡去医院看了“小公主”。

“小公主”输了液，好多了。没大问题后，上午就出院回了家，乐珊和何进峰显然是知道了网络上发生的事，带“小公主”出去吃了一顿后再也没敢点外卖，反倒向程灵学做饭。

说是做饭，倒像是单方面的蹭饭。好在，之后几天都没再发生类似的问题。

第二集节目拍摄进入尾声。

最后一天，安歌原本计划带“小草莓”去游乐园玩一天做个告别，但因为钱的问题，她没提，怕提了“小草莓”伤心。

因为要归还房子，安歌和傅斯珩又将房屋里里外外打扫了一边。打扫结束，傅斯珩和安歌陪“小草莓”在客厅的地毯上拼了一下午乐高。

安歌一直小心翼翼地观察着“小草莓”的情绪，她倒也没表现出太大的失落，心情好时还多吃了小半碗饭。

直到晚上，吃了晚饭，拍摄快要结束的时候，安歌一口气没松下来，拍摄几天从未哭过的“小草莓”突然哭了。

她坐在傅斯珩大腿上，一边哭一边抽抽噎噎地控诉安歌：“咕咕妈妈是大骗子！”

“呜呜呜……”“小草莓”哭得上气不接下气。

她一手紧紧攥着傅斯珩的衬衫下摆，另一只手使劲地揉着圆圆的眼睛，眼眶里蓄满了泪水。睫毛一眨，大颗大颗的眼泪往下滚。

没一会儿，“小草莓”肉乎乎的下巴处聚满了泪水。豆大的泪水晃晃悠悠地挂在下巴上，随着她揉眼睛的动作，“吧嗒吧嗒”地往下落。

她的眼睛通红，跟兔子一样。

“骗子妈妈。”“小草莓”抽噎着说。

安歌怔了怔，心里像有一根细细的银针在密密地扎着。

骗子妈妈。

安歌没办法反驳。这件事确实是她有错在先，她不该轻易许诺“小草莓”，是她没有将事情考虑周全。

“小草莓”见安歌没开口，哭得更伤心了，额角的小碎发都被眼泪浸湿了，湿漉漉地黏在脸颊边。

一向天不怕地不怕，做起事来利落干净的安歌经历了从未有过的无措。她不知道要怎么去安抚“小草莓”，她没有任何哄小孩子的经验。

问题在这一刻彻底暴露出来。

她不会哄，傅斯珩就更不会了。

傅斯珩唯一哄过的人现在还挂在他家的户口本上，而且哄安歌和哄“小草莓”不一样。

安歌是个小学生，不开窍的时候只会和他较量，他悄无声息追她的时候做什么，这名小学生都以为他要和她较量，几番较量下来，让着她哄着她让她赢，她准能对着他和颜悦色。

小学生大概永远不知道她偷偷笑起来时眼尾会带着多少魅力。

那晚告白之后，小学生开了窍，从以前的方方面面都要和他较量缩短到了只和他在技术上较量。

但这方面的较量，他怎么可能让她赢？

凭着她那敷衍贴一贴了事的技术吗？

傅斯珩半合着眼。

弹幕——

“呜呜呜，小宝贝，别哭了，娘娘快哄啊！快释放你那该死的无处安放的魅力！”

“我感觉娘娘被‘小草莓’给哭蒙了，傅总也是……前几天没出现什么问题，纯粹是因为‘小草莓’太乖了！”

“弱弱地插一句，现在不是钱不钱的问题，而是全市的游乐园都已经关门了！我刚查了一下，夜场的票只售到八点半……现在早关了，有钱也没用。”

……

“我们先别哭了好不好？”安歌双膝跪在地毯上，偏着头低声哄着小草莓。

安歌一只手搭在傅斯珩的大腿上，另一只手从桌上的纸巾盒中抽了两张面纸出来，想替“小草莓”将挂在下巴上的眼泪擦去。

纸巾要贴上“小草莓”的下巴时，“小草莓”猛地推开了安歌的手，将脸埋向傅斯珩的身前，抽噎着：“不要……呜呜呜……

“咕咕妈妈是大骗子！”

“小草莓”不愿意看到安歌，她的双手揪上了傅斯珩的下摆，一双小短腿垂在傅斯珩身侧，紧紧钩着，胖乎乎的身子像麻花。

几天相处下来，“小草莓”从来没有哭过。

她很乖，非常好带。饿了会说，喂她吃饱就好，困了她自己会趴着睡觉，根本不用安歌和傅斯珩操心。

但这样子的小孩子哭起来最难哄。

因为一旦哭了，那就是真的伤心了，不像其他的小朋友，日常一哭。

“小草莓”将整张脸都埋了进去，呜咽声变得闷闷的。

安歌见“小草莓”哭到不愿意看自己，嗓子里仿佛堵了团棉花。哽在那里，咽不下去，喉咙间又干又涩。

一向骄傲的娘娘低垂着头，别在耳朵上的长发滑落稍许，笼在她的脸颊边缘，她秀挺的鼻梁微皱着，轻轻吸了口气，眼角发酸。

太难受了。

“小草莓”那么相信她，可是……

“小草莓”仍旧在哭，抽噎声不停。因为哭久了，她的身子开始发热，像发烧了一般。

傅斯珩探了探她的额头，她将脸埋得更深了。

现在谁哄她都不管用，她不理人，喊什么都不行。

“小草莓”埋头哭久了，他的衬衫下摆处早已被眼泪浸湿了。

见“小草莓”这副抗拒的模样，安歌搭在傅斯珩大腿上的手不由自主地收紧，鼻头又是一酸，眼眶跟着湿润了。

安歌怕自己也哭出来，急忙仰头去看客厅的大吊灯。

傅斯珩的耐心告罄，比起“小草莓”，他更在意自己的老婆。他见不得安歌这样。在他心里，安歌就该一直是明艳骄傲的模样。

在秀场上，她可以高傲如同女皇，意气风发；离了秀场，她依旧可以在他的庇护下，肆意撒野。

生活不止有较量，还有细水长流的温情，这些的前提都是安歌愿意。

傅斯珩一直撑在“小草莓”的身后防止她重心不稳而摔下去的手轻轻拍了拍她的背，另一只手则穿过安歌垂在耳侧的长发后撑在她的脸颊边，傅斯珩挑眉，大拇指轻压着安歌眼尾，将那一点湿润擦去。

“老婆。”

安歌的食指压在鼻头上，点了又点：“嗯？”

安歌的声音完全没了平日的清透。

“咕咕妈妈要哭了，‘小草莓’想让咕咕妈妈哭吗？”傅斯珩的声音放得极轻。

不熟悉的人察觉不出什么，但坐在电脑屏幕前的魏舟瞬间听懂了，这是不耐烦了。

他们老板带了几天小朋友根本没有变性！祖宗依旧是那个祖宗，天大地大老婆最大！

魏舟转念一想，又摇头，长叹了一口气。

指不定他们老板想怎么哄老婆呢，完事倒霉的肯定是他们……

一直窝在傅斯珩怀里，只顾埋头哭泣的“小草莓”，脊背一僵，连哭腔都跟着一顿，她小幅度地扭着身子，大概是想扭头看安歌，但只扭了一下，又不动了。

“小草莓”的抽噎声弱了不少。

“娘娘才没有哭！”安歌反驳了一句，一开口，声音哑哑的，像难过的情绪憋了很久。

傅斯珩贴在安歌眼尾的大拇指用力一压，声调慵慵懒懒的：“嗯？”

傅斯珩岔开双腿，让“小草莓”坐在他的右腿上，一直撑在安歌脸颊边的手滑下，揽过她的肩膀微微一用力，让她坐到了自己的左腿上。

傅斯珩轻抚着安歌的腰，并未急着开口。

倒是安歌忍不住，抬手伸出一根指头，悄悄戳了戳“小草莓”。

“咕咕妈妈没有哭哦，你别生咕咕妈妈的气好不好？”安歌想了想，还是决定把事情解释清楚，虽然她不知道“小草莓”能不能听懂。

“小草莓”的脊背被戳了一下，僵住了身子，又往傅斯珩怀里拱。

安歌迅速组织好语言，尽力用“小草莓”能听懂的话讲。

“我们莓宝都知道咕咕妈妈过敏了要带咕咕妈妈去医院对不对？莓宝是个好孩子！”安歌说着，又戳了一下“小草莓”，“莓宝认识第一天和你一起过来的那个小姐姐吗？

“小姐姐也生病了哦，而且比咕咕妈妈严重很多。生病很难受，是不是？莓宝每次发烧会不会被妈妈哄着去医院挂水打针？

“小姐姐因为肠道过敏，吐完了又发烧，所以小姐姐的乐珊妈妈要带她去医院。”

“小草莓”听到一起过来的小姐姐发烧了，立刻感同身受，抽噎的幅度小了很多。

“小草莓”的双手揪着傅斯珩的衬衫下摆，抬起半边身子，试图悄悄去看安歌。

安歌被傅斯珩抱着坐在他的左腿上，“小草莓”的小动作她看得一清二楚。

见“小草莓”稍微有了点反应，安歌又说：“看医生需要钱对不对？就像咕咕爸爸给‘小草莓’买小饼干和小熊软糖一样，这些都需要钱。”

“小草莓”哭久了，整个眼眶都是红的，大眼睛眯着。她颤颤巍巍地点了下头：“嗯……”

然后又是一抽噎。

安歌捏过“小草莓”还有着泪水的手指头，突然不知道怎么继续解释下去了。

跳出节目组给他们限定的框架，其实这几千块钱根本不是事。

安歌长这么大，从来没有因为钱而束手束脚过。

不管是结婚以前，还是结婚以后。

但是现在，在节目组限定的框架中，安歌有一种从未有过的无力感。

那个在T台上一步踏出去数万上下的娘娘根本不是战无不胜的。她不能满足“小草莓”一个小小的愿望。

这世界上，有人立山巅，有人驻深谷。立山巅者，诸如傅斯珩，他成了别人的可望不可即。然而，在他们平时看不到的深谷中，有一些家庭光是为了最低限度地活着，就得付出十二万分的努力。

微薄的收入，每一天都要精打细算。

来来去去，四季交替，寒来暑往，他们为了生活而忙碌。

对他们来说，去一次游乐园就像买一件奢侈品。游乐园不过一百块钱出头的门票，一家三口加起来，这些钱可能是平时日常生活中一点一点省下来的。

比如她，她小心翼翼地计划了很久，算了又算，确保能让“小草莓”玩开心后才开口，但是……

想了想，安歌突然问“小草莓”：“你想看到小姐姐一直难受发烧下去吗？”

“小草莓”没有半点犹豫地摇头，“不想！”

傅斯珩趁“小草莓”将脸转过来的工夫，接过安歌刚抽出来的面纸，将她脸上的泪花擦了。

“小姐姐生病了，而看医生需要钱，但是乐珊阿姨又没有那么多钱，换成莓宝，你愿意帮小姐姐吗？

“你愿意将钱给小姐姐吗？”安歌用了十足的耐心，“打个比方，小姐姐不舒服了，她需要吃莓宝的小饼干和小软糖才可以好，莓宝愿意将自己的小零食分给小姐姐吗？”

“小草莓”窝在傅斯珩的怀里，想了好一会儿，才慢慢地点头：“愿意的。”

安歌长长地吁了一口气：“所以咕咕妈妈和傅傅爸爸也像莓宝一样，莓宝愿意将自己的零食分给小姐姐，我们也把多余的钱给乐珊阿姨啦，让她带着小姐姐去医院看医生。”

傅斯珩丢掉被浸湿的纸团。

“小草莓”的眼睫毛上还挂着泪花，眼眶红通通的，似乎很不愿意相信：“所以不能去游乐园吗？”

安歌点头：“嗯。”

因为没有钱。

“小草莓”一听，嘴巴撇了撇，红通通的眼眶中又含满了晶莹的泪花，她抬手揉着眼角，断断续续地说着：“可是……可是……

“咕咕妈妈答应我了啊。”

小朋友都是这样的，知道是一回事，但接受起来又是另一回事。

“小草莓”攥着手指，尽力不让自己哭。她知道过了今晚，她就要向安歌和傅斯珩说再见了，以后可能再也见不到咕咕妈妈和傅斯珩了。

她满怀期待地等了一整天。从两天前安歌答应她的时候，她就开始积攒着满满的期待，每一天醒来，她都会偷偷摸摸去亲一亲安歌。

安歌真的好好看哦，又温柔又会陪她玩。傅斯珩也好帅好帅哦，他会给她和安歌做好吃的，会替她买小零食，会给她讲睡前故事。

“小草莓”又抽噎了一声：“我真的好想和咕咕妈妈咕咕爸爸一起去游乐园玩。”

因为过了这天，以后再也没有机会了，只有这最后一天了。

“小草莓”太小了，表达不出这么深刻的意思，她只知道以后不可以了。所以，哭是最好的表达情绪的方式。

傅斯珩轻轻拍着“小草莓”的背，怕她哭岔气。

安歌捏着“小草莓”的手指，试探着说：“明天好不好？

“明天一定带你去！咕咕妈妈保证，我们拉钩？”

安歌的话音刚落，原本情绪刚平缓下来的“小草莓”再次号啕大哭。

“呜呜呜……咕咕妈妈是大骗子！大骗子！”

“小草莓”坐在傅斯珩的腿上扭来扭去，很不安分。

安歌这句话算是彻底将“小草莓”的小脾气点着了。

“小草莓”知道这是最后一天了，第二天就要说再见了，安歌又在骗她。

很快，“小草莓”再次哭得上气不接下气。

安歌怎么哄也哄不住，她和傅斯珩轮流替“小草莓”擦脸上的泪花，依旧比不上她哭的速度，刚擦过的地方下一秒又会变得湿漉漉的。

安歌眨了一下眼睛，再次压着鼻尖，反身靠到了傅斯珩的怀里，脸埋在傅斯珩颈窝处蹭了又蹭：“珩宝。”

傅斯珩一只手臂横在“小草莓”身后，抽不开。

傅斯珩搭在安歌腰间的左手收紧，侧头去寻她的鼻尖，傅斯珩的鼻尖贴着安歌的鼻尖蹭了蹭，突然抬头，亲了亲她的鼻尖。

“乖。”

他像是下了某种决心，音质沉沉的，但是又带着让人安心的意味。

傅斯珩将倒在他身上哭的“小草莓”扶着抱进安歌怀里，他岔开的两条大长腿合上，让一大一小坐在他的腿上。

傅斯珩从桌上又抽了两张纸，替“小草莓”擤了鼻涕。

“咕咕妈妈没有骗你，我们现在去游乐园。”

被“小草莓”哭得很难受的安歌下意识地“嗯”了一声，才反应过来傅斯珩到底说了什么。

“小草莓”一听，抽噎声停下，明显不相信：“真的？”

“真的。”

不，不行！没有钱就算了，现在这个点了，S市还有哪家游乐园是开着门的？

“小草莓”不笨，眼珠子转了一圈，又要哭：“咕咕爸爸也是骗子，游乐园早就关门了！”

傅斯珩抓住“小草莓”要揉眼睛的手：“我什么时候骗过你，嗯？

“游乐园关门了，我可以让它重新开门。”

“小草莓”半信半疑。

傅斯珩将安歌从自己的腿上抱下，起身：“咕咕妈妈带你去洗脸，洗完脸我们就去。”

“小草莓”止住哭声，大力地点着头：“我不哭！”

安歌不知道傅斯珩到底要做什么，只能带着“小草莓”去洗脸。

傅斯珩去阳台打了一通电话，没多久，节目组导演进来，双方协商了不过半分钟，导演再次出去。

节目临近尾声，离直播关闭不到十来分钟，弹幕却越来越密集。

弹幕——

“光看第一期节目，我还没那么喜欢，但看到第二期，我彻底爱上这节目了！每一个人都很真实，谢谢节目组让他们以最真实的一面出现在我的眼前。”

“娘娘真的好温柔啊……T 台上冷艳霸气，T 台下有一种说不出的反差萌！真的，我从来没见过这么温柔的女孩子，明明自己的年纪也不大。”

“我被‘钞能力夫妇’圈粉了！情商都好高啊，两人从外貌到性格都好配！”

“啊啊啊！我们娘娘哄‘小草莓’给她讲道理那一段，我眼泪都飚出来了！我申请众筹，妈妈花钱送你们去游乐园！”

“众筹＋１！节目组呢？出来干活了！我要捐钱！”

“不对啊！傅总说马上就带‘小草莓’去游乐园，可现在这个点 S 市所有的游乐园都关门了！”

“我看傅总刚出去打了通电话，所以到底发生了什么啊？节目组导演也进来了，呜呜呜，疯狂想知道，马上就要关直播了，求求你们不要关直播啊！”

就在弹幕纷纷刷屏求不要关直播，延长节目时间时，直播间上方突然刷出了一条公告。

我们结婚了：“紧急通知！紧急通知！紧急通知！节目组经商议后决定临时延长直播关闭时间！感谢傅总替‘小草莓’圆了一家三口去游乐园的小小愿望！让我们一起等待吧。”

十一点整，在直播间一片“啊啊啊”的弹幕中，四分屏中其余三对夫妇家的直播摄像头准时关闭。在关闭的瞬间，第四块分屏陡然放大，占据了整个屏幕。

屏幕中，傅斯珩换了一件干净的黑色衬衫。

安歌替“小草莓”洗完脸后，又给她绑了个小双马尾。

“小草莓”的头发不算长，双马尾绑起直直地立在头上，像个小哪吒。

片刻后，门铃响了。

傅斯珩开了门。

一身正装的魏舟出现在门口，他朝傅斯珩和安歌微微鞠了一躬："傅总，娘娘晚上好。"

打完招呼，魏舟抬头，脸上挂着笑对"小草莓"说："你好啊，小朋友！"

"小草莓"趴在安歌怀里，悄悄看着魏舟。

"都准备好了，可以下去了。"对上傅斯珩，魏舟一秒恢复了正经。

"清河水韵"楼下，黑色的迈巴赫稳速向万象广场驶去。

时间滴滴答答地向前走着，一刻也不曾停歇。

倒计时开始。

直播间内的在线观众人数不减反增，在短短十分钟内再次攀升到一个小高峰，所有人都在翘首等待。

迈巴赫一路疾驰，最终停在万象中央广场。

魏舟打方向盘，迈巴赫一个轻灵地甩尾，停了下来。

车身倾斜的角度与万象大楼所在的角度完全一致。

迈巴赫上的立标与万象的广告标志被完整地收录到摄像机镜头上。

很不羁，很狂妄。

观看直播的观众纷纷有一种说不上来的激动，这着实是高啊！

整得跟拍香港大片似的！搞得跟万象大楼是他家的似的！哪来的司机？简直是大胆！

万象中央广场。

万象购物所在的主楼大厦内一片漆黑，只有大厦外的巨幅LED显示屏在循环播放着进驻万象购物的奢侈品品牌的广告。

金色的流光自顶楼倾泻而下，到中间又像炸开的烟花，星星点点的金色光点向四周溅开。一瞬间，又从鎏金变成五光十色的。

商业街两边进驻的商铺已陆陆续续关闭，只余下些二十四小时营业的门店。白天人来人往、热闹不绝的万象广场在此刻显得有些空旷寂寥，只有霓虹灯在闪烁个不停。

片刻，魏舟解开安全带，急忙下了车。一下车，晚风吹过，魏舟打了个寒战。

过了这晚，还不知又是怎样的一番腥风血雨呢！

唉！别到时候次日一早傅老爷子又派人过来绑人……

停！打住！现在不是想这个的时候！

魏舟将脑子里的想法甩开，一只手压在西服上靠小腹的位置，深吸了一口气后，拉开了后车门。

魏舟挂上完美的职业笑容，尽量和蔼可亲地对着小朋友说：“欢迎来到万象乐园！”

“啊？”

“小草莓”一点也不困，她坐在安歌的大腿上探头探脑地看了一圈四周。她的眼眶还是红的，身上穿着安歌新买的粉色草莓裙。层叠的大裙摆，看上去像个小公主，非常招人疼。

下了车，“小草莓”趴在安歌的肩上，仍旧好奇地打量着四周。

万象中央广场一入夜便会开启节能模式，景观灯与景观灯之间相隔数米远，在节能模式下照明范围不大，整座广场显得略黑。

就在这一片阴影中，万象大楼前站了一排从接到通知便匆忙赶来的人。这群人以孙民润为首，皆是一身职业套装，西装革履的，头发打理得一丝不苟，规规矩矩地吹着晚风立在那儿，呈半弧形排开，他们每个人的腰板挺立笔直，竭力地绷着张脸。

为首的孙民润等得嗓子发干，远远地看见几个黑影，猜是魏舟带着祖宗到了，这才松了一口气，忙理了理自己被风吹歪的领带。

孙民润抬手，握拳，压低了声音警告：“来了！都给我打起十二万分的精神！这位可没那么好说话！

“我们就不整那些虚头巴脑的东西了！真挚点！真诚点！情真意切点！”

后面有个主管没忍住问：“比如？”

“比如——”孙民润深吸一口气，抬头挺胸收腹，向前一步走后，直直的一鞠躬，喊，“傅总好——

“夫人好——”

声音相当响亮。

响亮到后面有好些人都没反应过来，张着嘴扯开嗓子就跟孙民润喊：“傅总好！夫人好！”

声音整齐划一，跟部队喊口号一样，气势如虹。

确实不虚，输出全靠吼，吼得直播间的观众全部看傻了。

喊完，孙民润又是一抬手，一旁负责统筹万象广场设计风格的管理立即会意过来，立刻敲了一个“1”发给等候在灯光监控室中的工作人员。

伴随着“夫人好”的余音，高耸的万象大楼，灯从一楼逐一亮起，同时整座广场的灯光从节能模式退了出来，蒲公英形状的景观灯接连被点燃，亮如白昼。

场面震撼。

流光跳跃的幅度更大，LED 显示屏上的广播被切走，换成了一行字。

“IGD 资本·万象购物，欢迎傅总带娘娘莅临指导！”

LED 显示屏下，一排人齐刷刷地弯着腰，脑袋对准了傅斯珩所在的方向。

广场中，万籁俱寂。

节目组跟拍的工作人员全看傻了。

安歌被那两声“夫人好”叫得起了一层鸡皮疙瘩，待看清后，直接沉默了。

这是什么大型土嗨现场？还莅临指导？

等等，万象购物怎么还和傅斯珩扯上关系了？

安歌抱着“小草莓”，往傅斯珩身边挪了半步，压低了嗓音问：“这是新的剧本？

“那什么文学网写手的狗血新作？”

傅斯珩的视线自 LED 屏幕上那一行字上移开，表情一言难尽。

在这一片诡异的沉默中，一排脑袋动了。

孙民润带着万象购物的核心管理层自阴影中稳步走出来，他昂首阔步，满面红光，自信飞扬。

待走到傅斯珩面前，孙民润带头，一群人又是齐齐一鞠躬。

这不是前几天还在台上给他们一家颁奖的万象老总孙民润吗？

他们家官博团队在网上怼人不是怼得挺爽的吗？

怎么就这副模样了？看着还挺㞞的。

孙民润强压下心底的激动，张了张嘴又要再喊。

傅斯珩冷着脸，抬抬眼皮子，唇瓣微抿，瞥了一眼负责安排的魏舟。

魏舟的脑门上滑下一滴冷汗，忙咳嗽了一声，拼命朝孙民润使眼色。

别说他们家祖宗，就是他也快被刚才那两声给整蒙了好吗？

他真的快冤枉死了，他就是负责通知接人的，哪知道孙民润这么能搞事？短时间内能折腾出这么多花架子？

——兄弟，你可真是来搞我的。

对于魏舟的暗示，孙民润光顾着内心的激动，半点没察觉到。

他的心里已经开始发射火箭，要不是现在时间和地点都不对，他能当场表演一个喜极而泣。

他们万象终于有名字了！呸，什么万象购物！一点气势都没有！

他们万象分明是傅总手下的产业，根正苗红的那种！不是什么投资也不是什么控股，完完全全地属于傅斯珩，属于 IGD 资本！

一直以来出于战略需要，再加上他们真正的老板太过低调，不愿意参加富豪榜排名，他们万象都不能挂到傅斯珩的名下。

哼，官宣过后谁还敢嘲他们万象是半路杀出来的野鸡？

尤其是宁瑾集团旗下的某某购物。

孙民润强行压下心头的激荡，喊："IGD 万象竭诚为您服务！"

后面一群人跟着喊："IGD 万象竭诚为您服务！"

声音此起彼伏。

魏舟直接闭上了眼睛，非常想扭过头。

傅斯珩扶着安歌的腰，表情已经从刚才的一言难尽转变成了招牌式的面无表情，只是看魏舟和孙民润的眼神发凉。

非常有死亡宣告的意味。

孙民润摸了摸后脑勺，动作非常憨，他小小的脑袋里冒了个大大的问号，但仍硬着头皮恭恭敬敬地做了一个请的姿势。

"傅总，夫人，这边请！"

"哇——"

一直趴在安歌肩上的"小草莓"见到摩天轮上的彩灯，忍不住惊叹："好漂亮！"

通向万象乐园商业街两边的路上亮起了蓝色的星星灯，一闪一闪的。

远远的，黑暗的天幕下，摩天轮外一圈深蓝色的灯光非常亮眼，园中其余设施的灯尽数熄灭。

魏舟和孙民润在入园门口处停下。

安歌侧目去看一直牵着自己的男人。

傅斯珩的侧脸线条凌厉，下颌线紧绷，薄唇紧抿，夜风微拂起他垂在额前的碎发，剑眉星目，长腿窄腰。

他到底还有多少秘密？

毫无疑问，万象是他的。

这点，傅家上下所有的人都不知道，哪怕是傅老爷子。

傅周深那一派一直不想傅斯珩插手宁瑾集团的事务，他们还不愿意看到傅斯珩的势力过于庞大。

一旦过了他们能接受的度，他们肯定会认为傅斯珩能危及他们在宁瑾集团中的地位，到时候还能维系表面上的相安无事吗？

安歌垂下长睫，心情稍沉。

她都能猜到的事，傅斯珩肯定一早就预料到了，他藏得一直很深，只是过了这晚……

值得吗？心底里隐隐有个声音告诉她，不值得。

“小草莓”太天真了，她不知道这一晚意味着什么。

安歌想，她的傅先生一直是天高任鸟飞，海阔凭鱼跃。

在他的领域，从不被任何俗事桎梏。

安歌的掌心被人刮了下，她抬眼。

傅斯珩关了麦，指腹贴着安歌的掌心，安抚似的抹了一下，嘴角微扬：“你担心什么？”

弹幕——

“IGD 万象竭诚为您服务！傅总好，夫人好！是我想的那样吗？”

“看样子是了，不然我真心想象不出万象的老总为什么大晚上不睡觉在这里候着……真心给跪了！”

“震撼！我都看呆了！万象连锁购物广场短短几年间之内开遍了我国一二线城市，发展势头比宁瑾购物还凶，这要真是傅家二少的，那这一家我都不敢想了，这何止是家里有矿啊！”

“有人能大概估一下傅总身价到底多少亿吗？”

“不能哦，亲亲！我们这边没法估！”

“老实人来了，我刚去查了一下万象的发展历程，我发现它的发展历程和傅总的行事风格非常像，大家还记得几年前被傅总狙击过的嘉顿连锁酒店吗？万象的原身因为市场份额下跌发展不景气，股票一跌再跌后又被爆出食品过期后换生产日期重新上架……就那么悄无声息地没了！没了！当时我们老师上课的时候还拿它当案例分析过，盲猜是被国外哪个大佬给狙了，毕竟瘦死的骆驼比马大，最后没想到竟然是傅总。”

“＋1，五道口某金融学院的大三老油条，当时我们期末考试还考过！疯了，我现在服得五体投地，说狙就狙！下手快、准、狠。”

“文科生，不明觉厉！我只觉得好浪漫！啊啊啊！呜呜呜，这就是有钱人的爱情吗？我哭了。”

万象游乐园的大门敞开着，门口值班的保安朝傅斯珩敬了个礼。

没有检票员，亦没有其他的游人，整座游乐园空荡荡的。

“小草莓”的兴奋劲丝毫不减，她有样学样地朝站岗的叔叔敬了一个礼，小奶音跟着冒出：“叔叔辛苦啦！”

保安叔叔没绷住脸，朝她笑了笑。

傅斯珩一直插在西裤口袋中的手拿了出来，打了个响指。

“啪”的一声，游乐园中的各式彩灯依次亮起。

从他们站着的地方开始，灯光如游龙，一直向后蔓延过去。整座游乐场犹如灯的海洋，摩天轮开始缓缓运作起来，一簇一簇的灯从中心跃动着蹿向边缘。

旋转木马转起了圈，活泼的音乐声传来。

灯光绚丽，流光四溢，最美的童话从这里开始。

安歌不是一个喜欢游乐园的人，但在这一刻，她得承认，她又被收买了。

“哇——”“小草莓”兴奋地在安歌的怀里一直扭来扭去，“咕咕妈妈，小马它会唱歌啊！”

一匹又一匹造型各异的小马从眼前转过。

“我想坐这个！”

“小草莓”的手指一直指着旋转木马，目光就没从小马的身上移开过，她的眼睛亮晶晶的。

“咕咕妈妈和我一起坐！”

旋转木马上，“小草莓”双腿跨开坐在马背上，她一只手扶着马耳朵，一只手来回挥着。

安歌半抱着“小草莓”，侧坐在马身上，看着下面的傅斯珩，心里总有些包袱，毕竟她早就过了坐旋转木马的年纪了！

旋转木马转过一圈又一圈，“小草莓”也不腻。

又转过一圈，她举起小手对站在一旁的傅斯珩喊：“咕咕爸爸——”

五光十色的灯下，傅斯珩一身黑，黑色衬衫黑色西裤，他双手插在西裤口袋中，抿唇看着安歌和“小草莓”。

表情依旧是那个表情，但棱角柔和了。

安歌还不能是个小可爱了？

目光撞上，安歌的眉眼一弯，眼里如同映着亿万星河，璀璨至极。

在快要转到另一圈时，“小草莓”松开了一直攥着马耳朵的手，软软的小身子向后一倒，靠在安歌怀里，振臂高呼：“最喜欢咕咕妈妈和爸爸啦！”

“小草莓”真的很天真。

她仰头看着安歌，短短的手指岔开，突然问：“咕咕妈妈为什么不说喜欢咕咕爸爸？”

问完，“小草莓”有些急了，她一急，淡色的小眉毛就会拧到一起。

“咕咕妈妈，你不喜欢咕咕爸爸吗？”

小孩子就是这样，记好不记差，谁对她好，她记得清清楚楚。

她轻轻晃着安歌的手：“咕咕妈妈不要不喜欢咕咕爸爸！

“咕咕妈妈都不带咕咕爸爸一起坐大马！”

“嗯？”

傅斯珩坐旋转木马？安歌想了一下，画面不受控制地往脑子里蹦。

那画面太美了。

“小草莓”见安歌不说话，更急了，她连旋转木马都坐不下去了。

安歌忙止住“小草莓”的动作：“喜欢的。”

“啊？”“小草莓”很疑惑，“那咕咕妈妈为什么不说？”

“小草莓”甜甜地笑着：“我妈妈和我说，喜欢就要大声说出来！”

“小草莓”抓着安歌的手指，再次喊出声：“我最喜欢咕咕妈妈和咕咕爸爸了！”

旋转木马恰好转过一圈，安歌的目光再次和傅斯珩撞上。

“咕咕妈妈快说！”“小草莓”催促道。

晚风吹过，安歌别在耳朵上的长发滑落下来，有一丝黏在了唇上。重新勾过滑下的发丝，安歌一哽。

她真的好难。

“咕咕妈妈！”

不就大声表白吗？还有什么事是她不能做的？算了，最后一点包袱也不要了！

安歌舔了舔略干的唇瓣，轻咽了咽。

勇往直前！安歌抬手，冲傅斯珩勾了勾手指，抛了一个媚眼。

傅斯珩见状，饶有兴致地“嗯”了一声，稍稍站直了点身子。

安歌一只手拢在唇边，唇瓣一抿，开口说：“珩宝是安咕咕的——”

安歌的瞳半弯，映着灯光，犹如坠落了亿万星辰。

傅斯珩偏过头，低低地笑出了声。

现在有力气喊，希望节目结束回去以后她还能有力气喊。

“小草莓”一听，又不乐意了：“咕咕妈妈不喜欢我吗？”

“喜欢啊。”

安歌抬手摸了摸“小草莓”的脑袋。

“小草莓”心满意足：“那我最最喜欢咕咕爸爸和咕咕妈妈了！”

小孩子的喜欢永远是这样的，他们有喜欢，有最喜欢，有最最喜欢。

旋转木马转了很久，“小草莓”才恋恋不舍地下去，她刚站稳就往傅斯珩的腿边扑，抱着他的大腿咯咯直笑。

傅斯珩弯腰将“小草莓”抱起：“还想玩什么？”

小草莓抱着傅斯珩的脖颈，开心地说道：“想和咕咕爸爸、咕咕妈妈一起坐碰碰车！”

怕傅斯珩不答应和“小草莓”一起玩，“小草莓”又忙看向安歌，眼中满满都是期待。

“你和咕咕爸爸一组，咕咕妈妈开车技术可好了。”安歌挑衅地看了傅斯珩一眼，“来比比？”

傅斯珩朝安歌看了一眼，意味深长地问：“是吗？”

“是啊，老司机了，你要不要试试？”安歌丝毫没察觉自己说的和傅斯珩说的不是一个意思。

"试。"傅斯珩利落地回了一个字。

远远的，游乐园升起了烟花，一团又一团的烟花炸开，流光四溢，映得天空忽明忽暗。

八月，世界灿烂多彩，人间火树银花。

弹幕——

"啊啊啊！我疯狂羡慕了！我也想谈甜甜的恋爱！呜呜呜！"

"醒醒！你没有，傅总这样的真没有！"

"我都不敢想象，如果傅总和娘娘以后真有了小宝宝，那得有多宠……是真含着金汤匙出生吧！含着嘴里怕化了，抱在手里怕摔了。"

"我从来没见过这样的娘娘，也从来没想过傅总会是这样的人，都好温柔啊！"

"我真的羡慕起了目前那颗并不存在的受精卵！日后投胎到娘娘肚子里的那个怕不是前世八百辈子修来的福气！"

"我很好奇，傅总为什么没说万象是他的……真要这样算，那家庭模特大赛的成绩怎么算？这个第一未免也太那什么了？"

"来了来了，洗白的又来了。走得烂就不要再出来刷存在感了！你不提，没人一直惦记！"

回去的路上，"小草莓"窝在安歌怀里睡着了。

直播早已关闭，没人关心网络上的新闻，安歌将熟睡的"小草莓"放到床上后，就轻手轻脚地溜进了卫生间。

卫生间的门没锁，傅斯珩正准备洗澡，衬衫扣子解了一半，半挂在身上，露出肌理分明的胸膛。

傅斯珩从镜子中见到悄悄溜进来的安歌，解扣子的动作未停，只挑了挑眉梢。

安歌丝毫不怯，细细的胳膊环上的傅斯珩的腰，手指绕到他的身前，指尖捏上了衬衫扣子，帮他解着。

她的眼尾露着万种风情。

傅斯珩的扣子尽数被解开，衬衫滑了下来。

她的手又放到了傅斯珩西裤的腰带上，指尖一放上去，就被人捏住了。

"别玩。"傅斯珩出声。

他太了解她了。

玩心重，笃定了这晚他是不会拿她怎样。

安歌轻轻“嗯”了一声，手腕被人捉着拉到了身前。

这都能拒绝得了？祖宗是什么神仙？她的魅力还不够吗？

安歌疑问三连，虽然她是抱着玩一玩、瞎撩的心态溜进来的，但是这狗男人的拒绝她让她非常没有面子！

娘娘哪里不行？

“我哪里不行？”安歌直白地问。

傅斯珩轻嗤，拎起地上的衬衫：“不是你不行，是我不行。”

不是？什么玩意？

下一秒，傅斯珩再次开口：“时间不够。”

◆◇ 二颗西柚

“好啦。”导演扫视了一圈众人后，双手一拍，长叹了一口气，“本次拍摄到此结束！

“感谢各位小朋友的热情参与！

“尤其是我们的‘小公主’同学，非常坚强哦！值得表扬！”

导演絮絮叨叨地做着最后的总结。

清晨的清河水韵广场，湖面上一如来时，飘着层浅淡的雾霭。

晨间的温度略低，空气清新。

“小草莓”疯玩到很晚，再加上又起得早，未彻底清醒。她眼皮子耷拉着，双手圈在安歌的脖颈上。

刚才安歌只是以为她没睡醒，但随着时间的推移，又隐隐发觉哪里不对劲。

她的力气大得出奇，短短的一小截指甲都快掐进安歌脖颈的肉里了。

“想爸爸妈妈了吗？”安歌轻轻顺着“小草莓”的背，“马上就可以见到他们了，回家还可以继续睡。”

埋在安歌脖颈处的“小草莓”身子一僵，手越发用力了。

导演忽然踮着脚往前一冲，故弄玄虚：“当然，我不是说其他小朋友的表现不好！

“每一位小朋友的表现都很好！比如我们的‘小草莓’，一直没有哭！只是因为没能去游乐园才哇哇大哭了一场，对不对？

“你可把你的咕咕妈妈吓到了，哈哈。”

下面一阵轻笑。

导演话锋一转："但你爸爸还是你爸爸！我们的傅总为了哄老婆，最后大手笔地开启了已经关闭的万象乐园！

"我们节目组着实被吓了一跳，没想到万象是傅总名下的产业。"导演很幽默，"这就是金钱的力量吗？该死的甜美！"

"不开玩笑了，言归正传，在这里我们节目非常感谢傅总！谢谢傅总帮'小草莓'实现这一个小小的愿望。"

傅斯珩的反应冷淡。

底下，离得远的节目组工作人员笑得不能自已。

连程灵和郝嘉宸都跟着相视一笑，收起了彼此眼中的震惊。

只有乐珊和何进峰不咸不淡地鼓了鼓掌，笑意不达眼底。

万象竟然是他名下的产业？耍他们玩有意思吗？尤其是万象老总那副点头哈腰、自以为公正客观的嘴脸！

想到孙雯发的那条微博内容，乐珊鼓掌的手一顿，嘴角立刻耷拉下来，心里憋着一股气没处发。

傅斯珩他们惹不起，换一个安歌，虽然惹不起，但也不会让她好过。

等J·M官宣之后，看她还能得意到几时。

总结的话到尾声，导演有些不舍，但仍笑着说："各位小朋友的爸爸妈妈们一早就到了，已等候多时。

"马上就要见到你们的爸爸妈妈了，开不开心啊？转身看看吧。"

四个小朋友，没有一个人回答他，只有稍大的那两个转身看了。

冷酷小男孩一只手抓着姜临的短袖下摆，另一只手紧紧地抓着书淡淡的手。

蓦地，安歌感觉脖颈处一热，湿润感迅速传来。

"小草莓"的小身子一颤一颤的，怕安歌听到她的哭声，她的右手紧紧地握成小拳头想往嘴巴里塞。

她一动，安歌又湿又热的感觉更深。

哭了，"小草莓"又哭了。

经过昨晚，安歌彻底怕了小孩子的哭声。

安歌想转过头去看"小草莓"，刚转过去一点，又被"小草莓"躲开了，她的头往安歌脖颈处躲了一下。

傅斯珩察觉到了"小草莓"跟奶猫叫唤似的哭声。

“我抱？”

安歌将“小草莓”抱给了傅斯珩。

“小草莓”很不情愿地和安歌分开了，她被傅斯珩从后面抱住，一张满是泪痕的小圆脸彻底暴露在空气中，脸上湿漉漉的，眼睫毛上挂满了泪珠，她额前的发被眼泪打湿，黏在了脸颊边。

导演一见，“哟”了一声：“这是谁家的小花猫啊？”

被点到名的小花猫放声大哭，一边哭一边还往傅斯珩的身上蹭。

“小草莓”哭得比昨天晚上还要伤心，她的鼻涕泡都冒出来了，随着她吸气的动作，小小的鼻涕泡被吹大，“啪”的一下，鼻涕泡炸开。

“小草莓”一愣，她自己被糊了一脸不说，炸开的鼻涕泡大半都蹭到了傅斯珩的衬衫上。

傅斯珩穿的是黑色衬衫，虽不显脏，但上面又是泪水又是鼻涕泡的，总归好看不到哪里。

远远看着的魏舟再次默默地闭上了眼，总有刁民不想让他过好日子！

“小草莓”能安然无事地在他们祖宗身边待到现在，真的全靠娘娘庇佑！

安歌低着头，微屈着左腿，蓝色软呢的迷你单肩链条包被抵在膝上，她急急地翻着包里的纸巾。

纸巾未找到，“小草莓”又吹了一个鼻涕泡泡出来，又可怜又好笑。

导演被她哭得没法，作势扇了自己一巴掌：“小姑奶奶，我错了！乖乖的，能不哭了吗？”

“小草莓”张着嘴，鼻涕泡又要炸开了。

傅斯珩改为单手抱着“小草莓”，左手插入西裤口袋，摸了一块草莓糖出来。浅红色的透明塑料包装纸，里面包着一颗夹心硬糖。

傅斯珩的食指压在糖纸边缘，指尖一推，糖块顺势被挤进了“小草莓”张开的嘴巴里。

“小草莓”含住糖块，闭上了嘴巴，下意识吮着。

快要炸开的鼻涕泡又缩了回去，哭声顿时没了。

“小草莓”自己愣住了，愣愣地睁着蓄满眼泪的眼睛看着傅斯珩。

傅斯珩一秒都没犹豫，直接将某条既定计划从自己和安歌要做的事的清单上划去。

场面太过滑稽，众人齐齐一愣。

没见过这么哄孩子的！但还真管用。

导演由衷地赞叹：“妙哇！”

“哭什么？”傅斯珩的指尖在“小草莓”肉乎乎的下巴上一抹。

安歌找到纸巾，撕开贴纸，抽了张纸出来先替“小草莓”把鼻涕擦了。

“草莓糖甜吗？”

“小草莓”点头：“甜——”

“那你笑一个好不好？”安歌弯着眼睛，替“小草莓”擦完了脸上的眼泪，又抓着“小草莓”的手，替她擦拭着指缝间沾到的泪水。

“你笑一个，今晚咕咕妈妈和你打视频电话。”

纸巾很快湿透。

“小草莓”嘴巴里含着草莓糖，面露犹豫之色：“真的？不骗人哦？”

“这次是真的。”安歌翘起尾指，伸到“小草莓”眼前，“我们拉钩好不好？”

“小草莓”很怕和昨天一样，犹豫了好一会儿，想到了傅斯珩，忙道：“那咕咕爸爸也要拉钩哦！”

傅斯珩一直垂着的眼抬起，伸出尾指，勾上了“小草莓”短短的手指头。

安歌顺势勾住了傅斯珩的指尖。

“小草莓”终于露出了笑容，大拇指分别在安歌和傅斯珩的大拇指上压了一下。

“拉钩哦，一百年不许变！”

安歌将一早就写好的小纸条塞进她的手掌心：“这是咕咕妈妈和咕咕爸爸的联系方式，可以随时和我们打电话。”

“小草莓”抓着小纸条，被一旁等候已久的妈妈抱走了，她靠在自己妈妈的怀里，冲安歌和傅斯珩挥了挥手。

“咕咕妈妈再见！咕咕爸爸再见！一定要哦。”

晨风一吹，湖面上的雾气散开，水面波光粼粼。

尘埃落定，安歌挽着傅斯珩的胳膊，没来由觉得有些失落。

“小草莓”没来得及吃完的零食都打包好交给了工作人员，工作人员会将零食大礼包转交给她的父母。

购物卡内的余额都替她买了新的小裙子，小裙子一早叠好了和零食大礼包放在了一起，应该没落下什么吧？

“张嘴。”傅斯珩一贯清冷的声线将安歌的思绪拉了回来。

“嗯？”安歌下意识地张嘴，唇被塑料包装纸一刺。跟着，一块草莓味的硬糖滑进了嘴巴里。

傅斯珩的手指悬在安歌的唇边，尾指轻轻扫了下，看了她一会儿，这才放下手。

安歌咬着草莓糖，心里那点失落感被负罪感取代。

这么一块糖她得做多少有氧运动啊？

小朋友们被陆陆续续接走，广场渐渐冷清。

交了房屋钥匙，第二集节目完美收官。

一行人向小区外走着，魏舟提前去将暂停在停车场的车开到了小区门口。

分道扬镳时，乐珊没憋住：“导演，这次没有什么特别提示吗？”

上次的特别提示是她没有放在心上，这才导致了最后失利！下次她一定要做好，挽回路人缘！

“没有！”导演半点没犹豫，“哪能天天都提示你啊？那这节目还要不要拍了？

“大家回家该干吗干吗。”导演说完，一顿，又想到什么似的，“我看你们有些人这不挺喜欢小孩子的吗？也是时候该准备准备了。

“早生早享受！”导演意味深长地看向安歌和傅斯珩。

影帝郝嘉宸都忍不住附和了一句：“是啊，可以生一个了。”

快走到门口的书淡淡又折了回来，胳膊抵了抵安歌的胳膊，悄悄问：“要准备下鸽子蛋了吗？”

安歌：“呃……”

——你才下鸽子蛋呢，分明是胎生的好吗？

景和公馆。

一回家，傅斯珩便上了楼换衣服。

魏舟跟了上去，见缝插针地汇报着最近的工作。

楼下，安歌瘫在沙发上，刚滑开锁屏，一条推送新闻跳了进来。

橘子娱乐：“宁瑾集团携手国内高级定制女装 J·M！

“作为国内目前发展势头最稳的高级定制女装，J·M近年在国际上的口碑也越来越好。新任艺术总监朱竹清小姐年纪轻轻便担任了J·M的首席设计师，且出身名门，一上任便成功牵手宁瑾，据悉宁瑾未来会将这一块作为重点发展领域，可见其决心！想必，投资数额不少！

“国牌崛起指日可待，宁瑾又会与J·M擦出怎样的火花呢？让我们拭目以待吧。”

安歌点进去，扫了一眼评论。

“前几天不是传傅家二少要投资J·M吗？宁瑾之前从来没涉及这一块啊……”

“鸟择良木而栖，这点道理都不懂吗？IGD资本和宁瑾集团能比吗？搞得跟IGD之前投资过这方面的一样。”

“傅总手下又不止一个IGD，昨晚刚爆出来的万象呢？”

“不懂别乱说，宁瑾集团旗下的大型连锁购物广场早几百年就开遍了国内的一二线城市，宁瑾是国内率先发展大型城市综合体的企业！”

“停！打住！我发现了一个华点！宁瑾大公子的女友是乔瑶，宁瑾二公子的老婆是安娘娘，两人都是超模！J·M到底会请谁代言成衣？”

“这么一说，我突然意识到J·M代表国牌最高水准，官宣的那位是不是意味着‘国模之光’这个称号稳了？！”

安歌退出页面，瞥了一眼楼梯口。

果然，傅周深没有放手，也不想让傅斯珩过清净日子。

兄弟两人已经从暗斗转为了明争。

安歌点进涂色游戏，心不在焉地涂了几笔，顿时没了兴致，有点无聊。

前几天这个时候，小草莓会躺在她的怀里，她拿着手机，她就随便涂涂画画，一边涂一边咯咯笑。

自己生个玩玩？安歌这个念头刚冒出来，又迅速被掐灭了。

不行！马上就要准备四大时装周了，她要是在这时候怀孕，别说秦湘，周然能第一个灭了她。

而且……她和傅斯珩从来没做过，她一个人还能无性生殖不成？

楼上。

傅斯珩重新换了一件干净的衬衫，扣上扣子后拎着西装外套向楼下走。

魏舟继续汇报："傅周深那边应该是坐不住了。今早他的助理一连打了好几通电话过来，说是想约了叙叙旧，不过都被我驳了回去。

"傅老先生倒是至今没有什么消息……

"哦，对了。"魏舟想起个不算太重要的消息，"宁瑾投资了 J·M，目前网上在造势 J·M 成衣代言官宣的那位稳拿'国模之光'！"

——呸。搞得跟你一家独大的一样，"国模之光"你家颁布的啊？

魏舟翻了个白眼。

傅斯珩扣袖扣的动作一顿："想得挺美。"

魏舟接说："可不是嘛。"

当他们老板不存在吗？又不是只有一个万象，看不起谁呢？

虽说只曝出一个万象，但也足够炸一拨 B 市商圈里那群人了。以前坊间就有人传过万象是傅斯珩的，但一直没被证实，觉得傅斯珩不足为惧。

毕竟万象背景不深，如今被证实，再牵扯上傅家，凭傅家多年的积累，什么背景没有？所以坐不住的不止傅周深一个……

魏舟的心思转了九九八十一道弯，想了很多，也没等到自己老板继续发话。

没了吗？不该为娘娘谋划谋划下一步吗？

他跟了他们老板这么久，从来没摸清过自己的老板在想什么！

他永远记得在他们老板说完"那我得带八十层滤镜看你"后，不到小半个月，他的老板栽了！

魏舟跨完最后一步台阶，在心里疯狂吐槽完，忍不住去看傅斯珩。

傅斯珩低着头，漫不经心地扣着袖口。日光落进来，衬得他身姿清隽，如工笔细勾的画。

傅斯珩开口便是："转过去。"

魏舟一头雾水，带着满脑子问号听话地转了过去。

客厅沙发上，安歌斜歪在上面。

她穿了件白色乔其纱绉绸衬衫，下搭了件黑色的高腰小短裙，干净又利落，长腿搭在那儿，一览无余。

傅斯珩扣好袖扣，径直走过去，把人捞进了怀里，他一只手撑在沙发背上，一只手捏上了安歌的下巴。

想法太明显。

安歌看了傅斯珩一眼，斜躺在沙发上，抬手帮他将没扣完的西装扣子一一扣上，两人的唇很快贴到了一起。

“你知道你喂我吃一块糖，我得做多少有氧运动吗？”

傅斯珩抬起安歌的下巴，亲了上去，唇瓣摩擦的间隙，抽了空低声回应：“晚上回来做。”

“嗯？”

“多做几次，热量就消耗掉了。”

做什么，不言而喻。

安歌瞪了傅斯珩一眼。

另一旁，转过头面壁了好一会儿的魏舟，颤颤巍巍地问：“好了吗？傅总？”

问着，毫无求生欲的魏舟还扭头看了一眼，只一眼，魏舟又飞速地转过头。

光天化日，朗朗乾坤，傅总就不能收敛一点吗？早知道应该把顾言蹊拽过来的，这份痛苦不能他一个人承受！

傅斯珩怕再亲下去走不了，一会儿还要应付傅周深和爷爷，他松开了气息不稳的安歌。

“晚上等我。”赤裸裸的话。

安歌抬脚，轻踢了一下傅斯珩的小腿，没说话，但唇瓣水润润的。

傅斯珩一走，景和公馆又空又静。

阿姨做好了午饭又悄无声息地退了出去。

吃了午饭，安歌做了一会儿瑜伽，有些怏怏的。

往常这个时候，安歌会陪着“小草莓”睡一会儿。困意涌了上来，安歌收了瑜伽垫，拿着手机上了二楼。

安歌刚躺进被窝，微信来了条消息。

许文馨：“我亲爱的安咕咕，拍摄结束了吗？”

经典的“许文馨式开头”，下一句可能就是要约人。

安歌秒回：“不逛街。”

许文馨回了一排省略号。

许文馨：“这是你对待好朋友的态度？枉我今天特意给你快递了小礼物！”

安歌：“那我错了？”

许文馨：“得，娘娘，您退下吧，哀家自有小黎子扶着！”

许文馨：“呸呸呸，谁要和你聊这个。第二集我完完整整地看了。怎么样，有没有给我生个干女儿的想法？我这个干妈快要按捺不住买买买的手了，我连我干儿女穿的小裙子都看好了！”

催生大队又多了一个。

许文馨：“你别告诉我你和小草莓的互动是演出来的！”

安歌：“那肯定不是！有是有，不过……”

字还没打完，安歌手一抖，点了发送。

紧接着，许文馨的消息接二连三地弹出来。

许文馨：“那就好，吓我一跳。东西都给你买好了，你等会儿晚上记得签一下快递！”

许文馨：“你和傅总一定要加油呀！加油！冲呀！”

许文馨：“我相信傅总一定天赋异禀，是个狠人！”

什么礼物？

安歌一觉睡醒，天色已昏暗。

一缕缕霞光接连暗淡下来。

安歌满足地伸了个懒腰，翻了一个身，顺势往被窝中埋了又埋。睡了一觉，身上出了层薄汗，睡裙黏在身上不太舒服。

伸手摸到手机，滑开锁屏，看了一眼时间，置顶的微信消息一片空白。

安歌掀开被子，坐着缓了一会儿，才赤着脚往卫生间走。

二楼卫生间的装修偏冷，线条冷硬，色调单一，黑白为主，利落中透着一股冷淡。

安歌一只手挽着长发，手指在睡裙吊带上一勾，纤细的带子顺势滑落下小巧的肩头。

Victoria's Secret Fashion Show（维多利亚的秘密时尚秀）对入选超模的身材有着苛刻的要求，身高一米八左右，上下可浮动五厘米，腰围平均在六十一厘米，六十一厘米的腰围是标准的小蛮腰。

但她的腰围还要更细一点，天生的，五十六厘米左右。

安歌的肩带一落，睡裙根本卡不住腰，整个掉了下去。

镜面中隐约映出女人姣好的身姿。

安歌甩开挽着的长发，伸出一根食指对着镜子在空气中画了半个心，自上而下地审视了一番自己。

这次不把傅斯珩征服到手，她明天改名和他姓，叫傅歌歌。

浴室内，水汽蒸腾，不一会儿在半弧形玻璃推门上晕了一层水雾。

热水兜头淋下，安歌想了一会儿自己接下来的行程。

四大时装周的日程接二连三地公布，接下来的一段时间，她几乎每天都要上秀，有时候一天还不止一场，刚走完纽约的秀又要飞意大利米兰……

紧跟着四大时装周的还有Victoria's Secret Fashion Show。除开这些，今年还有中国国际时装周。

傅斯珩刚空了一个星期，积压了不少文件没处理，还要应付傅周深，估计很晚才回来。

算算时间，等他忙了告一段落，她也要化身秀霸了。

那还谈什么恋爱？回头只能用脑电波交流了。

不如趁这晚一鼓作气直接解决了！

安歌抬手关了水，甩了一下湿漉漉的长发，踮着脚走出了浴室。

自她睡到二楼的卧室里，放在三楼的日用品不知不觉中被断断续续地拿下来不少。

卫生间亦有一个化妆台，上面堆了不少瓶瓶罐罐，丝毫不亚于衣帽间里的。

虽说一鼓作气……但也不能表现得太明显吧？

他不动，她不动，先观望着。

安歌秉着这样的念头，敷了个面膜后仔细地做了一个护理，没上妆，甚至连一向爱穿的小裙子都没穿，而是换了件超大号的白色短袖，下面搭了条浅蓝色牛仔短裤。

短袖过于宽松肥大，一直到大腿根，将牛仔短裤遮了大半。领口开得略大，锁骨半显半露。安歌拎着衣领，摸到手机，踩着轻灵的小跳下了楼。

阿姨一如既往地准备好晚饭，又悄无声息地退了出去。

棉麻质的格子餐垫上放着玻璃沙拉碗，一旁还有小半盒洗净的草莓，桌角贴了张便利贴。

安歌撕了便利贴看了看，端着沙拉和草莓，瘫到了沙发上。

安歌几次点进微信想问问傅斯珩具体什么时候回来，指尖刚点开他的头像，手指一滑，又退出了微信程序。

丢了手机，安歌咬了半个小西红柿，捏着叉子晃了晃。

敌不动我不动，谁先动谁没主动权！矜持住！

蓦地，微信消息的提示音响起。

安歌咬着叉子，脚尖点着地面，伸长了胳膊去够刚才被她扔远的手机。

锁屏上跳出了“小草莓”的视频通话。

嗯……不是某个要她等他的二狗子。

“咕咕妈妈，啵啵！”“小草莓”双手捧着手机，冲手机镜头亲了两口，笑眯眯的。

“晚上好啊，小宝贝。”

“小草莓”歪着小脑袋，看了半晌，没看到傅斯珩：“咕咕爸爸呢？”

“他有工作要忙，等会儿回来。”

“哦——”“小草莓”拉长了音调，有些失望，“我知道！他要赚钱养咕咕妈妈！”

养什么玩意？她需要傅斯珩养吗？

安歌一愣：“啊……”

“我妈妈和我说的哦！

“她说咕咕爸爸很宠咕咕妈妈呢，花了好多好多钱给咕咕妈妈买戒指！”“小草莓”嘟着嘴巴，晃着小手指头，“可是他怎么能让咕咕妈妈一个人在家里呢！

“咕咕妈妈，你无聊吗？无聊也没事哦，我可以陪你！”“小草莓”捧着手机说得认真，她将手机镜头对准了自己的小玩偶们，“我给咕咕妈妈介绍一下我的好朋友！”

聊了一会儿，大多数时间都是“小草莓”在说，安歌听着，时不时捧场附和几声。

最后在“小草莓”妈妈的催促声中，“小草莓”才依依不舍地挂了视频通话。

景和公馆又安静了下来。

安歌换了个角度，双腿搭在沙发背上，头垂在沙发垫外面，做了几组简单的瘦腿动作后，再次摸到手机看了一眼时间，不到八点。

戳还是不戳？

“你矜持点！”

安歌刚点开傅斯珩头像，傅老爷子的话蹦进了脑海。安歌的指尖一顿，半捂着手机，偷偷摸摸点进了百度，想搜搜有氧运动的具体流程。

她点开搜索框，还没输一个字，搜索记录跳了出来。

“女人如何撒娇会让男人无法拒绝。”

卑微安歌，在线百度。

没吃过猪肉，也没看过猪跑，唯一一次还被傅斯珩捂住了眼睛。

安歌单手捂着脸，觉得自己上蹿下跳的模样像极了吃不到东西被饿狠了的胖喵弟。

百什么度，不如实践！

安歌退出百度，最终点开了涂色小游戏。

信手涂了两张，安歌越涂越起劲，脚跟点着墙壁，跟着涂色小游戏的背景音乐轻哼了起来。

突然，景和公馆的门开了。

正涂得浑然忘我的安歌下意识地歪头朝门口看去，看一眼又转回小脑袋看了一眼时间。

欢快的背景音乐不停。

傅斯珩反手抵上门，将快递纸箱放到了玄关柜子上，换了拖鞋后抬眼朝客厅看去。

沙发上，长相明艳的女人跷着白皙细长的腿，长腿笔直地贴着墙壁并拢，脚跟跟着游戏背景音乐调皮地轻点着。

她刚洗过澡，发丝蓬松，头垂在沙发垫外，栗黑的长发顺势滑下，发梢垂在地板上。

短袖偏大，领口大开。

从他这个角度看过去，安歌的锁骨一览无余。

洗干净在等他？傅斯珩抬手解了西服扣子后，一只手拎着外套，一只手拿着快递纸盒走了过来。

“这么早回来？”安歌放下双腿，坐起身。

“嗯。”傅斯珩轻笑，有氧运动不该趁早做吗？

西服外套被傅斯珩随手丢到了沙发上，他又将快递纸盒放到了茶几上。

安歌盘着一条腿，另一只脚的脚尖绷直了点在地板上。宽松的衬衫领口向肩膀一侧歪去，露出小半个圆润的肩头，雪白的肩带紧紧地贴在上面。

傅斯珩居高临下地看着。

“这是什么？”安歌单手撑在脚踝上，目光在快递纸箱上贴着的运单信息上扫过。

“你的派大星？”

那就是许文馨了。

“许文馨寄过来的。她今早给我发消息，说是有快递让我签收一下，正好被你拿了回来。”

安歌想到一心想当她闺女干妈的许文馨，又瘫了回去。

以许文馨那做什么事都风风火火的性子，安歌猜她八成把她看上的那些小宝宝的衣服全买了回来。

“拆开看看。”安歌斜躺着，单手撑着脑袋，点在地板上的脚尖贴着傅斯珩的西裤顺着他的小腿慢慢滑上，脚背一勾，勾上了他的膝窝，“有惊喜。”

希望到时候别是惊吓就好。安歌这么想着，脚背勾着傅斯珩的膝窝让他靠近一点。

等傅斯珩走到不用起身就能伸手够到的距离，安歌抬手贴着他的西裤边缘，慢慢滑进了他的西裤口袋中。

动作自然，不拖泥带水。暗里又带着只有两人才知道的较真。

傅斯珩轻挑了挑眉，小学生行为。

安歌探着傅斯珩的西裤口袋，见他不动，不由得催促道：“你不拆开看看吗？”

西裤口袋略深，安歌指尖摸到了个硬物边缘，长方形。

是傅斯珩的手机。

安歌往边上拨了拨，一边看着傅斯珩，一边继续往里探。

傅斯珩任由着她乱摸，俯身拿过桌上的陶瓷水果刀，刀锋贴着密封纸盒的胶带划下去，将缠了好几道的胶带被割断。

安歌摸到了自己想要的东西，轻哼一声。

傅斯珩西裤口袋里剩下的最后一颗草莓糖。

这糖还是她之前塞进去的。

录制节目那几天，因为活动经费很少，每天几乎没什么娱乐活动，她和傅斯珩晚上会带“小草莓”出去散步。

“小草莓”不太爱走路，经常走半圈就要回去，不乐意再走一步。知道“小草莓”喜欢吃糖，这草莓糖便派上了用场，走完一圈奖励一颗。

安歌出门基本穿裙子，裙子没口袋，她又不想带包，草莓糖自然被塞进了傅斯珩的西裤口袋里。

一天三颗，多一颗都没有。

安歌剥开糖纸，低头咬住糖块，重新撑着下巴倚了回去，扫了傅斯珩一眼。

纸盒被打开后，二狗子半天没动作，还保持着俯身的姿势。

安歌的脚尖轻轻抵了下傅斯珩的小腿，问：“喜欢不喜欢？惊不惊喜？意不意外？”

整整一箱子几个月小宝宝的衣服。

按照许文馨的喜好，肯定都是大红大紫、大粉大绿、造型各异。

一想到那衣服套在刚出生的孩子身上，安歌忍不住抖了抖肩膀。

傅斯珩垂眼看着纸盒中的衣服，呼吸一沉，狭长的眼睛缓缓眯起。

“喜欢。”傅斯珩说着，喉结一滚。

傅斯珩的音低，语气不像玩笑。

安歌的脑子里缓缓冒出了一个问号，喜欢？她家傅斯珩什么时候和许文馨一个审美了？那红配绿赛王八的配色什么时候符合他的审美了？

安歌满腹疑惑，不由得伸着脑袋想去看纸盒里的东西。

“你要穿？”

安歌疑惑，她穿什么？

安歌撑着沙发，凑近了一看，直接呆住了。

啊啊啊，许文馨出来挨打了！

冷光源下，透明防尘纸内罩着一件维密的 bra（胸罩）。

好巧不巧，这件 Bra 她熟悉得很。

模样和她去年走维密秀的款式差不多。

去年她还是个新人且一直在走High Fashion（高级定制），维密自然不会给她大翅膀也不会给她Fantasy Bra（梦幻胸罩）。

再加上High Fashion和维密之间也有不同，High Fashion走高冷、性冷淡风，而商业秀不同，有些设计师甚至公开表示过维密天使只会傻笑，只要她们走了维密便不会再受到大牌的重视。

诸神时代，High Fashion秀场的顶尖超模成就了维密的辉煌，但随着近年来维密的没落，它又走上了抱HF模特大腿的道路。

而去年一年横扫各大High Fashion秀场集全了四大刊封面的安歌，自然就成了维密抱大腿的对象，本着随便扭一扭、玩一玩的心态，安歌只接了一套造型。

纯黑色，Bra造型干净利落，没那么多花里胡哨的装饰。

黑色丝绸为底，边缘镶了九十九颗小钻石，不甚明显，只中间缀了颗梨形钻石，熠熠生辉，夺人眼球。

下面同样将极简贯彻到底，黑色蕾丝，没有任何装饰。系带式的，黑色系带极其细，仅系在一侧。

轻轻巧巧地打个活的蝴蝶结后，系带仍余了大半，垂在一侧。指尖轻轻一勾，系带便松开，那两片薄薄的布料就会落下。

最外面还有一件轻纱袍，白得近乎通透的纱。

纱不是软纱，偏硬，长到拖地，经典的灯笼袖口，袖口上有一圈细钻石制成的带子绑着。

而纱袍靠Bra下边边缘的地方会用黑色绸带束着，勾勒出好看的线条。

维密少有的犹抱琵琶半遮面的Bra。

但往往这种半遮半掩下的极尽诱惑更能吸引人。

是以，去年她单凭这一套造型便在维密刷足了存在感，甚至直接秒了大开佩戴Fantasy Bra的超模。

周遭好像热了点。

安歌的睫毛颤了颤，抬眼，目光直接撞进了傅斯珩的眼底。

这一次，他再没遮掩，冰层下的火苗越烧越旺。

“咔”的一声，安歌好像听见了冰层裂开的声音。

傅斯珩单膝抵上了沙发边缘，头发遮住了如墨一般深黑的眼。

安歌的草莓糖含了一会儿，化开了大半，甜到发腻。

她轻轻咽了咽，差点被口水呛住。许文馨这个大胆的刁民，一天到晚净想着迫害她，迟早有一天会被人打死的！

傅斯珩审视着安歌，道："草莓糖里的主要成分是蔗糖和果糖，热量远高于软糖。每一百克硬糖的热量约四百零三大卡，一块草莓糖的重量约四到五克，意思就是吃一颗糖会有十六至二十一大卡。

"而你——"傅斯珩单膝抵到沙发上，食指捏住了安歌的下巴，"吃了两颗。"

安歌面上的阴影一深，仰着头，差点把剩下那半块咽了下去。

傅斯珩凑近安歌的耳郭，偏过头，缓声问道："算出来要做多少次了吗？"

末了，他的指尖压着安歌的下巴，又问："娘娘的个人秀还办吗？"

娘娘的个人秀还办吗？

话在齿间过了一遍，安歌的眉毛忽然上挑。

她的模样像极了一只小狐狸，又撩又勾人，眼里映着一点光，三分狡黠，三分矜骄。

啧。看来她上次教傅斯珩做人的个人秀让他印象很深刻嘛，这还惦记上了？

安歌咬碎草莓糖，咽了下去，迅速调整好表情，倚回了沙发扶手边缘。

她长睫轻眨，一只手支着下巴，另一只手的食指冲傅斯珩勾了勾。

波光流转间，风情万种。

这女人真的挺欠收拾的，但傅斯珩偏偏还就吃她这套。

那种明知自己马上就要上刑了还要在死亡的边缘试探的皮。

顺着安歌的动作，傅斯珩轻眯着眼，俯下身。

傅斯珩没了领夹束缚的领带跟着垂下，黑色的领带垂在两人之间。

隔着白色棉质短袖，傅斯珩扶上了她的腰。

两人的目光在无声地较量着，互不相让，这是势均力敌的较量。

好似纵横十九道的围棋盘上，黑白子错落间，你来我往，悄无声息间刀光剑影，战火纷飞。白子不知不觉中陷入了黑子的攻势之中。

过了几秒，安歌突然将一直撑在脸颊边的手拿了下来，指尖缠上了傅斯珩的领带，她卷着领带尾端，卷了不过半道，攥紧，往下一拉。

傅斯珩的领带被她扯着，头更低了。

他的表情一如既往的寡淡，垂眼看人时的姿态倨傲如浮云。

安歌直视着傅斯珩的眼睛，没来由地升起了一丝丝征服欲。很早之前就存在的想法再次冒了出来，蠢蠢欲动。

安歌浑身上下每一处细胞都在叫嚣着，要撕碎了他这副高高在上的模样，挫平他一身傲骨，要他疯，要他臣服。

安歌的食指自傅斯珩脖颈处滑过，顺着他的喉结缓缓向上，快到他的下巴时，她学着傅斯珩往日里的动作，食指关节一曲，指关节中心顶着他的下巴一抬。

安歌轻声说："办。"

气氛又是一热。

看着傅斯珩眼底毫不掩饰的炽热，小学生安歌非常想抖开尾巴，原地开屏。

安歌的指尖来回地轻刮着傅斯珩的喉结，浅浅地勾唇。

Show Time 还没开始，祖宗都这副模样了。这场较量她稳赢。

安歌那点小心思，傅斯珩心知肚明，任由她攥着自己的领带。

眼神较量间，两人凑得越来越近，唇瓣几乎要贴到一起。像磁铁的南北两极，正负相吸。

他们的动作看似很亲昵，但又不是那么回事，眼神的较量已经到了一个白热化的阶段。

彼此间的呼吸越来越沉。安歌的唇瓣离傅斯珩不过毫米远，傅斯珩看着，喉间一紧，快贴下去的时候，突然一根微凉的手指横了进来。

安歌的食指贴在傅斯珩的唇上，抬起下巴，说："去洗澡。

"娘娘要准备一下。"

傅斯珩问："要多久，嗯？"

这么急？

在傅斯珩倾压下来的阴影中，安歌挑着眉："怎么着也得让娘娘吹个造型吧？

"你见过哪个模特是纯素颜，一副清汤寡水的模样去走秀的？"

顶尖超模走秀，一场十几秒上百万，动辄按米计算，在这份光鲜亮丽的背后，那必须从头到脚都是精致的，连头发丝都要细细打理一番。

吹造型？她上次喝醉了扯着他的浴袍领口强行把他摁到三楼让他看

秀的时候可没这么多讲究。

算了，第一次。

傅斯珩合眼，做了权衡。反正来日方长，让她皮。

傅斯珩擦过安歌的食指，轻咬了下她的下巴。

“等你。”贴着安歌的下巴，傅斯珩的目光深邃，“一晚上时间够不够？”

“够。”

安歌的指尖在傅斯珩的脸颊上轻轻一点：“洗久一点。

“某只娘娘说——”

“嗯？”

“她想看某个男人穿衬衫，黑色的那种，哪哪都要精致的。

“不精致的不要。”

平心而论，傅斯珩脱了西装外套，单穿着一件衬衫，再配上那张脸，有着致命的吸引力，尤其是他穿黑色衬衫的时候。

天生的衣架子，穿衣显瘦，脱衣有料。

意式的高定衬衫，纯手工定制，在衬衫领子的设计中绝对不会使用硬质面料去保证衣领的坚挺，而是采用斜插槽的设计，领子的针脚非常细密。

他穿衣时，扣子总是从上到下一个不落地扣上，脊背挺得笔直，显得又帅又冷。

“喜欢？”傅斯珩的音又低了些，声音带着一丝调笑的意味。

喜欢。

安歌又点了一下傅斯珩的脸颊：“就问你穿不穿？”

“穿。”

纸盒被安歌抱上了三楼的衣帽间。

傅斯珩一笑，找到掉在沙发缝隙间的中控遥控器，将屋内的窗帘降下，只余三楼那处的窗帘未降。

傅斯珩调暗了客厅的灯，扔了遥控器，单手解着衬衫扣子，一边向二楼走一边摸出手机，随意扫了一眼魏舟和顾言蹊的工作消息后，直接关机。

二楼的卧室未开灯，窗帘又被降下，黑黢黢的一片。

傅斯珩的指尖挑着衬衫领子，径直进了卫生间。

很快，卫生间中传出哗哗的水声。

三楼，衣帽间。

安歌踢着纸盒，直接将它踢进了化妆台下面。

她洗完澡时做过护肤，一直没出什么汗，肌肤清清爽爽、柔柔嫩嫩的，极适合上妆。

安歌扫了一眼化妆台上的瓶瓶罐罐，考虑到秀服的风格，很快在心里定下了大致的妆面。

High Fashion 秀场上，模特从来不需要自己动手化妆，她们的妆面全部由品牌专门的化妆师和发型师负责，妆面基本一致，贴合本季主题。

但这不代表模特不会化妆，恰恰相反，越是顶尖的模特越是擅长化妆。

因为她们清楚什么风格更适合自己，她们样貌的长处到底在哪里，短板又在哪里。

之前为了拍综艺，安歌基本没化过妆，连美甲都卸了。

安歌涂到最后一个脚指甲，又迅速在自己脸上打了一个轻薄的底。

她最好看的是那双眼睛，黛眉春山，秋水剪瞳。

太浓的妆只会适得其反，但淡妆又显得不够味，压不住那套秀服。

安歌综合考虑下来，除了眼睛，其余的地方全做心机妆容，看似无妆，实际上是精雕细琢后的表象。

安歌原本就卷长的眼睫毛被睫毛夹夹得卷翘后，又刷了两层薄薄的底膏，等了约三十秒，晾干后，又用刷子刷了层睫毛液。

安歌化完眼妆，半垂下眼睑，看了一会儿。镜子中的女人眼睫毛又密又长，宛如一把小扇子。

安歌点了下头，挑了个傅斯珩喜欢的水蜜桃味的唇釉，先薄涂抿开，而后又涂了一层。

唇釉涂完，指甲油彻底干透。

纯黑色的指甲，上面没贴任何亮片，也没有绘任何图案。

确认无误后，安歌扯开束着长发的皮筋，一只手抓着额前的长发拢到后面，赤着脚走在地板上，半弯着腰，拉开下方一个又一个的鞋柜。

安歌什么都不多，就是鞋子和衣服非常多，除了品牌送的，还有她自己买的。

水晶吊灯下，各式高跟鞋整整齐齐地排列着，一直从衣帽间的门口摆到最里面，几乎是新的，上面没有半点灰尘，大部分连吊牌都未取下。

安歌抓着头发来回走了两遍，这才有动作。

衣帽间外面，三楼走廊尽头的玻璃房内亮着盏昏黄的灯。

灯下，软沙发边的小茶几上置了个银色冰桶。桶内盛着冰块，正往外面冒着丝丝缕缕的寒气，伏特加倾斜着摆放在冰桶中。

古典杯中盛了个刚凿开的冰球，冰球直径和杯口差不多大，伏特加倒了浅浅半杯。

傅斯珩刚洗完澡，头发擦得半干，上身穿了一件极为单薄的黑色衬衫，衬衫扣子从上到下扣得一丝不苟。

他大半个身子隐在阴影中，只余那只搭在小几上的手臂还在灯下。

傅斯珩修长的五指微分着笼在杯口，轻晃着古典杯。

浅浅的半杯伏特加在杯中晕出好看的纹路，冰球碰撞到玻璃杯壁发出细微而又好听的声响。慵懒的调调，处处透着股漫不经心。

傅斯珩隐在黑暗中的那只手随意地搭在腿上，食指指尖叩着膝头，轻扣的频率从慢到快，他的耐心一点一点被耗尽。

远远有，细微的声响传来，傅斯珩的指腹贴着玻璃杯壁滑下，冰凉的水雾被拭去。

与此同时，玻璃房内的灯被熄灭。

三楼长走廊上的灯盏被关了几束，只留着相隔较远的灯盏。

和上次一模一样，一段光影隔着一段阴影，错落有致，宛如高定秀场的 T 台。

傅斯珩松开酒盏，懒洋洋地靠在软沙发中，掀起眼皮看着走廊尽头的安歌。

这晚她只有一套秀服，一个造型。

高跟鞋轻叩在实木地板上，她旋身出了衣帽间，一只手撑在墙边，侧脸对着墙面。

光影落拓间，她整个身子完全隐在阴影中，只能看见一个轮廓，但她的剪影都在撩人。

伏特加的后劲涌了上来。

她撑在墙面的手微抬起，打了个响指。

响指声落下，她抬脚的同时，三楼家庭影院中可声控智能系统响起了背景音乐。

瞬间，节奏被点燃。

高跟鞋再次叩到实木地板上，安歌转头的瞬间，微卷的长发跟着甩出去。

不同于她以往的任何一种风格。这次没有小跳的轻灵，亦没有高定秀场的高贵冷艳。

干净利落的大交叉，落脚极稳，每一步都在踩点。

黑暗中，她就像一个小恶魔。

她的肩部往斜后方压住，脊背挺得笔直，两腿之间没有任何缝隙，长腿似两把交叉的大剪刀，摩擦着走过，腰部和胯部扭动的幅度非常大。

曳地的轻薄纱袍下摆因大幅度的台步而高高扬起，甩出漂亮的弧度。

很妖娆。

她的上身稳如泰山，而下脚又如带着万钧之力，踩在地板上十几厘米的细高跟连晃都不晃一下。

气氛到了一个沸腾的点，雾中看花，迷雾散尽。

她踏过光影交接处，来到了光源投下的光圈中。

看清她的第一眼，傅斯珩搭在沙发边的手收紧，瞬间眯了眼，旋即轻扯了下嘴角。

安歌一向顺直的栗黑长发被吹得微卷，添了几分野性。随着她走路的动作，中间那颗梨形的白色钻石左右晃动着，灯影下，折出光晕。

一字带黑色细高跟，细带紧紧地勾着她的脚踝骨。

白得近乎通透的轻纱下，黑色细带系在一边。

昏黄的光下，脂薄骨现。

能成为顶尖超模的，身材绝对不会差，尤其是HF和VS都走的超模。层层筛选下来，都是天赋异禀、自身条件非常优越的。

安歌在中间一处点光源，定点。

她微微侧身的同时，长腿送出，左手撩起轻纱边缘撑到腰后偏下一点位置，黑色系带彻底露出。

她甩头，下巴一抬，发丝扬起，自带鼓风机效果。

傅斯珩这才发现，她的眼妆过于出彩，眼底的妩媚藏都藏不住。

发丝落下的瞬间，她再次抬脚。

毫不怀疑，以她踩 T 台的气势，这地板想不留下印子都难。

恶魔再次陷落进阴影中。

安歌单手勾上轻纱，微微向后一拽，有黑色绸带卡着，轻纱并不会掉下去。

傅斯珩看不清到底是什么模样，只能大致想象那纱卡在那儿的模样。

魑魅魍魉，鬼中艳绝。

她是他的娘娘，一个人的艳鬼。

一场准备了许久，但从开秀到闭秀不到一分半钟的个人秀结束。

高跟鞋叩在地板上的声音消失。

安歌在离傅斯珩不到一尺的距离停下。

她一直静不下来，骨子里每一个细胞都在兴奋。

傅斯珩一直未出声。

安歌长吁了一口气："结束。"

表演时间结束。

安歌的话音刚落，长廊上灯盏尽灭，黑暗如潮水一般蔓延开来。

今夜无光，星光稀疏而又寥落。

景和公馆处在一片静谧中。

安歌垂在身侧的手腕突然被人一扯，跌落下去的瞬间，她伸手环住了傅斯珩的脖颈，一只手撑在了他的后颈上。

音乐声一停，爆炸的鼓点跟着消失。

傅斯珩寻到安歌的唇瓣，偏头咬了上去，呼吸纠缠间，满满都是香甜的水蜜桃味。

属狗的，动不动就咬她。

安歌习惯了傅斯珩这样，不想被他咬，只能自己掌握主动权，她撑着他的后颈，主动回应着。

傅斯珩的唇隙被扫到，他的动作微顿。

傅斯珩贴着安歌的唇，问："喝酒吗？"

伏特加被渡过来，咽下去的瞬间，安歌上了头。

安歌对上傅斯珩，原本就没多少的矜持彻底被抛开。

黑暗中，安歌撑着傅斯珩的后颈，逐渐从主动成了被动，不知不觉中，安歌只能被迫承受着深吻。

周围只听见细细微微的接吻声。

她刚停下来，他又会缠上去。

安歌的脑子昏沉沉的，有些恼，一口咬上了傅斯珩的喉结。

傅斯珩轻哼一声，鼻尖贴着安歌细腻的脖颈，沉沉笑出声，笑到最后，肩膀一抖一抖的。

安歌更气了，笑个鬼啊。

傅斯珩掐着安歌的腰，将他往上抱了抱，鼻尖贴着她的鼻尖，明知故问："想好了？"

黑暗中，安歌瞪了傅斯珩一眼。

二狗子是真的欠锤。

下一秒，傅斯珩又问："这次要夸你吗？"

夸她？

安歌来了兴致："夸我什么？有八百字小作文吗？"

"八百字没有，只有八个字。"

安歌瞬间想到了傅斯珩第一次说的那句。

沉鱼落雁，闭月羞花。

也是八个字呢。

上了头的安歌心想，傅斯珩敢说，她就敢再赏他一巴掌。

安歌的手腕刚动，就被人握住。

傅斯珩喝过酒，嗓子被烈酒灼过，在情欲下，又缠上了一层温热。

声音沙哑，好听到极点。

傅斯珩唇线一勾，哑声道："去楼下？"

安歌没应，指尖却捏上了傅斯珩扣得好好的衬衫扣子，从第一颗开始。

傅斯珩抱着安歌起身，由着她解。

经过楼梯拐角时，落下一件单薄的轻纱。

"吧嗒"两声。

一字带高跟鞋的鞋带被解开，高跟鞋滚下了楼梯。

一路上散落不少，二楼卧室门口还飘落下一件黑色衬衫。

不知道是谁主动的，两人再次吻到一起。

漆黑的卧室内，傅斯珩一只手撑在床边，另一只手拉开了黑色系带。

深色的床单皱成一团，安歌左手的五指被傅斯珩紧紧地压在枕面上，侧颈上的粉色小花一朵接一朵地绽开。

蛰伏在傅斯珩心里的小兽彻底被释放，高高在上的祖宗也有坠落神坛的一天。

傅斯珩没有丝毫收敛。

安歌仿佛是小舟，浮在海面上飘飘晃晃许久，淹没在一波接一波的潮水中。

海面上暴雨骤至，看不见尽头。

不见天光，亦没有灯塔。

春雨方歇时，这才隐隐透了点天光。

◈◇ 三颗西柚

隔天，临近中午。

入伏后的八月，酷热难耐，蝉鸣声声，叫得人心烦意乱。

石榴花开得极盛，热烈似火。

二楼卧室内，空调温度调在了一个舒适的区域，角落里的加湿器喷薄而出的白雾袅袅地上升着。

满室寂静。

良久，大床上的人终于有了点动静。

她一直埋在被窝中的小半张脸探了出来，脸上的妆尽数被卸去，一张脸十分干净，未施粉黛依旧不掩艳丽的骨相。

一双纤细的胳膊滑出了被窝，贴着枕头伸展着，声音带着将醒未醒时的茫然。

她的胳膊伸到一半，那点声消了个干干净净。

安歌的身子陡然一僵，所有的小动作直接卡住，原本还残留的一点睡意彻底没了。

好疼，浑身上下哪哪都疼。

尤其是一双腿，比穿着十五厘米的高跟鞋暴走几十场秀还要疼。

安歌闭着眼睛，昨晚的画面一帧一帧地撞进脑子里。

她的腰一直被傅斯珩掐着，开始还好，他还顾着她，最后关头，他差点没把她的腰给掐断了。

她隐约记得，她累得迷迷糊糊睡过去的时候，某个狗男人还没消停下来。

安歌回想了一下，试图找出自己胳膊为什么也这么酸的原因。

腿又酸又疼就罢了，胳膊又是为什么啊？

这么想着，安歌稍稍一动，再次僵住。

“轰”的一下，脑子里的小火山爆发了。感觉太过清晰，安歌白净的耳垂一下子红了，还很热。

安歌一动也不敢动，胳膊半圈着绕在头顶，指尖捏着枕头一角，缓缓地睁开了眼睛。

傅斯珩一张无可挑剔的颜映入眼帘。

卧室内的遮光窗帘被拉开，只留了白色轻纱帘掩着外面临正午的日光。

白光透进来，光线又虚又冷。傅斯珩的右手支靠在枕边，垂着眼，整个人由内而外地透着一股慵懒散漫的感觉。

完完全全是一副餍足的模样。

他像是刚洗完澡不久，发尾微湿，黑色的浴袍松垮地披在身上，领口敞开大半，露出里面偏白的胸膛。

胸膛上布满了红色印记，像手指的抓痕，又像吻痕。

吻痕？安歌一哽。

那位置总不会是傅斯珩自己低头亲上去的，所以她昨晚到底做了些什么？

“醒了？”傅斯珩掀起眼皮，抬手抓住了安歌的手腕，指腹贴着安歌尾指的指甲边缘来回蹭着。

她的手很好看，典型的美人手，手上没什么肉，手指很细，似葱白。柔软而纤细，白皙的肌肤再搭上纯黑色的指甲，赏心悦目。

傅斯珩的指腹摩挲着没有往日光滑的尾指，缓声道：“指甲断了。”

“嗯？”安歌下意识地应声。

“昨晚掐我背上的时候掐断了。”傅斯珩顿了顿，又补充了几个字，“食指和尾指。”

安歌差点怀疑自己幻听了。

这还要公开处刑的吗？搞得跟他昨晚没用力，一点都不热情一样！

安歌看了一眼某个得了便宜还卖乖的男人，深吸了一口气，勾着唇，突然坐起了身，梗着脖子，用平常陈述事实的语气道：“破皮了。”

光线跃动间，傅斯珩半掀着的眼皮垂了下来，唇几乎抿成了条直线。

夜游园。

红烛昏罗帐，小扣柴扉久。

满园春景色，最是关不住。

红杏压群芳，堪堪只手折。

美人英雄冢，千金销魂刻。

昨晚的感觉还刻在骨子里，傅斯珩的喉结轻滚，抬手又将被子盖回了咸鱼身上，他抬抬眼皮子，像是说给安歌听的又像是说给自己听的。

“老安一早打电话让我们回去吃饭。”

他昨晚直接关了手机，安之儒给他打了几个电话没通之后转而攻向了安歌。

不过比较不幸的是，安歌的手机剩下的那点电量只够苟延残喘到安之儒打第一通电话。响了一声，因为电量不足，直接告罄。

好在那会儿他醒了。

一提到老安头，安歌瞬间清醒，脑子里的皮皮虾想法一扫而空。

较量什么？不较量，命要紧。

他们家老安头就跟古代表面宽仁的土皇帝一个样。

风调雨顺时节，笑眯眯地叹国泰民安。

一旦遇上什么事，老安头转头脸一板，立即就要宣人觐见，名义上叫“为促进君臣之间的感情，友好交流交流”，实际上是“跪受笔录我说你照办就完事了”。无事不召见，召见没小事。

安歌垂下头。

“抱你去洗澡。”

安歌没吱声。

卫生间内，水汽蒸腾，玻璃推门上浮了一层水雾，久了，水珠一颗接一颗地往下滚。

安歌看了眼时间，只想快点洗完澡滚回去探探老安头到底什么情况，偏傅斯珩不疾不徐的。

“别闹。时间不早了，等会儿不是还要买东西吗？你第一天回去见你老丈人都不带东西的吗？

“虽然老安头他什么都不缺——”

话没说完，安歌声一窒：“你……你干什么？”

傅斯珩好整以暇："你确定要带着我的——"

傅斯珩沙哑的声音陡然一消，唇贴着安歌的耳郭说了两个字后，这才恢复了原本的音量："回去？礼品盒子一早就买好了。

"原本计划上次节目拍摄结束就带你回去的。"

傅斯珩后面一句话说了什么，安歌没听。

继前两次立体音响、超大音量、颅内循环播放后，这次它又换了新的 CD。

第三次的 CD 名叫——带着傅斯珩的子子孙孙常回家看看。

安歌满脑子都是感叹号，甚至奏起了《常回家看看》的旋律。

这是人能说出口的话吗？听听这还是人话吗？

去白鹭湖庄园的路上，傅斯珩开着车。正巧赶上中午堵车的高峰期，车断断续续地开了许久，也没出市区。

气温越来越高，柏油路面上热浪滚滚，细细的尘埃飞扬。

洒水车卡在前面的路口，前进不了。

安歌神情微倦，支着下巴靠在车窗边，看着外面不断超过去的自行车和小电驴。

安歌认真地说："珩宝，你看。"

傅斯珩搭在方向盘上的指尖百无聊赖地轻扣着，随意地扫了一眼外面。

有一辆自行车隔着个花坛稳稳地超过了作为复原经典超级赛车福特 GT40 的福特 GT，并且还在短短三秒内甩了福特 GT 远远一大截。

"娘娘给你买个这个吧。

"绿色环保，节能减排！积极响应国家号召的同时还能发泄发泄你那无处安放的精力！"

傅斯珩的嘴角一抽。

与此同时，又有一辆小电驴迎着风呼呼地超了过去，扬起阵阵尘埃。

安歌"啧"了一声。

有句话怎么说来着？顶级超跑配世界超模。

品牌不差钱，自然舍得砸钱请顶尖模特来开场或者拍摄广告。

为了工作，安歌了解过一些，一眼就看出傅斯珩的车是福特 GT。

因为实在太过经典，以前是经典，现在依旧是经典，将来同样会是不可取代的经典。

福特 GT 传承了六十年代称霸赛坛的 GT40 车型，传闻秒提速破百。

然而现在马路中央，深蓝色的福特 GT 底盘稳如泰山，待在原地至少有三分钟没能往前挪一步。红黄绿灯交替亮起间，这才龟速爬行。

太坑了，这车，还不如小电驴来得快。

过了市中心，傅斯珩一脚踩油门，上千万的 GT 终于发挥了它原本的性能，瞬间提速，将路途一缩再缩。

他们到白鹭湖庄园时，正赶上饭点。

一大早便开始坐立难安的南娴一听到门铃声，立刻将手中的碗丢给了安之儒，抢着去开门。

门一开，安歌勾上了南娴的脖颈晃了晃。

“南美人，想不想我啊？”

“想死我们家闺女了，这么久都不回来看我！”抱了抱安歌后，南娴将安歌上下打量了个遍，发现自家宝贝闺女还是白白嫩嫩的，这才放心了。

“天这么热，你穿个长袖衬衫做什么？”

安歌一噎，问得好，做什么呢？

她正尴尬着，摆好碗筷的老安头双手背在身后慢悠悠地过来，他先是扫了傅斯珩一眼，又扫了安歌一眼，明白了个七七八八。

“来就来了，带这么多东西做什么？”老安头侧身让两个小的进了门，“以后还能不回来了？”

“以后肯定常回来！”

老安头轻哼一声。

“洗洗手，来吃饭了。”

“好的，领导。”

安之儒和南娴都知道傅斯珩父母的事，对他不曾开口喊爸妈只喊伯父伯母给予了充分的理解。

安歌也从没强求过傅斯珩。

要是换她出生在那么个家庭环境里，有那么个爹妈，再加上一天到晚没事找事的哥哥，她没长歪就不错了。

餐厅里，老安头坐主位，左手边依次坐着傅斯珩和安歌，右手边则是满心欢喜不停替他们夹菜的南娴。

气氛热络，还不错。

“多吃点。”南娴用公筷夹了满满一小碗红烧小排给傅斯珩，“一大家子有一个瘦子就好了。”

她说着，又夹了块藕饼堆在了傅斯珩快要冒尖的碗里。

“我们家闺女不会做饭，指望她指望不上，节目上辛苦你了！”

别人是丈母娘看女婿越看越挑剔，南娴是丈母娘看女婿越看越满意。

自家闺女当了模特以后，她连个投喂的人都没有了，这个不能吃那个要少吃的，一顿饭吃着可没意思了。

好不容易傅斯珩来了，南娴又找着了一个新的投喂对象。

傅家吃饭规矩多，傅斯珩没表现出任何不适，略颔首道：“谢谢伯母。”

一旁沉默良久的老安头看着，反手从桌子底下拎了一瓶酒上来，接着变戏法似的摸出了两个精致的小酒盏。

酒是老安头珍藏多年的花雕酒，和安歌一个岁数。

这是安之儒祖上那边的习俗，但凡有女儿出生的人家，都会在女儿满月的当天选花雕酒一瓶，泥封坛口，一直藏到女儿出嫁那年再打开。

所以又叫女儿红。

安之儒手上的那瓶是安歌出生那年请人酿的，一直珍藏到现在。

老安头不愧是舞笔杆子的，一珍藏的女儿红硬是被他说出了花。

酒盏相碰，清脆的一声响，有几滴酒洒出了杯盏，滴到了桌上。

酒香醇厚。

傅斯珩不怎么碰酒，即使推不掉碰得也少，但听完安之儒的话后，他陪着安之儒一杯接一杯地喝，和喝水一样。

半瓶下去，傅斯珩不见醉意，眼底一片清明，倒是安之儒先上了头。

安歌怕老安头喝多了有脾气，借着酒劲数落她，再加上老安头召她回来到底是为了什么事到现在也没说，那就更不能让他醉了。

见状，安歌一直踩在拖鞋里的脚丫子拿了出来，点了点傅斯珩的小腿，朝他递了个眼神，示意他别再陪喝了。

酒过三巡。

安之儒见时机差不多了，“啪”的一下，将空酒盏叩到了桌上。

来了！老安头要发表演讲了！

安歌点在傅斯珩小腿上的脚丫子一缩，想退回去，却被傅斯珩的一双长腿夹住，搭到了他的大腿上。

正酝酿着发话的老安头咳嗽了一声，安歌顾不上其他，忙坐直了身子。

“你们领证有段时间了吧？”

傅斯珩“嗯”了一声。

安歌小鸡啄米似的点头。

“那节目的第二集 我和南娴来来回回、反反复复看了不少遍。”老安头套话似的问，“你们喜欢小孩子吗？”

继续小叽啄米的安歌：“喜欢。”

太喜欢了，小宝宝香香软软、可可爱爱的，不哭的时候简直是个小天使。

傅斯珩未置一词。

“哦——”老安头意味深长。

下一秒，他话锋一转，“喜欢也不是什么坏事，但你这么早生孩子做什么？

“不想走秀了？‘国模之光’拿到了？二人世界过够了？”

来自老安头灵魂深处的死亡四连问。

当初是哪个老头子着急慌忙地要把她嫁出去的？老安头的脸说变说变，堪比川剧变脸。

质朴的提问完毕，老安头又开始抒情：“当然，爸爸也不是反对你生孩子，但是你还小，你的未来还有无数种可能。

“你见过海岛边凌晨五点多的太阳吗？你潜过深海见过那里的月光吗？你听过……”

安歌沉默。

凌晨五点多就有太阳了吗？海底的月光又是个什么玩意？

老安头的职业病上来，排比句一个接一个，中间运用了多种修辞手法。

总结一句话：孩子不要生。

老安头的抒情还在继续，即兴演讲逐渐从高潮转向收尾。

看安歌沉默的样子，再看傅斯珩若有所思的模样，安之儒认为自己这番话说到了两人的心坎里。

为人父母，总是这样的，闺女没结婚之前，担心闺女嫁不出去找不到好人家。

安歌那件事出来，他又气又心疼，害怕她被骗，但有了傅斯珩的保证，两人顺利地领了证，他才稍稍安心了。但这也不代表他就把安歌彻底丢给了傅家，他闺女还小，世界还没看够呢，嫁到傅家不是专门生孩子的。

这结了婚还能再离呢，别想哄他闺女这么早生孩子。

老安头收尾的话说完，自以为演讲很完美，刚龇牙，就听见傅斯珩说了一句话。

“我没想过要孩子。”

老安头的牙龇到一半，瞪眼：“以后也不想？”

“不想。”傅斯珩没犹豫。

他不是那个意思！这孩子还是要的，他和南娴还想玩小孩子呢！

这顿饭，傅斯珩的心情还行，安之儒就郁闷了。

安歌听得不知道说什么好。

祖宗不愧是祖宗，能把老安头说得一句话哽在嗓子眼里。

吃了饭，安歌带着傅斯珩回了卧室。

傅斯珩喝过酒，身上带着淡淡的酒香。

安歌的卧室装修大体保留了她学生时代的风格，清新之中带着点少女感。

层叠的纱窗帘垂落在地板上，白色书柜悬在墙上，下面一角的懒人沙发上堆满了抱枕，原色的地毯铺在床前。

傅斯珩懒洋洋地靠在床头打量着自己老婆以前住的地方。

卧室内常年燃熏香，香味沉积下来，令人神经舒缓。

安歌将滑下沙发的抱枕捡起丢了回去，转身朝傅斯珩看去：“你不想要孩子？”

“暂时不想。”

“你不想要昨晚还不做保护措施？”

傅斯珩：“没那么准，一次就中。”

安歌晃了晃手指头：“昨晚可不止一次，傅总什么时候对自己的能力这么没信心了？”

傅斯珩眯起眼，半晌，突然轻嗤了一声。

这问题不好回答，来回都是个送命题。

说不准，那是他能力不行；说准，那是打他自己的脸。

漆白吊椅半掩在琴叶榕后面，紧挨客厅的落地窗。

吊椅内置了田园碎花风格的靠枕和垫子，安歌半躺在吊椅里，长腿垂在外面，脚跟点在地板上，微微晃着吊椅。

吊椅来来回回地轻摇着，不快不慢。

隔着落地窗，外面无风。骄阳似火，烈日炎炎下花园内的柳树叶被晒得蔫了起来。

只有蝉鸣依旧鼓噪个不停，不知疲倦。

傅斯珩要处理工作，没多待便走了。

安歌上午睡久了，没什么困意，傅斯珩走后她跟着下了楼，随手抽了本杂志翻着。

一缕缕阳光透过树叶的缝隙，落进客厅，在地板上映出一地斑驳。

因吊椅来回晃动的频率，横趴在安歌小肚子上的肥喵弟舒服地眯起了眼，长尾巴惬意地来回甩着，偶尔扫到安歌的腕骨上。

安歌一只手顺着喵弟柔顺的软毛，一只手捏着杂志一角。

刚翻过一页杂志，楼梯拐角处响了两声脚步声。

安之儒拎了一本厚厚的白皮书下了楼，他一边走一边揉着发酸的脖颈喊："闺女，来看看这个！"

安之儒刚醒酒，刮了胡子洗了脸，换掉带着酒气的衣服，穿了身新的棉麻质浅黑色唐装，整个人精神奕奕的。

他献宝似的将白皮书递到了安歌手边。

白皮书的封面向下，看不见书名。

"名家安之儒安老先生的新作？"安歌接过时还以为是老安头的新书，逗了个趣。

安之儒在吊椅旁边的藤编扶手椅上坐下，给自己倒了杯提神的浓茶，嗅了嗅茶香后，才呷了一大口。

滚茶入肺，烫人但提神。

安之儒发出舒服的叹息，这才给了自家闺女一个眼神，道："你再看看呢，魏源老先生早说过要睁眼看世界。

“你对你这个爸可是一点也不走心。”

安歌没敢接话。翻过正面，白皮书封皮上印着四个偌大的黑体字：黎明时分。

不是老安头的新书！

好在老安头也没太在意，又问：“你冯叔知道吧？”

“知道。”安歌这下学乖了，绝不多说一句话，多说多错。

“知道就对了。”安之儒又抿了一大口浓茶，“这是你冯叔磨了快一年半的电影剧本。

“当初还在构思的时候，他就要我加入他们团队一起磨这玩意。

“之前聊了几次题材，巧了，这题材我还挺感兴趣的，再加上去年一直没什么事，我寻思寻思也就应了。磨了一年多，光大纲就讨论了快一个多月，直到最近才磨完。

“这不到了选角阶段嘛，我就想问问你要不——”

老安头的话说得非常质朴，但不无骄傲，还没说完，就被大致看了遍人物提纲的安歌打断了。

“邀请我演女主？”安歌难以置信地接了话。

她家老安头疯了吧？精心磨了一年多的本子让她去糟蹋！

抱着这样的心情，安歌的视线从女一人物简介那一栏移到了老安头的脸上。

穿着轻薄唐装的安之儒老先生虽然中午喝了不少酒，但酒醒了收拾一番后仍显得风度翩翩。头发上甚至蘸了水，梳到一边，风采不减当年。

而此刻风度翩翩的安之儒老先生端着浅口瓷杯，茶愣是没喝下去，一脸“你自己什么水平你没点儿数”的表情看着自家闺女。

看懂自己亲爸表情的安歌：“呃……”

怕等会儿再说下去呛茶，安之儒干脆放下了茶盏。

浅口大茶盏，白釉内壁，盏内底部绘着枝含苞待放的荷花，浅浅的粉釉，茶色呈透明的暗褐色。

“你看我像疯了的样子吗？”安之儒开口，“你爸爸我虽然年纪大了，但头脑可清醒着呢！你是我闺女也不行。

“不过你哪来的自信，你老公给的？”

安歌一噎。这和傅斯珩有什么关系？

《黎明时分》的女一简介上写得清清楚楚。

职业：High Fashion 超模。

主要经历：一无所有，独自闯进时尚圈打拼，没有人捧也没人看好。时装周期间，自掏腰包赶往巴黎参加面试，从第一天凌晨开始一直面试到第二天凌晨，终于引起了一位编辑的注意，获得了为 MQ 走秀的机会。

结果，一役成名。

因其台步风格鲜明，以一双大剪刀腿从一众 T 台模特中脱颖而出，引起各大奢侈品品牌的垂爱，受多名设计师追捧，一年半之内横扫各大 High Fashion 秀场。

在走红之初，便勇敢向国际第一时尚大刊有着“时尚圣经”之称的《VG》自荐，一举拿下了单人封面，随后一年内完爆四大封面。

短短时间内横扫各大 High Fashion 秀场的难道不是她吗？

虽然她还没完爆四大封面，但也只差一个美版。

见自家闺女没开口，安之儒瞥了一眼安歌指尖点的地方：“再往后翻几页，最后边呢。”

安歌翻到人物简介的最后，翻过了女二和女三，翻到了一个不知道女几的简介。

“看看，是不是非常适合你？一句台词也没有！都不用做什么表情，完完全全的本色出演！

“你就是块背景板，你只需要拿出你踏穿 T 台的气势走一场就可以！

“你走的那场秀是女主心目中永远的白月光，是她立志成为一名模特的诱因，是她咬牙坚持对着镜子一遍又一遍练习的动力，是她走出黑暗拥抱黎明的信心来源！”安之儒说得眉飞色舞。

安歌又是一噎。

老安头真的是她亲爹，说起话来句句扎她心窝，哪里痛他往哪里戳。

“预计什么时候开机？”

“快了，不过最快也得到今年年末。”安之儒有些感叹，“你冯叔也在顾虑，现在整个文娱行业都不景气，投资不好拉。”

“有冯叔在，还怕没有票房吗？还怕没人投资吗？”安歌拣着好话说。

安之儒知道安歌是拣好听的话说，还挺受用，但乐完，又忍不住一阵叹息。

现在整个文娱行业都很奇怪，流量当道。

一个接一个的小鲜肉接二连三地在资本的推动下爆红，几乎一个季度一个，爆红时引得网络上的小姑娘一口一个“老公”地喊，一天八百个热搜。

喊完没两个月又一个小鲜肉爆红，老公、男朋友纷纷换新。整得跟月抛美瞳一样，月月都能换。

但就这些也吸引了不少投资方和品牌，普通二三线代言一个接一个地拿，拿到手软。

有没有演技不重要，只要够红流量够大，大制作的影视剧剧本同样不会少，有些投资人甚至点名道姓要流量，认为这才是一部剧能不能火的保证。

老戏骨没戏拍，闲到在家抠脚，幺蛾子选秀出道没演技也没经过专业培训的“流量”一个剧组接一个剧组地赶。

当然，也不是说这些流量不好，有些知上进的边拍边学，演技倒也可圈可点，就怕那些个吹个发型都要买个热搜的“流量”。

不知不觉，也不知道什么时候这股子风也吹到了电影圈。

没演技、台词功底又不行，文不能提笔武不能真打，一些吃不了苦的“流量”硬是被投资方塞到电影里镀个金。

要就为了打个酱油刷个存在感还好，就怕为了给他们开道连剧本都要一改再改，番位一提再提。

以前大导演们下了苦功夫，从剧本到选角再到最后的剪辑，精雕细琢、慢工出细活是票房的保证，哪怕男一女一都不出名，只要演得好，便能叫座。

现在名导都慌，一部电影上映，男主长得不够帅都能挨骂，热度还比不上因为剪了个头发、换了个发型上热搜的“流量”。

怪哉。

安之儒摇摇头，又道：“最近那谁，叫乔什么瑶的不是和你在争什么‘国模之光’吗？虽然我闺女不稀罕那虚的头衔，可也不能拱手让给一个德不配位的是不是？

“你冯叔就想定你，也不是我给他推荐的，再说，这电影总归能给你加几分。”

安老头的语气稀松平常。

安歌想了半天，一时不知道说什么。

老安头竟然还知道乔瑶！

这何止是加几分。电影资源不是谁都能拿到的，尤其是冯楚生的电影，各方团队都想接触，哪怕换了影视剧圈里的一线女演员过来也不一定能过他的试镜。

冯楚生做事最讲究感觉，感觉到了什么都不是问题。

没名气没背景不要紧，他不看中这个。

他有好几部电影中的女一都是他刷光了圈里一众一二线女星后实在没人，亲自跑电影学院里蹲的。

随着电影大爆，那些原本还叫不出名的女演员能瞬间跻身一线，运气好的还能直接斩获电影节最佳女主。

“女一有人选了吗？”安歌又将人物简介翻了一遍。

安之儒一听，就知道安歌这是接了，也没藏着掖着道：“你冯叔蹲了个把月了，也没蹲到合适的人。”

安歌抿了小半杯温水，眨了眨眼睛，表示自己在听。

“不过这也算不得什么，他哪回不得蹲个把月的，这次还算快的呢！

“这就叫什么呢？踏破铁鞋无觅处，得来全不费工夫。”安之儒笑笑，“你冯叔看了你那节目，看完家庭模特大赛那段，他觉得书淡淡有点意思。

“台步可圈可点，培训培训演个电影不成问题，重要的是她的眼神，怎么说呢，你冯叔觉得她身上有——”

“咯咯——”听到书淡淡的名字，安歌一口水没喝下去，直接呛了出来，扶着吊椅边缘，止不住地咳嗽。

安歌倒吸了一口凉气，喉咙隐隐作痛。

书淡淡？台步何止是可圈可点啊，她根本不是一般人能请得起的！

安之儒追着问：“你觉得怎么样？有没有点意思？”

安歌不语。

非常有意思了。有意思到书淡淡马甲要是掉了他们会发现根本请不动她！

傅斯珩处理完工作，又回了白鹭湖庄园。

一家人吃了晚饭，傅斯珩又陪着安之儒下了一会儿棋。

说是下棋，不过是安之儒还对中午那话题耿耿于怀，借着下棋再探探自家女婿口风罢了。

可惜，两盘棋下完，傅斯珩愣是没松口。

别问，问就是不生。不需要，嫌麻烦。

饶是安之儒舞文弄墨多年，练就了一口铁齿铜牙也没能说动傅斯珩。

对上傅斯珩这种冷面活阎王，安之儒各种引经据典说了半天，傅斯珩只听不答。

安之儒一口气咽不下又顺不出来，两盘棋一完，直接抬手让傅斯珩走了。

卧室内。

喵弟的肥爪子勾着床板，蹿上了床头。

安歌卧室的床头板当初在装修时，直接用了斜面置物柜。原木置物柜打磨后漆漆，越往上截面越小，安歌在上面排了一排小摆件，多是一些手办。

养了喵弟后，手办被喵弟扫下去大半，后来安歌干脆清空了置物柜，那地方彻底被喵弟占领。

它没事就喜欢窝在上面，肉乎乎的身子缩成一团，尾巴垂在床头柜边缘晃着。

眼下，喵弟占着床头，安歌占着懒人沙发。

呈咸鱼状的安歌上半身倒在懒人沙发里，一双长腿支着地板，信手翻着剧本。

卧室的门此时被推开。

听到声音，安歌头也不抬地问："老安头都和你聊了些什么？"

"下了两盘棋。"

"这样？"

安歌点点头，合上了剧本。

傅斯珩半倚在床边，松了两粒衬衫扣子，拿过一旁魏舟一早买好的东西随手翻了翻。

购物袋挺大的，纯黑色，上面没印任何字。

里面所有的东西都只有一个作用，但种类五花八门。

傅斯珩拿了一个盒子，扫了一眼产品介绍。

“我去洗澡。”安歌找到睡裙，又将看了快大半的剧本丢到床上，准备洗完继续看。

剧本正巧砸在傅斯珩的腿边，封面被翻开，露出了第一页的人物简介。

浴室内很快响起水声。

傅斯珩将小盒子扔回袋子里，抬手拿过剧本，翻回封面看过标题后才看人物简介。

简介写得非常详细。女主是个孤儿，生父生母不详。因从小长得漂亮没少在孤儿院被欺负，后被一对无法生育的中年夫妇领养。

中年夫妇双方皆有一份体面的工作，虽不是什么大富大贵的家庭，但也在普通小康之上，女主度过了一段较舒适的假期。

入学后，又因为远高于同龄人的身高和那张漂亮的脸再次被周围的小伙伴孤立，没少受欺凌，但一直忍着没和养父养母说。

转折发生在学期结束的暑假，养父母家中迎来了过来消夏度假的叔叔。

叔叔是养父学生时代的好友，看着宽厚可靠。

某天，养父养母都在外工作时，不谙世事的女主被叔叔带到了酒店，那时女主尚未成年。

事后，叔叔威胁女主要是把事情说出去就在网上公开那段在酒店里录下来的视频。

女主当真守口如瓶，只字未提。

消夏的那段日子里，女主被迫和叔叔发生多次性关系，情绪几近崩溃，一度想要自杀。

傅斯珩的舌尖轻轻抵着腮帮，视线落在“多次”这两个字上。

卫生间的水声停了好一会儿。

安歌吹干头发，走了出来。

傅斯珩屈指轻弹了一下手中的剧本：“你要拍床戏？”

他老丈人可真行，嘴上说着要抱小孩，却把自家闺女推出去工作。

写个小剧本，还要让自己闺女拍床戏。

一年多横扫各大 High Fashion 秀场，这就差直接点名道姓说是他老婆了。

安歌走到床边，将剧本从傅斯珩手里抽了过来，直接翻到最后一个人物小传道："你老丈人让我去当一块背景板。"

最后一个人物小传字不多。

傅斯珩只扫了一眼。

他老婆一句台词也没有，只需要正常走一场秀即可。

傅斯珩握着安歌的手腕，将人拉到了自己身上，左手抱着她，右手翻了翻剧本："什么时候开机？"

"目前还不确定。"安歌推了推傅斯珩，"去洗澡，洗干净再来抱我。"

傅斯珩依言去洗澡了。

安歌拿着剧本滚了半圈，直接滚到了床里侧，继续翻剧本。

老安头一向擅长先抑后扬，剧情前期非常压抑，故事一波未平一波又起，环环相扣，引人入胜。

尤其是最后，女主破茧成蝶，安歌看得正入迷。

突然间，灯灭了，卧室内陷入一片黑暗。

安歌落入了傅斯珩的怀抱里。

傅斯珩抽走安歌手里的剧本，剧本被丢到了床下。

气氛暧昧起来。

傅斯珩刚洗完澡，头发擦得半干，水珠顺着发梢向下滴，他撑在安歌的上方，冰凉的水珠滴到了安歌的锁骨上。

傅斯珩的意图太过明显，安歌起了逗弄的心思。

"干什么？"

"你。"

安歌抬手环上了傅斯珩的脖颈，压低了他的脖子，问："又想做坏事？"

傅斯珩不答。

安歌微微仰头，右手撑在他的颈后，左手扶在他的脸颊边，主动亲了上去。

傅斯珩瞬间被点燃。

刚尝过滋味的傅斯珩强势地拿回了主动权，咬住了安歌的唇瓣，探了进去。

良久，傅斯珩一直撑在安歌身侧的手一松，唇贴上了安歌的侧颈。

“不做安全措施可不行哦。”安歌的声音很温柔。

安歌一想到傅斯珩中午的脸色就忍不住想笑，当下又掐着点适时地浇了一盆冷水。

她猜傅斯珩下午一直在忙着处理工作，根本不会买避孕套。

安歌蜷着身子，就等着傅斯珩动作一顿她好把人踹下去。

暂时不想要孩子，又不做安全措施。

美得他。

等了一会儿，他没有半点停顿。

傅斯珩轻轻咬着安歌后颈，半揽着她去摸床头柜上的袋子。

窸窸窣窣间，傅斯珩哑着声问：“喜欢什么味道的？”

安歌脑子里冒了个大大的问号：“你买了？”

“魏舟买的。”

安歌一阵窒息，她怎么就忘了这个无所不能的生活助理呢？

“草莓味的？”傅斯珩撑起上半身，“什么类型的？”

安歌没抵得过心里的好奇，问：“都有什么类型？”

傅斯珩低声说了些后，耐心告罄的他随手拿了一个。

听到包装纸被撕开的声音，安歌在心底背起了哲学问题。

“世界是物质的，物质是运动的，运动是有规律的，规律是可以认识的，认识是发展变化的……

“傅斯珩是运动的，运动是没规律的……”

等等！她对不起哲学老师！

月光透过窗帘落入，月华微凉。

傅斯珩单手撑在她的脸颊边，他不紧不慢，一直低着的头微微抬起，突然顿住了。

一瞬间，安歌感觉傅斯珩身子有点僵，带着几分疑惑，不由得仰头去看床壁上方。

黑暗中，一双绿莹莹的眼睛正自上而下地盯着他们。

荧光绿的眼睛跟镭射灯一样。

安歌愣了愣，笑出了声。

——弟弟，你别把你亲爹给吓不行了。

“喵——”喵弟完全不知道现在是什么情况，对着傅斯珩叫了三声。

箭在弦上，傅斯珩咬着牙，喘了一声，强忍着冲动把默默窥探许久的喵弟丢出了卧室。

喵弟第一次享受被人丢出门外的待遇，当下挠着门板直叫唤。

傅斯珩没理会，直接落了锁。

半靠着门板，傅斯珩面无表情地看着倒在床上笑得不能自已的女人。

“珩宝，你还行吗？”安歌半抱着身子，笑得整个身子缩成了一团。

哈哈哈……世界最惨，没有之一。

傅斯珩懒得开口说一句废话，直接用实际行动告诉了安歌自己到底行不行。

好奇宝宝安歌被迫一晚上认清了魏舟买的所有种类。

“好！准备一下，再来一组！”摄影师比了一个手势，往后退了几步。

负责打光的《悦己》杂志社的工作人员迅速会意，往后拉了点距离，室外拍摄场地再次被拓宽。

九月中旬，N市气温骤降。

昨夜断虹霁雨净秋空，似是一夜之间，城中枫叶尽飘红，以紫金山为最。

漫山的红枫如火一般铺开，山脚小道，过往取景的行人络绎不绝。

夕阳西下，江色映疏帘。

浅金色的阳光笼罩着淮水一隅，落满了整个湖面。

八月一过，淮水不再似往日那般平静，暗流涌动间，湖面波光粼粼。

半弧形的木质景观台延伸出湖面，晚风一吹，竟有了点萧瑟之意。

“阿嚏——”

守在远处的小圆不由得打了个喷嚏。

小圆揉着鼻子，挽着秦湘的手嘀咕着：“娘娘不冷吗？我套着针织衫都嫌冷，她就裹了薄薄的一层纱！

“话说回来，N市的秋风吹得也太早了吧？”

秦湘看着不远处一分钟能换三个造型的安歌，悠悠道：“超模的字典里从来没有‘冷’这个字！”

秦湘刚说完，小圆又打了个喷嚏。

“看你那点出息。”秦湘抱着安歌换下来的衣服纸袋，笑道。

秋风一吹，小圆又是一哆嗦。

“最后一组！开始！”摄影师高举了手臂。

安歌点头示意。

夕阳刚好沉到低矮的紫金山后面，长河落日，寒鸦声碎。

安歌退到了景观台的栏杆边上。

随着摄影师落下的手势，安歌侧身，左手插进了额前的长发中，将披散着的长发捋到了脑后，抬脚间直接甩开了步子。

小圆看得惊心动魄，下意识地叫出了声：“娘娘太狠了！”

犰狳鞋，足有三十一厘米。

在几年前的春夏时装周上让不少超模望而生畏进而纷纷罢秀的犰狳鞋重出江湖，被杂志社借来给安歌做造型。

一般人穿着这鞋子连走路都困难，更别提还要在木质踏步板上走台步了。

小圆生怕安歌跌到，紧紧地扣着秦湘的手臂。

为了方便摄影师抓点，安歌的步伐并不大。

晚风吹拂间，安歌的发丝被扬起，有一丝黏在了红唇上，凌乱之中别有一番美感。

浅金色逐步变成了深金，安歌逆着金色的光线，犹如神祇。

“娘娘太好看了！”小圆嗷了一声，“这是什么人间绝色！

“我要是个男的，我都想娶娘娘！

“我们娘娘秒天秒地，必须是‘国模之光’！我不准有人不服！”

秦湘的胳膊被小圆掐得隐隐作痛：“不是，这‘国模之光’你给她颁的啊？”

“不是娘娘，还能有谁？”

“虽然，但是，你懂？”秦湘叹了一口气，“我们说了没用。”

怕落人口实，秦湘摇摇头，又道：“少说话，多做事。结果没出来之前，别给安歌画饼。”

小圆知道网上的事，气鼓鼓地“哦”了一声：“那我们就坐以待毙？”

“先静观其变吧。”

提到这“国模之光”的称号，秦湘有些心烦。

安歌是继林思晗之后又一位泥石流，不让营销，直言没必要。

是没必要，再没必要下去有些营销号都快跳到他们脸上了。

继J·M和宁瑾集团牵手以后，也不知道是哪家的营销号开始下水搅和，明里暗里带节奏，说只要作为国牌高定服装龙头老大的J·M官宣谁，谁就是“国模之光”。

搞得一群天天网上冲浪完全不了解MDC超模成绩排名的吃瓜群众跟风附和，嚷着“国模之光”非J·M代言人莫属。

一想到这事，秦湘忍不住翻了个白眼。

四大时装周马上就要拉开序幕了，J·M要是有和安歌合作的意思，肯定一早就沟通过了，算时间，代言广告都拍好了，然而J·M从来没和时代联系过。

换而言之，这代言基本可以确定不是安歌的。

再说直白一点，“国模之光”可以换人加冕了。

在踏步板尽头，安歌定点，摄影师完成了最后的拍摄。

“OK！”

“辛苦了！”一直半蹲着找角度的摄影师直起身，“可以收工了，辛苦各位。”

“辛苦了，辛苦了，晚上一起吃个饭？”

“定哪家？”

《悦己》杂志社的工作人员一边收工一边商量着聚餐地点。

安歌的小腿肌肉绷了一下午，脚面几乎是和地面垂直的，拍摄一结束直接抬脚甩掉了脚上的反人类奢侈品犰狳鞋。

安歌一只手拎着一只鞋子，将长发甩到身后，赤脚走向了秦湘。

“娘娘，你对这鞋子温柔一点。”小圆又嗷了一声，“全世界一共就二十一双，还是有价无市的那种！”

“我对它温柔，它不会对我温柔。”安歌想了下，“也没那么贵，去年拍卖会上三十万美元可以拍三双呢。”

小圆被噎住了。

“行了。”安歌止住这个话题，“你们晚上去哪儿吃？”

“娘娘，你要和我们一起去吃饭吗？不用陪傅总？”小圆的眼睛瞬间一亮，“我听说这里的烤鱼特别好吃！”

安歌屈指弹了一下小圆的脑门，接过秦湘递过来的衣服纸袋："不能呀，今晚有事。但我可以请客，你们吃什么都可以。"

"哦——"小圆失落地应了一声，"那是要陪傅总吗？"

安歌摆了摆手，意思非常明显。

小圆鼓着腮帮子，看着安歌的背影。

突然冒出来的魏舟贱兮兮地接了句："不好意思啊，小妹妹，你们娘娘我等会儿就接走了。"

秦湘跟着开玩笑："圆儿出息了，都敢从傅总手上抢人了。"

"我这不是怕明天半夜接不到娘娘嘛，凌晨的飞机，误点了又要等下一班。你想啊，我们昨天去傅总家接人的时候就等了一个早上，电话都打不通。"小圆撇嘴。

秦湘"嘶"了一声，被小圆一提醒，才想起这么个情况。

安歌落到傅斯珩手里，什么时候能再见到安歌，可不是她说了算。

次日凌晨直接从N市飞巴黎。接下来好一段时间这两人都见不到面，这晚不得……别说凌晨，翌日一早她都不一定能见着人！

秦湘的面色古怪，看向了魏舟，欲言又止。

魏舟的轻咳声卡在了喉咙里，察觉到落在自己身上的目光，尴尬地摸了摸鼻子。

看他干吗？他就是一个听老板号令的苦兮兮的小助理！

他还能安排他们老板直言说这事别干，听他的？

他敢吗？要是真这么安排了，估计第二天一早他就能收拾铺盖准备走人了。魏舟抬头，望着天，在心里默默地问候着夕阳。

"魏助理？"秦湘开口，顿了顿，"是这么称呼的吗？"

是福不是祸，是祸躲不过。

魏舟又问候了一句夕阳，换上一副客客气气的嘴脸："是这样，叫我小魏也可以，亲切！"

秦湘顺杆子喊了声"小魏"，愉快地拍板："小魏同志，要不你看明天叫人的事就由你代劳了？我们这边不了解你们家傅总情况，怕打扰了不好。"

魏舟的笑容一僵。

——我们家什么情况你不了解吗？祖宗的事谁敢打扰？他是长了一

张上赶着去送死的脸吗？

魏舟深吸了一口气，继续笑道："这话就严重了，什么打扰不打扰？"

秦湘一喜，以为有戏了。

"虽然我也很想为两位女士代劳，但是呢，可能你们真不了解我们老板的情况，最近这些天的早上，他的手机都是关机的，我这边也联系不上呢。"魏舟又道。

秦湘和小圆都不想说话了。

好贱的人啊。

"那怎么办？"小圆拉了拉秦湘的衣袖，商量道，"要不改签吧？下午再走？"

秦湘无语了好半天，那还不如直接改签到晚上呢，再改签下去那干脆别走了。

"你们为什么不从娘娘那边入手呢？"魏舟善意地提醒，"娘娘点头同意说好的事，谁还能拦着？"

"真的？"秦湘半信半疑，她家的泥石流这么有家庭地位？

魏舟笑不而语。他们老板有什么原则，娘娘不开心老板说公开万象就公开万象，惹了一堆破事也没有半句话。

淮水边的老街，外围露天停车场。

苏衍的助理早早地候在了一旁，一见到安歌，立刻迎了上去。

"傅先生，晚上好。"

高林熟稔地和傅斯珩打了招呼，又对安歌说："娘娘好，我叫高林，是苏衍先生的助理，苏总和夫人还在前面。"

安歌客气地回了礼，傅斯珩略微一颔首。

高林在前面带路。

安歌的指尖在傅斯珩的手掌心轻轻挠了一下，问："你们这些人的生活助理都这么会讲话的吗？"

上来就喊她"娘娘"，搞得她跟皇后巡游一样。

傅斯珩反扣住安歌不安心的手指。

"苏衍是？"安歌悄声问，"这名字好耳熟啊……我好像在哪看到过。"

"新闻。"

安歌恍然大悟，终于明白这股熟悉感从哪来了。

这不是前不久高挂在热搜上的那位吗？当时的新闻标题让她的印象非常深刻，叫什么来着……叫“苏衍卸载纽约大通投资银行高管职位，改任亚太地区总裁”。

高开低走的调动，金融小报写手一天报道了八百回。

“你们认识？”

“朋友。”

“你竟然也有朋友？”安歌脱口而出。

祖宗这么难搞的性子竟然能有朋友！这位朋友得是何方神圣？

傅斯珩瞥了安歌一眼：“你对我有什么误解？”

“没误解。”

安歌腹诽：我看你挺适合一辈子孤独终老的。

作为N市最繁华的老街，依山傍水，哪怕到了傍晚，人流量也不减反增。

人来人往的，多是些游客，鱼龙混杂的。

老街大体保留了清至民国以来的街巷格局，没有刻意的雕梁画栋，只将曾经的繁华不动声色地掩藏在历史转瞬的光阴里。

两边的商铺鳞次栉比，卖特色小零食的店一家挨着一家。

巷道拐角处开着两三家古玩店，真假混杂。

N市和S市不一样，N市的文化底蕴深厚，六朝古都，千古龙蟠并虎踞，但在这王气之中，它有些独属于它自己的生活节奏，那种慢调调的宁静安然与舒适。

街角刚出炉的梅花糕热气腾腾，红豆香四溢，烟火气十足。

卖麦芽糖的梆子声远远地传来，老大爷抖着糖稀的手十分稳健，手腕一勾一甩间，蛟龙跃然纸上。

不远处的中式路灯下，站着一个与周围环境格格不入的男人。

他和傅斯珩一样，一身正装，气质斐然。

苏衍正在打电话，远远地看到走过来的两人，比了个稍等的手势。

高林将人带到，和苏安打了声招呼后便离开了。

安歌这才注意到苏衍的身边还站着一个牵着小朋友的女人。

她一直背对着他们，听到声音才转过身来。

女人红唇明艳，不俗而媚。

九分铅笔裤搭灯笼袖衬衫，干净又利落。眉眼偏冷艳，但对着小朋友时，她浅浅地笑着，分外温柔。

“安安。”小朋友长得精致，像画一样，眼睛圆且清润有神，长长的睫毛覆盖下，靠近眼尾那里的睫毛微翘。

神似苏衍。

他的手里捏着一根短木棍，木棍上插着由糖稀画成的小猪，正举高了献宝似的给女人看：“看，小猪猪！”

糖稀画成的生肖猪，寥寥数笔，栩栩如生。

尤其是小猪的鼻子，特别可爱。

小朋友看样子非常喜欢，没舍得咬一口，他的小手指在小猪鼻子上虚虚地点着，一副想碰又舍不得碰的模样。

在安歌眼里十分温柔的女人从善如流地开口：“对，是你，你是小猪猪。”

小朋友大半个身子靠在苏衍的腿边，仰着头努力地纠正：“我不是猪猪，它是猪猪。”

“嗯，它是猪猪，你是酥猪猪。”

小朋友不太想要这个称呼，但又说不过女人，捏着糖稀猪转过身子就要抱苏衍的大腿。

恰好苏衍挂了电话，一把将小朋友抱起，看向了女人。

女人瞬间收敛了笑，道：“怎么，你想要这个昵称？”

小朋友很会顺杆子往上爬，奶音一颤：“衍衍也是猪。”

女人明艳的红唇刚挑开一个弧度，小朋友又接了一句：“安安也是猪。”

女人嘴角一抿。

苏衍和女人齐齐地陷入了沉默。

在这一片沉默中，傅斯珩扯了一下嘴角，夸道：“苏衍，你儿子挺聪明的。”

所以说，傅斯珩这种人怎么会有朋友？苏衍怎么没把他打死？

“见笑了。”苏衍看了安歌一眼，面不改色道。

说着，苏衍的指尖挠了下小朋友的下巴：“苏宝，向傅叔叔和安歌姐姐问好。”

名叫苏宝的小朋友非常上道，小奶音一颤一颤地道：“傅叔叔好，漂亮姐姐好！”

傅叔叔？安歌扬起嘴角。

苏宝晃着手中的糖稀猪，又道：“这是我的大美人妈妈，苏安安！

“这是衍衍！”苏宝年纪小，说话不清楚，但叫起名字来非常顺溜。

安歌被那声“漂亮姐姐”哄得相当开心：“小苏宝好呀。”

苏宝相当配合：“好！”

而一旁被叫作“叔叔”的傅斯珩将视线从苏宝的脸上移到了苏衍脸上，面无表情。

苏衍摆出了和傅斯珩同款的表情，他又挠了一下苏宝的下巴，说：“你傅叔叔刚才没听见你的问好。”

小苏宝切换到了复读机模式，一连喊了好几声“傅叔叔”。

安歌嘴角越扬越高。

打了招呼后，一行人不紧不慢地向前走着。

苏宝被苏安牵着，他走路不太稳，穿着背带裤，步子歪歪扭扭的，苏衍就像一个局外人。

安歌落后了几步距离，用胳膊肘抵了抵傅斯珩：“傅叔叔，你这朋友一家——”

安歌的话没说完，就对上了傅斯珩的目光。

傅斯珩的目光很凉，像入秋的风。

淮水的支流穿过老街，水面上的乌篷船吱吱呀呀地向前。

“傅叔叔，你也老大不小了，是可以当叔叔年纪了，别不服老。”安歌一想起傅斯珩暂时不想要小宝宝的话，又道，“你看看你朋友，人家的小朋友都会打酱油叫你‘叔叔’了！”

傅斯珩扯了扯嘴角，下巴一抬，神情倨傲。

什么小朋友？

苏安甩了苏衍以后，苏宝至今都没认他这个便宜爹。

安歌不怕死，一声叠着一声，“叔叔，叔叔”地叫着。

前面一处拱桥边挤了一间狭小的铺子，门店里的长桌上摆满了削好的竹节。店前的塑料板上插满了用竹子编成的小动物，中间的草蟋蟀异常逼真。

苏宝捏着糖稀猪，颤颤巍巍地蹲了下来，盯着草蟋蟀，扭头想去找苏安。

他刚蹲下，拱桥另一边传来了一声喊叫："让一让！"

"抓小偷啊——"

"抓住他！"

抓小偷？

安歌朝拱桥边看过去。

余晖下，一个长得贼眉鼠眼的小个子男人跌跌撞撞地向前跑着，他一只手拿着个紫色的女士钱包，另一只手拨开人群，头也不抬地直往前冲。风风火火，跑得非常急。

苏宝就蹲在正对着他逃跑路线的摊子前。

以小朋友的反应能力，根本避不开。

哪来的这么不长眼家伙？

安歌的正义感瞬间爆棚，压了压指关节，踩着一双细高跟，向前走了两步，挡到苏宝身前，她左脚的高跟鞋鞋跟紧扣着地面。

电光火石间，就在小偷擦身而过时，安歌一把扯住他的手腕，抬起右腿，快准狠地扫到了小偷的小腿上。

小偷还没反应过来，一个踉跄，小腿上又挨了一脚。

钻心的疼痛感迅速冒了上来，小偷"扑通"一声，直接跪了下去，钱包被松开。

"啊——"

"疼，疼，疼，疼。"

这场景看呆了周围一群人。

安歌踩着双细高跟，跟拍戏的一样，动作一气呵成，非常流畅。

苏安半蹲着抱着苏宝。

苏衍俯下身保持着抱苏安和苏宝的动作，嘴角一抽。

傅斯珩哪找来的老婆？

被苏安抱着怀里的苏宝蹭着自己大美人妈妈的下巴。

傅斯珩见怪不怪，淡定地打了个电话，通知魏舟准备过来善后。

安歌反过小偷的手臂：“你还知道疼？还能不能做个人了？逃跑不看路的吗？”

小偷痛苦得表情都扭曲了，仍然在嘴硬：“关你什么事啊？”

安歌懒得理他，又给了他一脚，踹完，弯着眼睛回头问苏宝：“小苏宝，姐姐帅不帅啊？

“姐姐给你买草蟋蟀！”

晚风卷入船舱内，扬起纱帘一角，环佩叮当响。

宴席已散。

苏宝被苏衍喂饱了，半趴在苏安的大腿上，捏着草蟋蟀晃了一会儿，在犯困的时候被苏安抱出了船舱。

渺渺斜风轻拂，苏衍出了船舱，拆了烟盒，抽了两支烟出来。

傅斯珩双手插在西裤口袋中，背倚着船柱子，看着背对着他歪趴在船舷上的安歌。视野中，出现了两支烟。

苏衍的中指和无名指间夹着烟，他的无名指一推，两支烟向相反的方向歪去，一支对准了傅斯珩。

傅斯珩的视线从安歌身上收回，瞥了眼一直站在自己身边的苏衍，抬手抽过那支烟。

“你什么时候有瘾了？”傅斯珩的指尖轻点了一下那根烟。

因为工作，他和苏衍见面的次数屈指可数。

做他们这一行的，应酬是必须的，不可能不会抽烟不会喝酒，只看自己愿不愿意罢了。再者，出生环境在那里，长久的熏陶下，这些事根本不需要人教。

只是他和苏衍对这方面兴趣不大，没什么瘾。

尤其是苏衍，读书的时候他从来不碰这些，后来工作也没见他破什么例。只有一个例外，苏衍和苏安结婚那天，陪了不少酒。

没想到，苏衍还有主动请别人抽烟的一天。

傅斯珩把玩着手中的烟，垂了头，碎发滑落稍许。

什么时候？苏衍一时没应。

苏衍从西裤口袋中摸出了打火机，拇指抵着精致的打火机翻盖，推了上去。

打火机的外形质朴，没有多余的装饰，上面刻着似枯萎的绣球花，像苏安的成名画作。

清脆的一声响后，蓝色火苗自动跃了上来，晚风一吹，它跟着晃着。

傅斯珩瞥了苏衍一眼。

苏衍一只手笼在唇边，眉眼间略过淡淡的倦色。

蓝色的火舌舔上了烟卷，烟被点燃。

他抽了一口后才说："苏安走了之后。"

苏衍的动作熟练又流畅，看样子确实没少抽。

傅斯珩垂下眼帘，看着指尖的烟。

大银行家又如何？活该。

打火机被苏衍移到了眼前，傅斯珩低了头，薄唇抿着烟，凑近了点燃，青白的烟雾很快升起。

"事情还没解决？"苏衍朝傅斯珩看了一眼，谈到了正事，"你做事什么时候这么拖泥带水了？"

傅斯珩在他们这个圈有另一个代名词，叫"孤高的资本狙击手"。没人情味，只要被他盯上，多半都是悄无声息地蒸发。

傅家的事，苏衍隐约知道一些，看得出傅斯珩对宁瑾集团确实没什么想法。

然而没想法是一回事，防不防又是另一回事。

想和宁瑾对抗，光靠一个 IGD 资本远远不够。

想到这里，苏衍开口："港市的恒安国际是你做空的吧。"

傅斯珩没接话。

苏衍继续说："一直不温不火的恒安国际突然崩盘，盘中跌幅一度达到近百分之九十，不到半个小时股价从 2.768 跌到 0.57 港元，市值蒸发了近三百亿港元。"

傅斯珩薄薄的唇间衔着烟，神情慵懒，眯着眼看白烟。

风一吹，烟雾散了个干净，只余下淡淡的烟草味。

傅斯珩弹了弹烟灰，才回答上一个问题："解决什么？"

不是他不想，是不能。

傅老爷子还在，老人家奔波操劳了大半辈子，老来还要替儿子养儿子，儿子拍拍屁股甩开大膀子走了，去追求自己的人生理想，说得好听点叫报效国家，说得难听点是自私自利。

傅父走了倒好，撂了一堆事。

爷爷早到了该退休的年纪，迫不得已一直守在那个位子上，他的身体本来就不太好。

这一坐，又是好多年，儿子的儿子都长大了。终于可以享清福了，哪知年岁长了，人情味早变了，一家人心思各异。

白黑子错落间的孤寂岁月，他一个人走过就够了，老人家这么大的年纪无非就盼个团团圆圆。

傅斯珩当初眼都不眨地娶安歌，也是为了让老爷子晚年顺顺心心的。

烟雾一缕接着一缕。

半晌，傅斯珩又说："我没那个兴趣。"

"别人知道你没那个兴趣？"苏衍说话间，目光一直落在苏安的身上。

傅斯珩扯了扯嘴角，这样的家庭环境里，根本没人信。

宁瑾是块肥到冒油的肉，人人都想守着它分一杯羹，不断地扩展属于自己的那一亩三分地。

多一个人，这人还是宁瑾的二公子，那必然要分走一大块肉。

"无所谓。"傅斯珩微微仰头，缓缓地吐出烟雾，语气不甚在意。

苏衍听了这话，不准备再兜圈子，直截了当地问："你想做什么？"

"狙了J·M。"

不是狙击，是狙了。

苏衍提了点兴致："宁瑾注资了J·M，短期内应该不会有撤资的打算。"

有一个J·M不足为惧，收购J·M是易如反掌的事，毕竟胳膊拧不过大腿。

但扯上了宁瑾集团，有宁瑾集团在背后撑腰，收购J·M的难度系数提升了不少。

"你怕宁瑾？"

"又不是狙击宁瑾。"苏衍想到了傅老爷子，又问，"你不方便出面，是因为傅老爷子？"

算年纪，傅老爷子比他爷爷还要大，但身体一直不太行。

傅斯珩虽没什么人情味，但也不可能真和傅周深一家当着傅老爷子的面撕破脸皮。

傅斯珩指尖猩红的火光明明灭灭，音质发凉："你以为傅周深现在敢在老爷子面前挑明关系？

"他比我还想瞒住老爷子。"

傅斯珩轻嗤了一声。

傅周深这人被宠坏了，什么都想两手抓，什么都想要。

表面是一副儒雅随和的大公子模样，背地里没少干龌龊事。唯一一点值得表扬的，不管在外面闹得多凶，给他使多少绊子，回了家又是宽厚仁和的"好哥哥"。

"那是什么？"

傅斯珩露出一个嘲讽的笑："他本来就没这方面的投资意向，玩票而已。

"安歌是我的女人，乔瑶是他目前摆到台面上的床伴，他不过是想借这事给我找点不痛快。

"等他玩够了，觉得哪方面都反超我的时候，肯定会抽身撤资，那时候 J·M 是死是活都和他没什么关系。"

"所以？"苏衍抬了抬下巴。

他没傅斯珩那么变态，没兴趣玩猫捉耗子的游戏，也体会不到黑猫捉住耗子后不吃它往死里玩弄折磨的心情。

"你不觉得在他认为自己快要赢了的时候反将回去，更——"

"不觉得。"苏衍打断，"你可以直说是为了你老婆。"

傅斯珩下手一向快准狠，做事不留情面，很变态，但他没那么无聊，兜这么大个圈子，还让苏衍出面。

凉风趁隙而入，吹得挂在船舱屋檐一角的红灯笼飘飘悠悠的。

红色的灯笼光倒映在淮水略起波澜的水面上，灯影晕开。

淮水人家。

N 市极富情调的私家馆子，开在淮水岸边。

每晚固定六桌，多一桌都不做，每一宴都设在一只独立的船上。

水泥船身，不容易被流水腐蚀，而船上的家具装饰皆由木材雕刻而成。

临靠着岸边，六只造型一致的大船排开，对岸搭了个戏台，可点戏，唱的也多是苏淮地区享负盛名的淮剧。

咿咿呀呀的，戏腔婉转，韵味十足。

水袖甩开，小花旦登场。

安歌还是头一次听腔调这么缠绵悱恻的戏曲，缠绵而不腻。

她大半个身子半趴在船舷边，不由得比着小花旦的动作，捏了个兰花指。

“第一次听？”苏安问。

“第一次听。”安歌朝苏安看了一眼。

灯下看美人，越看越惊艳。

这是此刻苏安给安歌的感觉。

纯粹的美，让人惊艳，带着苏淮地区的那种独有的调调。

但一晚上相处下来，安歌又觉得她不像表面上那样，总觉得她身上笼着一股寂寥，太沉寂。

和一开始傅斯珩给安歌的感觉有些相像，但又不完全一样。

傅斯珩一身傲骨，带着尖锐的刺，纵是满身孤寂，也是高高在上的祖宗。

而苏安则像被人磨平了满身的棱角。美则美矣，了则未了。

戏文还在继续，青衣带着花旦谢场，才子佳人被迫分离，相隔千里万里。

有书生翩翩风流，赴京求功名；有佳人独坐阁楼，红笺翻几遭。

折扇一开合，春夏秋冬尽过往。

安歌听得认真，手指跟着腔调轻叩。

苏安本不是话多的人，淮剧中这出戏码她从小看到大，再加上她和苏衍的事，早已没了多大的兴趣。

苏宝不爱听这种咿咿呀呀的调子，他的注意力全在安歌替他买的草蟋蟀身上，自己一个人也能玩得很入迷。

苏安看了一会儿苏宝，余光瞥到了身后不远处的苏衍身上。

临近曲终，进京赶考的书生一朝高中，状元郎打马看尽了长安花。

授了官职，衣锦还乡，八抬大轿径直抬到了小姐家。红烛喜被，才子佳人成双对。

戏文里风月渐浓，又是一出天长地久。

曲终，人散。花旦又是一甩水袖，谢了场。

安歌弯着瞳，跟着鼓了鼓掌。

故事虽俗套，不过生活嘛，简简单单就好啦。

苏安突然开口："你觉得不谙世事的小姐能和早已习惯官场上尔虞我诈的书生在一起多久？"

"嗯？"安歌疑惑。

"她什么都不了解。不了解书生的工作，看不懂书生的文书，足不出户，融不进书生的圈子里。"

安歌弯着秋水瞳，反问："为什么要了解？"

苏安一愣。看了一眼身后正低声交谈着的苏衍和傅斯珩，苏安又问："你不想知道他们在聊什么吗？"

安歌跟着看了一眼。

红灯笼下，傅斯珩随意地倚靠在柱子边，侧了头在和苏衍说话，他抽烟时会习惯地仰头，幅度不大。

半明半灭的光影下，他的侧颜清隽。

在安歌的印象中，这是傅斯珩第三次抽烟。

不知道两人谈到了什么，傅斯珩抬眼朝她看了过来。

只一眼，祖宗身上的疏离感跟着淡了几分。

"不想。"安歌回答。

傅斯珩不是书生，她不是佳人，生活也不是戏文。

安歌没有半点犹豫，态度果断又利落。

苏安从来没有见过安歌这样的女人。

她和苏衍结婚早，知道傅斯珩是苏衍的朋友，两人在某种程度上可以说是一类人，不是一类人也玩不到一起。

B市傅家的二公子，年轻有为，一表人才，少不得被莺莺燕燕盯着。

这女的不介意吗？没有半点危机感吗？

"为什么？"苏安下意识地问。

安歌并不了解苏安和苏衍的事，但她从小的生活环境在那里，别家乱是别家的事。

南娴和老安头给她做了一个很好的榜样，南娴从不管老安头工作上的事，哪怕他写出再惊世骇俗的东西，两人相濡以沫多年，依旧很恩爱。

“因为了解也没什么用啊，我又不是他的助理。他娶我回来，也不是为了让我了解他的工作的，而我嫁给他，更不是为了成他工作上的伙伴。

“每个人都应该有点私人空间不是吗？了解又如何，不了解又如何？喜欢又不会因此而改变。”

傅斯珩从不避着她谈工作，文件怼在她脸上她顶多捡起来放好了，也不会翻开看看。

她大学念的是玄而又玄的哲学，又不是搞金融投资的，看那玩意不是纯属给自己找不自在吗？

有那时间还不如看看小说。

当然，傅斯珩这个狗男人压着她做那事的时候，最后温存的时刻还会回助理消息。

她一点也不想懂傅斯珩的工作，万一哪天真懂了，回头做的时候他再问她有什么想法的，那不是神经病吗？

这么想着，安歌突然觉得有点热，拿手扇了扇风。

傅斯珩是个变态，和他做就很累了，她绝对不会没事找事。

苏安再次沉默下来，明白安歌这样的人不叫没有危机感，她活得通透洒脱是一方面，最根本的原因还是傅斯珩给予了她最大程度上的安全感。

她没有这方面的烦恼。兜兜转转，说得再多，都逃不开一句喜欢不喜欢，爱或者不爱。

——他爱你，什么都好办。他不爱你，说什么都不顶用。

那苏衍呢，隔了这么久，又是怎样的呢？

J·M的事情聊得差不多时，傅斯珩掐了烟：“还没和好？”

“没。”苏衍跟着摁灭了烟，苏安早已不是以前那副乖巧的模样了。

傅斯珩眉梢轻挑，上个月苏衍怎么说来着？心机迂回追人还不是没得手，活该。

傅斯珩没分半点同情心给苏衍，漆黑的瞳孔里甚带了点兴味。

“你怎么样？”

“苏衍，你不看新闻的吗？”傅斯珩反问，抬手松了衬衫领口的扣子。

幽暗的灯下，他脖子上的痕迹淡了不少，但依旧斑驳。

苏衍有点明白了，为什么同是偏生活类的助理，高林没有魏舟能说会道。因为有什么样的老板就有什么样的手下。

面子重要还是老婆重要？苏衍选了后者，问："你那只特立独行的股票——"

"嗯？"

"怎么注资的？"

傅斯珩微挑着的眉梢一松，回了一个字："上。"

天下武功，唯快不破。

回到酒店，傅斯珩接了顾言蹊工作上的电话，去了阳台。

安歌对这晚那出戏文中花旦捏兰花指的模样记忆深刻，淮剧唱腔独特，越听越有意思。

安歌一边哼着调调，一边回秦湘的消息。

秦湘："滴，宝贝，回酒店了吗？"

安歌："刚回。"

秦湘见安歌秒回，差点感动得热泪盈眶。

不容易啊！她本来不抱希望，就问问，没想到还赶巧了。

秦湘犹豫着敲了几个字过去："傅总呢？"

安歌："在忙工作。"

秦湘一喜，加快了打字的速度，想趁着傅斯珩没回来之前把事情交代清楚。

秦湘："宝贝，我们明天凌晨的飞机啊！切记！切记！切记！"

秦湘："我提前半小时过去接你，你别起迟了！"

秦湘："还有！最后一条，请娘娘，您务必保证您的手机随时能联系到您的人！"

安歌："成。"

微信安静下来，秦湘识趣地没有再发消息。

傅斯珩还没回来，安歌习惯性地点开涂色小游戏，刚涂没一会儿，响起了关门声。

傅叔叔回来了。

安歌只手撑着床面起身，换了个方向，跪坐下来。

房间里只点了一盏壁灯，照着一隅。

远远的阴影中，傅斯珩的长指捏上了领带结，松开领结，指尖一勾抽开了领带。

安歌丢了手机，左手捏着兰花指，尾指尖翘起，正对着傅斯珩。学着淮剧缠绵悱恻的慢腔慢调，掐着嗓子，念道："傅叔叔呀——"

咿呀一声，颠倒众生。

傅斯珩抽领带的动作一顿，转头朝安歌看去，表情冷淡。

灯影下，安歌的秋水瞳覆上了一层水光，她丝毫不慌张，态度甚至有点嚣张。

"妹妹呀——"

傅斯珩动了。

安歌翘着兰花指的那只手腕被人握住，一扯。

傅斯珩的动作太快，安歌还没反应过来，已经向傅斯珩扑去，扑到一半，后脖颈被人捏住，她的双手被反着举过了头顶。

都怪她太瘦，她要是个胖子，傅斯珩能这么轻松就拿捏住她吗？

视野中，傅斯珩左手清瘦的手腕骨上还缠着黑色的领带，安歌想溜。

傅斯珩垂下眼："叫我什么？"

安歌从善如流地改口："珩宝。"

傅斯珩没点头，也没表态，反应非常平淡。

平淡到让安歌误以为危险已经过去。

"咕胆"又大了起来，安歌提了要求："所以珩宝能松开了吗？我要去洗澡，明天凌晨的飞机。"

"可以。"傅斯珩半俯下身。

傅斯珩用黑色的领带系上了安歌的手腕，打了个结。

"不……不用这么浪费吧？领带好贵一条呢。"

傅斯珩轻轻点了下头，说："一起洗，省钱省时。"

安歌咽了咽口水。

晚上，安歌被迫变着花样叫傅斯珩。

"傅傅？"

傅斯珩没应。

"傅总？

"斯珩？

“阿珩？”

傅斯珩依旧没应。

安歌气结：“二狗子！”

喊完，安歌没站稳，差点跪下去。

“珩宝？

“珩宝宝？

“大宝贝？”

……

从“傅傅”开始，分别经历了“傅总”“斯珩”“珩宝”“珩宝宝”等等，最后以“哥哥”结尾。

在叫了不知道多少声“哥哥”以后，安歌立下了此生最屈辱的保证。

在巴黎时装周上，她绝对不会多看其他男人一眼、绝对不会和任何男人扯上关系。

然而，这个目标立了不到二十四小时，在飞机落地的那一秒直接倒了。

倒塌得轰轰烈烈。

◈◇ 四颗西柚

自打凌晨安歌上了飞机，魏舟的眼皮一直在跳。

开始还好，隔数个小时候，集中在某个点猛跳一阵，跳完重归平静，然而到晚上之后，眼皮越跳越狠，大有停不下来的趋势。

云涧酒店，会议室。

顾言蹊推门进去，便看见坐在办公桌后面的魏舟正以一个滑稽的姿势处理着工作。

魏舟微微抬着头，一只手捏着眼皮，一只手握着鼠标，鼻孔冲着电脑。

“你好好的捏着眼皮做什么？”顾言蹊将文件丢到桌上，一只手扶着办公桌，一只手撑到了魏舟的肩膀上，捏了捏。

“轻点。”魏舟被捏得肩膀一酸，缓了缓，才接收了为收购 J·M 而成立的小型项目组发过来的文件。

“你倒好，拍拍屁股去手工工坊考察了，我替你在这里敲合同，负责跟项目小组的进程。我一个小小的生活助理，我容易吗？”

顾言蹊轻笑：“这和你捏着眼皮有什么关系？”

“你以为我想捏吗？我总觉得今晚有大事要发生，还是火星撞地球的那种！”魏舟说着，右眼皮又是狠狠一跳，“我这眼皮跟打小报告似的，硬是跳了一天。”

顾言蹊不置可否。

“真的，别不信。左眼跳福，右眼跳灾，以前我也不信，但自从我当了老板的生活助理，我信了！”

“傅总狙击 J·M 失败？”顾言蹊拿过文件，走到一旁，“你觉得可能吗？苏总都掺和一脚了，那就更不可能了。

“所以，你这眼皮跳了有什么意思？”

“你不懂。”魏舟仰头，强睁着眼睛盯着灯管看了好一阵，“算了，我和你说了你也不懂！不信我们今晚骑驴看唱本——走着瞧。”

“那我等着。”

魏舟的眼皮没有再跳后，重新低下了头。

电脑屏幕右下方缓缓地跳出了一条推送新闻。

魏舟揉着眼睛，握着鼠标习惯性想叉掉它。鼠标的指针刚点上去，魏舟瞥到了一行字。

橘子娱乐：“西伯利亚童话镇主人与他的缪斯女神安歌。”

什么鬼？魏舟点开新闻。

“国际知名设计师凯科百忙之中现身机场，手持野玫瑰等待数小时，只为亲手将野玫瑰送给自己的缪斯女神！

“这独一份的宠爱！要不是娘娘已经结婚，我都要相信这是爱情了！点击就看——安歌安娘娘情史，宁瑾二公子上位。”

什么玩意？

魏舟往下一滑，跳出来一段视频。无线网模式下，视频自动播放。

网速非常流畅，流畅到魏舟没有半点缓冲的时间，视频播放了大半。

魏舟倒吸一口凉气，直接从椅子上蹦了起来。

“你一惊一乍的做什么呢？”顾言蹊悠闲地喝了口热茶。

一惊一乍的魏舟重新坐下，手脚麻利地将视频下载保存到桌面上，捞过桌上的手机就要往外面跑。

“老顾老顾，你自己忙吧，我有事！

“哦，对了，项目组那边发过来的江淮织锦的短视频介绍在桌面上，等会儿开会要放，你记得拷到U盘里！”

顾言蹊刚比了个手势，魏舟就急匆匆甩门走了。

晚上九点一刻，云涧酒店大型会议室。

项目组人员尽数到齐，一个两个正襟危坐。

椭圆形会议桌的尽头，顾言蹊单手撑着桌面，在看项目组负责人张华交上来的报告。

投影仪被缓缓降下。

张华紧张地问："大通投行的苏总真过来啊？"

"嗯。"顾言蹊一目十行地扫着，"放轻松，正常说。"

"他怼人吗？"张华显然不信。

不是他慌，而是他们都快被傅斯珩怼出阴影了。

顾言蹊莞尔："没听说苏总有怼人的癖好。"

张华的神情一松，松到一半，会议室的大门猛地被人撞开。

魏舟抹了把脑门上的虚汗，也不管会议室中的众人听到开门声虎躯一震的模样，直言："老板和苏总来了。"

魏舟的话音一落，项目组众人又绷直了身子。

会议室的大门再次被人推开，高林和盛明智一左一右地立在大门的两侧。

两个身形差不多、气场同样强大的男人一齐出现。走在左侧的男人表情寡淡，脱了西装外套，只穿了一件黑色衬衫，料子极薄，紧紧地贴在身上，将胸膛的线条勾勒得分明；而右侧的男人则更显严谨。

不同于傅斯珩常年一身黑，苏衍在这方面要更精致一点，深蓝与纯白相间的条纹衬衫，深色领带，领针和袖扣齐全，非常正式。

一见这阵仗，张华从椅子上弹起来的同时还不忘鼓掌，带得项目组里其他人纷纷跟着鼓掌。

掌声非常响亮，"欢迎！欢迎！欢迎苏总指导工作！"

高林没忍住，笑了一声，玩笑似的跟着鼓了鼓掌。

盛明智无奈，意思意思地配合了一下。

魏舟无语，作为苏衍的助理，他们怕不是傻子。

傅斯珩的眼皮半掀，朝张华那儿看了一眼："你是来作报告的还是来当节目主持人的？"

掌声立刻停歇。

苏衍在会议桌一侧坐下，手肘抵着椅子的扶手边缘，屈着胳膊支着额角，道："无事，我不在意这些，正常汇报。"

组长的额角滑下一滴汗，心里苦兮兮的。他容易吗？他只想安安静静地做项目啊，本以为是个无伤大雅的小项目，轻轻松松就能搞定。

也不知道他们老板是哪根筋搭错了，亲自跑过来听报告就算了，怎么还捎上了苏衍？

他都快以为他接的是什么跨国大集团的企业并购案了！

唉……人生真的好艰难啊。

张华在心底默默叹了一口气，迅速调整好状态，走到前面，接过顾言蹊递过来的文件，清了清嗓子，开始汇报起江淮织锦近年来的发展状况及织锦特色。

“江淮织锦作为老牌的传统手工工坊，其出产的云锦，素来有‘寸锦寸金’之称。它的工艺最早可追溯到东晋末年，至今已有上千年的历史，而到了现在，江淮织锦一直保留着最传统的工艺，依旧在使用提花木机，人工成本非常高……

“打造中国高级定制品牌，除了处于灵魂位置的设计师，在这背后还需要像江淮织锦这样的手工工坊，它们是产品质量的保证！

“下面，我们通过一小段视频来简单了解一下目前已经被列为世界非物质文化遗产的江淮云锦！”

傅斯珩靠着椅背，指尖随意地搭在桌边，有一下没一下地叩着。

张华点开视频，声音响亮：“现代云锦在继承明清时期的传统风格上进一步发展，它——”

“亲爱的！”

预想中的背景音乐并没有响起，反倒响起了一声“亲爱的”。

什么玩意啊？

张华一头雾水，扭头去看投影仪，不看不要紧，一看差点没把心脏病吓出来。

视频中，一个扎着低马尾辫的金发男人远远地看到一个女人自闸口出来，立即迈开长腿向她走去。

“宝贝儿！”

听见他的喊声，一直低着头走路的女人缓缓地抬起了头。她披散着长发，随着抬头的动作，脸颊边的发丝顺势扬起。明艳的红唇轻轻勾起，气质妖娆。

男人单手揽住女人的肩膀，将一直拿在手中的烈焰似火的野玫瑰送到了女人眼前。

“You’ve always been Muse（你一直都是缪斯）！”

视频上的女人，整个 IGD 资本上到高管下到保洁阿姨，谁不认识！

那是他们老板的老婆！

哪来的野男人啊？还要不要点脸了？

张华在心里破口大骂野男人，却见下一秒，他们的女神夫人抬手勾上了野男人的肩膀，回了一个拥抱，接过了野男人手里的野玫瑰。

他们老板被绿了？没道理，不应该啊。

张华僵着脖子，一动不敢动，完全不敢去看傅斯珩。

顾言蹊轻咳一声，朝魏舟看过去。

魏舟早已闭上了眼睛，双手握拳垂在身侧。

谁拷的视频？总有刁民想害他！

他刚把新闻压下去，猪队友直接把视频怼到了傅斯珩的脸上放！

会议室中一片死寂，空调的温度明明不低，却越来越冷。

没人敢开口。

傅斯珩轻叩桌面的指尖停了下来，他狭长的眼睛眯着，看着投影仪，目光阴鸷，薄薄的两片唇几乎要抿成一条直线了。

如果他没记错，他老婆昨晚信誓旦旦地保证过绝对不会再和任何男人扯上关系。

视频播放结束。

傅斯珩一直微抬着的食指再次点了下去，会议桌被叩响。

满室的寂静中，响起了一声低缓的笑。

苏衍低低地笑出了声，抬手，问：“还谈吗？

“你有急事，我们可以改天再约。”

原本他过来，也是走个过场，他和江淮织锦的负责人有些私交，傅斯珩确定要收购江淮织锦，由他出面谈的话事半功倍。

只是他没想到……这么精彩。

上了又如何，和傅斯珩的老婆比起来，苏安可乖巧多了。

傅斯珩说了一个字：“谈。”

位于香榭丽舍大街的酒店。

安歌找来一个细口瓶，倒了点纯净水进去，将凯科送的野玫瑰插了进去。

秦湘和小圆两人头碰着头坐在沙发上，刷微博刷得义愤填膺。

小圆越看越生气："什么鬼？也太会挑时间了吧！

"赶在我们在飞机上的时候官宣代言人！"

秦湘一阵无语。

不得不说，J·M和乔瑶的团队确实很会来事。他们的人都在飞机上，不能第一时间接收到消息。

乔瑶的团队就趁着这段时间，赶在巴黎时装周开始之际官宣，打响第一枪的同时又争取到了足够的时间带节奏。数个小时的飞行时间，足够他们舞的了。

"什么叫代言了J·M就是'国模之光'了？凭什么啊？

"贷款拿'国模之光'的吗？又没完爆四大刊，也没拿下顶奢代言，哪来的脸吹的？人不要脸天下无敌！"

小圆一张嘴和机关枪一样。

"之前纽约、伦敦、米兰时装周一直那么安静，我还以为他们家偃旗息鼓了呢！没想到是准备在压轴的巴黎时装周上搞一拨大的！"

秦湘又细看了一遍微博，发现这事不太好办。

四大时装周期间，看热闹的吃瓜群众不在少数，他们几乎都不了解MDC超模成绩排名的计算方式。

再加上之前就有水军下场，明里暗里带节奏说只要国牌J·M官宣谁谁就是"国模之光"，有了这么一出，乔瑶的团队再将乔瑶走过的时装周大秀剪辑成视频，凑热闹的群众看到乔瑶还算尚可的台步，潜意识里已经认可乔瑶是"国模之光"了。

"宝贝儿？"秦湘喊安歌，"你看没看完啊？"

"嗯？"安歌看了一眼新闻，没太在意，"你们气什么？不气不气，气坏不值得，等会儿请你们吃饭啊。"

秦湘觉得胸口闷："你没什么表示？"

"三个月还没到呢，乖啊。"

秦湘的胸口更闷了。

安歌看了几眼，觉得没意思，指尖一滑想退出微博，没想到刷到了一则视频。

自己和凯科的。

看完，安歌沉默了。模特的关注度什么时候这么高了？

机场秀这些不是明星才爱买的通稿吗？每年受邀来看秀的明星为了增加曝光度，团队从国内启程的时候便启动了，从机场秀开始，将国内娱乐新闻的头版头条挨个扫荡一遍。

安歌点开下面的评论，更沉默了。

“弱弱地说一句，他和娘娘好像也挺配的！我不太喜欢傅总那一款的，太冷了！”

“我不准！‘钞能力夫妇’才是正道！”

“傅总被绿了？”

“绿了，实锤吧……他喊娘娘‘亲爱的’，还送了娘娘野玫瑰，还说你一直是我的纽斯女神！”

“不懂别乱说！药可以乱吃，话不能乱说！这是ROY家的艺术总监兼首席设计师，和我们咕咕是很好的朋友！娘娘刚出道的时候，他就认定娘娘是他的缪斯女神，仔细看娘娘的走秀视频好吗？娘娘几乎包揽了他所有的开闭场，从春夏时装周到秋冬时装周，不管是成衣秀还是高定秀，都是！”

“建议不懂时尚圈和MDC超模成绩排行的就不要乱说了，缪斯女神≠我们娘娘出轨！也不要乱画饼，代言个J·M还真当自己是‘国模之光’了？”

“哈哈哈！我刚从J·M官博下面出来，某些粉丝是贷款给自家主子拿‘国模之光’的吗？”

“有病？欺负路人不懂事呗，就你们家懂？无语，在我心里乔瑶就是‘国模之光’！”

“提就是MDC超模成绩排行，比代言比封面比秀场成绩谁比得上你们家缪斯女神啊。红得莫名其妙，一年内横扫High Fashion秀场，提就是设计师的缪斯女神，问就是品牌宠着！也不知道这缪斯是怎么来的？回国第一天爬上傅总的床。”

“楼上阴阳怪气什么呢？内涵谁呢？”

……

安歌感到一阵头疼。

她不要这个关注度啊，快拿开！傅斯珩那个老陈醋坛子知不知道？应该不知道吧……要不试探试探？

安歌算了一下时间，发现还没到傅斯珩睡觉的点，直接打了通电话过去。

会议结束，苏衍带着高林和盛明智走了。

项目组一行人战战兢兢地走了，顾言蹊借口要整理会议记录，送走苏衍再也没回来。

会议室中，只剩下魏舟独自一人面对着傅斯珩。

吹着空调冷风，魏舟心里凉凉的。

手机响了好一会儿，屏幕一直亮着，来电显示是“安歌”。

傅斯珩闲适地跷着双长腿，支着额角，视线垂落在不知道哪个点上。

魏舟不动声色地瞥了一眼，心更凉了。他们老板不会都不接电话了吧？

手机又响了一会儿，傅斯珩终于有了动作，按了绿色接听键。

“傅哥哥呀——”安歌的戏腔婉转，声音柔软。

现在叫“哥哥”叫得挺快。傅斯珩的嘴角轻扯，应声。

“下午一直在忙吗？”安歌开始套话。

“嗯，开会。”

一直在开会那就是没看到了！

没有看到！没有！

“珩宝有没有按时吃饭啊？没吃饭的话，记得等会儿去吃。”安歌一边哄着一边为自己和凯科的事做铺垫，“哦，对了，我今天刚下飞机就遇到了过来接机的凯科，他是ROY的设计师，他还送了我一枝野玫瑰！”

傅斯珩漫不经心地“嗯”了一声：“那场几号？”

“二十八号。”安歌握着手机一窒。

傅斯珩不会要过来看秀吧？那是什么人间修罗场！自己的老婆成了别人的缪斯！

“你要来吗？”安歌试探着问。

“出差。”

出差好啊，出差妙啊，出差呱呱叫啊。

安歌心里有一个小人鼓了鼓掌，声音越发酥软：“没事，工作要紧。”

“回去给你走个人秀。”安歌诱惑道，“你想看什么都可以哦。”

“嗯。”

又哄了几句，安歌发觉傅斯珩没有什么异样，彻底放下心来，挂了电话，带秦湘和小圆出去觅食了。

通话结束。

事出反常必有妖。

傅斯珩将手机扔回桌上，仰面靠着椅背。

魏舟莫名一抖，他们娘娘能不能长点心！

“订二十七号晚上的飞机。”

“没问题。”

九月二十三日，作为四大时装周压轴场的巴黎时装周正式拉开序幕。

在官方发布的最终走秀日程上仅有一个国牌高定登上了官方日程，那便是J·M。华人设计师虽增多至五位，但创立的品牌并不在国内，称不上国牌。

在这持续一个多星期的时装周中，平均每一个多小时便有一场。因为官方的甄选太过严格，登上官方日程的大牌少之又少，是以除了这些官方日程上，还有各式各样的品牌发布会。

不夜城，日夜不息。

时装周期间，随处可见走着或者赶公交车去试镜的模特，她们犹如战士，奔赴在一个又一个的秀场之间，平均每天工作十九个小时以上，挑战人类极限。

安歌也不例外。

半夜三四点起来，一直工作到晚上，为了次日ROY家的秀，她特意减少了试镜工作，打算尽力将状态调整到最好。

为了保持体形，安歌晚上没吃多少东西，慢跑了半小时，洗了澡后，和傅斯珩打了通电话，一边做瑜伽偶尔聊几句。

透过手机，那边人来人往的声音断断续续地传来，像是酒桌上应酬时的那种热闹声。

傅斯珩最近不知道怎么回事，不太爱说话。

她不问，他也不开口，开口也是一声“嗯”。

难搞。这个狗男人。

安歌手指勾着耳机线，打算主动出击："在哪儿啊，傅总？"

傅斯珩没应声。

"身边是不是有其他小妹妹了？"安歌故意撩他。

傅斯珩眼皮子撩撩，朝身边的"小妹妹"看了一眼。

"小妹妹"迅速会意过来，学会了抢答："娘娘，我和傅总在机场！没有其他小妹妹。"

什么小妹妹？他们老板连助理都是男的，哪来的小妹妹？

倒是娘娘，他们傅总前脚送走了迪伦老哥又来了一个凯科！他们老板搞得跟消防大队队长似的，天天灭火。

狗男人，一点情趣都没有。安歌腹诽。

"你戴上耳机。"

安歌这晚太反常了，讨好的意味明显，像是明知道自己要做的事大人不会同意，但她依旧要做，为了减轻惩罚，现在不停地卖乖。

"好了吗？"

"嗯。"傅斯珩戴上了耳机。

白色的耳机线缠绕着，垂在前襟。

安歌瞄了眼秦湘，发觉她和小圆的注意力都不在自己身上，胆子陡增，压着嗓音用淮剧戏腔念道："这时候呢，你要说——

"哥哥只疼妹妹一个人。"

傅斯珩意味不明地扯了扯嘴角。往死里疼。

又聊了几句，安歌完成了每日一安抚的任务，挂了电话。

那边，秦湘的手机接连振动了好几下。

"湘姐？"小圆叼着一块鸭锁骨，含混不清地喊秦湘示意她看手机。

嘬干净手指上蘸到的酱料，舔了舔被辣得有些发麻的上唇，小圆伸出一根小指，虚虚地凑近了安歌问："娘娘，你真的不和我们一块啃一点吗？

"就一点点！一小口！

"连着吃了好几天的法式三明治，嘴巴都快没味道了。"小圆嘟囔，"娘娘，你不觉得吗？"

"你可以和秦湘姐一起出去吃顿好的，不用天天守着我。"

"那不行！我和湘姐是来工作的，不是来公费旅游的！"小圆一拍胸脯，心里想的还是唐人街上卖的鸭锁骨。

甜辣的鸭锁骨，非常入味，细细碎碎的肉藏在骨头缝里。一边剔肉一边吮骨头，好吃到上头。

“呜呜呜……全靠这个续命，每天一袋快乐似神仙。”

安歌被小圆逗得笑弯了眼：“回去请你们吃火锅。”

小圆不住地点头。

“你别勾引她。”秦湘擦干净手，点开了手机消息。

小圆抱着抱枕，在沙发上滚了一圈，开始掰着手指头算：“娘娘明天要走三场秀，压轴的是ROY，然后——”

小圆的话没说完，被秦湘打断。

“圆儿，别数了！”秦湘看完消息，直接炸了。一口气卡在胸口，怎么也咽不下去。

“怎么了？”小圆被秦湘吓了一跳，忙起身去看她。

“哎哟，我真是要气死了啊。”秦湘仰着头，手掌顺着胸口做了一组深呼吸，但没什么用。

“呕死了！”

“我帮你顺顺！”小圆的膝盖蹭着沙发挪了过去，伸手替秦湘顺着背，一边顺一边说着安歌常说的话，“别气别气，气死不值得！”

“什么别气别气，气死不值得？你湘姐我有保险，气死了我，我就要他们赔偿！”秦湘捧着手机，又看了一眼，“我给你读读，你听听。”

“请问你是安歌安娘娘的经纪人秦湘吗？秦姐，这么晚打扰你，冒昧了。”秦湘朗声道。

小圆点头：“这不挺有礼貌的吗？多懂事一孩子啊，还喊你姐！”

秦湘翻了一个白眼。

“我是J·M艺术总监兼首席设计师朱竹清小姐的助理。

“虽然安歌安娘娘并没有参与我们J·M的试镜，但我们这边拟定了安小姐作为我们的走秀模特！免试镜的哦！请问您那边有这个意向吗？”秦湘最后一个“吗”字读得特别用劲，一连“吗”了三声。

读完，秦湘又接了一个字：“呕！”

“活久见！”小圆说着，猛拍秦湘的背，“这是什么莲言莲语！”

“喀喀——”秦湘举着手机，“你是要谋害你姐啊？”

小圆回过神来，一缩手，弱弱地道：“对不起，秦湘姐！”

安歌被这两个活宝逗笑出了声。

“笑笑笑！”秦湘气得冒火，“你还笑得出来？你是不是仗着有你老公撑腰就肆意妄为？为所欲为！”

小圆跟着复述一遍：“娘娘就是仗着有傅总撑腰，为所欲为！”

好好的说傅斯珩做什么？

二狗子只对她的个人秀感兴趣，除此，他基本随她折腾。

想起秦湘以前说的话，安歌道：“农夫山泉有点甜，你点傅总没给钱。”

小圆被呛住。

“我服了。”秦湘又看了一遍消息，“什么叫免试镜？要是诚心请安歌过去走秀早该八百年就通知安排了，这明天就轮到他们办秀了，什么模特对应什么服装早安排妥当了，现在过来问我恶心谁呢？”

小圆又捶了一下秦湘的背：“就是！”

“还有更搞笑的，J·M官宣的代言人是乔瑶，这走大开领闭的模特怎么算？算来算去，怎么轮都轮不到安歌走大开领闭吧，当我是傻子吗！

“回头乔瑶一个人自开自闭，安歌去打个酱油，那不是直接坐实了安歌不如乔瑶吗？

“你看看你一天天的！折腾什么呢？”

“就是！”小圆又是一顿捶，捶得秦湘抬手让她坐边上去了。

“我直接替你回了。”秦湘低头打字，“我们不去当那个绿叶！”

“投资方可是宁瑾集团哦。”安歌从瑜伽垫上起身，坐到了秦湘对面的沙发上，撑着下巴，逗道。

宁瑾集团？秦湘这才想起还有傅斯珩这层关系在里面。

傅斯珩是宁瑾的二公子，再借她一百个胆子，她也不能驳了宁瑾二公子的面子吧。

等等……也不对啊，这宁瑾集团投资J·M为什么不请宁瑾的二夫人当代言人，就算乔瑶现在是宁瑾大公子的女朋友，也没这个道理啊。

撇开代言不谈，走秀这事又是怎么回事？

秦湘越想越多，越想越乱。

“要不……”秦湘的心思百转千回间，心不甘情不愿地道，“你问问你们家傅总？”

“逗你的，直接回了。他绝对不会同意的，他是他，宁瑾是宁瑾，没关系。”

“啊……”小圆蒙了。

秦湘也没听懂。这怎么又没关系了？

想不通，秦湘摇摇头，直接回绝了朱竹清的助理。

回完，秦湘叹了一口气，道：“算起来，这是J·M第四年在巴黎时装周上办秀了吧。

“之前都是钟霖。都说前人栽树好乘凉，可这新任艺术总监直接站在了巨人肩膀上乘凉啊，白捡这么大一个便宜。”

小圆看完了百度上写的J·M新任艺术总监朱竹清的资料，不由得插话：“那她岂不是中国历史上登上巴黎时装周官方日程的最年轻的设计师了？”

“是啊。”秦湘无语，“我就想不通，钟霖是新生代华人设计师中的翘楚，在J·M那么多年，把J·M从普通一线国牌拉扯成了国牌中的一线高定，把J·M的设计理念推上了国际，拼死拼活把J·M送上了官方日程，三次出征巴黎，怎么算都是大功臣吧，也没听说犯什么错啊！

“怎么J·M说把她踹了就把她踹了，一声不吭的，你要是换个大牌设计师过来，那我心服口服。

“换这么个玩意又是什么意思？”

“D牌之前不也踹过人吗？媒体报道是因为种族歧视，永不录用来着。”小圆插嘴道。

“这不一样！”

“她没错。”安歌支着下巴，语气很淡，“资本想捧谁捧谁，换设计师不过是董事会一句话的事。”

时尚圈很多时候都是势利的。

秦湘长叹了一口气：“钟霖老师的设计概念我还挺喜欢的，有传统文化的气韵，但又不拘泥于传统文化。

“第一眼看过去是真的惊艳，立足于传统而又高于传统，融会贯通。我听说，J·M的管理层前不久刚大换血，不喜欢这种风格，换了倒也说得过去。”

安歌不置一词。

“可我怎么就咽不下这口气呢？”秦湘说着，火气又冒了上来，“谁不想为国争光啊？谁不想让世界看看中国的高定啊？搞得现在我们里外不是人。”

小圆听着，嘴巴噘得更高了。

中国时尚界的发展不是一般的落后，而是非常落后，至今没有可以和六大蓝血、八大红血媲美的顶级奢侈品牌，不但没有，连高级定制的概念都相当模糊。

很多明星对国外的大牌趋之若鹜，国牌的定制看都不看一眼，存在感非常低。

而登上High Fashion秀场的中国模特也是少之又少，和巴西帮、俄罗斯帮根本不能比。

比不上。

安歌垂着眼。

谁不想替中国本土的高定品牌走秀？谁不想？

她们比任何人都想让世人看看立足于中国传统而又胜于传统的中国高定，那种青出于蓝而胜于蓝的芳华。

隔了一会儿，安歌才开口：“会有机会的。”

安歌其实没那么想拿“国模之光”，这些对她而言都太虚了。

真要论“国模之光”，有一个人比她更有资历，曾经的美黑战士、美胸达人——书淡淡。

安歌入这一行，只是一个意外。

等真正踏上这一片世界，安歌才发现曾经骄傲着立足于世界之巅的蛟龙如今生活的土地到底有多贫瘠。

四大时装周上那么多让人眼花缭乱的奢侈品牌高级定制，巴黎的奢华浪漫、纽约的自然与商业化、米兰的艺术与摩登、伦敦的前卫与独树一帜……独独少了中国活跃的身影。

她的祖国母亲应该是骄傲的。

大中华上下五千年孕育了那么多传奇，九州浩荡，从南到北，朝代更迭间的技艺与匠心传承了一脉又一脉。

丝绸刺绣、云锦蜀绣、山水工笔泼墨写意……每一样都惊艳着历史的岁月，怎么就不能和高级定制相融，怎么就不能在世界的舞台上大放光彩？

隔天，九月二十八日。

巴黎春夏时装周上，所有的一切都按照官方日程上的行程安排，有条不紊地进行着。

早间的巴黎飘了一场细雨，蒙蒙烟雨蒙住了这座古老的浪漫之都。

位于香榭丽舍大街和协和广场交界处的巴黎大皇宫外聚满了各国的媒体、买手、明星和时尚博主。

巴黎大皇宫再次焕然一新，成了一座伊甸园。

大皇宫内搭建起了瀑布景观，绿草如茵，水声潺潺。

当下的流行趋势大有回归经典的趋向，大牌纷纷走起了以往的经典风格，C牌一如既往地延续了以往的小香风。

在这一份风格中，凝聚了C牌旗下二十多家高级工纺的卓绝技艺，钉珠刺绣、斜纹软呢、栩栩如生的山茶花纽扣……

随着短暂的开场表演结束，背景音乐奏起的那一刻，走秀模特在秀场导演的把控下，依次出场，安歌的顺序则要偏后一点。

另一边，一旦C牌的秀结束便轮到了J·M，此刻J·M秀场后台忙碌得热火朝天，候场模特们正在紧锣密鼓地上妆。

作为J·M艺术总监和首席设计师的朱竹清，穿着一身高定礼服裙早早地到了场，和秀场导演做着最后的沟通。

担任本次开场模特的乔瑶化完了妆，又刷了一遍微博，心情舒畅。

傅周深昨晚过来了，自然免不了一番云雨。

他说他会来看秀，不是来看顶级奢侈品牌，而是来看她的秀。

“叩叩”两声，化妆台被敲响。

乔瑶睁开眼，笑道：“竹清。”

朱竹清亲自接过助理递过来的衣服，歪了歪头：“去试衣间？”

“好。”乔瑶知道，朱竹清这是有话要说。

试衣间没什么人。

乔瑶点了自己的小助理，挥退了其他人，道：“过来帮我穿衣服。”

小助理唯唯诺诺地跟着乔瑶和朱竹清进了试衣间。

关上门，朱竹清开门见山地问：“微博热搜你看了吗？”

乔瑶点头，笑道：“刚看了。”

赶在安歌替顶级奢侈品牌C牌走秀的间隙而J·M又没开秀前，J·M官博公布了模特出场的顺序表。

而这张表中并没有安歌。

安歌的粉丝睁大了眼睛来来回回找了三遍，都没有找到安歌的姓名。

就在众人纷纷疑惑时，一早雇佣好的水军下场装成路人或者是安歌的粉丝来质问J·M的官方为什么没有安歌。

安歌作为中国目前MDC排名最高的模特没有任何不替中国本土高定J·M走秀的理由。

肯定是J·M没有邀请或者卡了试镜！

安歌的台步那么好，明明比乔瑶更适合当J·M的代言人，肯定是J·M故意的。

几连质问下来，安歌的真粉丝的怒火被点燃，纷纷下场。

与此同时，他们卡着点，在安歌踏上C牌T台的同一秒，事先联系好的营销号再假装不经意地泄露出朱竹清小助理朋友圈的截图。

不是J·M故意卡试镜，也不是J·M没有邀请，而是安歌她自己不愿意走J·M的秀！

J·M真心实意地邀请过安歌！

兜头一盆冷水，一下浇到了被带起节奏的路人粉和真爱粉的头上。

比起真爱粉的蒙圈和不相信，路人粉被虐之后直接怒了。

“请问某娘娘是看不起你国牌爸爸吗？”

“惹不起惹不起啊，不愧是国外回来的，眼里只有六大蓝血和八大红血。”

“咕咕不是这种人！你们别乱说！”

“睁眼瞎洗地的又来了，刚找朋友鉴定过这图无P，你们家能别洗了吗？看不起国牌爸爸就直说，我们国牌爸爸还不伺候了呢。”

“谁看不起国牌爸爸了，娘娘没给伊姿走过秀吗？四大时装周，娘娘没少给华人设计师走秀吧？”

“不陪聊，抱走我们家瑶妹，坚信我们家瑶妹才是‘国模之光’！”

“姐妹们刷起来，今天只要你支持我们的国牌爸爸J·M和我们的‘国模之光’乔瑶，我们就是异父异母的好兄弟！好姐妹！”

朱竹清翻着微博：“现在＃乔瑶　国模之光＃这个话题还在上升，马上就要进前十了。”

乔瑶勾着唇，缓缓退下身上的裙子。裙子直接落到了地板上，她大片肌肤暴露在空气中，暗红色的暧昧痕迹从前胸蔓延到后背。

小助理看得面红耳赤：“要遮吗？”

“没看出来傅大哥还是这种人。”朱竹清笑了笑，笑意不达眼底，“还好你今天的衣服是长礼服裙。”

小助理小心翼翼地替乔瑶拉着拉链。

拉链被缓缓推上，小助理不小心绞到了乔瑶一小截长发。乔瑶“嘶”了一声：“会不会做事？”

小助理一抖，慌了。

朱竹清朝小助理努努嘴：“没事了，你出去吧。”

试衣间的门被合上。

乔瑶细细地理着长发。

安歌这次可能连怎么死的都不知道。

目前国家在大力扶持本土定制服装品牌的发展，每年的中国国际时装周都有领导亲临现场，安歌这一拒直接打了爱国群众一巴掌，虽不至于被封杀，但在国内遭到抵制的日子肯定不好过。

借着她的热度，J・M和她的被关注度会更上一层楼。

朱竹清压低了声音：“我刚听到一个很有意思的消息。”

“什么？”

“你知道安歌是怎么给P牌走秀的吗？”

……

魏舟跟着傅斯珩出了机场。

傅斯珩一身黑色西服，外面套了件轻薄的黑色风衣，长腿窄腰，风衣扣子没扣，随着他走路的动作，风衣下摆被扬起。

外面一早有车在候着。

上了车，傅斯珩靠在车后座，微仰着头解了两粒衬衫扣子。

他的长腿上搭着平板，屏幕中正在播放着C牌的大秀。

被装饰成伊甸园的大皇宫中，中央T台，模特们井然有序地走过。

T台尽头，出现了一个身材高挑的女人。

黑白的粗呢套装，襟口开了朵白色山茶花，扣子没扣上，一双笔直的腿裹在黑色丝袜中，勾勒得腿型越发细长有型。

她出现的瞬间，傅斯珩就认出了这是安歌。

安歌抬脚，黑色高跟鞋因为脚尖的动作略向下，气势收敛了不少，她的肩微压在后面，步履轻盈而又优雅。

安歌的长发被高高盘起，她一只手拿着小巧的手包，另一只手微插在裙袋中。定点时，一个简单的挑眉，手包被压在腿上，凌厉而又风情的眼神让人无处躲藏。

下午两点十四分。

位于卢浮宫和协和广场之间的杜乐丽花园，人流密集，随处可见街拍的摄影师和模特。

这座曾经被作为皇帝皇后寝宫的华丽花园，如今蒙上了层历史的沧桑，墙体斑驳，林荫小道上落满了落叶。

大秀未开始。

超级贵宾们被品牌方安排在第一排最好的座位中，除了买手、明星和时尚编辑，最好的座位多坐着有钱又有闲的人。

傅斯珩将咖啡杯放置一旁，扫了一眼腕上的表，滑开锁屏，点开了顾言蹊不久前刚发过来的收购法国手工纽扣工坊的文件。

两点十八分。

秀场后台忙碌到近乎失控的状态，秀场导演拿着麦克风在嘶吼，造型师和化妆师在模特之间来回穿梭着，不断检查着模特的情况，做着最后的调整。

凯科脚上踩着一双限量版的旧球鞋，露出脚踝，由于时装周期间神经绷得太紧，他已经连续两天未合眼。

他检查了一遍又一遍，最后又回到了最初的地方。

担任开场模特的安歌站在队伍的最前面，小幅度地调整着呼吸。

“哈尼。”凯科站到安歌身旁，朝她伸出双手，笑着挑高了一边的嘴角。

安歌调整完状态，习惯性地将手搭到凯科的胳膊上，往他身前倾了倾身子，侧开了脸。

两人像是搭档多年的老伙计，默契十足。

凯科低下头，脸颊轻碰了碰安歌的脸颊，低语道："我的缪斯。

"我们是最好的！"

"加油。"安歌回。

后台太过混乱，自拍的不在少数，根本没人注意到这一幕被人拍了下来。

不远处，紧贴着墙角蹲着当蘑菇的小圆捂住了嘴巴，呜咽了一声。

他们家娘娘什么时候能长点心？

这要是被傅总知道，娘娘铁定要完！回头说不定她和秦湘姐都得跟着要完，呜呜。

"太过分了。"小圆嘀咕。

"确实是太过分了！"秦湘刷着微博，肺快要气炸了。

上午 J·M 的春夏高定秀结束之后，网络上铺天盖地地全是盛赞国牌第一 J·M 的，上夸 J·M 首席设计师朱竹清，下夸 J·M 代言人兼开闭模特的乔瑶。

"你看看这些营销号说的是人话吗？前无古人后无来者这种话也好意思吹出口，美少女设计师和'国模之光'的强强联手，注定引领世界潮流，国风将成为当今世界的主流！"

"过了吧……"小圆听得尴尬，"本土高定现在什么状况，他们自己没点数吗？"

秦湘无语到极点："你夸就夸吧，我又没拦着你不让你说，可非要踩一脚是几个意思？"

秦湘承认自己小看了朱竹清，一开始以为她是个绣花枕头，没想到真有两把刷子。这次巴黎春夏时装周 J·M 的高定秀确实让人眼前一亮，甚至可以说有点惊艳。

在"国牌 J·M 出征巴黎，为国争光"的滤镜加持下，乔瑶的关注度直线拔高，再加上安歌那事，乔瑶的呼声越来越高，在吃瓜群众眼中几乎坐稳了"国模之光"的位置。

#"国模之光"乔瑶惊艳巴黎#的话题挂在热搜上居高不下，紧跟

其后的便是#安歌安娘娘拒走J·M不屑国牌#。

什么鬼？

“拿我当猪看的吗？”秦湘的手机屏幕被戳得啪啪响，“当我不知道有水军下场浑水摸鱼吗？什么垃圾团队，也敢跟我玩拉踩这一套！

“你湘姐带男团出道的时候，你们还在玩泥巴呢！

“还有安歌是这些人的爹吗？一天到晚不忘扯着你爹说事！”

小圆忙捏上了秦湘的肩膀，安慰道：“湘姐，湘姐，别气别气，气死不值得。娘娘等会儿就要走秀了，我们收敛着点！”

秦湘努力憋出了一个笑，表情要多狰狞有多狰狞：“我当了这么久的经纪人，从来没这么憋屈过！

“早几年，我非得挨个锤死这群营销号，瞎说！我怎么就碰上这么个泥石流？不让营销就罢了，理都不理一下！”

小圆咽了咽口水。

没等她开口，拿着麦克风在不停嘶吼的秀场导演再次拔高了音量：“咕咕！GO GO！”

雨停歇了好一阵，雨后的空气清润，天际隐隐有一道彩虹。

富丽的杜乐丽花园被装饰成破败的庄园，白石膏拱门碎裂了一边，上面缠满了青藤，一朵接一朵的粉色小花绽开。

料峭破败中又有新的生命在诞生。

T台不规则，不同于常规的直线T台，它更像是破败庄园中的弯曲小道。

花园中供游人休憩的长椅则成了看秀嘉宾的座位，在靠近小道弯曲的地方则是超级贵宾位子，有充足的时间可以将模特的身前与身后看清。

沉重的钢琴低音响起，一辆白色的铁艺南瓜马车卡着点出现在了破败的庄园前。

白马嘶鸣，缓缓地停下。

穿着黑色燕尾服的仆从沉默而又快速地放下脚蹬，拉开了镂空雕花的马车门。

他脱下帽子，颇为绅士地做了一个弯腰的动作，朝马车内伸出了手。

一双通透的手搭了上去，紧接着，高防水台的浅奶茶色绑带高跟谢踩上了黑色的脚蹬。

防水台上宽下窄，不加后跟，光防水台就约摸五厘米高，衬得腿越发细长有型。

童话中的小公主出现了。

宽大的灯笼袖口，靠近腕口的地方褶皱众多，安歌微屈着的手指带了一丝俏皮，束腰极高，下面的短裙蓬松，像被截断下摆的大伞裙，没有裙褶。整体颜色并不明显，深褶裥、密实的羊毛织物平添了分质朴感。

因着安歌过高的束腰和短而蓬松的裙摆，给人造成了一种视觉上错误——胸以下全是腿。

不管是有意还是无意，现场所有的目光都集中到了开场模特安歌的腿上。

傅斯珩的眸光慵懒，泛着清冷的光。

作为小火煎过安歌的人，他自然知道安歌到底有没有腰，腿又有多长。

是挺长的，圈他腰上还能多出一大截。

她踏下脚蹬的瞬间，松开了老仆的手，甩开了小交叉。

钢琴音陡然欢快起来。

安歌轻灵的弹跳，蓬松的裙摆踩点似的晃着，总给人一种下一秒得以窥见春景色的错觉。

她是破败庄园中的一抹亮色，小公主娇俏的少女感被她演绎得淋漓尽致。

作为展示衣服的衣架子，高定秀场上模特是不允许东张西望的。

安歌卡着秀场导演安排的点，腰肢扭得非常娇俏，上身极稳，目视着前方，自然地拐过了弯，根本没有注意到离自己不到一米距离的傅斯珩。

安歌在拐弯不远处后旋身定点，没刻意停留，裙摆被漾起的瞬间，她傲娇地一抬头，转场，再次从傅斯珩身边路过，路过时她的食指指尖对准了傅斯珩。

强强相碰的气场，傅斯珩压了压指关节，没来由有些躁。

模特接二连三地走过。

秀不长，长达五六个月的准备时间，最后展示的衣服也不过二三十套。

琴音一低，到了尾声。

安歌再次出现在了尽头，她换了一套衣服。

最后一个主题，无处不在的“透明”和修身是该主题的特点。

雪纺、网纹薄纱、蕾丝、刺绣和少见的珠绣筑起了童话故事中宫廷的奢华瑰丽，经过改良的塑身衣在显腰胯轮廓的同时，又凸显了女性姣好的曲线。

安歌的长发被高高盘起，栗黑的发间坠落着浅粉色小花。修身曳地的鱼尾裙，裙摆自小腿那儿逐渐放开。

大片透明薄纱，通透极致，珠绣繁复奢靡。

安歌化着夸张的猫眼妆，完美地从不谙世事的娇俏小公主转变成了长久浸泡在奢靡环境中而颓废的堕落王后。

她一手叉在腰那儿，扭得摇曳生姿，步履轻缓而又优雅。红唇微分的模样，像已经坏掉腐烂的苹果。

熟透了。

傅斯珩被那层一撕就碎的薄纱激红了眼。

慢慢的，傅斯珩的躁意平息了下来，一直蛰伏在心里的占有欲冒了上来。

傅斯珩抬手捏了捏鼻梁。

谢幕环节。

安歌领闭，她穿着第二套秀服走在最前面，其他所有的模特按照出场顺序依次跟着。

走完一圈倒U，模特们停在了庄园门口的拱门处。

凯科换了件中世纪的男式西服，乘着马车登场。他跳下马车牵过安歌手的瞬间，场上响起了掌声。

在这一片掌声中，安歌察觉到了一份熟悉的压迫感。

像她家老陈醋坛子的，老陈醋坛子的？

不存在的！傅二狗子出差了！

安歌甩掉脑子里的想法，掐着腰配合着扬起了一边嘴角。

凯科牵着安歌的手，走到坐着超级贵宾观众的地方，也就是T台拐弯处。

其余模特跟上。

背对着超级贵宾，凯科带着安歌一鞠躬，鞠完，转过身，脸冲向了金主们。

安歌跟着转身，准备微弯下腰鞠躬感谢，眼睛一抬，却对上了一张熟悉到不能再熟悉的脸。

安歌的肩膀一抖，弯腰的动作卡住了。

这张脸怎么那么像老陈醋坛子？照着陈醋坛子模样整的吗？

怎么回事！

安歌的心里起了千层浪，僵着身子，对着傅斯珩鞠完了躬。

安歌偷瞄了一眼傅斯珩。

傅斯珩坐在那儿，左眼写着冷漠，右眼还是写着冷漠，像不容亵渎的神明，在酝酿着死亡预告。

安歌轻咽了一口口水。

凯科起身，抓着安歌的手举到了唇边。

意识到凯科想做什么的安歌眼睛里全是惊恐。

快住手！不是！快住嘴！

伴随着一声“我的缪斯”，她的手背上落了一个轻轻的吻。

安歌闭上眼睛，没敢看傅斯珩。

完了。

当着他的面，离他不到一米的距离，自己的老婆成了别人的缪斯女神就罢了，完事还被啃了一口。

压迫感让人窒息。

傅斯珩没动，嘴角几乎快抿成了一条直线，扯了一下。

一直蛰伏着的凶兽蓄力后咆哮着奔向了囚禁它的牢笼，有什么在逐渐挣脱。

台下的掌声经久不息。

安歌心底刮起了西伯利亚的寒风，凉飕飕的。

立下的誓直接怼在祖宗脸上折断了。

安歌匆匆去秀场后台换下衣服，连妆都没来得及卸，踩着一双细高跟小跑着出了杜乐丽花园。

跑出贯穿东西的步道，安歌在靠近协和广场处的池塘发现了傅斯珩。

人来人往的巴黎街头，鸽子旁若无人地散着步。

傅斯珩站在路口，背对着她，正在接电话。

老陈醋坛子没走。

“傅傅。”安歌的声音被淹没在繁闹的人群中，惊起了鸽子。

一辆黑色的保时捷停在了路口。

傅斯珩一手握着电话，另一只手拉开了车门，坐了进去。

“傅——”后面一声被安歌咽了下去。

车缓缓开走。

安歌抬头望了望天，傅斯珩生气了？

安歌滑开锁屏，在广场边拣了个长椅坐下，发消息给魏舟。

安歌：“酒店地址。”

魏舟收到消息，瞥了一眼坐在车后座在低声商谈的傅斯珩，摸了摸心口，感觉自己心脏快要跳出来了。

车厢内的气压太低，低到魏舟只想眼一闭腿一蹬，原地去世。

这助理太难当了。

魏舟装作正襟危坐的模样，将手机藏在腿边，发了酒店的定位过去。

黑色保时捷向酒店相反的方向驶去。

安歌推了杂志采访和秀后聚会，接过秦湘从唐人街那里打包的餐点。

“傅总真过来了？”秦湘还没缓过来。

“嗯。”

就在安歌拎着纸袋快要走出房间大门时，秦湘突然一把摁住了安歌的手，欲言又止。

“怎么了？湘姐。”

傅总的醋坛子翻了，娘娘要去哄。

怎么哄？用脚趾头想都知道，但是不能！绝对不能！

秦湘咽了咽口水，压着安歌的手，闭上眼，一副豁出去的模样。

“我就一个要求，你们别胡来！”秦湘咬牙，“绝对不可以！不行！不准！

“回去给你放三天假，你们想怎么都可以，但是最近几天，连接吻都不行！”

安歌“啊”了一声：“湘姐，你在想什么？我是那种人吗？”

秦湘板着脸，一秒都不带犹豫地说：“你是！”

安歌一噎。

“还有你记得看完新闻给我个准话。时代的公关部已经发了好几套方案过来了，这事我们不能坐以待毙！”

“行。”

时装周期间，巴黎所有的酒店被预订一空。只有一家，只对贵宾客户开放，有钱也不行。

酒店大厅内。

安歌坐在正对着落地窗的沙发上，纸袋被放到了前面的茶几上。

傅斯珩没回酒店，魏舟也联系不上。

安歌点开微信，又看了一遍自己和魏舟的消息。

安歌：“他吃饭了吗？”

魏舟：“没，从早上下飞机到现在只喝了半杯咖啡。”

魏舟：“我劝了！没用！”

安歌：“我过去，你别和他说。”

魏舟：“行嘞。”

中间隔了大概十几分钟，安歌再发消息过去，魏舟便没回。

安歌：“房间号？”

又等了五分钟，还是没人回。

安歌拨了拨打包纸袋，轻咬了一下嘴唇。

老陈醋坛子彻底翻了。这么气？

应该不会，傅斯珩顶多自己闷着不说话，但不会不见她。

他不会和她玩冷战那套。那是有事？

安歌玩了一会儿手指，戳进了微博，直接点开了热搜第一。

视频自动跳转播放。

乔瑶作为开场模特，从楼梯的拐角出现，她踩上楼梯时虚扶了一下墙面，凹着腰身，进行了第一次定点。

随后抬脚缓慢而又雍容地下了铺着灰色地毯的楼梯，踏上了下方灰色钢板制 T 台。

乔瑶的高束腰、大裙摆，大 V 领几乎是交叉着合到一起的，没有任何扣子，只靠高束腰那一条黑色腰带束缚着。

前面内衬不透明，后背只一层通透的纱。大裙摆分两层，内衬素白，外面一层薄纱，只有黑、白、红三种颜色，纱上带刺绣。刺绣则是经典的中式图案，多花纹。

主打大气奢华。

模特们陆陆续续走过，越往后越觉得眼熟。

高束腰、大裙摆、X 造型、齐耳短发、祖传楼梯……

是她眼花了吗？没这么明目张胆吧？

安歌点开了评论。

评论区和邪教一样。

“‘国模之光’乔瑶！瑶妹双杀！”

“厉害了我的 J·M！不愧是国牌第一，这高束腰＋大裙摆再辅以中国传统刺绣的搭配，美爆了！啊啊啊！”

“姐妹了，快去看，算了，我直接把外媒的报道搬来了，自己看图！我大中华的魅力就是这么大！”

“秀场的布置好有创意，走楼梯下来太优雅了！我好喜欢这个设计师小姐姐，长得漂亮就算了，家世还好到让人羡慕！最关键的还这么有才啊！”

“不懂就问，设计师小姐姐什么来头？”

“悦达重工的二小姐啊！从小就出席各大奢侈品牌的新品发布会，被家长带着看秀。”

“绝配啊！天才设计师朱竹清＋‘国模之光’乔瑶，给我冲！”

“瑶妹的台步没话说，要不是一直资源不好，怎么可能轮得到某个突然回国的模特压她一筹。”

“对啊，D 牌成衣代言凭什么给她？我们瑶妹半点不差。”

“有一说一，娘娘的台步确实没得挑。乔瑶定点一股小家子气，跟扎马步的一样。”

……

D 牌？

安歌摁灭了锁屏。

要是看到这场秀，D 牌第四代设计师的棺材板都要压不住了。

夜色渐浓。

安歌刷了一会儿微博，抱着膝盖，头抵在膝头上，闭上了眼睛。

她的眼袋很重，眼皮下有一层黑青色。

酒店的自动感应门向两边拉开，傅斯珩走了进来，他的薄风衣下摆微微扬起。他腿长，再加上心情不太好，步子跨得大。

“傅先生。”等候多时的侍者拦住了傅斯珩，微微一弯腰，道，“那边有一位中国小姐等您很久了，她说她是傅先生的人。”

这家酒店一直很注重客户隐私，没有客人的同意，酒店绝对不会透露半分消息。

“娘娘！”魏舟扭头，一声惊呼。

刚眯了一会儿的安歌被吵醒，她睁眼，歪头靠着膝盖，迷糊间，喊了一声：“傅傅。”

傅斯珩抿着嘴角，看她。

安歌轻叹，老陈醋坛子确实不会不理她，但就是这样才难搞啊。

进了电梯，上了顶楼。

一路上，安歌清醒了不少。

出了电梯，魏舟没有再跟着。

房间的门被安歌抵上，将手中的打包纸袋放到玄关柜子上后，安歌甩掉了高跟鞋，朝前走了两步。

傅斯珩背对着她站着，一言不发。黑色的薄风衣套在他身上，十分修身，背影挺拔如竹节。

安歌踮着脚尖，悄无声息地绕到了傅斯珩的身前，抬手握住了他的领带，往下一拽。

傅斯珩的手臂撑到了墙角边，垂眼看着。

安歌看着很凶，气场挺强。开口却是：“我和凯科什么关系都没有。”

傅斯珩的眼睛里有阴暗在滋长着。

不可亵渎的神明隐隐有向不知廉耻的魔鬼黑化的趋势。

他说：“我要检查。”

检查？

安歌迎上傅斯珩的目光，被他眼底的墨色怔住。

“怎么检查？”

“你说呢。”

酒店，卫生间。

灰色大理石和纤尘不染的镜面交相辉映，光源投下，处处透着股冷淡压抑的风格。

淋浴房用玻璃隔开，里侧的细竹帘合下。地面瓷砖干燥，冰凉。外侧墙面上悬挂着一幅中世纪的油画，仿的。

光打上去，油画中置身于宫廷玫瑰园的女人一只手拎着长裙摆，垂着眼帘，好像在看她，目光怜悯。

安歌偏过头，难耐地蜷缩起了脚丫子。赤着脚踩在冰凉的瓷砖上，没一会儿，脚底冰凉。

她一天暴走了三场秀，天没亮就起来忙碌了，一直穿着高于十五厘米的高跟鞋走来走去。

前几天也很忙，睡不好，每次刚睡下不是被秦湘摇醒就是被闹钟闹醒。

一直一直在试镜，准备走秀。

安歌盯着刺目的光看了一会儿，心里泛起了一丝丝委屈。

为了更好地展示设计师的设计理想，模特上秀是不允许穿文胸的，不论那件衣服的造型如何。

哪怕那件衣服的V领开得再深，深到微微一晃就能走光，也不允许穿文胸。

模特只能自己想办法遮住，但是要遮也不是抬手遮这种蠢办法。

看着镜面中的自己，安歌胡思乱想了一阵，觉得自己像是一尾被人从深海中捞起丢到泥泞水洼中的小鱼。

浅浅一层水，在太阳的曝晒下，马上就要蒸发掉了。

缺氧。

安歌的脚边掉着刚被傅斯珩撕下来的Nude bra。高跟鞋一早被甩在了玄关口，裙子掉在门口。

抬手遮很蠢，所以不能遮。

安歌的睫毛轻轻颤着。

空气清冷，不带一丝一毫的热度，熟悉的性冷淡香传来。

安歌看见傅斯珩穿戴得整整齐齐，衬衫扣子从上到下一丝不苟地扣着，深色的宝石袖口泛着冷光。

他随意地靠在大理石水池边缘，双手插在西裤中，眸光垂落下，审视着属于自己的领地。

他熟悉的，开疆拓土过的。

鱼只有七秒钟的记忆，安歌却记了足足七分钟。

良久，傅斯珩才动。

须臾间，踩着十几厘米的高跟鞋走在镜面T台上晃都不会晃一下的安歌几乎要站不稳。她仰头看着头顶的灯，灯影竟然小幅度晃动了起来。

嗯？安歌轻咬着唇。

《坛经》中云：“时有风吹幡动。一僧曰风动，一僧曰幡动。”

她大概就是那个“幡”吧。

安歌的腿一酸，没站稳，直接歪到了后面瓷砖上。

瓷砖冰凉，安歌打了个冷战，朝傅斯珩看去。

他依旧很静，没有掀起半点波澜，眸光清冷，没有往日里的痴迷和深沉。

安歌没来由有些慌。

结婚好几个月，她和傅斯珩慢慢相处下来，到最后的假戏真做。

很多时候都不用她做什么，这祖宗自己就能自燃。

独独今晚，迟迟没有。不见风动。

《坛经》中未说完的、剩下的小半截是：“非风动，非幡动，仁者心动。”

安歌叩在墙边的五指慢慢收紧，长吁了一口气：“我和凯科——”

安歌的话没说完，就被打断。

傅斯珩抽出了手指，平静地开口道：“去吃饭吧。”

骤然间，安歌脱力，差点滑倒。

“傅傅？”

“嗯。”傅斯珩应声，依旧不见半点异样。

没有异样才是最大的异样。

安歌隐隐觉得自己好像惹怒了一头一直蛰伏在黑暗中的凶兽。

凶兽没有被驯服，它不知道出于什么原因，一直在压抑着自己原本就非常残暴的天性。

而现在，束缚着凶兽的锁链即将断开。

傅斯珩重新靠回盥洗台边缘，他左手的食指和中指上覆着一层水光，大约从指尖一直延伸到指根。

在灯下清亮无比。

安歌拿过一边的浴袍套上，松松地系了一个结。

傅斯珩这才将目光从她身上收回，转身，他的手放到了感应水龙头下。汩汩细流迅速流出，那浅浅的一层水光被冲洗了干净。

傅斯珩的手指骨节分明。

安歌的嗓子有点干，把黏在脸颊上的长发别到了耳后。

检查完毕，傅斯珩拨了内线。

没一会儿，侍者推着餐车上来，送了一份新鲜而又热气腾腾的营养粥，安歌打包的那一份晚餐也重新加热过。

餐桌上，安歌舀着粥，时不时悄悄看一眼傅斯珩。

傅斯珩这晚的模样太过陌生，像另一个人。

安歌一时拿捏不准，收敛了不少。

一顿晚餐，吃得颇为沉默。

傅斯珩没吃多少，便去忙工作了。

安歌饿了一天，虽然没什么食欲，但也慢吞吞地吃了小半碗粥。

房间里静默得可怕。

而在这一份静默中，网络上却热闹得不行。

B 市时间，临近午夜。

微博上号称爆料最准从不画饼的“打开天窗说亮话”发布了最新一条博文。

打开天窗说亮话：“最近在某档大火综艺上秀恩爱的圈外夫妇实际上感情早已破裂。

“不卖关子，依旧是实锤。老规矩，按个说。”

这条编辑到一半的微博一经发出，炸出了不少夜猫子。

谈论热度直线升高。

“嗨？半个小时过了，博主你是死了吗？”

“书淡淡和姜爷吗？啊啊啊，给我离婚！”

“会不会审题？敲黑板划重点，是圈外夫妇！”

“盲猜某对巨有钱的夫妇。”

“又半个小时过去了，博主你要是被绑架了，你就眨眨眼睛。”

在吃瓜群众讨论得热火朝天，等得抓心挠肺的时候，博主终于再次上线。

打开天窗说亮话："多图，流浪党慎点，不清楚的请自行查看原图。

"第一集。两人相处模式过于尴尬，明显不在同一频道上，不如其他夫妇合拍，没有半点默契。

"第二集。甜是确实挺甜的，整得跟拍霸道总裁爱上我的言情偶像剧一样，我估计编剧都不敢这么写。

"不真实，太假了。

"哪有那么凑巧节目一开拍就撞上了万象购物举办家庭模特大赛。纵观万象前几年的发展，可是从来没有举办过这种比赛哦！

"这一集综艺高潮一个接一个，抛开剧本论，夜游游乐园真的太夸张了。夸张归夸张，节目组和这对夫妇可是双赢的局面。

"节目收视创新高，热度居高不下。万象购物的日收益额同比连续走高。上两点，大家可以自由心证。

"当然，这两点很早就有人提，肯定会有人嘲博主是在炒冷饭，那我们下面开始上实锤。

"1. 某娘娘与知名设计师。

"大家都知道，在时尚圈，设计师有缪斯很正常，毕竟缪斯女神是灵感来源，大家都是很好的朋友。

"然而在忙碌到几乎没什么睡眠时间的时装周上，设计师亲到机场接机送精心准备的野玫瑰，机场拥抱，秀场后台亲脸颊，这关系未免好过头了吧？

"2. 某娘娘与宁瑾'绿公子'。

"众所周知，宁瑾二公子一向低调，几乎从不出席任何公开活动，很少露面。

"而如今巴黎时装周上，二公子为'爱'露面，目睹自己被绿的过程，大秀一结束，便径直出去了。

"看某娘娘的反应，大概是从没想过二公子会出现吧，甚至最后连妆都没卸，急忙追出了杜乐丽花园。

"当然，我们二公子也是没理呢！

"微博末尾放了三张图。

“第一张，安歌在机场接过凯科送过来的野玫瑰。

“第二张，秀场后台凯科轻贴了一下安歌的脸颊。拍摄角度的原因，看上去和亲脸颊无异。

“第三张，安歌追出秀场喊傅斯珩而傅斯珩连头都没回，径直搭车离开。

“三张图，全部高清，毫无PS痕迹。”

评论区瞬间炸了。

“我就知道这对有问题！如果这都不算实锤，那什么算实锤？综艺上就很油腻了！”

“请问安歌和傅斯珩离婚了吗？”

“黑人问号，什么时候亲脸颊也能当实锤了？这还是在秀场后台，在国外亲脸颊难道不是一种亲昵的问候方式吗？”

“来了来了，洗地的又来了，舔狗舔到最后一无所有！你们是眼瞎看不到第三张照片吗？要不是被绿了，‘绿公子’能不理会你们家娘娘吗？难道是风太大导致‘绿公子’听不见？”

因为时差关系，歇下的秦湘和小圆都没注意到微博上的消息。

安歌第二天一早有工作，洗了澡换了睡裙，蜷缩在床边，倦意很快涌上来。

她早就困了，在楼下等傅斯珩的时候就困了。本想等傅斯珩洗完澡再认认真真解释一遍，但终究没抵得过睡意，迷迷糊糊睡了过去。

傅斯珩洗完澡出来，便看到蜷缩在床中央的女人。细瘦的身子骨，长发如海藻一般铺散在枕面上。

安歌什么时候最乖？睡着不说话的时候，少了几分艳丽和野性，瘦瘦的一团蜷缩在被窝里，鼻息声小小的。

傅斯珩抬手将干毛巾扔到了床头柜上，看了安歌片刻，一直平静不起半点波澜的眼中渐渐掀起惊涛骇浪。

被道德礼仪束缚着的凶兽在撞击着心底的囚笼，跃跃欲试。

凶兽森白的獠牙咬上了落在笼子上的青铜锁，铜锁摇摇欲坠。

“傅傅……”蜷缩着的安歌无意识地呢喃了一声，一直枕在枕头上的脸颊向熟悉的热源处移去，枕到了傅斯珩撑在床上的手上。

安歌贴着傅斯珩的手背，蹭了又蹭，睡着了无意识的小动作又乖又奶。

她自己不知道，每次都是这样。

凶兽的咆哮声低了下来，但它又不甘这样屈服。

哪怕不是真的，凶兽也不愿意让一丝一毫，不愿意让自己开疆拓土过的领地沾染上别人的气息。

倏忽，傅斯珩抽回了手，起身，拿过侍者和晚餐一块送上来的烟盒去了露台。

这座城，几乎整夜不息。

越过香榭丽舍大街，穿过凯旋门，无论在哪抬头都能看到埃菲尔铁塔，而这座铁塔本身还有一句很美的情话——

无论何地，无论何时，假若你愿意回头，我一直在守候。

斜风卷过，傅斯珩的浴袍一角被微微带起，额前的碎发被风拂得稍显凌乱。

青白的烟雾融于夜色之中，看完新闻，傅斯珩将手机反扣到桌面上。

这一切都还只是前戏。

如果傅周深下场，那开胃小菜后必然是珍馐佳肴。

猩红的火光明灭，傅斯珩抽了半支烟后，将烟蒂摁灭在小茶几上的烟灰缸中。

夜深人静，傅斯珩半合下眼。

身后就是凶兽咆哮着忍不住要撕碎的猎物，青铜锁被撞得叮当直响。

傅斯珩的眼里泛红，喉头发紧，他抬手遮住了眼帘。

囚笼被凶兽撞击得摇摇欲坠，他忍不住想把她关起来，和凶兽关到一起，关在只有他才知道的地方。

傅斯珩摸到打火机时，手背上的青筋凸起，散乱碎发下的眼神又凶又压抑，咬着烟凑近了点燃，仰头吸了一口，呼出。

不夜城越发热闹。

巴黎的半夜，中国的清晨。

第二拨爆料再次来袭。

吃瓜吃了大半夜坚持不住准备入睡的夜猫子们再次被炸出。

打开天窗说亮话：“第二拨，细扒某娘娘的成名史以及她背后那些不得不说的男人们。

“1. 宁瑾‘绿公子’。

“几个月前，某娘娘回国第一天便爬上了宁瑾‘绿公子’的床，此新闻一出，迅速引爆全网，虽然是全网黑，但热度和关注度堪比一线女星。

“随后不久两人结婚，全网哗然，而某娘娘凭借这种方式迅速打开了局面，提高了在国内的知名度。

“之后两集综艺，利用绿公子开启洗白之路，黑粉转路人，路人转粉，刷足了好感，粉丝大涨，如今微博粉丝已破两百万。

“2. 国际摇滚巨星迪伦。

“曾多次邀请某娘娘担任其MV女主，听闻最新的一支MV原本某娘娘已口头答应，但最后又不了了之。

“可靠消息，是因为‘绿公子’不准。

“大家都知道迪伦有一个称号叫‘超模收割机’吧？更巧的是他的每一任MV女主几乎都和他发生过关系。照这么推测下来，二公子大概那会儿头顶就开始冒绿光了！惊不惊喜？意不意外？

“3. 凯科。

“在某娘娘还是新人时便毫不犹豫地捧她，在此之前，从来没有哪一位模特得到过如此殊荣。

“在扒皮的过程中，我们还发现一件相当有意思的事，某娘娘为ROY拍摄成衣代言广告时，曾与凯科在酒店独处数个小时，同一个房间的哦。

“至于做什么，可能是在聊剧本吧。

“说了这么多，我们回到最初的起点，让我们来看看某娘娘到底是怎么火起来的。

“众所周知，这位娘娘和一般模特不一样，大部分模特十四五岁出道，而这位娘娘以近十九岁的高龄出道，一出道便为‘八大红血’之一的P牌走秀，这个起点非常高。

“然而在博主找到的这一份为P牌走秀的初始模特名单上并没有某娘娘的姓名，她的位置原本是一位叫薇薇安的模特的。

“博主好奇特意去Google了薇薇安，发现她才是名副其实的秀霸，最高走秀记录远远超过了某娘娘。但大家都知道时尚圈、模特圈光靠努力是没有用的，薇薇安走了那么多场秀，几乎什么代言都没捞到，花了那么久才打开P牌的大门，最终却没出现在T台上，甚至从此之后销声匿迹，注销了INS账号，再也没走过秀。

“所以，你们懂吧？”

原本安歌和傅斯珩关系破裂就吸引了不少吃瓜群众的目光，新爆料一出来，直接揭开了安歌渣女的本质。

评论区再次爆炸。

“我刚准备睡觉，你们又给我看这个！我们都甭睡了，起来嗨！”

“好渣啊……好恶心！实名制抵制某娘娘，从来没见过这么渣这么恶心的女的！”

“傅总太惨了吧？接盘侠啊这是，玩够了找个老实人嫁了？”

“天啦！薇薇安是我之前很喜欢的模特，她那么努力！这女人直接顶了薇薇安，要说不是睡出来的我是不会信的。”

“这已经不是普通的绿了！这是在头顶种了一片森林啊！”

傅斯珩看完，连眉峰都未动一下。

傅周深果然下场了。

最后目的无非只有一个。

还有一拨。

半夜，安歌像是预感到了什么，突然醒来。

枕边空落落的，没有一丝温度。

安歌支起身，缓了一会儿，慢慢扫视了一圈酒店套房。

房间很大，只开了一盏壁灯，虚笼着一角。

露台外面有猩红的火光，人影模模糊糊的。

傅斯珩坐在那儿抽烟。

第四次了。

安歌掀开被子，赤着脚走在地毯上，轻手轻脚地打开阳台门，没发出一点声响。

露台上的烟草味很重，茶几上的玻璃烟灰缸中聚了满满的烟蒂。烟草味过重，掩盖了安歌身上的香。

天上星星寥落。

傅斯珩仰头，额角太阳穴上突然一重。

安歌从后面抱住了傅斯珩，指尖不轻不重地揉压着他的太阳穴：“还不睡？”

傅斯珩刚压制住的凶兽被暗香蛊惑，再次蠢蠢欲动了起来。

“嗯。”他的声音沙哑。

傅斯珩指尖细长的烟燃了大半。

安歌看了一眼，手指滑下，落到了傅斯珩的肩上，抱着他的脖颈，移到了他的身前，自然而然地坐到了他的大腿上。

傅斯珩看着，无动于衷。

他抬手，将烟送到了唇边，青白的烟雾被呼出。像找不到方向的困兽，凶狠着示威，模样森冷又颓。

“烟有什么好抽的？”安歌问着，抬手抓住了傅斯珩的手腕，低头凑近了被傅斯珩咬过的烟嘴边，轻吸了一口。

没被呛住，动作甚至有些小熟练。

傅斯珩的眸光更深。

她会抽烟。

这女的……

不容傅斯珩多想，安歌俯下身，双手撑到了傅斯珩的脸颊边，看着他的眼睛，低下了头，贴着他的唇。

青白烟被渡了过去。

她舔了舔他的唇瓣。

苦涩的烟味，她不喜欢。

“抽烟对身体不好。”

◈◇ 五颗西柚

鸟无声兮山寂寂，夜正长兮风淅淅。

夜风一缕送着一缕，傅斯珩的碎发被风吹得拂落而下，遮住了眼尾，也遮住了眼底的阴暗。

傅斯珩未开口，依旧没有半点反应。

他指尖的烟在静静地燃着，烟雾融于夜色，弥散干净。

这样的傅斯珩太反常了，也太陌生，比他们第一次见面时还要陌生。

那时候，他的眼睛里很空很空，满是对世事的无所谓，不留念不在意。

而现在……好像有什么填满了他空荡荡的壳子，却并不稳定。

安歌说不上哪里不对。

安歌一知半解，唯一确定的是傅斯珩绝对没有和她冷战，他在和另一个自己较量。

那个世界黑暗无光，无声无息间刀光剑影。

安歌是赤着脚出来的，吹了一会儿风，脚背冰凉，没多作思考，安歌的脚背勾上了傅斯珩的小腿，食指指尖习惯性地轻抵上了傅斯珩凸起的喉结，若有似无地刮着。

安歌环上傅斯珩的脖颈，趴在他肩头上，定定地看他。

须臾，傅斯珩的眼动了动，朝安歌看去。

未施粉黛也艳得和妖精一样，尤其是那双眼。

黛眉春山秀，横波剪秋水。

本该是清润如水的，纯得不掺丝毫杂质，偏她眼底和藏了一把小钩子一样，妖艳与清纯的糅合，不矛盾。

傅斯珩抬手将剩下半截还燃烧着的烟摁灭在烟灰缸里，食指抵着安歌的下巴，一抬：“什么时候会抽烟的？”

耳鬓厮磨过不止一次的人，她到底还藏了多少他不知道的事？

别人的缪斯，别人的女神，竟然连抽烟都会。

他抽了不少烟，嗓子喑哑。

安歌微仰着面，一只手搂着傅斯珩的脖颈，长睫一低，突然低头轻啄了一下傅斯珩的唇瓣：“我其实不会抽烟。”

怕傅斯珩不信，安歌又虚掐着小指关节送到傅斯珩眼前：“但我学习能力特别强，囫囵学了个动作。”

傅斯珩动作没变，食指关节还屈在那儿。

“去年有一场成衣秀，设计师和秀场导演要求模特们抽烟走秀。我不会，但是又不能不干，考虑到定点动作，我就找了点欧美大片，学了点他们的动作。”

时装周上光怪陆离的景象太多了，为了让人耳目一新也为了创新，往往连秀场的布置都别具一格。

一年一个样，超市、火车站台、赌场、沙滩、飞机场，等等，没有这群疯子想不到的，好的不好的都有，要求模特一边抽烟一边走秀也不是个例。

安歌大着胆子，双手撑在了傅斯珩的脸颊边，强行将他落在不知哪点上的视线扭转了回来。

对上他的眼睛，安歌的心头一悸。

犹如破冰，往日里高高在上的祖宗像陷进了一片诡谲的黑暗之中。

陌生又危险，彻底不是她认识的傅斯珩了。

他在压抑着什么，他的眼底全是她读不懂的深色，太过死寂。好像这种压抑一旦被冲破，阴暗面被释放出来，她会被立即撕碎。

不只是她，所有的所有都会被献祭。

安歌的指尖颤了颤，在傅斯珩的左右眼皮上各啄了一下。

凶兽高高地扬起了利爪，对准了准备将自己献祭出去的少女。

惨白的月光映上去，利爪泛着森白的光。

撕碎她，毁灭她，带着她一起坠进地狱，再也不管身前身后事。

安歌一直看着傅斯珩的眼睛，那双眼里不见任何情动，只见森然。

没来由的，安歌的心底蔓上了一丝心疼，细细想下来，又不知道这股心疼到底从何而来。

安歌弯了弯眼睛，软下了一身的骨头。

瞥见安歌弯眼的动作，傅斯珩的理智被拉回了一丝。

少女应该一直生活在光下，不应该被他的阴暗面所亵渎。

傅斯珩垂下了臂肘，收紧了搭在藤椅扶手上的手："别闹。"

"那你睡不睡？"安歌的下巴再次垫到了傅斯珩的肩上，"你不困吗？

"傅傅陪我睡。"安歌第一次撒娇，说完，自己的耳朵红了起来。

没靠百度，也不是学着猪跑，就跟打通了任督二脉一样，对着这样的傅斯珩她什么都愿意。

她以前一直觉得撒娇这玩意跟自己搭不上关系，学不会也学不来，她从小就不喜欢哭，谁欺负她就自己动手揍回去。

老安头从小就教育她哭是没有用的，有哭的时间不如自己动手尝试解决问题。她一直是这么做的，只是后来动手解决成了真动手，老安头怕她的性子野得无法无天，为了下她的性子，让她读了不少玄而又玄的哲学经文，导致她直接从暴躁姐妹成了一条无欲无求的咸鱼。

网络上那些骂她的，她任他们骂，她理一下算她输。

这种只会在网络上点评事实给自己找存在感，打三个字里面有两个字是脏字的人，除了凸显自己素质低下、头脑简单、容易被带节奏，什么都证明不了。

曾经的暴躁小姐姐安歌环着傅斯珩的脖颈，把呼吸放到最轻。

撒娇到底有没有用呢？

事实证明，还是有用的。

傅斯珩微微弯下身，手臂从安歌的腿窝下穿过去，将人打横抱起。

露台的门开着，傅斯珩侧身进去。

安歌勾着傅斯珩的脖颈，抬头又亲了亲他的下巴。

房间里温度适宜。

傅斯珩踢上了露台的门，抱着安歌朝卧室走去。

安歌陷进了柔软的床中，傅斯珩只手撑在她的头顶，想去关灯。

他刚转过去一点，脖颈被人勾了回来。

安歌笑得像只偷了腥的小狐狸。

壁灯一熄。

“明天没工作？”

“有啊。”

“睡吧。”傅斯珩撑着的手臂一松。

黑暗中，安歌翻了一个身，环住了傅斯珩的腰身，寻了个她觉得舒服的位置慢慢睡了过去。

傅斯珩闭着眼睛，意识越发清醒。

凶兽貌似被暂时安抚了下来，它的利爪攀在囚笼边缘，低低地咆哮着。

仅仅是暂时的。

不久，安歌定的手机闹铃响了，铃声不大。

安歌怕吵醒好不容易才哄睡着的傅斯珩，迅速摸到手机后关了闹钟，扔了手机，又将被角掖好，这才轻手轻脚地下了床。

怀里一轻，安歌下去的同时，傅斯珩便睁开了眼睛。

清晨的第一缕阳光跃上地平线，划破了夜的黑暗。

房间里隐隐照进一点光亮，背对着他的女人在换衣服，她一只手笼着长发，另一只手解开了睡裙系带，睡裙滑下了小半截。

很快，卫生间中响起了洗漱的水声，水声一停，她又赤着脚在房间里来回走了几趟，大概在收拾东西。

没一会儿，窸窸窣窣的声音远了。

安歌一只手拿着一只高跟鞋，悄悄出了门。

傅斯珩的长指压着额角，从床上坐起身，摸过手机刷了下新闻。

第三拨爆料还没来。

窗外，天际压着阴暗的云。

傅斯珩摸到烟盒，指尖叩着烟盒，拿烟的手一顿，想到了安歌半撒娇时说的话。

半晌，傅斯珩低下头，将烟盒丢到了床边的垃圾桶里。

被礼仪道德束缚着的凶兽万一挣破囚笼，安歌会接替礼仪道德，成为束着他的人吗？

傅斯珩发了消息给魏舟，下床洗漱。

压轴大秀是“六大蓝血”之一的D牌。

秀场后台，兵荒马乱，忙中有序。大秀在即，模特们纷纷就位，进入倒计时。

安歌挺胸侧头，垂眼，在酝酿着情绪。

秀场导演拿着麦克风，一眼扫视过去，将模特们从头看到尾，他抬手："三！

"二！

"一！"

时间清零，秀场背景音乐奏响到一个小高潮。

秀场导演吼出声："GO GO！"

安歌一直郁积在心口的气被吁出，抬脚迈出。

这一仗，她绝对不会输！没有什么言语可以将她打倒！

T台的灯光暗下去，酒红色的镜面T台，大片黑色蔓延在四周。

除了脚下的路，什么都看不清，也无须看清。

阴影中，安歌一只手掐在微抬的臀上，侧脸的同时卡着背景音乐的节点，迈出了小交叉。

不轻盈，不凶狠，每一步优雅而又妖娆。

安歌的红唇似火，腰肢和手臂一齐扭着，宛如北欧神话中的美杜莎。

这是一场无法用言语表达的视觉盛宴，极致色彩的冲击，虚实相间。

作为D牌的经典元素，"NEW LOOK"几乎每一年都会出现在D牌的高定秀场上。

圆润的肩线、尽显身材曲线的贴身外衣、极其修腰的设计，高束腰、大裙摆，纤细的裙摆和饱满的裙摆，勾勒出女性最美的线条。

终于，在这一季彻底回归经典。

全场屏息。

层叠的大裙摆，细到让人怀疑一扭能断的腰肢，安歌艳光四射，她踩着深红缎面的高跟鞋，旋身间侧向左边，一直耷着眼皮抬起，深色眼影不见。只一眼，冷中透着傲，勾人心魄。

安歌利落而又妖娆地定点后，她转身，每一脚下去，都像踩在了心尖上。

优雅之中尽显性感。白与红、红与黑，交相辉映。

D牌和J·M站到了同一个战场上，同样的高束腰、大裙摆，品牌在无声地过招，开场的模特同样在无声地过招。

强行被安歌拉到同一水平面上的乔瑶虽然拿到了“国模之光”，却是分分钟被碾压的那个。

全场响起了第一次掌声。

直到安歌下场，掌声依旧未息。

与此同时，国内也在实时转播。

除了闻讯赶来只为骂安歌的吃瓜群众，那些真正喜欢模特、喜欢看高定秀的人沉默了下来。

隔了好一会儿，弹幕突然冒出了一句话，紧跟着附和的话纷纷冒出。

“其实……怎么说，如果没J·M这件事，娘娘是当之无愧的‘国模之光’吧！台步是真的没得嘲，比乔瑶高了不止一个点，颜也是出了名的能打！”

“我也第一次见连走路都在放电的女人。”

“娘娘在我心里一直是当之无愧的‘国模之光’！啊啊啊！”

“答应我，这黑钱别赚！”

“账户进账五毛钱！”

“怎么还有洗地的？望周知，再美也没用，‘国模之光’就是乔瑶，起码人家态度端正，你家娘娘还出轨了！”

“我出你个象拔蚌，图呢？有照片吗？没图你说屁！”

就在弹幕吵得不可开交的时候，一条新闻一经发出，瞬间点爆了所有的圈子，直接冲向高潮。

谢了幕，大秀结束。

安歌卸完妆，推掉了晚上的秀后聚会，准备提早回酒店。

秦湘从接到通知后，寻了个借口将安歌的手机拿走，一直到秀结束，才将手机归还。

安歌接过手机，见秦湘脸色很差，不由得多看了几眼：“紧张？

“好啦，都结束了，你和圆儿等会儿回去舒舒服服地泡个热水澡，我让魏舟带你们去吃饭。”

秦湘心口疼，紧抿着唇。

“圆儿？”安歌疑惑，想问问小圆怎么回事，一转头被小姑娘一双红似兔的眼睛吓到了。

“谁欺负你们了？”

小圆吸了吸鼻子，语带哭腔：“娘娘，你都不看新闻的吗？”

从昨晚第一拨爆料开始，到刚才的第三拨爆料，她们这些知情的人看得气到发抖，都在瞎写些什么！

偏偏她们没半点处理的权利，傅斯珩的助理昨晚一早联系了周然，周总不让她们插手，说全权交给傅斯珩处理，可惜到现在傅总都没露面！

被秋风吹得微醺的巴黎街头，一如既往的浪漫。

“新闻？”安歌滑开锁屏，点进微博，刷到了与自己相关的新闻，随意地看了看，“大概又是变着花样挑刺的吧？我都不委屈，你们委屈什么？

“傅斯珩被绿了？可能吗？

“我和凯科没有亲吻，贴面礼，拍摄角度有问题，而且他有 Mr Right（理想的伴侣）！

“和迪伦见面那天傅斯珩也在，MV 也没拍。”

滑过一张张断章取义的照片，安歌挨个念着营销号提到的人名。

“怎么一出道就给 P 牌走秀的？我顶替了薇薇安的位置？她——”

薇薇安？

安歌的瞳孔猛地放大，瞬间感受到了秋风的萧瑟。

安歌闭上眼，巴黎街头人来人往的人群消失在脑海中，取而代之的是大片大片未干涸的血液。

鲜血浸湿了路面，染红了人行道上的白色油漆。白色保时捷停在街头，车头撞上防护栏，变了行。

车轮胎下血肉模糊。

“娘娘？”小圆发觉安歌的状态不对，出声喊道。

安歌的唇色尽失，回神，咬着下唇，道：“我确实顶替了薇薇安的位置。”

秦湘一惊。

“但不是你们想的那样。”多的安歌不愿意再谈，苍白的唇被她咬出了一点血色。

秦湘和小圆面面相觑。

“还有最新的一条。”小圆试探着开口。

“嗯？”

安歌轻车熟路地点开热搜。

第一名——

#傅斯珩傅周深兄弟不合#

下面类似的话题层出不穷。

#傅斯珩打压排挤傅周深#

#傅斯珩蓄意报复宁瑾集团#

#昔日兄弟为家产反目成仇#

投行前线：“据悉，宁瑾二公子傅斯珩已于二十八日早间到达巴黎，但是并未观看由宁瑾集团投资的J·M春夏高定秀，在小编看来，这本来也没有什么，万一人家是有事呢？

“但随后不久又爆出宁瑾二夫人拒绝为J·M走秀，这就很有问题了！

“一个有问题可以理解，两个都有问题，那就很让人匪夷所思了！

“乔瑶身为主要投资方宁瑾集团大公子兼掌舵人的女朋友，拿下J·M的代言和开闭秀，个人觉得无可厚非，没什么好值得斤斤计较的。如果二公子因为这，而不到现场看秀，那气量未免太小了，也枉费他读过的那么多书和受过的高等教育。

“就这一点，宁瑾的大公子明显要比他优秀很多，从脾性和处事方面也更适合担任宁瑾集团的总裁。

“众所周知，宁瑾二公子几乎从不出席任何公开活动或者聚会，私交甚少，不管是为人处世还是待人接物方面，根据近几年傅家两位少爷的成绩，明显都是大公子更胜一筹。

“一名优秀的管理者，除了要拥有过人的手腕，更需要过人的口才和良好的沟通能力。我想，退位已久的傅老先生也正是出于这样的考虑，才会将宁瑾集团交给大公子。

“但也是因为这样，才最终导致了傅家兄弟关系的破裂。

“宁瑾大公子待人一向儒雅随和，这几年宁瑾的成绩大家有目共睹，小编细扒了一下，发现在很早之前，万象购物曾与宁瑾集团旗下的大型综合购物商场对垒过，由于两家的发展定位相似，免不了利益上的争夺。

“然而在对垒期间，万象购物的商品一再打折，最终导致了网络上小规模声讨宁瑾购物商品价高不实用事件的爆发，受此舆论影响，宁瑾在二级市场上的股票或多或少出现了小幅度的波动。

“本篇的末尾，小编又咨询了律师朋友，他告诉我低价竞争不一定违法，不正当竞争才属于违法行为，对此《中华人民共和国反不正当竞争法》第十一条有明确的规定：经营者不得以排挤竞争对手为目的，以低于成本的价格销售商品。

“孰是孰非，大家心里有数。”

长微博，图文并茂。

安歌点开评论。

“活久见系列，真是为了钱连亲人都不要了。”

“难怪一副尖酸刻薄样，整天冷着张脸，心理阴暗！”

“宁瑾集团交到他手里也是破产，心思全放在怎么对付哥哥身上了，难怪老婆出轨了都不知道。”

“没教养！三字经第一句就是人之初，性本善，他爸妈没教他背过吗？”

“人品低劣！古人诚不欺我也！真是什么锅配什么盖，他和某娘娘锁死了，钥匙我吞了！也别去祸害其他人了！”

……

安歌看得全身血液倒流，手脚冰凉。

傅斯珩不是这种人，他没有妈妈教，也没有爸爸管，但他一直是一个很自律的人。他很好很好。

安歌紧咬着唇，扣着手机的指关节发白。

一连三拨爆料，前两拨把她拉出来遛，赚足了热度，紧跟着放出最后一条爆料，目的是为了引出傅斯珩，借着兄弟俩做比较，方方面面凸显傅周深。

真论起来，这场滑稽闹剧的最大赢家是傅周深。

乔瑶不过是他的棋子，他名利双收，立了牌坊，好事都让他占尽了。

她不傻，这三拨爆料的时间点卡得太好了。

宛如秀场导演卡着背景音乐的点一样，一点一点地往外抖。

爷爷也会知道，要怎么办？傅斯珩会挨训吗？

老爷子虽然宠他，但也绝对不会姑息吧？可是，他什么都没做错啊。

“娘娘？”小圆又喊。

“不可原谅！”安歌突然仰头，周身的气压很低。

因为太过生气，她的眼神比走秀时还要凶，眼眶泛红。

小圆被安歌吓了一跳。

一直未言语的秦湘开口道：“是他们家的家事吧，肯定是有人故意这么做的！我相信傅总不是那样的人，我们小周总虽然看上去不着调，但在交朋友方面一向很有眼光，不会看错人的。

“而且，上次那导演的事，不也是傅总出面解决的吗？”

“对啊，傅总对‘小草莓’也很好，我才不相信傅总是那种人呢！”小圆跟着附和。

安歌长吁了一口气，只想回去抱抱她家傅斯珩。

安歌红着眼眶，告别了秦湘和小圆，打车直接去了傅斯珩住的酒店。

整理了一路心情，安歌稍微静下来后，又将事情完完整整梳理了一遍，这件事或许从一开始就不是冲着她的。

安歌抠着手指甲，隐隐有些明白傅斯珩昨晚为什么那么反常了。

只怕他早就知道了，也猜到了傅周深的最终目的。

被家人一次又一次伤害，怎么可能正常？绝对不放过，不能原谅。

安歌憋着气，刷了房卡。

“傅傅？”

房间里静悄悄的。

“珩宝？”

安歌找了一圈，没找到傅斯珩。她盘腿坐在地毯上，手机振动了一下。

魏舟：“娘娘，小圆说你回酒店了？傅总临时有会要开，马上就回去了。”

微信界面几次显示正在输入中。

隔了好一会儿，才跳出来一条消息。

魏舟：“别担心。”

浴缸里放满了水。

安歌裹着浴衣，踩了进去。

放满浴缸的水溢出了大半，水流顺着浴缸边缘小瀑布一样往外淌着。

安歌沉在浴缸底，闭上酸涩的眼睛，屏息。温温热热的水流浸泡着她的身体，心里却怎么也暖和不起来。

网络上的谣言还在疯传，全部是攻击和谩骂傅斯珩的。

各种恶毒的字眼，说什么的都有……

她一直想不明白这些事和这些人到底有什么关系呢？为什么这些人总站在上帝的角度，不经任何思考去肆意地指责别人？

安歌的指尖叩着浴缸边缘，感觉快透不过气来了。

她想去理解傅斯珩，可是越想越难受，越想越压抑。

如果一个人的人生按一百年来算，那她已经过去了五分之一。

她的小半生，平安顺遂，无波无澜。

上天太偏爱她，她几乎没遇到过什么大的挫折，也没尝过求而不得的滋味，老安头和南娴把她养得很好，有人宠有人疼有人念着她。

幼年时，她读图画版的《红楼梦》，很多情节都理解不了，只觉得一群小姐和公子哥在雪地里烤鹿肉特别好玩。

再长大，她读了很多版本的《红楼梦》，她同样理解不了，只不耻那些大家族为了利益把女儿家当做牺牲品的行为。

不耻归不耻，不理解归不理解，并不妨碍她矫情兮兮地拿王熙凤说过的话当作文素材。

书里说，人生在世，不如意之事，十之八九。

她没有八九，只有一二。

一是薇薇安。

大片大片的血红再次映入安歌的脑海。

薇薇安躺在车身下，满眼都是不甘。

她说："求求你，咕咕，去走吧！"

安歌攥着浴缸边缘，突然起身，长吁出一口气，抓着湿透的长发，趴在浴缸边缘，低着头想傅斯珩。

傅斯珩从昨晚开始就很不对劲，开始她以为他只是看到凯科亲她的手背，导致这个老陈醋坛子翻了。

他说他要检查时，她只当成夫妻之间正常的小情趣，还配合了他一下，但检查完预想中的事并没有发生。

后来傅斯珩越来越不对劲，好像她的事只是一个引子。

因为她，才引发了傅斯珩深藏着的另一面。

颓废而又灰暗，阴冷而又厌世。

可是为什么呢？

明明她和凯科什么事都没有，模特成为设计师的缪斯也是很正常的事啊……

安歌仰着头，一眨不眨地盯着卫生间的灯。

隔了一会儿，再次响起一阵水声。

安歌的脚尖在满是水渍的瓷砖上划拉了半圈，找了拖鞋，踩上，拿过一旁架子上的干毛巾，匆忙擦干净身上的水珠。

顾不上湿漉漉的头发，安歌扯过一旁的真丝睡袍披上，在腰间系了个松松垮垮的结，便急急忙忙地出了卫生间。

天色逐渐黯淡下来，高楼下的街灯亮起。

安歌嫌拖鞋滑脚，干脆甩掉了拖鞋，赤脚踩在地板上，直奔着沙发而去。

地板上留下一摊水渍。

安歌摸到手机，看了一眼时间，算了算时差，这才点开了通讯录，找到了之前存的号码。

安歌没犹豫，拨了过去，电话响了好一会儿才通。

电话被接起后，那边响起一阵窸窸窣窣的声音。

“喂？”傅老爷子近来身子不错，比以前精神了不少，说话中气十足。

“爷爷，是我，晚上好啊。”安歌抱着膝盖，蹲在露台藤椅上。

“哦哦，是咕咕啊。”傅老爷子的声音听着挺开心的，“这么晚打电话给爷爷是工作都忙完了吗？”

“嗯，今天都忙完了，爷爷最近在做什么？”

“还能做什么啊，你和那小兔崽子又不回来多陪陪我这个糟老头子！”傅老爷子佯装生气，“我这个孤家寡人还能做什么？又没有重孙子重孙女过来闹我。”

安歌一噎。

哪来的重孙子重孙女？这老爷子变脸比翻书还快。

“马上就回去啦。等这边忙完，十月十一月还要走中国国际时装周，举办地就在B市，到时候又要打扰爷爷了。”

“那敢情好啊。”傅老爷子一拍大腿，笑道，“我让人记着呢。”

两人又不着边际地聊了一会儿，话题始终没有绕到正题上。

安歌垂着眼，她总有一种感觉，爷爷知道她为什么突然打电话回去，他在等着她开口。

电话中，两人都沉默下来。

入秋风瑟瑟。

安歌湿润的发丝被吹了个半干，粘在后背上，睡衣湿了大半，贴在身上冰凉凉的。

傅老爷子收音效果极好的手机中隐隐传来稍重的脚步声。

“爸呢？”

“在茶室。”

“哦，没什么事了，你去忙吧。”

是傅清霜的声音。

她卡着这个时间点回去，是要先下手为强吗？

安歌的嗓子发紧，握着手机的手指收紧。

透过电话，那边似是响起了一阵手机铃声。

傅清霜接了，她开口：“阿珩啊，忙完了？”

她的声音意思意思地压了压，但没有刻意压着，安歌听得清清楚楚。

“忙完了就好。”

隔着一道茶室的门，傅清霜的口气像极了在教训不听话的小孩子。

“下面姑姑说的这些话你可能不爱听，但是姑姑也没有办法，姑姑必须要说，因为这是姑姑的责任。大哥把你交给我们，我们必须要对你尽到应尽的义务。

“你知道爷爷年纪大了，经不住你这么折腾的。

“阿珩，你结了婚，也不是什么小孩子了，孰是孰非该分得清吧？我和你姑父有半点亏待你的地方吗？”

“你这又是何必呢，阿深是你哥哥，理应要多照顾着你一些，但你作为弟弟，也不应该这么对哥哥吧？

“退一万步来讲，饶是你不念这份兄弟情，也该体谅体谅爷爷不是？清让离家这么多年，爷爷又当妈又当爸地把你养这么大，教你读书教你是非，你怎么就养不熟呢？你姓傅，阿深也姓傅，大家都姓傅，为了那些虚的值得吗？

“那些虚的都是过往烟云，一朝聚散的东西，你要真那么在乎，你和姑姑说，姑姑还能不应不成？再说，这些本该都是大哥的，理应有你的不会少的，何故又教外人看了笑话去？”

静了一会儿。

傅清霜又说：“行了，至于你和安小姐的事姑姑也管不着，管多了还落个不是。独独这事，姑姑必须要说说你，有时间回来和爷爷好好认个错，多陪陪爷爷！”

傅清霜的脚步声走远，通话声跟着模糊。

外面彻底静了下来。

她算准了时间，就为了让傅老爷子听听这一番话。

安歌扣着手机的指关节发白，闷到心口疼。

说的什么屁话！

一家子除了陈意涵都是一丘之貉，道貌岸然。

“傅斯珩没有错！”安歌脱口而出，“他没有认错的理由！”

傅老爷子沉默。

安歌吸了一口气，揉了揉眼角。

良久，安歌又开口：“爷爷都知道了？

“爷爷很早就知道了吧。”

出乎意料的。

傅老爷子的反应相当平静，回了一句：“知道又如何，不知道又如何呢？”

知道又如何，不知道又如何。大家族的事又岂是三言两语可以说完的。

他老了，不想再折腾了。

话是这么说，哪能真撒手不管，一辈子见过那么多事，他想过会有这么一天。当初傅清让撂挑子走的时候他就做了两手准备，这才有了他以前的助理吴建安和傅清霜“二分宁瑾”互相抗衡的局面。

他护着傅斯珩，又能护多少护多久呢？很多事都是身不由己的啊。

傅斯珩若是自己不成长起来，没有能力，迟早都会被撕碎，所以当初他才狠下心顺了傅清霜的愿把他丢了出去。

和围棋一样，只有生和死。走出来，是海阔天空任鸟飞，谁也拘不了他。

傅老爷子无声地叹息。

怕安歌多想，以为自己是个坏老头子，傅老爷子又说：“丫头，你还是太年轻了。爷爷没有你想的那么坏，自己的孙子有本事，当爷爷的高兴还来不及，又怎么会埋怨呢？

“爷爷啊，没你想的那么迂腐。

“那小兔崽子的小九九，我这个糟老头子多多少少也知道一点。宁瑾始终有他的一份，我还没老糊涂呢！他那性格，若不是阿深招惹他，他断然不会管的。

“至于宁瑾购物和万象广场，都是正常的商业竞争手段，没本事的才在网上散播谣言胡说八道。从古至今，商场如战场，胜者为王，败者为寇，爷爷拎得清！”

安歌默默听着，抬头看着天边。

风拂过，似低语。

宁瑾是傅斯珩想要的吗？显然不是。

“爷爷……”安歌斟酌着，“他不要宁瑾。”

“我知道！”傅老爷子吹胡子瞪眼，突然在这个节骨眼上炸了。

她总有一种爷爷追着亲孙子喂饭追得满院子跑，亲孙子却不愿意停下来吃半口的错觉。

安歌捏着指关节，问：“爷爷，你知道傅斯珩他到底想要什么吗？”

安歌问完，傅老爷子沉默了一会儿，继而拍着桌子问：“你不知道吗？”

安歌抿了抿略干的唇，她要是知道她也不会大晚上搁这里兜圈子了。

最终，傅老爷子长叹了一口气，慢悠悠道：“不是他到底想要什么，而是你让他觉得自己得到了什么，又得到了多少，明白吗？”

“不……太明白。”

傅老爷子一哽。

这丫头看着机灵，怎么在这方面笨得跟呆头鹅一样。

“爷爷？”安歌又唤了一声。

“爷爷长，爷爷短，爷爷在家也不来看！”

安歌再次噎住。

“行了，逗你玩呢。”傅老爷子摇摇头，“爷爷上次和你说的话你还记得吗？”

安歌想了下："记得。"

"记得就行，爷爷没有和你开玩笑，可能你站在自己的角度一时半会儿没办法理解，也理解不了，那不妨换个角度，试着用心去看，说不定能理解一二。

"傅斯珩这兔崽子啊，好懂得很，他没那么多弯弯绕绕的心思。"

"嗯。"

后面傅老爷子又说了什么，安歌记不清了，她脑子里都是上次傅老爷子对她说过的话。

"兔崽子这是吃醋了！

"你进去了，你就是他一个人的，别人看不得更碰不得。

"不是他到底想要什么，而是你让他觉得自己得到了什么，又得到了多少。"

……

安歌挂了电话，抱着膝盖，愣愣地看着远处的灯火。

她到底让傅斯珩觉得自己得到了什么呢？

她又给了傅斯珩什么呢？

安歌合上眼睛，黑暗中，她仿佛看见了小时候的傅斯珩。

斑斓的色彩，到他那里迅速退去，只剩下大片大片的黑暗。

穿着黑色短袖的小男孩抱着膝盖坐在沙发上，前面是纵横各十九道的围棋盘，黑白子错落。

年三十，屋外的雪花簌簌地往下落。

他守啊，守啊，守了很久。

老宅中静悄悄的，没有半点人声。

小男孩困了，蜷缩在沙发中不小心睡着了，只一会儿，他又醒来。

窗外的寒梅枝丫被大雪压断，"咔嚓"一声。

他垂着腿，规规矩矩地坐好，盯着客厅里悬挂着的时钟，数着时间。老式的钟表指针滴滴答答地向前走，他的瞳孔漆黑深沉。

小男孩从小长得就精致，眉目似淡描的画，小小年纪又透着一股疏远。

过了好久，一丝天光爬上窗沿，屋外还是静悄悄的。

大雪纷飞，年三十过了。

忽然，小男孩眼里的火光灭了，眼里满是清冷孤寂，死气沉沉的。

他很不舒服的模样，额头冒了一圈冷汗。

他抿着苍白的唇，动了动手指头，捻过了围棋盘上的黑子，独自一人下着。

白子被黑子吞杀。

小男孩垂下手，低着头转身上了楼。

房间门口贴着喜庆的“福”字。

在他关上门的瞬间，恍惚中，安歌看见小男孩心底倒映着夫妻俩手牵手的画面碎了。

碎成了渣子。

小男孩还在原地，喊他们，可他们不曾听见一声，头也不回地向前走着。

夫妻俩踏入阴影中，背影消失不见，小男孩孤零零地留在原地。

安歌站在他的身后，蹲下身想抱抱他，却怎么也抱不住。

父与母，傅斯珩有，但他自始至终和孤儿一样。有着父母的他得到了什么呢？

世界是热闹的，沉寂是他的。

他看着傅清霜和陈远带傅周深去游乐园去电影院，去很多很多地方，而接他的总是形形色色的助理。

父母不会给他开家长会，不会给他过生日，不会给他打电话……他什么都没有。

小男孩渐渐长开，眉目出落得越发精致，他上了初中，穿着白色的衬衫校服，依旧一个人放学，一个人上学。

画面突转，他一个人被姑姑和姑父送到了国外。离家很远，那里不过新年不过中秋，连爷爷都没有了。

没人记得他的生日，没人问他过得开不开心，没人记得他喜欢什么又不喜欢什么……

十几岁的男生长起来和抽条一样，稚气和青涩退去，眉眼凌厉了起来，他的世界隔绝了所有的人。

所谓的好姑姑和好姑父，把他一个人扔到满是情色金钱的环境中，巴不得他坏到无药可救。

他没有父母教，也没有父母管着。

没人告诉他，他应该去做什么，又能去做什么。从男孩长成少年，他顶着漫天的风雪，一个人不断地向前走着。

自童年起，他便独自一人。

而孤独就像很久以前，火星照耀十三座州府，没一处是他的。

安歌捂着嘴巴，咬着掌心上的肉，睁大了眼睛，大颗大颗的眼泪止不住地往下滚。

父母不能陪，至亲算计排挤，现在又要遭受网上那些肆意的谩骂。

好难受，一阵接一阵的窒息感蔓延上来，安歌好像被人掐住脖子，揪紧了心脏，呼吸困难。

她总算明白为什么自己是傅斯珩的引子了。

他怕她和他的父母一样，失信于他，一声不吭地从他的世界离开。

不要他，不管他，抛弃他。

眼泪滚烫，止不住地往下滚，安歌弯下腰，埋进了膝盖里，浑身冰凉，如坠冰窟，手心那层薄汗跟着凉了。

夜幕彻底降临。不夜城灯火通明，热闹不息。

露台上的女人一直蜷缩着身子，头埋在膝盖上，发丝干透，随风飘扬起。

父母守国门守社稷，谁来守傅斯珩？

傅斯珩回来时，酒店房间内漆黑一片，无人声，也没有了熟悉的甜香。

安歌不在。

收购手工纽扣工坊的事尘埃落定，刚签好了合同。

傅斯珩半靠着玄关柜子，合下眼，没动。

安歌会离开吗？成为别人的缪斯女神，不再陪他，不再要他。和他的父母一样，去守着别的什么……

傅斯珩有些闷，仰头，喉结轻滚，大口喘气。

凶兽隐忍到极点，红了眼，一直在咆哮。

傅斯珩没开灯，只身走进黑暗中，脱了风衣外套，丢到了沙发上。

傅斯珩的指尖刚捏上领结，带着熟悉的香甜气息的黑影从后面蹿了上来。

动作又快又凶，非常急切。

傅斯珩微愣，被人攥住了领带。

安歌攥着傅斯珩的领带，把人拖进了卧室。

安歌使出了吃奶的劲，一只手的手掌撑在傅斯珩肩上，把人摁到了床上。

傅斯珩仰面，半躺到了床上，看安歌。

安歌跟着爬上床，揪着傅斯珩的领带，双膝跪在他身侧。

“怎么？”

傅斯珩扣着安歌的腰，发觉她浑身冰凉，微微蹙了眉。

傅斯珩摸到一旁的遥控器，开了一盏壁灯。

灯盏一亮，安歌突然低下头，改为双手抚在傅斯珩脸颊边，额头贴着他的额头。

面上阴影一重，傅斯珩不适地眯了下眼。

安歌的长发四散开来，滑落而下，虚虚地笼在两侧。

灯光透进稍许，安歌的眼尾亮晶晶的。

“哭什么？”

“珩宝。”安歌轻声喊。

哭久了，她的声音非常不好听，沙沙的。

“因为网络上的事，嗯？

“我会处理——”

傅斯珩的话没说完，安歌抬起头，狠狠地砸了下来，砸到了傅斯珩额头上。

臭男人！只会关心别人，都不知道关心关心自己。

“对不起。”

对不起。

对不起。

对不起。

在心里一连说了三声“对不起”，安歌躬起身，双手撑在傅斯珩脸颊边，望着他的眼睛，一个字一个字地许诺道：“以后娘娘宠你。

“你很好很好，没有错，什么错也没有，不用道歉也不用理会。

“没人陪你，没有关系，娘娘会一直陪在你身边。

“没人疼你，没有关系，娘娘来疼你哄你。

“没人教你，也没有关系，你已经很厉害了。

“往后漫漫余生，我们可以边走边学，你只要相信，我会一直陪在你身边。

“你在我就在，又怎么会守不住未来？”

安歌断断续续地说了很多，一边说着一边低头去亲傅斯珩的眼皮和鼻尖。

傅斯珩紧抿着唇，抬手扣住了安歌的手腕，一只手遮住安歌的眼睛。

倏忽，一星半点的光亮了起来。

傅斯珩的眼眸黑沉沉的，却藏着光。

“嗯？”安歌疑惑，拿开傅斯珩遮住她眼睛的手，去看傅斯珩。

两人离得近，他的每一根睫毛她都看得清清楚楚，他的眼里跳跃着壁灯的光。

安歌亲了亲傅斯珩的睫毛。

怎么会有这么好的人，刚刚好就成了她安歌的人？

她要把他放心尖上宠着。

傅斯珩的喉结滚到一半，垂眼。

安歌套着焦糖色的真丝睡袍，带子系得松垮，因为弯腰的动作，敞开了大半。

发丝陷进锁骨中，雪媚娘一样的团子被半裹着。

“珩宝？”

“怎么宠？”

“你想怎样都可以。”安歌弯着泛红的秋水瞳。

“咣当”一声，锁住囚笼多年的青铜锁应声而碎。

凶兽跑了出来，获得了自由。它跑到一直守在它身边的少女身前，衔过垂在身后的锁链，讨好着将可以束缚着它的锁链递到少女手上。

少女却将最后可以束缚着凶兽的锁链一并打开。

灯影在晃。

安歌躬身，半趴在枕头上，攥紧了手指去看墙纸，墙纸上模模糊糊印出个轮廓。

“明天有工作，还有两场秀……”

“嗯。”傅斯珩低声应了。

安歌咬着指尖，脑子里突然炸开了一束白光。

傅斯珩从下面抬头，神色慵懒，他捏住安歌的下巴，亲了上去。

安歌掀开被子下床，小腿一软，差点没往地上扑，好在及时撑了回去，避免了行跪拜大礼的尴尬场面。

安歌撑着床面缓了一会儿，昨晚的场面历历在目。

傅斯珩微合着眼，鼻尖上渗着汗水的模样太过性感。

安歌觉得有些热，就连手掌心都冒了一层细密的汗。

二狗子哪来那么多花样？一定是背着她偷偷补过课悄悄学习过了！

安歌的手背贴了贴脸颊，趿拉着拖鞋，拎着小裙子小跑着进了卫生间。

四点多，天还很黑。

卫生间中，镜子里的女人浑身上下半点印子都没有，肌肤宛如刚剥过壳的水煮蛋，水汪汪的又嫩，微微泛着点粉。

安歌换好衣服，置放在盥洗台上的手机响了。

安歌拿起，看了一眼。

秦湘："滴滴，我的大宝贝还起得来吗？"

安歌："？"

秦湘："你竟然起来了！感动湘湘！"

安歌开始打字。

安歌："珩宝的大宝贝已经换好衣服了，马上出门。"

安歌："还有，请务必记住我是一个非常有职业道德的人！"

秦湘敷衍地回了一个表情包，抽了抽嘴角，非常想踢翻这碗狗粮。但随即想了想，秦湘伸了个懒腰，又笑了。

这两个祖宗好好的就行了，其他的事慢慢解决。

一旁困得神志不清的小圆嘟囔："湘姐，你怎么还笑得出来啊？网络上那些造谣的真是气死我了！"

"我不笑我还能哭不成？没法啊，人微言轻，这事我们又没有插手的权利。"秦湘说着，抬手拍了拍小圆的肩膀，"行了，我们静观其变吧，傅总肯定会处理的。只要我们咕咕和傅总的关系不受影响就成。"

"能有什么影响？"小圆踢着酒店的花坛边缘，"好着呢。"

好到她们娘娘工作一结束就把杂志采访和秀后聚会全推了，只为赶着回去哄傅总。

安歌一早就有一场秀，化了妆等会儿也会被卸掉，她干脆什么都没折腾，素着一张脸出了卫生间。

卧室里有些黑，傅斯珩半侧着身，还在睡。

他的一只胳膊横在枕面上，碎发垂落下，鼻梁高挺，眉头微蹙。

安歌单膝抵着床边，将傅斯珩横在枕上的胳膊拿了进去，指尖顺着他蹙起的眉毛轻抚着，想将他蹙起的眉抚平。

“小禽兽。”安歌嘀咕。

傅斯珩的模样太能蛊惑人心了，睡着了都是那副高高在上的模样。远看着风光霁月宛如禁欲神仙，其实又闷又骚。

假正经，小变态。

想到昨晚的事，安歌的腿又是一软，抬手就想“扇”傅斯珩一巴掌。结果手腕刚抬起，就被人扣住了。

傅斯珩睁开了眼，眼皮子还耷拉着。

他握着安歌欲行凶的手，懒洋洋地一抬眉，看着她。

安歌即将脱口而出的“小禽兽”三个字在嘴边飘飘悠悠地打了个转，变成了：“珩宝。”

傅斯珩勾唇，应了。

他一直没怎么睡，只在中间睡了一会儿，很少做梦的他做了一个梦。

梦里有个穿着粉色洛丽塔小裙子、绑着双马尾的小姑娘跑过了那片黑暗，强硬地挤上了沙发，一把将他的围棋盘推远。

小姑娘长得水灵灵的，尤其是那双眼睛，大而明亮，但性格一点都不软弱。

小姑娘的小短手叉在腰上，扬着小脑袋，特理直气壮地和他说：“哥哥，抱！”

他没抱。

小姑娘也没发脾气，蹬了脚上粉色的圆头小皮鞋又黏了上来，像牛皮糖，甩都甩不开。

她说：“没关系，哥哥不抱咕咕，咕咕来抱哥哥。”

小姑娘锲而不舍，彩虹棒棒糖啃到一半没舍得吃，剩下的非要塞给他。

她不哭，一直跟在他身后，不吵不闹地向前走。

梦很短，傅斯珩醒来后，一直没睡着。

做坏事被人当场抓住的次数多了，安歌早已习惯得不能再习惯了。她用指尖轻轻刮了下傅斯珩的喉结，道："珩宝乖乖睡觉，娘娘负责赚钱养家。"

酒店的门被轻轻合上。

傅斯珩翻了个身，手背搭在额头上，看了一眼窗外。

初晨的太阳未升起，但已有寥落的晨光，光线透过窗帘间的缝隙照进来，拉出了一道直线，落至他的心口。

人生有缝隙，光才会照进来。

太阳总是照常升起，天依旧会亮起来。

巴黎时装周的最后一天，安歌走完了最后一场秀。

谢了幕，安歌到后台换了衣服，卸了妆，甩掉脚上的高跟鞋，穿上了特意让小圆买来的平底鞋。

秀场外。

魏舟领了傅斯珩的令，要带秦湘和小圆四处逛逛。

"娘娘真不和我们去转转吗？"小圆问。

"不了，你们去。"

安歌和秦湘小圆道了别，向一早约定好的咖啡馆走去。

巴黎街头，随处可见的咖啡馆，三三两两的行人并肩走过。

秋高气爽，天气极好。

广场上白鸽盘旋，继而又落在喷泉边的铜像身上，喷泉边有街头艺人在拉着小提琴，琴声悠扬。

四周，小情侣们旁若无人地交谈着，偶尔接个吻。

安歌丢了一枚硬币到琴盒中，合掌拜了拜，然后踩着轻快的小跳离开。

不远处，拐角一家咖啡店里，黎昼见状，叹了一口气低头打字。

黎昼："阿崽啊，你能不能长点心？你不急我都替你急，都什么时候你还有心思听别人拉小提琴。"

安歌："你怎么知道？"

黎昼："我和派大星就在你后面。"

"嗨！"许文馨见安歌转身，忙伸出一只手臂晃了晃，喊道，"咕咕——"

街角的绿色顶棚下摆了一圈椅子，仿古墙壁，灯光柔黄，布置得十分有情调。

“啧啧啧。”许文馨将安歌上上下下打量了一遍，“我们娘娘怎么突然穿平底鞋了？

“鲁迅爷爷说过，高跟鞋就是女人的战袍，不穿高跟鞋不能出门。”

“鲁迅爷爷说这话他没说过。”安歌回。

黎昼顺口接上：“这是鲁迅爷爷被黑得最惨的一次。好了，许文馨，你不要再开口讲话了，你一开口就显得你很没有文化，知道吗？”

“去你的，黎粥粥！”

许文馨不死心，拖着椅子往安歌那里靠了靠：“我们悄悄地说，你是不是怀孕了？”

“怀……怀孕？”黎昼一惊，忙去看安歌。

安歌没带妆，纯素颜，一张脸干净又明艳。穿得也和平时不一样，向来只穿裙子的人破天荒地穿了条宽松的牛仔裤。

素颜、平底鞋、宽松装……

黎昼呆住：“我要有闺女了？”

许文馨附和着点头：“对对对！我看傅总那么有能力的一个人，再没有我该怀疑安咕咕你的魅力不行了。”

“有还是没有啊？”黎昼心急。

安歌俯下身，手肘压在桌子的边缘，冲黎昼和许文馨勾了勾手指。

黎昼和许文馨忙跟着俯下身，半趴在桌上，屏息等官宣。

“我宣布，三人作战小分队第一届正式协商会议，现在开始！”安歌屈指敲着桌面，轻声道。

黎昼和许文馨无语。

“开会了，开会了！”安歌想了个口号，“保护我方珩宝，是时候吹起反攻的号角了！”

黎昼和许文馨再次无语。

“视频剪辑好了吗？”安歌问。

“一早就给你剪好了。”黎昼将放在椅子上的笔记本电脑搬到了桌子上，推向安歌，“听你的，视频已经上传B站了，目前还在审核，等审核结束就可以看到了。”

许文馨兴致勃勃地问："我们也要买水军吗？"

"不买。"安歌伸出一根手指头晃了晃，"我们买什么水军？你当宁瑾没有公关部门？以宁瑾的势力肯定第一时间就会知道，微博都能给你删了，得不偿失，有钱买水军还不如做慈善。"

"那要做什么？"许文馨眼巴巴地问。

"以其人之道，还治其人之身。"

"那为什么不买水军啊？发觉就发觉呗，反正节奏都带起来了。"

黎昼为许文馨的智商感到着急，开口道："你傻啊。水军一张嘴要多假有多假，回头万一被扒出来买水军，有理都说不清。"

"所以我们选B站！"安歌继续晃着手指头，"就算J·M想买水军控评也没法。"

"B站，你值得拥有！"黎昼将电脑转向了许文馨，开始对许文馨介绍，"一个注册会员需要通过一百道题目的神奇网站。

"比如豌豆杂交实验是谁的实验，又或者《火影忍者》中第四代火影是谁等等，这些题目我相信诸如许文馨之类的人，是不会的。"

许文馨扑上去要撕黎昼："看不起谁？我还有B站大会员呢！"

"哈哈哈。"黎昼忙笑着躲过，"审核过了！现在发微博吗？"

"等会儿，你先把视频分享给我。"安歌说。

"也发我一份！"

"行。"

黎昼分享了链接。

黎昼："细扒J·M春夏高定的前世今生——抄袭D牌经典元素。"

巴黎春夏时装周J·M的热度还没有过去，视频一经发出，点击量节节攀升。

视频中，黎昼将J·M与D牌早年的秀场布置和作为重头戏的春夏高定系列服装做了层层对比，从高束腰到大裙摆再到肩线的设计，连衣服上作为装饰的蝴蝶结的位置都没放过，直接放了张十多年前D牌春夏高定的照片，降低透明度后将十多年前的D牌高定照片和J·M高定的照片重合到一起，细节处几乎完全吻合。

这还不算完，视频的最后黎昼还特别嘲讽地打了一行字："你也想成为天才设计师吗？粥粥满足你，下载评论区高定样板，你只需要绣上原创的花即可成为人人追捧的天才设计师！”

视频发出不到五分钟，点击量破千。

弹幕全是问号和感叹号。

黎昼很满意这个效果，放下手机，又说：“虽然我干闺女还不知道在世界上的哪个旮旯里呢，但是我依然要送给她一份大礼

“你猜我昨天晚上街拍遇见谁了？”黎昼说得神神秘秘的。

“谁啊？”许文馨配合着炒气氛。

“傅周深和某个小模特，盲猜那模特还不是乔瑶。”安歌随口一猜。

“厉害了我的咕。”黎昼的声音压得更低了，“你们知道他们当时在干吗吗？”

许文馨一听，更激动了：“史诗级动作巨片？”

“你能不能想一点纯洁的？”黎昼有些无语，“照片发给你们了，自己看。”

许文馨飞快地解锁手机，点进了微信，翻到了黎昼发过来的照片：“这么明目张胆的吗？”

“天啦。”许文馨两指贴着照片，不断地放大，“这模特是谁啊？我怎么不认识？”

安歌看了一眼照片。

傅斯珩的“好哥哥”傅周深正陪某位模特逛着香榭丽舍大街上的各大奢侈品店，他身后跟着的两个助理手上拎了不少购物袋。

“好哥哥”大手一挥，送了小模特一个戒指。

小模特高兴得当街就和宁瑾集团一向儒雅随和的大公子来了一个法式热吻，非常缠绵。

虽然这场景在巴黎很常见，但许文馨三连叹后道：“乔瑶看到不得气死？”

黎昼伸出一根手指头点了点屏幕：“何止是气死，可能还会气得直接升天。咕咕没回来之前，四大国模退了一个，剩下一个身体不好也退了，就剩她们在争‘国模之光’。”

“有点精彩啊！”许文馨的眼珠子转了一圈，露了一个看热闹不嫌事大的笑，“那朱竹清怎么办？”

“好办。”安歌撑着桌子起身，指尖点到许文馨的手机屏幕上，将

黎昼发出去已经有半个小时的视频分享到了许文馨加的塑料姐妹花群里，“懂？”

“哈哈哈。”

许文馨抱着手机比了个手势，不住地点头，笑道：“那我可太懂了。”

别人不知道朱竹清真正的底细，这群塑料小姐妹可是明明白白，别看她们表面上一个比一个优雅，背地里吃起瓜来一个比一个疯。

朱竹清最在乎什么？不就是原本就不属于她的悦达重工的小姐身份吗？

她们这个圈子非常排外，朱竹清她妈妈做的那些个事根本上不了台面，也没几个人真心实意地欢迎朱竹清，都巴不得看她的笑话呢。

“就这么简单？”许文馨总觉得哪里不够。

“还少个截图。”安歌支着下巴，“不着急，有人会截的。”

这一圈像朱竹清一样的人绝不在少数。

真名媛不动声色地吃个瓜，把朱竹清当笑话看，和朱竹清存一样心思的可不会白白放过这个好机会，恨不得拿大喇叭宣传她的光荣事迹。

“那你绿傅斯珩的事怎么办？”

“我的事不重要，反正也不是真的。”安歌说得很轻松，“黎昼的照片先别发。”

子虚乌有的事，傅斯珩不信就好了，她管其他人信不信。

傅斯珩的事比较重要。

视频是第一拨，剩下还有两拨，傅周深怎么对傅斯珩的，她就怎么对傅周深。

傅斯珩由她来护着。

安歌点开相机，对着远处的埃菲尔铁塔拍了一张照片，加了个滤镜，准备营业一下长草的微博。

安歌歌：“无论何地，无论何时，假若你愿意回头看，我一直在守候。守护全世界最好的珩宝。比心。”

配图是刚才随手拍的埃菲尔铁塔。

下面立刻有人回复。

“我们娘娘要反击了吗？相信我们娘娘和傅总！”

“守护全世界最好的娘娘和全世界最好的珩宝！守护全世界最甜的

‘钞能力夫妇’！”

“女人，你变了，时装周期间一张照片都不发！呜呜呜！我哭了！”

“这是被实锤锤傻了？开始神志不清了？什么全世界最好的珩宝，绿都绿完了还来说这个？”

“这是要强行洗白了？”

“娘娘就是懒得理你们这些人，一天到晚在这里跳跳跳，什么洗白不洗白，我们本来就白着呢。倒是你们的天才名媛设计师的房子着火了。”

“丢不丢人？丢人都丢到国外了。D牌也敢抄，难怪我们娘娘不给她走秀。”

“抄袭？什么抄袭？姐妹，借一步说话，啊啊啊！”

“喏，自己看视频。”

视频发出不到两个小时，播放量远超黎昼和安歌的估计。书淡淡和孙雯下场，不少被D牌邀请过去看秀的明星和时尚媒体公开支持。

书淡淡：“只要胆子大，J·M抄袭敢与D牌较高下！”

模特孙雯：“公道自在人心，抵制抄袭品牌人人有责。安娘娘做得很好，换谁都应该学会拒绝走秀！”

当然，视频播放量飞涨，最功不可没的还数安歌的粉丝们。

受两大土豪粉的影响，没有什么是抽奖不能解决的，如果有，那一定是抽奖抽得还不够多。

秉着这样的理念，安歌超话里的气氛堪比过年，粉丝们奔走相告。

“转发本视频＋完整看完，选两个小伙伴请你们喝奶茶！只要你观看视频，今天我们就是异父异母的好姐妹！好姐妹一起走，谁先脱粉谁是狗。”

“转发本视频附上观看心得，一百字即可！抽三个小朋友送新视觉中国《View》的7月特刊！”

在这一片欢天喜地中，两大土豪粉和约好的一样，再次上线。

GGdlgHB：“转发咕咕这条微博抽八百八十八人每人送一张价值五千元的万象购物卡。//安歌歌：“无论何地，无论何时，假若你愿意回头看，我一直在守候。守护全世界最好的珩宝。比心。”

咕爸爸：“相信咕咕！相信闺女！守护全世界最好的咕咕闺女！视频剪得不好，莫要嘲。公道自在人心，相信大家都愿意用自己的眼睛自己的心来看这个世界！除了J·M的秀，安咕咕她到底替多少华人设计师走过秀呢？最后，转发抽一百人瓜分一万现金。”

黎昼也刷到了这条微博，一点开，直接叫出了声：“这咕爸爸也太谦虚了吧！明显的专业水准啊，踩点卡得太准了！转场处理非常棒！

“不会真的是你爸爸吗？”

安歌瞄了一眼，摇头：“你想多了，老安头他自己的微博都是助理打理的，还剪辑视频？”

黎昼看了一半，道：“这简直是公开处刑啊……”

两分屏，左边安歌右边乔瑶。

以J·M和D牌的春夏高定作开场，开场两人都是高束腰、大裙摆的造型，从造型开始到后面的台步与定点，三百六十度全方位无死角对比。

一个半点不露却撩人心弦，定点妖娆大气，将D牌的奢华优雅演绎到极致。

而另一个……在富贵花的衬托下，完全是单方面被碾压的那个。

视频还在继续，素材全部选自这年的四大时装周，一场不落，最后则是两人替国牌和华人设计师们走的秀。

“国模之光”乔瑶的那部分已经结束，二分屏的右边黑下去了，而安歌还在继续。

一场又一场，除了J·M没走，她把所有的都走了一遍。

最狠的一天，连续暴走四场秀。

流水的时装秀，铁打的安咕咕。

两大土豪粉微博下面的评论区炸了。

“万象购物卡？一人五千？这莫不是娘娘的老公？”

“真的吗？不会吧？傅总没这么闲吧！他连官博都没有，谁能告诉我这串乱码是什么意思？”

“恕我才学疏浅，没拼出来！呜呜呜！”

“这么一对比……娘娘好狠一女的，流水的时装秀，铁打的安咕咕！”

“J·M丢人都丢到国外了，那‘阿婆主’几乎把J·M的裤衩子都扒了，除了刺绣，什么都不是原创的！”

“前襟的山茶花还是抄的C牌的，蝴蝶结是直接抄的D牌的，祖宗教你取其精华去其糟粕，可没让你这么玩啊！”

“不谈这些，某娘娘没出轨吗？你们家真的太会洗白了！”

“郑重申明J·M没有抄袭，你们快去看J·M官博！设计师小姐姐亲自发消息了！”

“拜托人家J·M设计师是悦达重工的二小姐，真名媛，还能不懂抄袭的事？”

真名媛？

一直在关注战局的许文馨坐不住了，飞速注册了一个微博小号，头也不抬地对安歌说：“守护全世界最好的‘钞能力夫妇’，你别动！我这就锤死她，送给我干女儿当礼物！”

◆◇ 六颗西柚

“哈尼！”

安歌一推开餐厅大门，便听见了一声熟悉的呼喊声。

凯科正坐在椅子上朝她挥手，他的怀里抱着一束火红的玫瑰，整个人看上去热情洋溢。

安歌的视线自某个男人身上掠过，握着门柄认真地思考了三秒钟要不要退出去重来。

凯科见安歌愣在原地，停下了摇晃着的手，从沙发上起身，抱着玫瑰就要过来抱安歌。

“别。”安歌见状，闪身进来的同时，远离了凯科。

安歌的动作过于灵活，凯科抱了个空。

凯科满身的热情无处释放，表情颇不乐意：“这有什么？我家那位从来不吃女人的醋！”

——你家那位当然不会吃女人的醋啊！

安歌绕过凯科，朝傅斯珩走过去。

傅斯珩脱了外面的薄风衣，里面穿了一件低领的衬衫，正跷着双腿坐在单人沙发中，他左手支额，虽是随意地歪靠着沙发，但身形丝毫不松垮。

他的视线落在窗外。看着像是不在意的模样，其实连手指都收紧了。

就装吧，狗男人。

虽然心里是这么想的，但安歌的动作非常诚实，她走过去，自然地坐到了傅斯珩坐着的沙发扶手上，偏过头，身子朝傅斯珩那里歪去，指尖在傅斯珩下巴上轻点，挑着他的下巴，低头亲了亲他的侧脸。

“我们家的会吃醋。”

凯科捧着玫瑰花，重新在双人沙发上坐下，支着双长腿，一脸委屈，重复道：“我们家的就不！”

被他点到名的维恩无奈，开口：“非常抱歉，给你们添麻烦了。”

“无事。”傅斯珩扣着安歌的手指淡声道。

“你们这是？”安歌见毫不避嫌的两人，心里隐隐有了一个猜测，“准备公开了？”

“嗯，家里人同意了。”

安歌略惊讶，但很快调整过来：“恭喜啊！”

“谢谢。”维恩再次道谢，“不过我今天过来是准备当面和你们道歉的。很抱歉，傅先生，因为当年我和凯科的事牵扯到了安歌，让她受到了非常糟糕的影响。”

“我是当时负责拍摄ROY成衣代言广告的导演维恩，而凯科在某种意义上可以说是我的家人。但因为我个人的家庭原因，我的父母一直不能接受，那段时间我和凯科因此闹过分歧。我的家族一直在给凯科施压，他觉得坚持下去太困难了，很感谢安歌一直在安慰凯科。

“至于网络上说安歌和凯科在酒店共处一室，也是因为凯科生气不想再见我，他想中断广告拍摄换个导演。”维恩说着，指尖扫了一下面颊，笑了笑，“那间房是我的，凯科生气，把我赶了出去。

“最后还是他的缪斯把他劝了出来，告诉他不能因为意气用事断送了自己喜欢的工作。”

凯科的面上闪过一丝尴尬，轻咳了一声后无比真诚地对傅斯珩说：“我虽然很喜欢哈尼，但绝对不是那种喜欢。

“我对女人没兴趣。”凯科扬起笑脸，“但她一直是我的缪斯女神！”

傅斯珩没什么表情。

凯科又说：“你不能剥夺一个艺术家的灵感来源，那样他会死的。他懂缪斯，缪斯也懂他，这是多么美好的感情！”

不，她不懂。

凯科喋喋不休：“傅先生，你应该试着去做一个善于欣赏的男人！

“你要站在艺术的角度去欣赏，从艺术的角度去分析，你看缪斯的眼睛，你看一眼，是不是觉得她是如此的与众不同？中国有一句古话怎么说来着……对！就是欲语还休，那是艺术的美！

“你再看缪斯的手指和腰肢，你能想象出她的细指扣在细腰上的场面吗？随着她走动的步伐，大裙摆在轻晃……”

提到设计，凯科滔滔不绝，把安歌从头到脚一顿猛夸，连头发丝都没放过。

安歌很想让他闭嘴。

她从来没觉得凯科这人还有这么欠揍的一面，傅斯珩没动手揍他都是他涵养好的了。

维恩习以为常。

傅斯珩面无表情。

狗屁站在艺术角度欣赏美，他有本事换一个人欣赏啊。

他老婆从头到脚，哪里是他没有看过没有欣赏过的，要凯科在这里说。

吃了顿以凯科的单人演讲为主旨的晚饭后，安歌和傅斯珩换了一家酒店。

傅斯珩有工作要处理，没多待，便出去了。

安歌晚上吃得有点多，但也懒得动，反正第二天没工作。

抱着这样的念头，安歌慢悠悠地洗了一盆提子。抱着装满提子的玻璃碗，安歌斜躺到了沙发上，支着双大长腿，一边刷微博一边啃提子。

安歌刚点进微博，页面自动刷新后出现了书淡淡的微博。

书淡淡在转发了朱竹清的微博后又转发了许文馨开小号发的微博，两条微博并列在一块，简直是公开处刑。

枪决不过如此。

书淡淡：“借鉴她妈给借鉴开门，借鉴到家了。”// 模特孙雯：“古人诚不欺我，借鉴是块遮羞布，哪里需要往哪遮。”// 朱竹清：“本人公开申明，从未抄袭，一直致力于原创。首先，我本人非常感谢大家的喜欢。

“其次，我要做如下几点申明。

“1. 高束腰大裙摆的元素在很多高定秀场上都有出现，并非只有 D 牌一家，远的不看，单看今年的流行趋势不就是高束腰吗？顺便一提，ROY 家今天同样有高束腰的设计。为了黑而黑，没有必要。

“2. D 牌的设计师一直是我崇拜与学习的对象，我非常喜欢他的设计并且深深地被他的D牌精神所打动。

“在二战结束不久，老先生运用新颖的曲线设计和无法效仿的创新风格推动了时装行业的革命，在这场革命中，他创造了一种时尚与优雅兼具的风格。腰肢纤细如藤蔓、裙摆宽大如花冠，这种新风貌重新塑造了二战后的女性轮廓，他是我一直效仿和学习的对象。

“3. 本次J·M春夏高定的灵感来自中国古老的刺绣工艺，它在我国至少有两三千年的历史且技法多样。在设计方面，致敬了历史又致敬了经典。

“多的不必再说，清者自清，无须辩解。这是我家人教我的道理，我说与你们，人生为人，希望你们善良。”

话说得冠冕堂皇，致敬历史致敬经典，翻译成大白话不就是借鉴吗？

再说直白一点，就是抄袭啊。

什么“人生为人，希望你们善良”？她默许网友造谣造到她和傅斯珩头上的时候，怎么不跳出来说这话啊？

安歌丝毫不避讳，开着大号，直接给书淡淡的微博点了个赞。

点完赞，刷到了下一条。

书淡淡：“这是名媛被黑得最惨的一次。朱女士的家人从来没教过她亏心事做多了，迟早会遭报应的。”// 小许小许天天摸鱼：“圈内人，人在蒙古，刚下航母，利益相关，匿了。

“其余不发表意见，她抄袭与否大家心中自有定论。

“我只针对那些脑残粉，粉到最后一无所有，因为她出身‘高贵’，脑残粉就拿有色眼镜看人？

“真名媛不会做抄袭的事情，良好的家庭教育和自身的高素质不允许她做出这种辱没门风的事，你们是这么说的吧？

“行，那我就不客气了。恕我直言，说出这种话的都是一群蹲在井底没见过世面的人。

“高素质和一个人的出身并没有太大的关系，望周知。

“但凡有点见识有点理智的同学看完悦达重工的资料都会发现老朱总的夫人去世前一共只孕育了一儿一女，且女儿早已结婚，算年纪也比这位朱小姐要大。

“所以呢，某些人就不要占着悦达的资源，半句不提自己的亲妈，张口闭口‘悦达老夫人’。

“您行行好，放过人家老夫人吧，您这天天念叨，也不怕老夫人半夜过去找你？当然，也别再提咱可怜的老朱总，毕竟人老朱总也不是您王晓花的亲爹。

“某些人可能就是传说中的野鸡而不自知吧，天天扑棱个翅膀折腾。退一万步来讲，要真是名媛，那为什么B市那一圈名媛太太团们不来给她捧场？

“听说转发有惊喜，那就转发本微博，随机抽送一名小朋友送一件D牌最新一季的成衣。希望大家支持原创，支持正版，抵制抄袭，从我做起。”

安歌垂在沙发扶手外面的长腿晃了晃，咬着脆甜的提子，点开了评论区。

许文馨因为披着马甲，半点不要形象，火力全开，生动形象地用语言诠释了什么叫暴躁喷火龙。

有胆敢洗地的粉丝，来一个喷一个，来两个喷一双。

评论区相当精彩。

“王晓花是什么鬼？她不是叫朱竹清吗？”

“还能什么，不会分析吗？老朱总不是她亲爹，老夫人也不是她亲妈，所以她是她亲妈攀上豪门买一送一的拖油瓶呗，真名王晓花！”

“哈哈哈！淡淡好猛一女的啊，借鉴她妈给借鉴开门，借鉴到家了！”

“这位博主是住人家床底下吗？连人家不是亲生的都知道？光说又没锤，一张嘴在那里造谣！我看你分明是羡慕嫉妒人家小姐姐。”

原本风向一边倒的评论区，突然大规模地出现了说许文馨空口说白话的评论，并指责许文馨蹭热度。

上头了的许文馨直接上了大号，转发评论一气呵成，顺手拉了自己的小姐妹团。

小姐妹们纷纷转发。

“这位叫小许的博主是在蹭热度吗？热度和妈，你选择了前者！”

许文馨秒切大号，回复：“嗯，我放着漂亮的超模小姐姐不看，在这里蹭一个保姆女儿的热度。你说是就是。”

“散了吧，博主就是在羡慕嫉妒人家小姐姐的家世和才气！只敢披着马甲暗地里黑小姐姐，有本事你正面杠啊！”

许文馨大号回复：“我羡慕嫉妒她借鉴她妈给借鉴开门，借鉴到家了的才气。”

评论——

“啊啊啊！小姐姐是你！请问小姐姐还缺大腿挂件吗？会洗衣服做饭的那种，我想和你一起去现场看秀！”

“保姆的女儿？她妈不是悦达重工的夫人吗？”

许文馨的小姐妹下场了。

“哦，你说前夫人还是现夫人啊？现夫人之前确实是老朱总家的保姆啊，只不过人家会照顾，提供了全方位的照顾。”

“那他爸呢？”

“你问我我问谁？我也不知啊，我又不是搞户口普查的，不过她的真名确实叫王晓花！”

“她不是说她从小就跟家人出席各大时装周看秀吗？”

“可能吗？老朱总退位后基本不出门，小朱总只带自己的亲妹妹，看秀的那个是真正的大小姐！人和自己的哥哥关系好着呢，目前已经结婚了，夫妻感情和睦。朱大小姐就是懒得理她。”

……

安歌不是一个喜欢看八卦的人，这次却看得非常入迷。

太爽了。如果早那么个七八年，她非得把朱竹清揍一顿。

安歌伸手在玻璃碗中摸了摸，摸了个空，提子被吃完了。

安歌将空玻璃碗放到桌子上，再次躺了回去，刷着评论区。

许文馨的小姐妹们你一言我一语，把朱竹清的黑料抖了个干干净净。

比如什么女大十八变啊，出国几年乌鸡变凤凰了啊，这美白方式大家可以问问！怎么从小眼睛、塌鼻梁变成大眼睛、高鼻梁的天然美女，也可以问问。

傅斯珩忙完工作，推门进来便看见一双垂在沙发扶手外面的长腿，脚丫子跟着一晃一晃的。

“忙完了？”安歌听见动静，扬着小脑袋看了傅斯珩一眼。

“嗯。”

傅斯珩抬手将脱下的外套丢到了沙发上，在安歌腿边坐下，伸手拿过果盘中的橘子掂了掂。

“在看什么？”

“在看你的小青梅妹妹乌鸡变凤凰的成长史。”

傅斯珩掂橘子的手一顿：“我妹妹不是你吗？”

安歌了眼傅斯珩一眼：“那你的小妹妹说她想吃橘子。”

傅斯珩扫了一眼安歌的小肚子，扯了扯嘴角后，低头剥橘子。

砂糖橘，皮薄又甜，橘瓣饱满，上面缠着少许白色经络。

傅斯珩撕掉橘络，将橘瓣一瓣一瓣分开，拣了一瓣喂到安歌嘴边。

安歌也不客气，咬着橘瓣一边，迅速地叼进嘴里。

砂糖橘多汁，一口咬下去，清甜的汁水丰沛到往外冒。

安歌抿着唇，嚼了一会儿咽了下去。

傅斯珩又喂了一瓣。

安歌摁灭锁屏，看着低头撕橘络的傅斯珩。

那双骨节分明的手做什么都赏心悦目，他的五指修长，腕骨清瘦。

傅斯珩又一瓣撕干净橘络的橘瓣喂到了安歌的唇边。

安歌半支起身，低头叼过橘瓣。

傅斯珩垂着眼，没动。

橘子嫩又甜，安歌咬破了橘瓣吮干净汁水，把橘子咽了下去。

安歌亲了亲傅斯珩的手指。

傅斯珩的喉结紧了紧，偏头看她。

安歌的双手撑在沙发边缘，笑得妖娆：“老公。”

她的声音娇俏，带着一丝自己都察觉不到的羞涩和紧张。

傅斯珩的喉结轻滚，不自觉地眯起了眼。

安歌见状，直起身，勾着傅斯珩的脖颈，凑近他的耳边，说：“我明天没有工作。”

早已撞破囚笼的凶兽还不太适应阳光，它懒洋洋地窝在有阴影的一角，百无聊赖地趴在地上看着不远处的少女。

听见少女的声音，凶兽站了起来，摇着尾巴抖开一身油光水滑的漂亮皮毛，向躺在草地上的少女走去。

草地上没有半片阴影，完全在太阳底下。

阳光暖融融的，四周漂浮着草木的清香。

没有囚笼，没有锁链。

凶兽被驯服，少女环住凶兽的脖颈，让它亲昵地蹭着自己的下巴。

安歌被傅斯珩抱到了卫生间。

这家位于巴黎八区凯旋门脚下、紧邻着香榭丽舍大街的酒店，与时装周最主要的战场东京宫相距不远，除了优越的地理位置，最出名的还要数他们家的卫生间。

360° 的镜面浴室，每一面墙都是镜子，可以看到不同的角度。

安歌以前非常喜欢这家酒店的设计，尤其钟爱它个性十足的镜面浴室和复古旋转楼梯。

但从未像现在这样，安歌无比希望自己是个瞎子。

不管她看向那里，都能看到自己和傅斯珩。

安歌受不住，不想再看，低着头想遮住自己的眼睛。

手刚伸到一半，手腕就被人握住。

傅斯珩扣着安歌的手摁在镜面上，另一只手绕到前面捏着安歌的下巴，迫使她抬头看。慵懒而又满足地“嗯”了一声后，傅斯珩咬着安歌耳朵上的软骨，问：“你刚才喊我什么？”

安歌不应声。

“嗯？”

安歌梗着脖子，认为娘娘应该要有一点骨气。然而这份骨气坚持不到一分钟，安歌向现实低头了，一声叠着一声地喊：“老公——”

夜未深。

S 市汹涌的潮水一浪高过一浪，入了秋，水面不再平静，泛起了波澜。

在安歌水深火热的同时，网络上的热闹不减。

先是国际知名设计师凯科同好莱坞鬼才导演卡特家族的长子维恩同时公开为安歌发声，并表明了彼此的关系——最亲密的家人。

消息一出，引发巨大的震荡。

越来越多的超模在得知事情的前因后果后公开发声支持安歌，并且放出了最真实的后台照片。

凯科从来没有亲过安歌，贴面礼仅仅是凯科的个人习惯，他会为了安抚紧张的模特而送上自己最诚挚的祝福。

至于那支野玫瑰，确实是只有作为凯科的缪斯才有的待遇，同样代表最真挚的祝福以及希望安歌为他保守秘密。

一波未平，一波又起。

紧跟凯科后面，国际摇滚巨星迪伦在 INS 上公开表示要起诉那些恶意造谣抹黑他和安歌关系的营销号们。

迪伦的经纪人非常负责，迅速拟定了律师函并发送了出去，并直言不接受任何道歉。

哪怕那些营销号因为害怕而删除了博文也不行。

一连三炸，从 J·M 被爆出抄袭开始，事件的热度达到了前所未有的高度。

“所以这些都不是实锤？安歌根本没有出轨！”

“我从 INS 回来了！娘娘和凯科共处一室是为了安慰凯科，而且那间房间是维恩的！迪伦也发了照片，他和娘娘见面那天傅总也在，还是在傅总家里见的面！”

“希望某些人要是还有点良心就好好道歉，不要微博一删就当什么事都没有发生！也不要真有把键盘就敢什么话都讲，人家夫妻关系好着呢！”

“对不起。”

“对不起，微博已经删了，道歉置顶一年。”

B 市时间，早上八点。

战况依旧未平息。

万象购物和《我们结婚了》节目组都发布了最新一条微博。

万象购物：“家庭模特大赛活动由策划项目部于今年五月底提出，六月初通过审核，那时候我们傅总和夫人并不认识，还请各位不要妄加揣测。

“文件签字日期如图。

“至于网络上投行前线所说的不正当竞争，欢迎来告，在此之前万象和 IGD 的法务部门已经发送了律师函，还望回应。

“最后，推出本周最新活动，万象购物广场内所有商品均打八折，满一千返一百，欢迎大家组团购物，组团优惠更多。”

我们结婚了："是非审之于己，毁誉听之于人，得失安之于数。"

配图是一张七月份拟选嘉宾的名单。

对于这些，安歌丝毫不知情。

巴黎的半夜，落在沙发上的手机响个不停，安歌依旧处在水深火热当中，只不过换了个地点。

"傅傅。

"珩宝。"

过了一会儿，安歌低声求饶："老公，求你！"

没用。

傅斯珩没理会安歌。

在傅斯珩忙碌的同时，傅周深同样忙碌。

J·M抄袭D牌的事板上钉钉，见舆论不对，傅周深迅速舍弃了朱竹清，并在接受采访时公开表示会从J·M撤资，走正常的法律程序索要赔偿，最后呼吁大家支持原创。

电话铃声响个不停。

熟悉的旋律。

是自己的。

安歌卷着被子翻了个身，抱着被角，埋进被窝中，往傅斯珩怀里拱了又拱。

铃声依旧很清晰。

"傅傅……"在接和不接之间纠结了三秒，安歌选择了前者，"电话。"

傅斯珩醒来有一会儿了，正处于一个极度满足、惬意的状态里，他半抱着安歌，神色慵懒，懒洋洋的，懒得动。

傅斯珩伸手轻遮着安歌的耳朵，长臂一伸，捞过了昨夜最后被从沙发上丢到床头柜上的手机，接了，将手机贴到了安歌耳边。

"猪啊，醒了没？"

女声中气十足。

"许文馨一早给我打电话说她昨天打了好几通电话给你，你都没接，她让我问问你这是什么情况。

"新闻看了吗？"

“啊？”安歌的脑子昏沉沉的，还没从昨晚的漩涡中抽身出来，茫然了一会儿，又耷拉着小脑袋，问，“什么新闻？”

安歌的声音不似往常的清脆，像含了一块糖果在说话，黏腻沙哑。

黎昼握着手机，反应了一会儿，恍然大悟，难怪昨晚许文馨打不通安歌电话。

黎昼顿了顿，试探着问：“白日宣那什么？”

“宣什么那什么？”安歌顺口一接，声音疑惑。

“这话该我问你啊。”黎昼笑，将手机拿到眼前，扫了眼锁屏上的时间，“要不我等会儿再打给你。

“娘娘，您先忙着，侍寝要紧！”

安歌脑子里冒了一个大大的问号。

侍什么寝？

安歌抬起小脑袋，拧眉，看着傅斯珩。

傅斯珩懒洋洋地卷着安歌的一缕发丝，比着口型说了一个字，把黎昼刚才说的成语补充完整了。

这才听明白的安歌：“黎粥粥，你变了。你已经不是以前那个纯洁的黎粥粥了，你怎么能向许文馨学习呢？”

“可别啊，我还是我，那个机智的黎粥粥，分明是你变了，你看看这都几点了还在睡！”黎昼笑了两声，言归正传道，“行了，不和你扯了，我等会儿还有组片子要拍，你可别再睡了姐妹，再睡下去天都要黑了。”

天黑了？

睡到迷糊的安歌突然一把掀开被子，直起身，朝窗外看去。

深色的天鹅绒窗帘被半拉上去，白色薄纱垂下。

光感极好，带着秋天的舒适。

又是一个大晴天。

“会不会看时间！”安歌出声。

“你还真看了？你是睡傻了吗？”黎昼笑得不行，好不容易收了笑，飞快地丢下一句，“不知道的还以为傅总养猪的呢！”

下一秒，电话被挂断。

安歌握着被挂断的手机，扭头去看傅斯珩。

傅斯珩正处于一个吃饱喝足的状态里，慵慵懒懒的。

“不睡了？”傅斯珩抬手将安歌压到了自己的胸膛上。

“不睡了。”安歌枕着傅斯珩的胸膛，凌乱的长发散开，打了个小小的哈欠，用手指去戳手机屏幕，“让我看看你哥又折腾了什么。”

傅斯珩懒得看。

魏舟一早就把新闻发了过来，不用点开他都知道傅周深会做什么。

从J·M撤资，再说一番冠冕堂皇的话，博一番好感。

安歌反身趴着，下巴垫在手腕上，将手机横放着支在靠傅斯珩身边的枕头上，一念标题：“宁瑾大公子撤资J·M，呼吁大家支持原创。”

“你哥还挺会说话的。”安歌点开了视频，“他的良心不疼吗？”

傅斯珩轻笑。

视频缓冲了一会儿才开始播放。

视频中，B市初秋早间的天气偏凉，薄雾蒙蒙，凉风吹卷着宁瑾集团总部广场中央的五星红旗高高扬起。

一身烟灰色西装的傅周深一从车内出来，便遇到了一早堵在宁瑾门口的凤凰网财经频道的记者和摄影师。

记者见到来人，就像见到肉骨头的猎犬，一个箭步冲上去，话筒怼到了傅周深的嘴边。

“请问傅先生，对J·M被爆出抄袭这一事怎么看？”记者的语速相当快，倒豆子一样，“J·M抄袭是不争的事实，且不论在国内还是在国际上，影响都非常恶劣。

“目前国外媒体纷纷发声支持宁瑾二夫人的做法，上到维恩导演下到各位模特们，然而作为主要投资人的宁瑾和担任J·M开闭场模特的乔瑶至今未表态，请问你们是想包庇抄袭者吗？

“我记得傅老先生在位时，一直在强调宁瑾会积极跟进时代的步伐，响应国家的号召，并承诺宁瑾始终会将包容、真诚等集团品格放在首位，既然要投资J·M，宁瑾在开秀之前难道没有但请相关专业人士先评估吗？”

凤凰网财经频道的记者提问非常毒辣，傅周深丝毫不见慌乱。

他理了理领口，沉稳地开口，表情略带悲痛：“从未有过的事。

“宁瑾绝不姑息抄袭之人，针对此事，宁瑾会在研究商谈后尽力交出一份让大家都满意的答卷。”

什么时候了还研究商讨？

安歌以为他丝毫不慌乱，是要宣布什么大动作了，没想到搞半天是宣布准备开会。

“你这哥哥不像你，都什么时候了还研究商讨……”

研究商讨什么啊？板上钉钉的事，作为集团总裁连这么个决定都不能做吗？

安歌无语。

这个记者明显不好糊弄，话筒再次怼到了傅周深的嘴边，直接问：“傅先生作为宁瑾目前的最高指挥人，这么明显的事情都不能立即做出合理的对策吗？

“我听闻您的弟弟傅斯珩先生在这方面一向杀伐果断，请问宁瑾下面是否有将二公子召回来的打算？”

傅周深的面色不虞，但很快掩饰过去：“这其中牵涉过多，暂时不方便透露。唯一可以确定的是，宁瑾会迅速从J·M撤资。”

记者不多纠缠：“在采访的末尾，请问傅先生有什么话想对电视机前的观众朋友们说吗？”

“支持原创，抵制抄袭。”傅周深恢复了一贯的儒雅随和，“宁瑾支持国家在这一方面的发展，欢迎各位有志向、有能力原创的设计师向宁瑾提交个人简历。”

安歌点开了评论区。

评论区一片夸好的。

“呜呜呜！大少爷好帅，太会说话了，性格还好！最关键的是还有能力，三观超级正！”

“真情实感地羡慕乔瑶，男朋友太有魅力了！”

“试问，这样的男人谁不想嫁呢？”

“陌上颜如玉，公子世无双！”

安歌将手机屏幕转了个角度，问：“你哥这演技，有没有考虑以后在影视圈出道啊？”

傅斯珩把玩着安歌软绵的耳垂，没看一眼。

安歌也不在意，点开下一个视频。

这次换成了某娱乐版块的记者。

视频中，在巴黎时装周中拿下“国模之光”称号的乔瑶刚下飞机，她穿着绿色的吊带短衫，露出一小截莹白的细腰，下身牛仔短裤搭小白鞋。

十分清凉。

“请问作为J·M春夏高定开闭场模特的乔瑶小姐怎么看待J·M被爆出抄袭的事件？”

乔瑶的脸上戴着夸张的墨镜，红唇若有似无地轻勾着，清凉中带着小性感。

“支持原创，抵制抄袭。”乔瑶拿下墨镜，微微甩了下头发，露了个笑。

反正“国模之光”已经拿到了，热度也有了，目前有好几个国际大牌在接洽，不愁没资源。J·M不过是个抄袭国牌，登不上台面，不如及时止损，蹭一拨热度，丢了就丢了。

想到这里，乔瑶又笑意吟吟地说：“稍后会在微博上公布律师拟好的解约函，大家有兴趣可以关注一下。”

没见过这样给自己打广告的。

记者不是乔瑶的粉丝，对这个笑不来电，张口就问：“之前听有报道说乔瑶小姐和J·M首席设计师朱竹清小姐是很好的朋友，作为朋友，乔瑶小姐这样的行为是否——”

记者的话没说完，就被乔瑶打断了。

乔瑶说：“工作是工作，朋友是朋友，这两者可以共存且并不矛盾。而抄袭是原则问题，任何人都不应该被姑息或者包庇。我很喜欢我的工作，我想认真地对待它，而不是昧着良心向金钱看齐。”

反正朱竹清又不是悦达重工老总的亲女儿，这个朋友不交也罢。

乔瑶拎得非常清楚。

记者深吸一口气，又问：“请问乔瑶小姐作为久经沙场的职业模特，一开始真的没有看出来J·M抄袭吗？

“毕竟D牌的经典元素几乎每一年都会出现在高定秀场上，作为一名职业模特，了解各个品牌的特点难道不是本职工作吗？

“和你一同争夺‘国模之光’的安歌安小姐从一开始便拒绝得很明白，也因为这个而被网友骂得非常惨，因此错过了‘国模之光’。请问您是否在知情的情况下依旧坚持为J·M走秀？

“正如网络上所说的那样，安歌小姐不管是走秀成绩还是代言成绩都要远远高于你，如果没有这一出乌龙事件，安歌小姐应该是稳拿‘国模之光’的。

“请问乔瑶小姐对此有什么看法？”

乔瑶的笑容一僵，给一旁的工作人员使了一个眼色。

工作人员立即上来赶人：“对不起，麻烦让一让，采访时间结束了。我们下面还有新视觉中国《View》的封面要拍！”

在工作人员赶人的同时，乔瑶说：“事情已定，拿到‘国模之光’，运气居多，今后我会更加努力的，争取让这个称号实至名归。”

采访拍摄被强制中止，画面一黑。

趴在傅斯珩胸膛上的安歌非常不安分，扭来扭去的，小表情一个接一个。

“我怎么就没这个演技？”安歌一想到回去要进剧组拍戏，浑身上下都写着抗拒，“大家都是模特，她是不是偷偷补过课？”

安歌的指尖一滑，点开评论。

“盛世美颜瑶妹！瑶妹的性格我太喜欢了！正面刚抄袭，不虚。哪怕我们是J·M成衣代言人和开闭场模特，在原则面前也绝不低头！”

“不愧是‘国模之光’，以后瑶妹的发展会越来越好的！”

“土拨鼠尖叫！她和阿深哥哥真的好配啊！绝配！请傅周深哥哥务必娶我们瑶妹！”

“不是，我无话可说！这一家粉丝真是迷幻，她也知道这个‘国模之光’不是实至名归的啊，怎么还有人吹？不是你的请还回去好吗？”

“这家粉是真迷幻，还有逼傅周深娶乔瑶的？醒醒吧你们，傅周深和傅斯珩不一样，他是宁瑾的继承人，娶谁都轮不到乔瑶。”

“也不知道某些人一天到晚到底在吹什么！论刚难道不是安歌更刚吗？人家直接拒绝，结果被你们骂了那么多天，现在好了转头就给忘了，你们可真是鱼的记忆！”

“捡漏王——乔瑶。还有请某些不懂超模成绩排名的路人不要再给我们娘娘招黑了，那什么‘国模之光’我们不要，这帽子谁爱戴谁戴！”

“＋1，别甩给我们娘娘，我们娘娘也是有脾气的！昨天的娘娘你们爱理不理，今天的娘娘你们高攀不起！”

高攀不起？小粉丝们太可爱了。

安歌弯了弯眼睛，抱着手机，也不看现在是个什么情况，直接滚了小半圈。

原本就凌乱的发丝更加乱了。

被安歌当成床垫的傅斯珩被迫松开了她的发丝，扫了她一眼。

“娘娘给你出气。”安歌看都没看傅斯珩一眼，抬手，凭着感觉胡乱摸了一圈，摸到了傅斯珩的额前，敷衍地顺着。

左手敷衍着傅斯珩，右手点进微信，安歌在联系人列表找到周然，一句废话也没有，直接将朱竹清之前找傅斯珩投资 J·M 的文件照片发了过去，末尾贴心地附赠了傅周深和小模特的热吻照。

安歌：“老板，干活了，赚钱了。”

远在 S 市的周然收到照片，先是放大照片看了一眼，直接飚了句脏话。

这反转神了。这两组照片要是发出去，想想都觉得爽，早看傅周深不顺眼了。

周然给安歌回了个“你真棒”的表情，亲自去了一趟营销部门。

“忙完了？”闲了有一会儿的傅斯珩问。

“嗯？”

“那该我了。”傅斯珩轻轻瞥了安歌一眼，挺腰，“娘娘宠我。”

安歌一噎。

——娘娘一点也不想在这个上面宠你。

“下午要赶飞机。”安歌试图拒绝。

“来得及。”傅斯珩敷衍了一句。

安歌又是一哽。

——你来得及个屁啊，你来得及。你自己什么德行你自己没点数吗？

巴黎时装周圆满落幕，赴宴的人陆陆续续地撤出了这座不夜城。

临中午那会儿，傅斯珩才放开安歌。

安歌没什么胃口，简单吃了点后又眯着睡了一会儿。

下午，安歌被傅斯珩带着赶到了机场，身后跟着不停地刷微博吃瓜的魏舟和秦湘等人。

B 市时间，临近晚上。

时代影视旗下所有的娱乐大 V 号联动，不管是明面上的还是隐在暗地里的，都和约定好了似的，接二连三地发布了宁瑾集团傅周深抢弟弟的投资项目以及傅周深脚踏两只船的新闻。

两条新闻间隔的时间非常紧凑，有图有真相。

没给宁瑾集团留半点公关的时间。

娱乐前沿："#为你们还原最真实的宁瑾大公子#

"宁瑾大公子又当又立，抢亲弟弟的投资项目还倒打一耙。拨开云雾见真容，让我们走进最真实的宁瑾大公子，走进你们口口声声说喜欢的阿深哥哥！

"近日，有J·M首席设计师朱竹清小姐的昔日好友爆料，朱竹清小姐早已心仪傅家二公子多年，回国不久接任了J·M艺术总监的职位后，便巴巴地拿着项目书上门去找二公子，她还挺会挑时间的，特意挑了一个网络上传娘娘和傅总关系不和的时间点。

"存的什么心思，大家自己估摸着吧。

"宁瑾二公子拒绝得非常直接，并未多做理会，并且为了哄娘娘还花了一千八百万元拍了一枚戒指。

"也正是那场瑞莎慈善拍卖晚会，间接促成了宁瑾大公子投资J·M。

"为什么呢？因为大公子在和自己弟弟竞拍戒指的过程中落了面子，而他的好女伴又顺嘴提了一句朱竹清告诉她的话，二公子有投资J·M的打算。

"有报道为证。之前有记者采访乔瑶提问傅周深为什么会投资J·M，乔女士可是娇羞地回道有一部分原因是因为自己哦。

"人贵有自知之明，希望乔女士也有。宁瑾大公子将二公子不要的项目截和过来，算不算搬起石头砸自己的脚呢？"

配图是J·M一早打算拉IGD资本投资的项目书。

上面明明白白地写着J·M和IGD资本。

吃瓜群众还没来得及发表感慨，房子又塌了。

吃瓜BOT："听说这是你们喜欢的儒雅随和、对待感情极其认真的宁瑾大公子？记得要叫阿深哥哥哦！"

配图是傅周深和小模特逛香榭丽舍大街的照片。

博主还特别坏心地将傅周深和小模特热吻的照片放到最大，圈出了重点。

评论也是很热闹——

“真瓜？乔瑶被绿了？还是实锤？”

“千真万确。圈内人，大公子真不是表面上看上去的那样！他换女伴的速度非常快，在我们那一圈不是什么秘密。反倒是二公子，风评一直很好，当然脾气也是真难搞。不出席公开活动也是真的，我有一个发小和二公子私下接触过几次，他说二公子是个挺有格调的人，老婆是他的初恋，这么多年没听过二公子在结婚前交往过什么女朋友。”

“附议，宠是真的宠，戒指都是随便拍，你们见到的那枚一千百万元的戒指还不算什么！傅总给娘娘拍过不止一枚戒指，最贵的那个是一千八百万元的好几倍，我同学是他的妹妹，亲口说的！”

“啊！那些造谣的出来挨打，傅总也太惨了吧，被自己的亲哥哥截和不说还被倒打一耙！”

“守护‘钞能力夫妇’，呜呜呜！好甜！”

“还好我一直坚信这一对！看综艺也知道啊，根本不是演的，扪心自问，你们当中有几个人的男朋友是会做饭给你吃的？傅总几乎每一顿都没舍得让娘娘下手。”

候机室。

“真没看出大公子是这种人！”秦湘将那张热吻照片大后，连声感叹。

魏舟适时地捧出自家老板：“那可不是，知面不知心。你不知道的那可多了去了。还是我们老板好，从来不干这种事，你别看我们老板不怎么说话，人是真的好！”

魏舟打开了话匣子，滔滔不绝地夸着傅斯珩，至少夸了八百字，把小圆唬得一愣一愣的。

小圆满眼都是小星星：“嘤，和我们娘娘太配了！”

秦湘还有一丝理智：“是，你们傅总也没少狙击别人家的公司。”

魏舟伸出食指晃了晃：“收购的事又怎么能和这些相提并论呢？

“我们老板光辉伟大！做人坦荡！心胸宽广。”

偷听墙角的安歌在心里嘀咕：“你们老板睚眦必报得可怕，还是个老陈醋坛子。”

安歌摸出手机点开微信私聊魏舟，给孜孜不倦吹捧傅斯珩的魏舟发了个红包，0.88元。

“答应我，魏助理，这黑钱能别赚吗？”

魏舟捧着手机，刚想闭嘴，又进来一条消息。

是他们老板的。

魏舟点开，蹦出一个一万块的转账。

魏舟人精，立即开口：“我们娘娘盛世美颜！刚正不阿！疾恶如仇！沉鱼落雁！闭月羞花！人见人爱！花见花开！

“我们娘娘——”

小圆和秦湘看呆了。

这就是传说中年薪百万的顶级助理吗？不就是彩虹屁吗？她们也会吹啊，而且吹得比魏舟好！

安歌满脑子问号。

“我也想听到支付宝到账的声音！”小圆嗷了一嗓子，“我也会夸！”

傅斯珩淡声：“账号。”

安歌总算明白了，扭头去看傅斯珩：“手机没收。”

“回去写八百字反省！反省一下你昨晚和今早令人发指的行为！”安歌想了想，又加了一句话，“写完反省，娘娘给你一个惊喜。”

反转来得太快。

上一秒还是对待感情极为认真专一的“阿深哥哥”，下一秒就变成了脚踏两只船的渣男。

不到一个小时，宁瑾大公子巴黎约会小模特的那组热吻图便在网络上疯转，占据了各大新闻网站的首页和热门，B 站的嘲讽视频一个接一个地冒出来。

乔瑶的粉丝一窝蜂地涌入宁瑾集团的官博下，纷纷要求傅周深出来道歉并给出合理的说法，不少路人被带着同仇敌忾，和乔瑶的粉丝站到了统一战线，为“受害者”乔瑶伸张正义。

一时间，乔瑶的热度大涨，上了不下六个热搜。

太惨了，男朋友劈腿，工作上受挫。

年度最惨，没有之一！

乔瑶的粉丝学着安歌，喊出了“守护全世界最好的瑶妹”的口号。

宁瑾集团的官博迅速沦陷，评论以肉眼可见的速度增长着，一秒钟十条评论。

那会儿安歌在飞机上睡着了，下了飞机收到许文馨的消息，看完，一阵无语。

宁瑾集团迫于压力，为了维护企业形象，不得不召开紧急发布会。

为了保全自己的亲儿子，傅清霜眼睛都不眨一下，便将那个小模特推了出去当替死鬼，公开说她在明知道傅周深和乔瑶是男女朋友的情况下，为了资源蓄意接近、勾引傅周深。

场面稍有好转，守着发布会直播的吃瓜群众又将怒火转移到了小模特身上，不到十分钟，小模特的底被扒拉干净了。

小模特的底子确实不干净。

发布会召开不到一半，小模特的微博被吃瓜群众攻陷，傅清霜见时机差不多了，准备做最后的收尾时，又一条新闻被爆出。

不知道哪家公司旗下的娱乐大V号公布了一组乔瑶与傅周深的艳照，虽然关键部位已经打码，但仍然可见尺度非常大。

参与发布会的记者们在收到第一手新闻后，直接炸开了锅。

发布会现场一片混乱。

若真是只有这么一组照片便也罢了，傅清霜完全可以向记者解释这是男女朋友之间的私事，宁瑾会全力追查到底是谁刻意暴露了傅周深的隐私。

但那个娱乐大V号非常聪明，没给傅清霜任何反应的时间。

照片发布不到五分钟，又发了一条微博。

博主公开了傅周深和乔瑶发生关系的前期，傅周深还有着另一位女伴。

有知情人士联系到那位女士做了一笔交易，那位女士非常爽快地告诉了知情人士自己和傅周深在一起的开始和分手时间。

聊天记录已被打码，但显而易见，这位女士和傅周深在一起的时间要比乔瑶早上很多，且傅周深和乔瑶在一起时，并没有和这位女士断掉联系。

这位女士透露乔瑶知晓自己的存在，在乔瑶和傅周深在一起后还特意寻了机会暗秀了一番。

两条新闻引发全网轰动。

乔瑶小三上位，傅周深脚踏多条船，两人C位出殡，火出了圈。

记者开始频频打断傅清霜的发言，要求傅清霜作为傅周深的母亲，正面回应对自己儿子这种行为的看法。

场面一度失控。

傅老爷子一通电话打了过去，吴建安带人及时赶到，将傅清霜和傅周深“客客气气”地请了回去。

宁瑾集团的紧急发布会不得不暂时中止，然而网络上关于宁瑾集团总裁傅周深铺天盖地的讨论却没有被中止。

由于宁瑾集团总裁被爆出性丑闻事件，再加上受到J·M抄袭事件的波及，短短时间内宁瑾集团的股票出现大幅度震荡，连跌三日，集团信誉出现危机。

原本就不属于傅清霜那一派的老董事们趁此机会，名义上开会讨论处理，实则借机恳求傅老爷子将二公子召回宁瑾。

这群老董事猴精，在恳请傅老爷子的同时，还不忘向傅斯珩施压。

这就导致傅斯珩刚下飞机，手机响了便没停过，电话接了一个又一个。

没给吴建安亲自请人的机会，傅斯珩直接拒了，虽是拒了，但傅周深的权利暂时被架空了，由吴建安代为辅助。

之后几天，傅斯珩一直在忙，安歌的约会计划又往后推了几天。

至于傅斯珩到底在忙什么，安歌也没怎么过问，她满脑子都是如何请傅斯珩出去约会。

算起来，她和傅斯珩好像从来没有正儿八经地约过会。

安歌瘫在沙发上，跷着一双大长腿，心不在焉地刷着微博，希望能找到一些灵感。

然而，安歌的指尖划拉过去，微博上十条新闻里有六条是关于宁瑾大公子傅周深的事。

傅清霜不愧是女强人，手腕铁血，顶住了董事会的压力，强行保下傅周深的同时又封杀了乔瑶和那位小模特。

原本属于乔瑶的《View》封面，直接换成了另一个人，乔瑶近期的活动被停掉不少。那位小模特就更惨了，一连几天，消息都没有，仿佛人间蒸发了。

安歌枕着手腕，莫名想到了老安头以前写过的一句话——

不是你的莫强求，别惦记，没人生来就是欠你的。但你欠了别人的别不当回事，总要还的。

何必呢。

安歌摇头，点了刷新，又想到了 J·M。

宁瑾毕竟是大集团，风风雨雨这么多年过来了，熬过了不止一次金融危机，抗压能力一流，低谷也只是暂时的。

但 J·M 就惨了，由于替安歌出头鸣不平的国际一线模特、导演艺人、时尚杂志的主编不在少数，J·M 几乎遭到了整个行业的封杀和抵制。

真是丢人丢到了国外。

D 牌没有参与这场口水仗，请专家鉴定，确认 J·M 抄袭事件属实后，直接起诉 J·M 要求全额赔偿。

这种情况下，悦达重工的老朱总想保人也保不住，有心无力，吃力不讨好，干脆不闻不问。

朱竹清死咬着只是借鉴不是抄袭，拒不道歉。

J·M 的大股东一看苗头不对，明哲保身，纷纷撤资，J·M 的股票几近跌停。

同一天，J·M 宣布改名换姓，被 IGD 资本收购。

傅斯珩亲自将朱竹清“请”出了 J·M，正式解除朱竹清在 J·M 所有的职务，业内发公告永不录用朱竹清。

全网沸腾，直呼大快人心。

宁瑾集团内部以傅周深为首的一派人忙得焦头烂额，根本无暇顾及傅斯珩收购 J·M 的事。

朱竹清被解雇之后，又发了一条微博，也不知道到底是在恶心谁。

朱竹清：“你是我的可望而不可即。艺术也是一样，普通人都只是远远地看着，永远不会懂艺术家内心真正的想法。

“借用我很喜欢的画家说的一句话：艺术是阳春白雪，亦是下里巴人。”

此话一出，全网嘲。

“不知道到底要说什么，那给你拜一个早年，祝你猪年大吉吧！喜欢本身并没有错，错的是你以喜欢的名义，做了很多错事，真正的喜欢是希望对方好，不是强行捆绑！”

“你可真是我见过最不要脸的假名媛！什么可望而不可即，你妈是三，你也想当三，什么鬼三观！人家感情好着呢，你天天惦记别人家的老公，恶心不恶心？”

“请这位姐姐不要随意借用别的小姐姐的话，我怕硌硬到她。人家苏大美人有儿子有老公，家庭和睦生活幸福，画画也是一级棒，您不懂艺术就不要到处借别人的东西了！春夏高定是抄袭的，就连发微博都要借别人的话，您还能有点原创的东西不？”

“清醒一点，人家苏安小姐姐是原创，从来没有抄袭过，而且十几岁就画出名堂了，您就别再蹭人家热度了！而且娘娘的老公傅总和苏安小姐姐的老公是很好的朋友，真的，您可别再去恶心别人了！”

安歌无聊的时候看过几眼，懒得理她。

奈何架不住她记性好，到现在都还记得朱竹清发的玩意儿。

被全网嘲了不到两天，朱竹清在昨天夜里关闭了评论，清空了所有的微博。

短短十来天，一个接一个的反转，宛如一出闹剧。

不到最后，谁也想不到会是这样的结局。

安歌又因此涨了一拨粉，粉丝数直逼五百万，但仍旧有些人死咬着她为P牌走秀的事不放，依旧在造谣。

刷了一会儿微博，安歌实在懒得理这群人，干脆点开了涂色小游戏，一边涂鸦一边想着约会的事，

没玩一会儿，安歌点进了微信，指尖在屏幕上顿了顿，在“gugu”前又添了几个字，改了微信名。

改完，安歌发了条朋友圈，屏蔽了傅斯珩。

养珩宝的gugu：“提问，小情侣们约会都会做什么哇？星星眼。”

发完，安歌又玩了一把游戏，再次点开朋友圈时发现评论区相当热闹，评论一个比一个……嗯……

许文馨：“做！爱就一个字！”

书淡淡：“楼上说得对！不要尿，就是上！没有什么是做不能解决的，如果有那就多做几次。换个文艺的说法，你不做又怎么知道自己不行呢？我说的做就是字面意思，任何事情都不是空想就能成功的，它需要你付出实际行动，上吧安咕咕，变身女皇，冲呀！最后强调一点，我是个好孩子。”

姜临：“@书淡淡 老婆，过来，我需要你付出实际行动。”

黎昼：“你和傅总，一个已婚少妇，一个已婚少男，还约什么会啊？另，我同意派大星的观点。甭约会了，约会既浪费时间又浪费金钱，不适合你们！”

看到这里，安歌没忍住打字回复。

安歌：“@许文馨 国家打黄扫非怎么没把你扫进去？”

安歌：“@书淡淡 你行你上。”

安歌：“@黎昼 已婚少妇就不能有春天了吗？”

回复完，安歌又往下翻了翻，发现对比上面，下面还算靠谱。

秦湘：“去公园走走？谈谈心啊。”

小圆：“电影院啊！看电影！小情侣约会的必做之事！”

魏舟：“娘娘，你们要约会吗？我怎么没听傅总说啊？什么时候约会啊？约多久啊？我先提前安排安排时间！”

安歌：“。”

魏舟神了。

她没见过约会还要向助理提前报备时间的。

安歌再滑一下，评论总算正常了不少。

苏安：“去看烟火大会？挺浪漫的。”

林思晗：“穿得美美的就可以了。哪怕最后都是要脱的，但美就完事了。”

肖冉：“或许，浪漫的氛围可以从先换个情侣头像开始？我和他就是先换头像的。”

林思晗说得好像还挺对的！美是一定要美的！

那先换个头像？

这么想着，安歌秒戳了肖冉。

肖冉恰好在线，秒回。

因为父母的关系，安歌和肖冉很早就认识了，虽然交谈算不上多，但关系还算不错。两人沟通起来没有丝毫压力，很快敲定了情侣头像细节。

肖冉：“我都记下啦。咕咕，你急吗？不急的话就等我烧完糖醋排骨再来画，急的话，我现在就给你画。”

安歌看了一眼时间。

安歌："你就当我挺急的吧。"

肖冉："那我现在给你画咯。"

下午两点多，安歌在手机备忘录上做了一条又一条的安排，做得差不多了，才发消息给魏舟。

安歌："小魏同志，在吗？"

年薪百万的魏舟非常懂事，都不用安歌再往下说，自己就把后面的题干补充完整了。

魏舟："在的呢！小魏同志竭诚为娘娘和傅总的约会大业服务！守护全世界最好的'钞能力夫妇'！"

魏舟："傅总今天下午三点钟有一个短会，之后的安排原本是要决定J•M高层的去留问题，但这也不是什么大事，反正都是要卷铺盖走人的，这事可以由项目组组长负责。"

魏舟："这样一来，娘娘可以有充足的时间和傅总约会！"

魏舟见微信页面上一直显示正在输入中，等了一会儿迟迟不见消息进来。

魏舟摸着头发日渐稀疏的脑袋，又将刚整理出来的S市十佳约会圣地通过WORD文档的形式发了过去。

魏舟："娘娘没经验可以看看这份文件。具体事项我都安排好了，有ABCD四套方案可供选择！"

魏舟："先说A套方案。

晚上6:00，到达空中餐厅就餐，可以欣赏S市傍晚的美景，运气好的话可以见到漂亮的火云烧。虽然这家餐厅需要提前半个月预定，但是娘娘放心，预约不是问题！

7:00，到达海星音乐剧院，今晚有一场小提琴独奏会。

8:30，可以去江边小酌一杯。

9:00，准时抵达酒店。哦，在选择酒店方面，我提供了非常多的选项。S市有好几家非常有名的情侣酒店，主题挺多的……"

她好好的有家不住去住酒店，怕不是个傻子。

安歌："我先看看。"

魏舟："行嘞。"

发完消息，魏舟立即打了个响指，在特助办晃了一圈："兄弟们，我们今晚不用再加班了！”

“魏助理，现在大白天的，您这白日梦做得可真美！”

“就是，不加班？可能吗？”

“你从哪听来的消息？傅总亲口说的？我看前几天傅总应付宁瑾那帮老董事就够忙的了，现在还有一大堆工作。”

顾言蹊刚端到嘴边的咖啡杯一顿：“什么情况？”

“还能什么情况。”魏舟耸肩，“我们娘娘要请傅总去约会，就在今晚！你说傅总答应不答应？”

别说答应，他估计他们老板走得比谁都快。

“真的？”

“真的假的？这要是真的，娘娘简直是我们IGD的福星和吉祥物，我要把她的照片贴在门上供着！”

“真的啊。”魏舟扬了扬手中的手机，“千真万确，娘娘刚才给我发消息了。”

IGD资本，助理办公室，全员欢呼。

下午3:15。

安歌收到了肖冉发过来的头像。

肖冉：“看看还有什么需要改动的地方吗？不用改的话，我就直接把原图发给你啦。”

安歌：“神仙冉妹！神仙画画！”

肖冉回了个“谢谢”的表情包，将原图发给了安歌。

安歌下载原图后，点了保存，点着照片，放大后又缩小，缩小后又放大，越看越喜欢。

欣赏完，安歌也没注意时间，直接私聊傅斯珩。

安歌：“滴滴珩宝，给你看个大宝贝。”

傅斯珩在开会。

会议主要讨论J·M管理层的去留问题。

J·M在赔偿D牌后，只剩下了一副空壳子，资金链严重断裂。

不过这对IGD资本来说也不是什么大事，主要的问题还是剔除赖在J·M想方设法地抱IGD资本大腿的老油条管理们。

会议刚开始，傅斯珩放在桌上静音的手机振动了一下。

声音不大，却引得正在滔滔不绝发言的项目负责人一顿，下意识地看向傅斯珩。

傅斯珩打了个手势，示意他继续，没看手机。

魏舟想到安歌的事，心里“咯噔”一下，在犹豫到底要不要提醒自己老板是娘娘发消息时，傅斯珩滑开了锁屏。

魏舟松了一口气。

看完安歌的消息，傅斯珩回了一个“？”。

安歌抱着膝盖，蹲在沙发上，将原图发了过去：“好看吗？”

一共两张图片，看上去像是一对。

第一张是一只面向右边的灰鸽子，挺着胸脯，毛非常蓬松，喙上叼着一张小纸条，纸条上写着：安咕咕兑换券。

第二张则是一只面向左边的白鸽子，昂着小脑袋，非常傲娇，胸前的毛同样非常蓬松，像是被人戳了一下，嘴里发出：咕。

两只咕咕非常圆润可爱，脚丫子短短的。

傅斯珩浅浅地勾了下嘴角，低头打字：“好看。”

然后没有下文了。

太可怜了。

连情侣头像都不知道，这么明显的暗示都不懂。

她家珩宝太可怜了。

安歌：“那你要不要和我换情侣头像？知道什么是情侣头像吗？我们是一对的。”

情侣头像？傅斯珩确实没有这方面的认识。

傅斯珩看了几秒，保存了第一张图片，换下了自注册微信那天起一直没变过的头像。

原本的头像被蓬松可爱的咕咕取代。

傅斯珩：“换了。”

安歌同样换了头像，换完，祭出自己的三指神功，划拉着屏幕截图。

安歌：“咕咕咕咕！”

一左一右相对的两个头像，非常可爱。

傅斯珩看着，嘴角微扬。

安歌："今晚娘娘请你约个会。"

傅斯珩："几点？"

安歌："大概五点多去接你。"

对话结束，傅斯珩摁灭了屏幕。

从安歌提换情侣头像到最后敲定约会时间，傅斯珩的反应都相当正常。

魏舟悄悄看了几眼，觉得不对劲啊。

会议还在继续，项目组组长对未来中国传统元素在国际舞台上大放光彩做了热切展望，讲起来头头是道，一套接着一套。

魏舟边听边记，又偷偷瞧了傅斯珩一眼。

傅斯珩靠在椅背上，一只手搭在会议桌上，指腹摩挲着手机边缘，微垂着头，勾着嘴角，光明正大地在游神！

他们老板在想什么？

会议结束。

项目组组长说得口干舌燥，换来傅斯珩四个字。

"改天再说。"

之后，傅斯珩头也不回地进了电梯，直接进了顶楼办公室。

魏舟忙不迭地跟上。

推开办公室门，魏舟没在办公区看见老板，暗自奇怪。

休息室中的卫生间，傅斯珩对着镜子，理了理自己的领带。

一如既往的，黑色西服，连领带都是黑的。

大概是嫌弃，傅斯珩蹙了蹙眉，对一脚踏进来的魏舟说："上次送过来的衣服册子在哪？"

七颗西柚

初秋，天空澄澈，微风不燥，温度舒适。

市内几家门店送过来的衣服正整整齐齐地挂在衣架上，数下来足有五排衣架。

衣服颜色各异，什么造型都有，丝毫不亚于时装周的秀场后台，有些店家还贴心地做好了搭配。

魏舟看着眼前的场景，眉心狠狠一跳，几番欲言又止。

傅斯珩坐在沙发上，手支在下颌下，目光垂落在对面沙发上一件前襟有墨绿色羽毛的衬衫上。

衬衫非常贴身，丝质纯黑，材质略通透。羽毛稍长，眼色极其打眼，从边缘向中间逐渐由纯黑转向墨绿，绿到发亮。

魏舟看了好几眼，倒抽了一口凉气。

这绝对不是他们老板的审美！

他们老板一向非常精致、格调一流，基本上所有的西服都是手工定制的，英式和意式居多，样式经典，上面从来没有类似羽毛这种花里胡哨的饰品，连领针都是低调的。

每一季的常服也大多是品牌方提前送册子过来，他们老板看着圈几件。那定制品牌是意大利的，走简单低奢路线，舒适又利落，非常有内涵，将成熟男性的魅力发挥到极致。

只可惜这个牌子在S市并没有门店，但他们老板要去约会，他只能联系了其他的店，哪知道……

衣服是送过来不少，比如豹纹深V领衬衫搭破洞牛仔裤，再踩一双复古的破旧皮鞋，堪称时尚界的扛把子。

再比如裹一块毛茸茸灰色大浴巾，再穿一件一条裤腿可以套两条腿进去的拖地长裤，脚踩旧球鞋，又是时尚界冉冉升起的新星。

刚被他客客气气“请”出去的造型师鬼扯了半天，自己穿得非主流就罢了，还非得一张小嘴和他吹这两套搭配前无古人后无来者，刷街回头率百分之一百。

信他个鬼哟，这是时尚？这分明是非主流，哦不，路口摊煎饼的都比他会穿。魏舟在心里疯狂吐槽。

一直静坐着的傅斯珩动了，屈指压了压额角，将小册子扔回了茶几上。

空调风吹得那件衬衫上的墨绿色鸟毛悠悠地颤着。

魏舟扫开那些衣服，试探着问：“娘娘喜欢什么颜色的？”

安歌喜欢什么？她喜欢他在她面前穿黑色的衬衫，扣子最好一颗不落全部扣好，完全遮住锁骨，而喉结半遮半掩的。

和拆礼物一样，每次只解两三粒扣子，只解到方便她行凶的程度。

傅斯珩起身，走到衣架末尾，拎了一件黑色的V领薄毛衣出来。料子极薄，领口不算太低，衣服上什么饰品都没有。

傅斯珩拎着衣服，手指在茶几上大大小小的配饰盒上滑过，拿了个白色的小盒子，进了休息室。

魏舟瞄了一眼，略略松了一口气。

不过魏舟这口气没松完，见到从休息室中出来的傅斯珩时，又卡住了。

憋着一口气的魏舟无言。

行，是他输了。骚还是他们老板骚。

衣架子被人陆陆续续地推了出去。

折腾了近一个多小时，时针划过了罗马数字“V”。

傅斯珩坐在办公桌前，处理下午的工作。

魏舟一边收拾小册子一边时不时偷偷瞄一眼自己的老板，瞄一眼再看一眼墙上的钟。

五分钟不到，他们老板不知道抬了多少次手腕看腕表，心思压根不在工作上。

“唉……”魏舟无声地叹气。

纯情·已婚·少男·傅·宠老婆·斯珩被娘娘吃得死死的。

五点一刻。

一辆蓝色的福特GT稳稳地停在了CBD中心广场的停车场。

以广场为中心，呈辐射状向四周分散，作为全国最繁华的CBD，这里聚集了银行、证券等七百多家持牌金融机构，跨国地区公司总部达八十多家，各类总部机构约有两百多家。

橘色的霞光染红了这一片天空，玻璃建筑映着霞光，仿佛在燃烧。

临近下班时间，广场上人来人往，皆是步履匆匆的。

福特GT与这一片的氛围格格不入，实在是这车的造型太过嚣张，想低调都不行。

行注目礼的人越来越多。

车内，安歌熄了火，弯腰从副驾驶座上拿过手包，打开，找到镜子，微抿着唇，对着镜子上上下下、左左右右地照了个遍。

镜子中的女人，睫毛又翘又密。橘色系妆容，非常元气，眼窝的中间部分用珠光色晕染过。

唇妆呢？好像不太行。

安歌打开唇釉，又薄薄地刷了两层。刷完，她对着镜子，再次抿了抿唇。

水蜜桃味更浓了，唇上非常滋润，带着光。

安歌收好镜子，弯腰将鞋子脱了下来，拎过副驾驶座下一早放好的鞋盒，她拿出高跟鞋换上，又将平底鞋放了回去。盖好鞋盒盖子，安歌重新将盒子推到了副驾驶座下面。

安歌解开安全带，推开了车门。

晚间的风微热，似有些熏人，有些温柔缱绻的意味。

关上车门，安歌踩着双深咖啡色的复古高跟鞋半倚在车边，低头给傅斯珩发消息。

安歌身高腿长，肩膀很平，肩头圆润，比例极好，线条优美，尤其是那双腿。侧颜似工笔描摹，鼻子小且翘，而此刻嘴角上扬着，又显得妩媚。

原本对着车行注目礼的路人纷纷将目光移到了靠在车边的女人身上。

这是什么人间绝色！哪家上市公司老总的千金？

很快，一张又一张的照片在各家公司的私群里流传开来，并伴随着花式提问。

安歌：“滴滴珩宝，我到楼下了。”

一直在注意时间的傅斯珩刻意顿了那么十秒，才回复。

傅斯珩："上来。"

傅斯珩："我让魏舟去接你。"

安歌："好。"

IGD 资本，位于 CBD 中心，紧邻着大通投资银行在 S 市的分行。

安歌摁灭了锁屏，走了进去。

到大厅时，魏舟还没下来。

前台，穿制服的接待小姐见有漂亮女人进来，客客气气地略弯了弯腰，脸上挂着恰到好处的笑，问："您好，小姐，请问您找谁？"

"傅斯珩。"

前台小姐的笑容不变："好的，请问您有预约吗？我帮您查一下。"

"应该……没有吧。"安歌睁着双无辜的秋水瞳，很实诚。

前台小姐见怪不怪，依旧客客气气地说："现在是傅总的上班时间，小姐您有私事可以私下和傅总进行沟通。

"提醒一下，您最好提前和魏助理沟通好时间。谢谢。"

没见过见自己的老公还要和助理提前沟通安排时间的。

"叮"的一声，专用电梯的门开了。

"等等——"魏舟一见被前台小姐拦下来的安歌，一口气卡在嗓子眼里，忙喊："娘娘，不好意思啊。"

"没事。"

魏舟小跑到安歌面前站定，气都不喘一下，说："傅总让我接娘娘你上去。

"这边走！"

娘娘？前台小姐脸上的笑容一僵："魏助理，她……她就是我……我们老板的……"

魏舟点头，往前台小姐那边探了探身，左手挡在嘴边，压低了声音说："没错！看清楚了吗？认识了吗？

"以前不认识没关系，从现在开始必须要认识了，回去记得多打印几张娘娘的照片贴在床头，多记记！"魏舟开着玩笑，"今天这事我就不和傅总说了。你放心，我们娘娘她人很好的，不会打你小报告的。"

"谢谢魏助理！下次请你吃饭！"前台小姐感激不已。

魏舟理了理衣服领子，抬头挺胸地进了电梯。

电梯很快升到顶楼。

特助办的门关得严严实实，连条缝都没留，整条走廊安安静静，连个人影子都见不到。

看似肃穆，然而在这一片肃穆中，特助办关得严严实实的门后却整整齐齐地挤了一排脑袋。

“今天我们是不是赚到了？不花一分钱前排看秀！”

“来了吗，来了吗？给我留个地方，让我也近距离瞻仰瞻仰娘娘！”

“来了来了——”

“叮”的一声，电梯门再次打开。

映入众人眼帘的是一双裹挟在黑色羊绒吊带长袜中的大长腿。

长袜一直到腿根，和鞋子同色系的吊带连在长袜和高腰短裤之间，只露出一小截莹白的大腿，不多，约半寸。

安歌的腿直又长，腿部线条流畅，小腿纤细匀称，大腿有肉感，但同样很细。

由于短裤腰高，勾勒得安歌的腰肢越发纤细。短裤虽然做得略蓬，但边缘做了收束处理，有点像南瓜裤，下面收紧。

安歌的上身是一件红色的羊绒短衫，褶裥高领，下摆收进短裤中，袖口略短，只到小臂那里，袖子下方略蓬，到袖口时骤然收紧。

成熟又美艳。

细高跟叩在地面上的声音错落有致，非常有节奏。明明只是普通的走路，她却硬生生走出了女皇的气势。

安歌跟着魏舟进了尽头的办公室。

门被合上。

沉默了一下，特助办炸了。

“请问傅总这是哪找来的老婆，国家能不能给我也分配一个？”

“想得美你，人家傅总老婆这么绝，也没从此君王不早朝，我可太佩服咱老板了，老婆这样他还能坚持加班。”

“一加还连加好几天！”

趴着看热闹的众人还没散，办公室的门再次被打开。

魏舟一只手撑着门，站在门口笑得深藏功与名。

一群助理听到动静，齐刷刷地又趴了回去，不看不要紧，一看吓一跳。

他们都被自己老板的造型给惊到了。

一直到傅斯珩带着安歌走过去，进了电梯，几人都没回过神来。

“是我瞎了吗？刚才那人是我们老板吗？”

“我没想到我们老板竟然是这种人！”

“老板竟然有耳洞！我们老板那头发是不是偷偷抹过什么？”

魏舟送走了傅斯珩，推门进来，淡定地接道：“是啊，一直有，你们不知道吗？”

两人下了楼，走到停车场。

安歌将车钥匙抛给了傅斯珩，道：“你开车。”

傅斯珩抬手，轻松地接到了钥匙，目光在安歌身上几经流连，最终落在她的唇上。

她大概还喷了水蜜桃味的香水，又甜又可口。

见傅斯珩这副模样，安歌走到傅斯珩身边，抬手拨了拨他松散开来的衬衫衣领，指尖虚贴了下他的锁骨。

傅斯珩穿着黑色的V领薄毛衣，内搭一件料子极薄极贴身的衬衫，扣子略松开，锁骨半显。

发丝被晚风吹得微乱，因着他侧头的动作，露出左耳的黑色耳钉，连颈线都在撩人，就不要谈下面露出的脚踝了。

太对她的胃口了。

“傅总。”安歌轻声说，“爱死你这种调调了。”

又斯文又坏。

傅斯珩扣住安歌的手腕，俯身到一半，唇上虚贴了安歌交叉的食指。

“现在不行，等会儿要看电影。”

电影院是安歌一早选好的，跟着导航，福特GT缓缓地驶进了市中心的地下停车场。

两人出了停车场，乘电梯到一楼。一出电梯，各式食品的香气扑鼻而来。

和安歌记忆中的一样，一楼大厅中央是售票台，最上方的巨幅电子显示屏，滚动播放着当日上映影片的大概信息，包括场次和票价。

顺着电梯上去，二楼则多是些快餐店，零零散散地挤着几家烤肉店和火锅店。

安歌带着傅斯珩，一家一家地买过去。

很远都能闻到爆米花香甜的气息，混着炸鸡的香，安歌打算破个例。

“娘娘请你吃爆米花。

“看电影就应该吃爆米花配快乐肥宅水。”

傅斯珩从来没吃过这些，光看着就很不健康，热量肯定高。

他蹙着眉，听见安歌一句接一句地说。

“阿姨，一桶爆米花，大份的。谢谢阿姨。

“两杯冰可乐，谢谢呀。

“一份炸鸡，梅干粉＋孜然口味的，谢谢。”

两人的颜值太高，身高腿长的，引得众人频频行注目礼，一边看一边窃窃私语，甚至还有偷偷拍照的。

“拿好了，多送你们一个鸡翅。”卖炸鸡的小姑娘几次朝傅斯珩看去，红着脸递上了纸袋。

安歌接过：“谢谢啊。”

安歌将纸袋递到傅斯珩手上，抱着一大桶爆米花说：“珩宝的魅力真大。”

傅斯珩蹙着眉，手上拿着两杯冰可乐，腕上挂着装炸鸡的塑料袋，在心里默默地计算这些食物的热量。

“你在想什么？”

“算热量。”傅斯珩打量了安歌一眼。

安歌原本欢快的步子停了下来，陡然间想到上次吃了两块草莓糖被迫算热量的事。

往事一幕幕浮现，安歌一哽。安歌想了想，紧紧地抱着爆米花，模样不舍：“这些呢，其实是我买给你吃的。”

安歌指了指不远处卖水果捞的，又说：“我吃那个！”

傅斯珩勾了个漫不经心的笑，瞥了一眼。

买了大份的酸奶口味的水果捞，安歌又带着傅斯珩去买票。

晚上电影院的人非常多，每个售票口前都排着长长的队，几乎是人挤人。

傅斯珩牵着安歌，替她拿着东西，浑身上下透着股生人勿近的气息，垂着眼，视线只落在安歌身上。

“看什么？傅傅。”

“你挑。”

问了也是白问。

前面人买完票退到了一旁，正巧轮到安歌了。

售票的小姐姐服务态度非常好：“请问二位想看什么？我院最新上映的爱情轻喜剧《怦然心动》评分非常高，上座率特别高，特别适合你们这样的小情侣！”

“还有别的吗？”

“有啊。”售票小姐姐的指尖在屏幕上一滑，“这部呢？小情侣流落孤岛，然后发生了一系列的冒险故事——”

安歌打断，指尖滑到了末尾，道：“就这个！”

“好的呢！”售票小姐说着，低头一看，笑容一僵，“啊……”

特价票，只要九块九毛。

为什么特价呢？因为冷到了西伯利亚，几乎没什么人看。

小制作，前期宣传不到位，题材爆冷太过严肃，往往一天下来都卖不出一张票。

但它有一个响当当的名字，叫《我的兄弟是二狗》。听说主要是为了致敬那些为国家做贡献的人们，重点突出一个爱国情怀。

“这位先生呢？”售票小姐重新将两人上上下下打量了一遍。

傅斯珩看了一眼，面无表情，也不在意那张票到底多少钱。

售票小姐姐再次询问：“你们真的要看这个吗？”

“嗯。”安歌点头。

售票小姐姐深吸一口气，扬声说：“一共十九块八，支付宝还是现金？

“扫码请扫这边。”

一直在偷偷注意这对高颜值夫妇的众人听到这话，脑子里纷纷冒了个问号。

一共十九块八？

安歌带着傅斯珩进了包厢。凉得不能再凉的电影，一直到电影开始放映，都没有第三个人进来。

“十九块八包场。”安歌趴在扶手边，冲傅斯珩弯了弯秋水瞳，“是不是觉得你老婆特别勤俭持家？”

勤俭持家富贵花。

傅斯珩支着额角看她。

包厢里的灯光昏暗又迷蒙，安歌买的位置略靠后，四周没有其他的人。

安歌半趴着扬起小脑袋，看着傅斯珩。

祖宗太会勾人了，安歌不自觉地抿了抿唇。

傅斯珩拿开支着额角的手，低头。

隔着中间的扶手，两人越靠越近。快贴到一起时，电影的片头放映结束，画面一黑，什么光都没有了。

安歌不适应地眯了一下眼，鼻息间满满都是傅斯珩身上的味道，想再靠近一点。

傅斯珩微微侧过头。

突然，响起了一声凄厉的狗叫声，呜呜的。

紧跟着，惊雷打下。

安歌一惊，回过神，抿唇，坐了回去：“傅总，文明观影。

“争取做一个有素质的好公民。

“观影礼仪你知道吗？一句话概括，不要想做什么公开场合不应该做的事！”

傅斯珩掀了掀眼皮，扫了一眼大屏幕。

大屏幕上，黑白画面。一只体型瘦弱的黑色小狗被人用脚连踢几下，挑飞到了墙角。很快，小狗便缩在了墙角一动不动。

暴雨倾盆而下。

一旁早已被打得血肉模糊、只剩一口气的男人艰难地朝墙角爬去。

他抱着狗，低着头，死死地咬着唇。

三秒后，他大喊出声，额角的青筋尽数暴起。

黑白的电影画面迅速开始倒退。

男人是一名籍籍无名的缉毒警察，为了捉拿毒枭，他接受了上级的卧底任务。

影片开头，他怕自己的事情败露危及自己的家人，也为了保护初恋女友，不得已强硬地和初恋女友分了手，一个人搬到省外，远离家人，隐姓埋名，独来独往，陪伴他的只有一条捡来的黑狗。

卧底成功后，他冒着生命危险为组织传递消息。

影片氛围渲染得非常紧张。

安歌全身心投入进去，咬着爆米花忘了咽。

直到自己的手掌心被人挠了下，安歌这才看向了傅斯珩。

傅斯珩扣着安歌的手腕，说："你可以再节俭一点。"

还沉浸在剧情中的安歌："啊……"

"坐过来。"

安歌的耳窝一酥。

安歌躬身，抱着爆米花小幅度地挪了过去，挪到一半，一阵枪声划破安静的小包厢。

男人的卧底身份被暴露，在被人抓住后打得半死。

凄厉的狗叫声再次响起。

安歌被吓了一跳，一个趔趄，被傅斯珩接了个满怀。

傅斯珩将人抱到大腿上，鼻尖抵着安歌的下巴，声音缱绻："甜吗？"

"甜吗？"

"挺甜的。"

"喂我。"

后面的情节安歌没看多少，只能趁投喂的间隙看几眼。

被傅斯珩缠着，两人分完了大盒的水果捞。

一盒水果捞吃完，电影接近尾声。

傅斯珩暂时消停下来。

在卧底的警察被打到快死时，他的同伴及时赶到，救下了他并将这些流窜逃亡已久的毒贩缉拿归案。

安歌咬着可乐吸管，吸着快乐肥宅水。

"热量很高，算出来要做多少运动了吗？"傅斯珩扫了一眼被安歌喝得只剩一小半的可乐，"还有可乐。"

影片末尾，缉毒警察和初恋女友重归于好，领了证。

安歌的注意力都在电影上，随口敷衍道："傅傅帮我瘦。"

安歌的话音刚落，画面突转。

跳过婚礼，导演不知道出于什么心态，安排了一段船戏，还挺有创意的，在一间建在海底的玻璃房内。

海底有些黑，但仍旧有暗光，寓意着黑暗尽头总会有光出现。

在暧昧的声音中，跳出了片尾。

这样的结局，配上安歌的话，别有深意。

安歌咬着吸管，愣住了。

傅斯珩看了一眼："这么急？"

他们回去的路上，夜还不深。

安歌靠着车窗边，望着窗外不断倒退的路灯，竟有些无语。

她是被灌了迷魂汤，被祖宗迷了心窍，才会鬼使神差地同意傅斯珩的要求。

花了好几天准备，手机备忘录上记了那么多项目，结果什么也没现实……独独奔着她没记下的项目去了……

车窗上倒映着傅斯珩的影子。

他一只手搭在方向盘上，衬衫袖子被折起，露出腕上黑色的机械手表，薄唇稍抿。

福特 GT 被他开得飞快，路灯一个接一个地被甩远。

越靠近景和公馆，路上人流越稀少，车速也越快。

安歌越发无语。所以，她计划那么多到底有什么用呢？

许文馨可能还真是个"当代鲁迅"。

地下车库。

傅斯珩将车熄了火，安歌跟着下了车，慢吞吞地走出了车库。

初秋的天气最不稳定，时冷时热的，一到了晚上便有降温的趋势，哪还有下午的温热。

凉风阵阵，路灯昏暗，照明范围不大，只巴掌大的一块地。路灯与路灯之间相隔较远，一段光影夹着一段阴影的。四周的矮坡上种满了枇杷，最里面则是大片大片的翠竹。

傅斯珩立在灯下，牵着她。

安歌侧目打量着他。傅斯珩精瘦，但看上去丝毫不羸弱，背如竹节，一寸一寸地透着傲气与贵气。

他没有平时穿正装时的矜冷，碎发下的黑色耳钉打眼。

她可太喜欢这个男人了。

再往前十几米就是亮着灯的家。

安歌心里像有只猫爪子在挠似的，总想干点什么。

“傅傅。”安歌故意停下步子。

“怎么？”傅斯珩偏头看了她一眼。

“转过身。”

安歌弯了弯眼睛，看着傅斯珩，踩着高跟鞋慢慢往后退了几步。

傅斯珩停在原地，双手插在裤子口袋中，看着安歌退到阴影中停下。

安歌踩着高跟鞋能跑能跳，傅斯珩看着安歌助跑，跑过了阴影，踏着寥落的星光，向他而来，在离他差不多一步远的地方突然起跳，跟着，双腿缠到了他腰上。

“咕山压珩宝！”

安歌双手环上了傅斯珩的脖颈，勾住。

傅斯珩轻轻松松地接住了安歌，双手勾住她大腿，晃都不晃一下，轻笑了一声。

安歌娇娇软软的，很瘦，几乎没什么重量，傅斯珩闻到了清甜的水蜜桃香。

安歌和树袋熊一样，整个人挂在傅斯珩的身前。

安歌勾着傅斯珩的脖颈晃了晃，盯着头顶的路灯看了一会儿，在心底叹了口气，下巴抵在傅斯珩肩上，喊：“傅傅。”

“嗯？”

傅斯珩不急，耐心十足地停在原地，陪着安歌。

“傅傅。”

“嗯。”

安歌一连喊了几声，傅斯珩都一一应着。

电影看完，安歌心里酸酸胀胀的，打了一肚子草稿，发现真到了这个节点上，她依旧什么都说不出口。

其实她下午在计划约会的时候就看到了这部冷到不能再冷的电影，因为名字比较引人注目，她好奇地搜了之后，才知道这部电影是为了向那些为国家和平与发展而作出默默贡献的人民致敬的。

电影高潮迭起，有起有伏，剧情大开大合，感人又不失热血，历经苦难，但总归结局是好的。然而，现实中呢？

她曾经看到一个报道，在国家严苛的禁毒环境下，缉毒警察无私地奉献了自己的一生。

这些隐在黑暗的缉毒警察，哪怕结了婚，上有父母下有妻女，怕任务失败遭到毒贩的报复也不敢与家人有过多接触。

有的牺牲以后连碑都不敢立，只在烈士陵园立了一个衣冠冢，只因案子没破，毒贩依旧在找他，他的孩子不能跟着他姓，父亲那一栏是空的。

他们以血作誓，以命作抵，只身于黑暗中，撑起光明。

傅斯珩父母的事，她一直想说又不知道说什么，本想借电影说几句，但看完想了一路，她发现其实任何人都没有资格说什么，因为他们不是他。

承受孤独的不是自己，而是傅斯珩。

漂亮好听的话谁都会说，但人家真的就差那一句漂亮话吗？

安歌拨了拨傅斯珩耳边的碎发，侧着头亲了亲他戴着黑色耳钉的左耳："傅傅好帅。"

傅斯珩抿着唇，抱着树袋熊安歌朝前走。

她大概还不知道现在是个什么情况，撩拨了一次又一次。

安歌一只手撑在傅斯珩的颈后，鼻尖贴上他的鼻尖轻蹭，另一只手的食指虚压在他的唇上，笑了："傅傅，接吻吗？"

走过一段路，两人陷进一段阴影中。

傅斯珩垂眼，看向安歌，明知故问："什么味的？"

"水蜜桃味的。"安歌的话没说完，剩下的音被吞没。

傅斯珩放开了一只手，去扣安歌的腰："圈紧了。"

水蜜桃味的唇釉被揭去了大半，安歌的唇上一痛，又被咬了。

傅斯珩吻得不深，一直在安歌的唇上流连，偶尔扫过她的唇隙。

家中客厅亮着灯。

傅斯珩抱着安歌上了台阶，步子非常稳。

安歌自己作了个大死，傅斯珩根本没有停下来的意思，她怕掉下去，双腿圈得越发紧。

傅斯珩踏完最后一级台阶，安歌的后背抵到了门上，发出声响。

门口的声控灯应声亮起。

安歌吓了一跳，睫毛轻颤，眼底里满是惊恐。

傅斯珩见状，低低地笑出声，说：“你怕什么？”

他贴着安歌的耳郭，低语：“开门。

“我腾不开手。”傅斯珩的声音发沉，嗓音沙哑。

安歌一哽。

还挺理直气壮的。

安歌艰难地半转过身子，反手在密码锁上摁着数字，刚摁下没两个数字，指尖一酥。

二狗子肯定偷偷补过课，都是九年义务教育，他不但补过课还明显跳过级！

“你——”

傅斯珩漫不经心地应了一声，偏着头，轻吮着安歌的侧颈。

缓了一会儿，安歌才把密码输完整，中间错了好几次。

“叮”的一声，门开了。

安歌还没反应过来，就已经被傅斯珩带了进去。

门擦着耳边，带起了一阵风。

“砰”的一声，门被傅斯珩一脚踢上。

安歌没能落地，被傅斯珩反身压到了门上。

他的动作又快又凶。

怕安歌的后脑勺撞到门板上，傅斯珩的手掌撑到了后面，再次咬上她的唇瓣，一会儿，撑着她脑后的手移到她的耳侧，撑在门板上。

安歌一只手撑在傅斯珩脸颊上，仰着脖颈，偶尔齿间溢出一两声：“傅傅。

“珩宝。”

不远处，坐在客厅沙发上的两人看得目瞪口呆。

两人对视一眼，一时不知该如何是好。

女人没见过这种事，嘴张了又张，最后慢慢抿上，甚至开始认真思考自己是不是走错门了。一再确认没错后，她的目光移到了别处，看着落地窗。

一旁的男人纵使见过再多的大场面，也从来没想过再见面会是这样的场景，他挺直了脊梁，嘴角抽了又抽。

一吻结束，傅斯珩的唇还虚虚地贴在安歌的唇边，看她。

安歌喊："老公。"

"你想掉下去？"傅斯珩问。

傅斯珩的话音一落，安歌当真往下滑了一点，慌得她又立刻化身树袋熊，紧圈着傅斯珩的腰。

傅斯珩轻嘲，食指抵着安歌的下巴让她仰高了脖子，另一只手的手指绕到她脑后，解开了她挽着长发的细带。

瞬间，安歌带着香的发丝如瀑布一般披散下来。

"继续。"

落地窗反光，隐约能看见模糊的影子。

形势越来越不对。

女人生怕看见什么不该看的，急忙轻咳了一声。

声音不大，惊得几米外的安歌瞬间僵住了。

傅斯珩停了下来，背对着沙发，狭长的眸子眯起。

被人扼住命运后颈的感觉再次涌上，安歌睁开迷蒙的双眼，偏过小脑袋透过傅斯珩肩上的空间，朝沙发那里看去。

一望，安歌直接呆住。

安歌脱力，差点从傅斯珩身上摔下来，好在被傅斯珩及时捞住。

她扶着傅斯珩的手臂站稳，正好和女人带着探究的目光撞上。

她的视线再落至一旁和傅斯珩有七分像的男人身上，只觉得一阵窒息。

这是什么修罗场？

安歌压低了嗓子，对傅斯珩说："你爸你妈来了！

"你爸你妈真来了！"

安歌说完，深吸一口气，乖巧地喊："爸爸。

"妈妈。"

傅斯珩半掀起眼皮，转身，朝沙发上坐着的一男一女看去。

傅清让看着转过身来的儿子，眼皮猛地一跳，脸色发沉。

倒是一旁的白露，翕动着唇瓣想喊自己的儿子，只是触及傅斯珩冷冷的目光，到底没开口。

白露的眼角发红，眼里蒙了一层水雾。

傅斯珩长大了，从男孩长至少年，又从少年蜕变成男人。

在她的记忆中，傅斯珩还是那个穿黑色短袖生得偏奶气的孩子，如今眉目清晰又凌厉，和她想象中的差不多，但又不完全一样。

比她想象中要高，也比她想象中冷漠。

他们想象中一家人其乐融融的团圆场面并没有出现。

傅斯珩带着安歌走过去，抬手，神态自若地将唇边的唇釉拭去，坐下。

白露满怀慈爱的目光在自己儿子和儿媳身上流连。

“我去倒茶！”

安歌一走，空间迅速安静下来。

傅清让瞥见傅斯珩左耳上的黑色耳钉，几次想开口，被白露瞪了回去，示意他闭嘴。

白露的眼神太过明显，里面明晃晃地写着：“儿子这样怎么了？你尽到做父亲的责任了？”

傅大领导憋了回去。

“爸，妈，喝茶。”安歌端着茶托盘过来，乖巧地捧上了一茶盏。

趁泡茶的空档，安歌简单地收拾了一下自己，擦掉了花掉的唇妆，长发柔顺地披散着。

“谢谢。”白露道谢，不动声色地打量着自己的儿媳妇。

小姑娘的反应有趣又可爱，收放自如，也难怪傅斯珩会喜欢。

在过来之前，傅老爷子和邀功的一样，一五一十地将小姑娘的底子全透给了他们。

实在是最近傅家那事闹得有点大，消息都传到他们那儿了。最顶上的大领导怕他们夫妻俩想儿子，再加上他们确实很久没回家了。

大领导找傅清让谈了很久，吞吞吐吐地兜了大半天圈子，就差直接说：“你们看看你们儿子都被骂成什么样子了！可怜不可怜，我看了都心疼！

“行了，也甭研究了，先把家庭关系理好再说。”

当然这话大领导没直接说，而是换了一个相当委婉的说法：“家不平何以平天下？”

谈完，大手一挥给她和傅清让批了个长假。

大领导给小领导放假，小领导领了。目前他们回来这事，只告诉了傅老爷子，老爷子什么都没瞒着，说了很多。

但说得最多的还是这个小丫头，诸如他们的宝贝儿子结婚没几个月就被小丫头片子吃得死死的，该破不该破的规矩全破了个遍，变着花样哄小丫头开心。

小丫头哪哪都挺好的，挑不出什么毛病，小夫妻感情好着呢，没网上说得那么邪乎。

这一见，小丫头确实讨喜。

“吓到你了吧？”白露温声开口。

“没有。”安歌规规矩矩地坐在傅斯珩身边，悄悄地打量着傅斯珩的父母。

女人看上去很年轻，十分温婉秀气，眼角几乎看不见鱼尾纹。

男人则更像一个清高的教授学者，不失领导的威仪。

傅斯珩几乎和傅清让是一个模子拓出来的，只是傅斯珩太冷了。

夫妻俩坐在那都是一副学识渊博的样子。

在公公婆婆面前，安歌再次捡起了当初嫁给傅斯珩时给自己立的人设。偏傅斯珩不老实，在她坐下的那一刻，手臂就搭到了她的肩上。

“我叫白露。”白露笑吟吟地开口，“蒹葭苍苍，白露为霜的白露。”

小学生安歌小鸡啄米般点头：“妈妈好。安歌，舒缓节兮安歌的安歌！”

“傅清让，谦让的让。”

“爸爸好。”

话没说完，安歌的后颈被傅斯珩捏住了。安歌僵着身子，等着家庭夜谈会的开始，心里忐忑。

哪知白露抿了一口迟来的媳妇茶后，柔声问：“你和阿珩累了吗？

“累了就先去休息，都这么晚了也该休息了。

“我和清让先走了，明天再来找你们。”说着，白露拉着傅清让起身。

傅斯珩听到白露和傅清让要走时，便直起身，掀了眼皮。

安歌立刻从沙发上起身：“爸爸妈妈，等一下！”

这里又不是B市，当年傅清让离家的时候身外之物撂得干干净净，不可能在S市有房产，夫妻俩大晚上从景和公馆走出去肯定要自己找酒店住，哪有让公公婆婆自己找酒店住的道理。

“嗯？”白露疑惑。

安歌心急，双手规规矩矩地交握在身前，面上带着笑，不显半分，脚下的动作却又快又狠，一脚踩在了傅斯珩的脚背上。

傅斯珩的脚背被安歌踩着，抿着唇，他抬手摸了摸耳钉，看向落地窗外，开口："楼上有房间。"声冷，极不自然。

"对啊，爸爸妈妈可以住三楼，这么晚了不好叫车，酒店离得也远。

"床单被套都是干净的，阿姨有定时晒洗。"安歌勾过滑下来的发丝，重新别到耳后，越说语速越快，"我别的不多，就是衣服多，妈妈可以穿我的衣服，很多都是新的。"

安歌怕搞科研的婆婆觉得她浪费奢侈，一顿，又补充："都是品牌方送的，不花钱。"

白露一听，笑了。

小丫头看着不显山露水的，其实紧张得很。

她大概不知道，因为起身的原因，茶几根本挡不住她踩傅斯珩脚背的小动作。

白露和傅清让相视一眼，轻声道："那打扰咕咕和阿珩了。"

咕咕？

"啊……"安歌一愣。

"爸和我们打电话的时候都叫你咕咕。"白露仔细看着安歌的反应，"还挺可爱的。

"可以这么叫你吗？"

小学生安歌点头，又踩了傅斯珩一脚，示意他起身带路，别和祖宗一样坐着了。

四个人走在台阶上，傅斯珩在前，安歌在后，末尾跟着白露和傅清让。

"爸爸妈妈什么时候回来的？"

"昨天，一回来就到你们这里来了。"

"我和傅傅出去看电影了。"

"约会啊？"白露又问，"什么电影？"

安歌舔了舔唇瓣，实在不太好意思说那个电影的名字，生怕公公婆婆对她产生什么误会。

安歌在心底飞快地组织好措辞，开口："《我的兄弟叫二狗》，是一部向为国家和平发展做贡献的人民致敬的电影！

"傅傅说特别有教育意义，带我一起学习学习。"

虽然傅斯珩只想学习电影末尾的玩意。

白露了然，浅笑着问："那阿珩喜欢吗？"

白露的眼神带着希冀。

安歌看得心里一疼，白露刚见傅斯珩的时候她不是没有看到白露泛红的眼眶。

傅斯珩步子一顿，便再次踏了上去，淡声道："嗯。"

安歌带着白露和傅清让进了客房，蹭到了白露身边："去挑衣服吗？妈妈。"

白露跟着安歌出去，客房内只剩下傅斯珩和傅清让父子。

卧室的门被轻轻合上，傅清让转过身："谈谈？"

傅斯珩站在门边，眯着眼，没拒绝。

三楼衣帽间，一排的柜子从头到尾挂满了安歌的衣服，风格多样。

安歌一向不在意别人的看法，但这个别人不包括家人，她其实很怕白露对她的第一印象是轻浮和奢侈。

哪知白露看了一圈，却说："很漂亮。

"台步很飒。"

"妈妈也知道？"安歌略惊讶，秋水瞳跟着一弯，手脚利落地找了一件适合白露的真丝睡袍准备递过去。

安歌递到一半，脸色突然变了，瞬间的疼痛让安歌捂住了小腹。

小腹疼。

"怀孕了？"白露一惊，忙扶住安歌。

卧室的门被轻轻合上。

听到动静，一直侧身躺在贵妃榻上，沉浸在脑内两个小人打架的安歌朝门口看去。

傅斯珩额前的碎发垂落下，半遮住了双狭长的眼，看不太清眼底的神色，只表情寡淡，没什么情绪外露。

"这么久？"

"嗯。"傅斯珩抬手摸了摸左耳的耳钉。

安歌见傅斯珩没有再谈的意思，也没开口多问。

傅斯珩走近。

安歌刚洗完澡，换了一件白色的吊带棉麻睡裙，上面印着小胡萝卜，长度到膝盖那里。

她蜷缩着，裙摆翻上去一小截。小腹上搁着抱枕，双手紧扣着抱枕。她的头发微湿，卸了妆，人清淡了不少。

傅斯珩的左手撑到安歌身后，单膝抵上了贵妃榻边缘，看着安歌的脸，顺势要压下去。

傅斯珩俯身到一半，停下。

安歌的眉头轻蹙着，唇色略白，不太舒服的样子。

"别——"安歌咬唇。

傅斯珩撑着胳膊，问："怎么了？"

"疼。你妈以为我怀孕了。"安歌有些尴尬，又将抱枕往小腹上贴了贴，"其实我是那个来了。"

傅斯珩滚了滚喉结，合了眼，不去想。

傅斯珩拿走抱枕，温热的手掌贴了上去，替安歌不轻不重地揉着："前几次不是不疼吗？"

手掌可比抱枕舒服多了。

安歌就像被人揉着肚皮的喵弟，轻应道："嗯。"

姨妈疼不是病，疼起来要人命。

安歌的五指覆到傅斯珩的手背上，看着他，有些幽怨："因为今晚喝了冰可乐，吃了炸鸡翅。"

傅斯珩快被气笑了。

"你还知道反省？"傅斯珩眯着眼，又问，"下次还吃吗，嗯？"

安歌没有立即回答，哼哼了两声。像只小奶猫，完全没有平日里的傲娇女王范。

安歌想了一会儿，她和傅斯珩分了一盒水果捞，剩下的傅斯珩不爱吃，几乎没怎么碰，她太久没吃这些，一时没忍住，塞了小半桶爆米花喝了大半杯冰可乐。炸鸡到底没敢多吃，只吃掉了翅中，剩下的鸡腿肉撕掉了外面炸得金黄酥脆的皮喂给了傅斯珩。

也没那么十恶不赦吧？

"也有可能是酸奶味的水果捞有问题。"安歌舔了舔唇瓣，又实诚地添了一句，"想吃的。"

傅斯珩按揉的力度一重。

安歌瑟缩着往软塌里面躲，随后又抱着傅斯珩的手臂，无比真诚地说："问题不大。

"我以前读初高中的时候吃这些都不会疼，也就最近两三年没吃，不知道现在怎么还疼起来了。

"可能是身子越养越娇贵！"安歌给自己找了这么个理由。

傅斯珩没接话，面无表情地看她，手下的动作越发柔和。

安歌只能摆出比傅斯珩还要面无表情的模样，大有"我就是吃了，你又能拿我怎样"的意思。

白露洗完澡，担心安歌疼得难受，又怕傅斯珩照顾不到，下楼想给安歌熬点红糖姜水。

出了卧室，白露轻手轻脚地下楼。踏下二楼最后一个台阶，拐过弯，白露的脚步顿住，刚放下去的脚又悄悄收了回去。

白露扶着楼梯扶手，静静地望着正在烧热水的傅斯珩。

二十多年的空档，虽说是母子，但相处起来几乎和普通陌生人无异。

客气又生疏，很多事都不了解。

岁月不饶人，时间走得太快，一个不经意，他们都老了，当初需要他们庇护的小男孩在没有任何庇护的情况下，长大成人了。

他也是刚洗完澡的样子，连头发都没来得及擦干，水珠顺着发梢不断地向下滴落。他靠在吧台那里，一边等水烧开一边在翻手机。站姿松散而不垮，脊背挺得笔直，微垂着头，不太关心周围的环境。他搭在吧台边缘的食指微抬，迟迟没有落下去。

他打了个电话，电话很快被接通。

他开口："阿姨，这么晚打扰了，家里有备红糖吗？

"嗯，要煮红糖姜水。

"好，谢谢。"

没说几句，他挂了电话。

白露有些怅然。

他遇到什么问题，不论大小，第一个想到的人都不是父母，哪怕如今父母都回来了。

白露看着傅斯珩抬手打开了顶上的壁柜，找着红糖。因为他的动作，白露又看见一直被他挡着的砧板上放着一块老姜。

白露又看了一会儿，将脚步声放到最轻，悄无声息地上了楼。

三楼，客卧。

白露开了门，还有些愣神。

“你去找媳妇聊天了？”傅清让见白露进来，一边问一边关上卫生间的门，“现在才上来，你也不怕阿珩不高兴。”

“我是那么不知趣的人吗？”白露拿过傅清让手上的干毛巾，抖开，朝床边指指。

傅清让乖乖地坐了过去。

白露将干毛巾笼到傅请让的头顶，替他擦拭着头发，说：“我下去是想烧点热水给咕咕，猜我看见什么了？”

“什么？”

“儿子在楼下给他老婆烧红糖水呢！倒也不嫌麻烦，看着手机一步步地学。”

“那是他应该的。”傅清让的话说到一半，心底里又将剩下一半补充完整了，娶老婆干吗，不就是要疼着吗？

“嗯嗯。”白露敷衍地应了两声，反手敲了一下傅清让的肩膀，“别以为我不知道你拉儿子说什么。你是不是训他了？

“你们父子俩一个德行，一身的硬骨头，又傲脾气又臭。

“你可真行，老傅同志，你还长本事了，还学会先礼后兵了？什么时候学会的？敢越过我去训儿子。

“傅大领导，儿子是你手下的那群人吗？你想训就训，一天到晚板着张脸，吓唬谁呢？儿子你也敢训？

“你尽到做父亲的责任了吗？你训他。”说到这里，白露又想起网络上那些攻击傅斯珩的话，眼眶又是一红，“网上说得也没错，你儿子有父有母，有妈生没妈养也没爸教，他过的什么日子你不知道？”

傅清让听着。

见头发干得差不多了，白露丢了干毛巾，反手又了傅清让一顿。

一向不苟言笑的傅清让几次想开口说话，却不知道说什么，也不敢反驳白露的话。

见白露那模样，傅清让忙把人抱进怀里，保证道：“没训。”声音小心翼翼的。

白露又是一拳，捶在了傅清让的胸口上："说你几句，你还委屈上了？是不是？

"儿子不准训，听见了没有？"

傅大领导前一句："不委屈。"后一句，"听见了。"

傅斯珩没让安歌吃止疼药，按照阿姨的指示又从储藏室里找到了一箱子崭新的塑料热水袋。挑了个颜色顺眼的，装了些热水进去。

傅斯珩上了楼，卧室里留了一盏壁灯。

安歌卷着被子，蜷在床边。

"喝了再睡。"傅斯珩将碗放到床头柜上。

"红糖姜水？"

"嗯。"

喂安歌喝完红糖姜水，傅斯珩又将热水袋贴到了她的小腹上。

红糖水下肚，效果立竿见影，小腹上还贴着滚热的热水袋，安歌舒服多了，喟叹着蜷缩起脚丫子。

没一会儿，安歌的掌心出了一层汗。

傅斯珩关了壁灯，掀开被子，躺了进去，从后面抱住安歌，下巴搁在安歌肩上。

安静了不到五分钟。安歌从废咕咕状态满血复活，又成了一只活蹦乱跳、忧国忧民的好咕咕。

安歌抱着热水袋翻身，往下缩了缩，额头抵在傅斯珩的下巴上亲昵地蹭着，仰头又要去亲他，没亲到。

傅斯珩的手掌遮到了安歌唇上。

"老实点，别乱动。"傅斯珩的声音透着一股连自己都不曾察觉的哀怨。

安歌想笑，秋水瞳弯成了月牙。

安歌的嘴巴被傅斯珩捂着，说话含混不清。

"好啊。

"不乱动。"

说完，不乱动的安歌轻轻嘬了一下傅斯珩的手心。

傅斯珩慢条斯理地看了她一眼，收了手。

安歌环上傅斯珩的腰身，头埋进被窝里，想着这晚他和傅清让的事。

待了那么久，父子俩总不会是大眼瞪大眼默默对视到结束吧，肯定要谈点什么。

老实说，傅斯珩这态度再搭上这造型，要换个在部队多年的暴脾气过来，少不得得挨一顿揍。

怕傅斯珩挨训，更怕父子俩原本就陌生的关系越发僵硬，安歌胡思乱想了一阵，开口问："傅傅，今晚约会开心吗？"

安歌再一想，傅斯珩被打断可能开心不起来，又说："其实我还准备了其他的项目，下次再补给你。

"娘娘宠你，娘娘宠你一辈子。"

"嗯。"

"那你和爸爸——"安歌试探着问。

"没什么事，聊了几句。"傅斯珩扣住她作乱的手，"你不困？"

"替你揉揉。"安歌把声音放到最轻，末了，夹杂着短促的笑。

"你可以再往下移一点。"

"那还是睡吧。"安歌老实下来，"我困了。"

傅斯珩轻轻扯了一下嘴角。

没一会儿，傅斯珩听到安歌的呼吸声逐渐趋于平稳，他一直合着的眼睛缓缓睁开。

月色朦胧，夜如水。

傅斯珩没有半点睡意。

安歌挑的那部电影，其实他看了，大概能猜到安歌是什么意思。

她性子那么直接的一个人，在他父母的事情上学会了拐弯抹角，一再犹豫一再瞻前顾后。

他一直理解傅清让和白露的工作，但理解支持是一回事，接受又是另一回事。

他无权干涉父母的决定和工作，他也不怨那段守着黑白子的孤寂岁月，他只是不能理解父母让爷爷一个人担了那么多责任，很少过问。

很多事都不是三言两语可以说完的，毕竟隔了那么多年。

傅斯珩捏着安歌的后颈，渐渐合眼。

翌日。

有傅清让和白露这两个大领导在，安歌没敢多睡，到点就醒。

为了时刻给爸妈留下好印象，安歌挑了一件长及脚踝的雪纺裙穿上，素着一张脸下了楼。

楼下，两个领导起得更早。

傅清让坐在沙发上翻最新的报纸，白露在熬粥。

餐桌上摆着阿姨一早准备好的早点。

“爸、妈，你们起这么早啊？”

“习惯了。”白露看着安歌，浅浅一笑，“你妈妈得多漂亮才能生出你这么好看的闺女。”

安歌被白露这么一夸，不由得意起来。

“阿姨走了？”

“刚走。”白露见安歌走过来，刻意压低了嗓音，避着傅清让问，“还疼吗？”

“完全不疼了。”

“以前也疼？妈妈以前认识个老中医，回头带你去看看，做个调理。”

“以前不疼的。”安歌在长辈面前特乖。

“那也要看看。”

傅斯珩下楼，看到自己的老婆和自己的亲妈头挨着头在说悄悄话。

远看着和母女一样，而傅大领导则被孤零零地晾在了一旁。

白露的余光瞥见傅斯珩下来，喊：“老傅，吃饭了。”

傅清让放下报纸，抬头朝傅斯珩看去。

儿子看着比昨天顺眼多了。

耳钉摘了，穿着衬衫，领子熨帖笔挺，身形挺拔。

人模人样的。

两人的目光都很平静，不见丝毫波澜。

对视了一会儿，傅清让点头，尚算满意。

要是他儿子一直那副样子，他都快怀疑儿子是靠脸将老婆坑蒙拐骗到手的。

餐桌上，白露盛粥。

傅斯珩的指尖勾着西服外套丢到沙发上，手腕骨上还缠着领带。

安歌都习惯了他这副模样，习惯性朝他勾手。

待傅斯珩走近，安歌拿过他手上的领带。

“你坐下来。”

傅斯珩坐到椅子上。

安歌起身，替傅斯珩将领带打好。

白露见状，不由得失笑。

还挺乖的。这父子俩在某种程度上还是挺像的。

餐桌上很静。

吃得差不多了，白露放下筷子，对安歌说：“咕咕，我和清让打算今天去拜访你的父母，你看？”

安歌迅速会意，下意识地答：“老安头——”

傅斯珩的眼睛一扫。

安歌飞快地改口：“不是！”

呸，什么老安头。

“我是说我爸他最近都没什么事，时间挺多的。我等会儿打个电话给他。”

白露点头，轻快道：“那行。我们等会儿就去！”

安歌：“啊……”

等会儿就去？这么快？

一大早，魏舟的心情极佳，开着车哼着小曲，不急不慢地往景和公馆赶。

娘娘请他们老板约会，光看他们老板的前期准备就知道心情不错。昨晚又是春宵一刻值千金，这早上心情指不定美成什么样子呢！

老板心情好，他们的日子跟着好。

你好我好，大家好，岂不美哉？

停好车，魏舟迈着六亲不认的步伐，哼着：“好运来，祝你好运来，好运带来了喜和爱，好运来，我们好运来，迎着好运兴旺发达通四海！”

魏舟从后备厢中拎出大包小包的礼品盒子，又哼：“我恭喜你发财，我恭喜你精彩，最好的请过来，不好的请走开，礼多人不怪！”

唱完，魏舟兴冲冲地开门，看也没看，热情地喊：“娘娘早啊！

“傅总，你昨晚发消息让我准备的礼品盒子，我一早就让万象的负责人送过来了。

“今早是要去娘娘家吗？拜访安老先生？”

魏舟的两只手臂上挂满了礼品盒子，他转了一圈，将礼品盒子给傅斯珩做了一个全方位三百六十度的展示，美滋滋的，就等着傅斯珩夸他了。

转完，魏舟定睛一看，傻了。

什么情况？餐桌边怎么还坐着一个老一号的傅总啊？

等等，这个气氛有点诡异？他们老板的脸色怎么不太好看？为什么看向自己的眼神发凉？他又做错什么了吗？

在心里冒了一万个问号的魏舟：“啊……”

魏舟犹豫了下，冒死强调：“对啊，傅总，这是您昨晚让我买的啊。难道不是去看安之儒老先生的吗？”

白露没忍住，笑出了声。

这一声笑，将餐桌上诡异的气氛打破。

安歌比白露能忍，没笑出声，但嘴角在疯狂上扬。

傅斯珩可真是捡到宝了。

他大概猜到自己的亲妈和亲爸要去拜访老安头，又怕他们没准备礼物或者没做足功课不知道老安头喜欢什么，干脆自己提前准备好了。

结果，这点小心思被自己的助理捅了出来。

傅斯珩掀起眼皮，看魏舟的眼神发凉。

魏舟小心翼翼地咽了咽口水，求救似的看向安歌。

安歌介绍道：“这是傅傅的爸妈。”

“哦哦！”魏舟人精，放下礼品盒子，迅速自我介绍道，“老傅总好，老夫人好！

“我是傅总的生活助理，鄙人姓魏，名舟，叫我小魏同志就好。这是我的名片，有兴趣可以看一看。

“欢迎老傅总和老夫人到S市常住！”魏舟说完，还真掏了一张名片递到了白露手上。

“老夫人，您看上去真年轻啊，丝毫不像有这么大个儿子的人！老傅总也是，风度翩翩，看着就学识渊博！难怪能生出我们老板这样的人。”

魏舟是潜伏在哪个夸夸群学习过吗？

白露接过名单，看着上面的字念：“IGD资本特别助理魏舟。”

“对对对！”

“好啊。”白露笑，“都有出息。辛苦你了，我和清让也买了小礼品，等会儿一起送。”

魏舟的头一点，替老板把决定做了：“那敢情好啊！”

安歌差点笑出来。

傅斯珩起身：“魏舟。”

“傅总，在呢！”

“这里没你什么事了，你可以回去了。”傅斯珩拎过沙发上的外套，又道，“你今天和顾言蹊一起跟项目，我自己开车。”

言下之意，这一天都不用出现在他的眼前了。

魏舟不敢相信：“啊？”

傅斯珩开车，很快便到了白鹭湖庄园。

车在安歌家门口停下。

院门开着，南娴在院子里打理花圃，阿姨在捡树上落下来的白果。

喵弟瘫着四肢，四仰八叉地睡在花园里的藤椅上。

安之儒掐着老腰，正对着喵弟扭脖子，嘴上念叨着：“你看看你，一天到晚就知道吃，也不知道动动！

“再肥下去就要失宠了知道不？你妈瘦成那样，你倒好，你和吹了气的球一样！

“你妈那样的都找到老公了，你连个老婆都没有！哦，我忘了，你被绝育了。

“看我也没用，小傅他喜欢你妈妈那样的，你再不瘦下来，以后养老怎么办？”

进了院子的安歌一字不落地全听见了。

“你怎么知道傅傅不喜欢喵弟？”

老安头开口就回：“他要是喜欢，上次在我们家住大晚上还会把喵弟丢出来？”

安歌愣了愣，想起来了，忙说：“不是你想的那样！”

南娴看不下去了，喊：“老安，立正！稍息！向后转！”

安之儒行了套标准礼，迎来一句话。

“亲家好啊，冒昧上门打扰你们了，今天我和清让过来是想谈谈阿珩和咕咕的婚礼事宜的，你看？”

从白露说完那句话后，安歌就开始神游天外，她甚至都不知道自己是怎么进门怎么坐下来的。

客厅里，电视被调到静音，画面里形形色色的人像在上演一出默剧。

不看字幕，肢体语言分外丰富。

戏外，两家夫妇讨论得热火朝天，堪比新年最喜庆的春晚小品。

这两对夫妇捧着阿姨送上来的热茶，你一言我一语，熟悉得像多年未见的老友。

“老傅啊，你们看这婚礼是在B市办还是怎么着？”安之儒故作大方地试探道，话说一半留一半，貌似一切以傅家为准，但细细一揣摩又不是那么回事。

白露听懂了，忙接道：“这是哪里的话，怎么能就只在B市办呢？我来的时候听爸说，安家亲戚也不少呢，上次是我们准备不周，没能照顾到方方面面，我们先赔个不是！”

“严重了，严重了！”安之儒忙摆手，“大事要紧大事要紧，国家面前无私事无大事！”

“我看这样，B市办一场这边再办一场，怎么样？”白露略思考，“你们这边的人，要是有时间愿意来B市凑个热闹的，我们老傅家包飞机包酒店，让他们出行和住宿都不用担心。不愿意也没事，反正S市还有一场。”

两场？商量得和真的一样。

安歌试图发表意见：“我——”

南娴笑盈盈地打断：“那挺好的，既然这样，这边的婚礼就由我们家负责，你们忙你们的！”

“是啊，老傅家要是有亲戚想来我们这边凑个热闹，我们欢迎至极，同样给包飞机包酒店，人多热闹啊。”安之儒一拍大腿，非常满意，越看亲家越满意。

他和南娴就安歌这么一个闺女，如珍似宝地养这么大，突然有一天被猪给悄无声息地拱了，最关键的是他和南娴还是最后一个知道的！

气都要气死了，好在傅斯珩懂事，认错态度非常好，又会说话，及时安抚了他这颗老心脏，不然他真能被安歌气进医院。

两人好容易领了证，虽然当时傅老爷子里里外外给足了面子，但到底没举办婚礼。

说不介意是不可能的，他就安歌这么一个女儿，巴不得把最好的都给她，但这事毕竟不能强人所难，人父母都有大事在身，哪里会被小家小事牵绊住。

如今心里那一块疙瘩可算是解开了，安之儒长舒了一口气，看了傅斯珩好几眼。

傅清让在大政方针上听白露的，捧着茶盏道："那就这么办。"

这事算是定下了。

"不是……"安歌再次试图出声，声音被淹没。

两对夫妇的话题又跳到了婚礼形式上。

想法就更多了，气氛更热烈了。

"中式的吧，凤冠霞帔。"傅清让率先提议道。

"确实，咕咕穿红色好看，衬肤色！"白露附和，又说，"但中式的种类也多，主要有周制、唐制和明制三类，到底选哪个才好？"

"西式的婚纱也不能少啊，凤冠霞帔一套下来，配饰零碎，臃肿又累赘！"南娴说道。

"我看要不这样，B市那场凤冠霞帔，喜庆又大气，我们这里穿婚纱，紧跟时代！"老安头说完，一想又摇头，"也不行，把旗袍给忘了！"

白露说道："对啊！我怎么把旗袍给忘了，咕咕穿红色旗袍最好看！又衬肤色又显身材！我们家阿珩到时候可以穿军装！"

"哎哟！"南娴一拍手，乐了，"小傅穿军装肯定帅！"

讨论到了白热化的阶段。

安歌插不上一句话，左看看南娴右看看白露，最后看向了身边一直没开口的傅斯珩。

傅斯珩垂着眼，看上去心不在焉的。

安歌凑近他。

傅斯珩抬头，紧抿着唇。

安歌在心底轻轻"啧"了一声。

这人看着不在意，心里其实在意得要命。

安歌从桌上拿了一个橘子递到傅斯珩手上，说：“想吃橘子，傅傅给我剥。”

正说着，喵弟从外面蹿了进来，绕着沙发叫了一圈，没人理它。

喵弟又甩着尾巴，贴到了傅斯珩的腿边，蹭了一圈后，跳上了正傅斯珩的腿上。

喵弟踩着傅斯珩的大腿，将自己团成一团，趴了下来，丝毫不拿自己当外人。

傅斯珩看了一眼团在自己大腿上的肥团子，撕掉橘络，将橘瓣喂到了安歌的嘴边。

安歌看了一眼讨论得正投入的两对夫妇，发现他们没人注意自己，飞快地叼走了橘子，顺着喵弟圆滚滚的身子。

喵弟非常惬意，甩着尾巴，懒洋洋的。

“我看军装和旗袍绝配！”

“白无垢也行，拍照可以穿！”老安头甚至提到了日式婚纱照。

四个人都想自己的想法，谁也不能说服谁。

白露一心想让傅斯珩穿军装制服，到时候配安歌的旗袍。

安歌吃了一个半橘子，他们还没讨论完。

四方僵持不下，最后南娴拍板：“纠结什么啊，不纠结，一辈子就结那么一次婚，都穿！”

“都穿好！”白露欣然同意，转念一想，又怕累到安歌，“礼服太多，到时候会不会累到咕咕啊？”

“没事！”南娴一脸骄傲，“我们家闺女是专业的！网上有句话怎么说来着，流水的时装秀，铁打的安咕咕！”

“咯咯——”安歌差点被橘子汁呛住。

南娴什么时候学会网上冲浪了？

傅斯珩捏着喵弟的大肥脸和捏安歌的后颈肉一样，扯了意下嘴角。

安歌见状，手掌撑到傅斯珩的腿上，在他耳边悄声说：“哥哥，妹妹想看你穿军装。”

后面的音更低。

“配马靴，扣子扣得整整齐齐的那种。

“哥哥配枪吗？”

傅斯珩抬眼，看着安歌，嘴角一勾：“你要试试吗？”

思想单纯的安歌眼睛一亮：“我真的可以摸吗？”

傅斯珩的目光幽深。

两人几乎在用气音交流，彼此微热的呼吸纠缠着。

末了，傅斯珩突然偏头，擦着安歌的耳朵低语了一句。

安歌满腔沸腾的热血迅速转凉，一口气卡在嗓子眼，不上不下。

讨论持续到中午。

虽然仍然有许多小细节未敲定，但两家的关系却迅速热络起来，尤其是南娴和白露，双方年纪相仿，手拉手的样子俨然一对好姐妹。

入秋后天气渐凉，最适合吃烫菜。

阿姨看气氛又好，提议中午吃火锅，她提前准备了很多火锅配菜。

花园里支了张大圆桌，圆桌边围坐着两家人。

火锅汤底滚沸，雾气腾腾，香味浓郁。

安之儒健谈，见识广，傅清让虽寡言，但学识丰富，两人碰到一起非常谈得来，从历史哲学一路聊到社会时事，随后又聊到高新技术。

小酒喝了一杯又一杯。

几杯酒下肚，安之儒多愁善感起来，替傅斯珩心疼，拐着弯说：“你们也真舍得。”

傅清让的手指抚在酒盏边，顿了一会儿，才说：“如果连我们都退避，还有谁来做？”

“是啊。”安之儒喃喃自语，“文人是国家的气节，你们是国家的脊梁。”

而那些受气节熏陶，在脊梁庇护中成长起来的孩子国家的未来和希望。

在成长的路上，有无数双看不见的手在庇护着少年人前行的道路，他们披荆斩棘，一往无前，铸就国之重器。

傅斯珩仰头，一饮而尽。

“小傅在我们家你们就放心吧，我和南娴都不忙，就爱逗孩子。”

“那辛苦你们了。”

“不辛苦，辛苦什么？”南娴熟练地烫好牛肉片，一片夹给傅斯珩，一片夹给安歌，“养一个也是养，养两个也是养！”

白露虽然斯文，但比起南娴，丝毫不甘示弱，自己没吃多少，烫熟的配菜全往傅斯珩和安歌碗里夹。

没一会儿，两人的碗里堆到冒尖。

安歌替南娴和白露分别开了一罐热的椰奶，本想再给傅斯珩也开一罐，哪知道刚拿到椰奶罐子就被安之儒摁下了。

安之儒手脚麻利地替傅家父子将酒满上，嘴上说：“小傅也来！”

这两人谈天说地，别人都插不上话，独独喝酒这事不忘把傅斯珩捎上。

一瓶白酒喝完，安之儒又开了一瓶。

安之儒越喝越高兴，和傅清让相谈甚欢，要端杯子了就伸手去拍坐在身旁的傅斯珩的肩膀，拍得非常顺手，和带儿子一样，一口一个“小傅来”。

傅斯珩陪着喝了全程。

最后他们又开了三罐啤酒，一顿饭足足吃了两个小时。

安之儒终于宣告阵亡，被南娴扶上楼休息了。

傅清让没趴下，傅斯珩更不可能醉。

父子俩一个比一个精神，喝完了一个看向白露，一个看向安歌，眼神都亮，眼底清明。

尤其是傅斯珩，安歌总觉得他看自己的眼神像狗在看肉骨头。

“扶你去躺一会儿？”白露温柔地问。

“嗯。”傅清让相当乖巧，“还想喝水。”

“给你倒。你多大个人了。”

白露扶着傅清让走了，小花园里只剩下安歌和傅斯珩。

傅斯珩喝得比上次还多，眉眼退去了几分凌厉，稍显柔软，看上去非常乖巧。

他支着额角，一眨不眨地看着安歌。

安歌伸了一根手指头竖到傅斯珩眼前，左右晃了晃：“这是几？”

“一。”

安歌又加了一根手指头，晃着：“现在呢？”

“二。”

安歌第三根手指头翘到一半，手腕被人握住，她屈着的手指松开。

傅斯珩低下头，脸埋进安歌的手掌心中，喉结轻滑，声音被烈酒灼得发烫：“老婆。”

“啊……”安歌一阵心悸。

她的手掌心被他的眼睫毛扫过，微痒，像过电一样。

被他这样喊着，安歌连骨头都可以软下来。

他像一个受尽委屈终于得到宠爱的小孩子。和喜欢的人在一起，再傲再硬的骨头都会软掉。

“你在这里等我，我去给你煮醒酒汤，好不好？”

“好。”

“你今天还要去工作吗？”

“嗯。”

“那我等下打电话给魏舟，让他来接你？”

“嗯。”

客厅的落地窗被关上，安歌去煮醒酒汤了，小花园里只剩下傅斯珩一个人。

傅斯珩抽开领带，坐在长椅上，眯着眼看午后的秋阳。

他虽然喝了不少酒，但远没到醉的那个点。

秋阳并不热烈，温暖舒适，透过枯萎的叶片照进来。

寒来暑往，秋收冬藏。万物在春天初始，生根发芽。

埋藏在泥土中的根可能一辈子都见不到花与叶，但它们是花与叶的根基，为花叶提供源源不断的养分，供花发芽结果。

不见也不是自私。

从来不是。

他只是走入了一个死胡同，一直没有学会和父母和解。

落地窗再次被打开。

“阿珩，就你一个人吗？咕咕呢？”白露进来。

“在煮醒酒汤。”

“咕咕真是个好孩子。”

白露坐到了长椅的另一端，两人中间隔着一段距离。

风一缕接着一缕，拂得树叶沙沙作响，落在地面上大大小小的光斑跟着移动。

安歌端着醒酒汤，趿拉着拖鞋走到窗边刚想喊傅斯珩，目光落到花园里的母子身上，又及时地消了声，站在原地。

母子俩没人开口说话。

过了一会儿。

傅斯珩的喉结一滚，似乎酝酿了很久，才喊了一个字：“妈。”

白露听清后，看向傅斯珩，眼眶迅速红了一圈，她抬手，想碰傅斯珩，又不太敢。

她的模样太过小心翼翼。

傅斯珩看着白露发颤的指尖，起身，弯腰半抱住了白露，低声说：“谢谢你们。”

——谢谢有你们这样的人存在，如今山河无恙国家富强。谢谢你们没让安歌受到委屈，他其实很早就想过婚礼的事，但父母不在，总归少一点什么，他没办法对安之儒开口。

安歌隐到了窗帘后面，吸了吸鼻子，悄悄上了楼，拿手机给傅斯珩发了一条消息。

没一会儿，傅斯珩上来。

安歌指了指床头柜上的醒酒汤，说：“这个，我给老安头和你爸爸都送了。”

见傅斯珩喝完醒酒汤，安歌支着双大长腿半躺在床上，拍了拍床面：“上来吗？娘娘侍寝。”

娘娘侍寝？

傅斯珩轻轻瞥了安歌一眼，在心里又给她记了一笔。迟早要还的。

没睡多久，魏舟过来接人，傅斯珩本来就没醉，休息一会儿后，看上去和没喝过酒一样。

傅斯珩走后，安歌看了一会儿电影，估摸着白露和南娴都醒了，才下楼。

南娴和白露在聊天，安歌怕白露无聊，和她们聊了一会儿。

她在长辈面前嘴甜又乖，没一会儿就把南娴和白露哄出了门。

安歌的本意是想让白露放松放松，逛逛街喝喝茶，哪知道她和南娴凑在一起，碰撞出了奇异的火花，甚至有点恐怖。

门店内。

“南娴，你快看，这件咕咕穿着肯定好看，颜色嫩又衬皮肤。”

“我闺女穿什么都好看！天生的衣架子，白露，你过来看看这个呢，和你手上的样式差不多，但收腰部分更好看些。”

“是不错。”白露爽快地拍板，“那就都买了吧。”

安歌望着白露放在皮沙发上大大小小的购物袋一阵发愁。

这是她没想到的！

导购小姐们格外热情，全程围着南娴和白露，她们就喜欢这种把奢侈品当白菜买的客户。

“咕咕先去试试。”白露将两件衣服都拿给了安歌，又说，“那条裙子好像也不错。”

“我们帮您拿下来试试。”导购小姐笑着说。

“好，谢谢。”

安歌进了试衣间，换上衣服后出来一看白露手上抱着三条小裙子，沉默了。

或许傅斯珩的亲妈还可以和许文馨认识一下，这战斗力丝毫不亚于许文馨！

“我和你说，我其实一直挺想要个女儿的。怀傅斯珩的时候，他一直很乖，我又喜欢吃辣，区里的老领导们都说我怀的是个女儿。

“我还和清让炫耀过。”白露想到当时傅斯珩出生的场景，表情微变，“傅斯珩刚出生被傅清让抱进来给我看的时候，我看他那张脸还真以为是个小姑娘！

“哪知道隔天傅老爷子过来，把他抱给我，我一掀襁褓差点怀疑傅老爷子抱错了！”

“小傅的眉眼像工笔描出来的画，怪精致的。配我们家安歌正好，以后生出来的小孩子肯定好看。”

“是啊。”白露笑吟吟的，“不过也不急，咕咕还小，那么早要小孩子干吗？再等几年也不迟，那会儿我和清让也有时间了。”

白露的话锋一转，又说：“但是我看阿珩好像没有这方面的打算啊，他们住的地方都没有给小孩子准备的房间。”

安歌听着，心想婆婆可真是个显微镜婆婆，观察得这么仔细。

不愧是亲妈，自己儿子什么想法她不用问都知道。

逛了不到一个小时，安歌换了不下十五套衣服，比时装周赶试镜还累。从另一家店里拎着大包小包出来，安歌跟在手挽着手的南娴和白露身后，低头给傅斯珩发消息。

安歌："你老婆已经是一只废咕咕了。"

傅斯珩："？"

安歌刚想打字给傅斯珩细数白露的战斗力，哪知道指尖刚点到手机屏幕，手腕就被白露拉住了。

"我们去逛逛婚纱店怎么样？"

南娴欣然应允："也好，虽然最后都要请设计师定制，但我们可以先看看。"

安歌愕然。

什么店？婚……婚纱店？这婆婆不但战斗力强，效率也是一流！

这家婚纱店在S市非常有名，店面极大，占据了S市最繁华的商业街上整整八间商铺，商铺之间的墙全被打通，东西走向，分上下两层，接定制也卖成品。

不等安歌看清，已经被白露拖进了店里。

一进门，南娴和白露周围便围了一圈工作人员。

"太太、小姐好，请问是试婚纱吗？我们也接定制哦，你们有任何想法都可以和我们店内的设计师进行沟通！"

"对对对，有什么想法都可以说。"

白露点了一下头，转而和南娴说起了悄悄话："光试不买多没意思，等会儿看上了直接买，不穿也没多大事。"

安歌实在不知道要说什么了，趁白露没塞婚纱给她，急忙打字。

安歌："傅斯珩，你爸能拦住你妈吗？我认真的。"

傅斯珩："怎么了？"

安歌："你妈要给我买婚纱！听她的口气，还想买不止一件！这还不是最关键的，她还说买了也不用我穿，婚礼上肯定用不上这些。"

说好了勤俭持家的呢？不穿为什么要买？还是买婚纱？

傅斯珩这么败家不是没有原因的，都是遗传。

傅斯珩："地址。"

安歌刚想打字，就看见白露的手指点过去，颇有指点江山的豪气："这件、这件，还有那件，我们都想试试！

"麻烦你们了，谢谢啊。"

——不不不，婆婆，你快住手。

眼见着一件接一件的婚纱被拿下，安歌迅速给傅斯珩发了一个定位。

“小姐，请跟我们来。”

安歌只能放下手机，跟着工作人员进了试衣间。

傅斯珩收到定位，签完字，合上文件，递给魏舟。

傅斯珩看了眼腕表，说：“今天先这样，今晚不用加班，放假。

“现在可以下班了。”

“啊？”魏舟差点怀疑自己幻听了，抱着一摞文件，半天没反应过来。

傅斯珩拿过车钥匙，路过魏舟时丢下一句：“想加班？”

魏舟猛地摇头。

没到晚高峰，路上不怎么堵车。

傅斯珩驱车到婚纱店时，在工作人员的指引下上了二楼。楼梯未走完，傅斯珩只看见了一片黑色的轻纱。

纯黑色的婚纱，象征着誓死不渝的爱。

八颗西柚

二楼的空间同样被打通，日光将这一片白色空间照得极透。

试衣间在里侧，白露和南娴坐在靠楼梯处的会客区，见安歌出来，两人停下了交谈，转头去看。

只一眼，白露的呼吸一滞，眼里流露出了惊艳。

安歌有着一种不流于世俗的美，如高傲的黑天鹅。

无肩带的极简黑色婚纱，裙摆非常大，黑色的缎面外覆着一层又一层的轻纱，蓬松又柔软。裙摆刺绣斜蜿蜒着向上，刺绣精美。

安歌扬起头，被黑色轻纱覆着脸，漂亮中又带着一丝神秘，眼尾满是风情。

傅斯珩踏上了最后一层台阶，安歌正好迈开小交叉。

她的背后，秋阳万丈。

他的仙女，正背着光向他款款走来，姿态婀娜。

白露和南娴在拍照，安歌配合着她们，放缓了步子，视线一转，落到了半倚在楼梯口的男人身上。

安歌掐着腰，旋身，未定点，再次迈开步子，大裙摆跟着轻旋，层层纱漾开。身后曳地近两米的头纱被她钩住一侧，她挑眉，走过了白露和南娴，在傅斯珩身前站定。

“嗯？”白露疑惑，扭头看，“阿珩怎么来了？”

“应该是安歌给他发消息了吧，她刚才就在看手机。”南娴接道。

店内的工作人员早看呆了。

他们第一次见试试婚纱随便走几步，就走出在走红毯感觉的女人！

神仙颜值！神仙身材！以及……这是什么神仙老公！

安歌抬手，指尖搭到傅斯珩的肩上。

隔着黑色的轻纱，两人的目光缠到一起，傅斯珩虚扣上了安歌的腰，忽略了身旁的两人。

安歌浅浅地笑。

傅斯珩抬眼，当着白露和南娴的面，撩开了安歌的头纱，捏着安歌的下巴："晚上回去和你算。"

婚纱最后没买成。

归根结底还是因为某个挑剔的男人觉得自己老婆的婚纱不能这么敷衍了事，必须得是高级定制的，必须得由自己亲自负责。

从婚纱店回去后，在南娴和安之儒热情而又强势的邀请下，白露和傅清让暂时住在了白鹭湖庄园，安歌和傅斯珩也没回去。

之后两天，安歌白日里陪陪南娴和白露，晚上时不时逗弄几下为婚礼忙碌的傅斯珩。

至于剩下两个老的，则完全不需要人陪，他们在一起聊天别人都插不上嘴。

安之儒和傅清让都好下棋，两人白天杀几盘棋，晚上兴致来了小酌几杯，每每小酌时傅斯珩必被抓着陪酒。

短短两天，有安家一家三口从中协调，傅斯珩和傅清让的关系不再那么僵硬，逐渐平稳下来。

假期最后一天晚上，安歌洗完澡半躺在床上一边玩手机一边等秦湘发行程给她。

之前巴黎时装周结束后，有不少品牌方找到秦湘谈代言，秦湘给安歌挑着接了几个，又否了好几个三线代言，特意把她的档期空出来给她放了一个小长假。

说是小长假，也没有多长，短短半个星期而已。

快到八点时，秦湘的消息一条接一条地进来。

秦湘："宝贝，在吗？在的话吱一声。"

秦湘："一个好消息和一个坏消息，你要先听哪一个？"

安歌："吱。"

安歌："不如你一起说？"

秦湘："有生之年，我能见到你按套路出牌的那一天吗？"

安歌："那大概是不能了。"

秦湘："得嘞，不和你扯了。明天开工了晓得吧？坏消息就是你的假期余额已经用完，且短期内不能充值，加钱也不行，把傅总搬出来也不行！从现在开始，一直到过年那段时间，你大概都会比较忙碌。"

安歌："算了，我还是听好消息吧。"

秦湘："好消息就是——"

秦湘给安歌玩起了倒数三个数。

秦湘："三！"

秦湘："二！"

秦湘："一！"

安歌："呃……"

秦湘："宝贝！我们拿下了C牌的成衣代言！你以为这就结束了吗？并没有！我们还拿下了另一个'蓝血'的彩妆代言！虽然只是副线，但是开不开心？惊不惊喜？意不意外？"

秦湘："趁今晚还有时间，你和傅总该干什么干什么，把该解决的事解决了，我和圆儿明天一早去接你。"

安歌："能做什么啊？"

秦湘："这你得问你们家傅总了啊，你懂的。"

见秦湘没再发消息过来，安歌摁灭了屏幕，将喵弟抱到身上，指尖绕着喵弟的长尾巴，玩了一会儿。

"你爹是挺想干点什么的。"

"喵？"喵弟叫了一声。

门开了。

事实证明，背后说人坏话是会被抓住的。

傅斯珩捏着鼻梁，拎着外套从外面走进来："我想干什么？"

喵弟一见傅斯珩，叫得更欢快了。

安歌不慌不忙地扯开话题："老安头又拉着你对月畅饮了？"

"没。"傅斯珩将西装外套丢到床边，轻轻挑了眉梢，"帮我爸挡了几杯酒。他最近喝得多，妈担心他的身体出问题。

安歌往背后塞了个抱枕，拍着喵弟的小脑袋示意它别叫了，说："让你没事给老安头送酒，他喝开了我妈都劝不住。”

“你不知道老安头的偶像是李白吗？李白斗酒诗百篇，长安市上酒家眠，天子呼来不上船，自称臣是酒中仙。你懂吧？老安头的文人气节，喝酒也要学一番。”

“我以为他会更喜欢杜甫。”

“非也。”想到老安头的爱好，安歌又摇头，“可惜人李白酒入豪肠，七分酿成了月光，余下三分啸成剑气，绣口一吐，就半个盛唐。老安头他是完事就直接趴下来了。我等会儿去和我妈说，让她把老安头私藏的酒全没收了。”

傅斯珩的双手插在西裤口袋中，歪靠在壁柜边，看着安歌，心里一动，问：“还有几天？”

“什么还有几天？”

傅斯珩抿唇。

“你过来。”安歌懂了后，朝傅斯珩勾勾手指头。

傅斯珩提了点兴致，走过去。

“想多了，傅总。”安歌轻声，“没机会了，明天开工。”

被困在两人中间的喵弟又叫了一声。

傅斯珩刚提起的那点兴致忽然灭了个干净。

傅斯珩懒洋洋地抬起身，想去洗澡，他垂下来的领带被安歌攥住。

“傅傅，我明天就走了，你没有点表示吗？”安歌直起身，笑得像只要偷腥的小狐狸。

“你要什么表示？”

安歌一步一步地给傅斯珩挖坑，引诱着他往里面跳：“我要什么你都给？”

“嗯。”傅斯珩想都没想。

“行。”安歌又舒舒服服地靠了回去，椅着靠枕，摸到手机滑开锁屏，点进相机，“傅傅给我走一场个人秀吧。

“我都给你走了两场个人秀了，你看你是不是要礼尚往来点什么？”

安歌将手机镜头对准傅斯珩。

原相机，没有加任何滤镜，但镜头中的傅斯珩没有受到任何影响。

“确定？”傅斯珩轻扯了嘴角，“要看？”

“确定！”

傅斯珩点头，把喵弟从安歌怀里抱走，打开门，再次把喵弟“丢”了出去。

经历过一次，喵弟反应迅速，就要往房间里面蹿，刚蹿到门口，卧室门被傅斯珩抵上了。

门锁被落下。

门外，喵弟一连叫了好几声，委屈巴巴的。

楼下听到动静，南娴探头用小鱼干将喵弟唤下了楼。

外面安静了下来，安歌的左手支着头，问：“什么秀这么神秘连喵弟都不能看？”

镜头中的傅斯珩长指捏上了领带结，松了松，他慢条斯理地抽开了领带，丢到床上。

安歌的兴致浓厚。

“可以开始了吗？”安歌测算着卧室的大小，有些遗憾，“T台太短了啊。”

傅斯珩看着安歌，修长的手指又捏上了颈间的衬衫扣子，挑开一颗，漂亮的颈线露出，斯文又浪荡。

安歌弯着眼睛，夸道：“傅总博学多才啊，还挺懂男装秀的，连故意留两三颗扣子不扣这种事都知道。”

傅斯珩不答，继续。

他的衬衫扣子挑到第四颗，安歌终于发现哪里不太对劲。

安歌看着傅斯珩，他的目光带有很强的侵略性，锁骨尽显，满是醉人的风景。

衬衫滑下稍许，隐约可见傅斯珩性感的人鱼线。

“脱衣秀。”傅斯珩开口。

安歌咽了口水，但仗着自己有一块免死金牌，举着手机，努嘴：“那你继续啊！”

安歌瞄了眼视频拍摄的时间，继续说：“这才二十秒不到。”

傅斯珩缓缓地勾唇，抬手将剩下的扣子解了。

衬衫被抽出，他的肩收着向后，衬衫被抖落在地，薄薄的腹肌和性感的人鱼线尽显。

他如玉一般的手搭到了西裤的腰带上，问：“还看吗？”

他的声线慵懒。

莫名的，安歌脑袋里的小雷达探测到危险的气息，已经疯狂打起了警报。

长久的过招，安歌积累了丰富的经验，当下准备鸣金收兵：“可以了！”

保存视频，备份。

“谢谢傅总，辛苦傅总！”安歌比了个“请”的手势，“傅总，您忙！”

傅斯珩的背向后一倚，靠着墙，抬了抬下巴，道：“晚了。”

“不——”晚字没说出口，安歌就被傅斯珩拎喵弟一样，捏着后颈拎进了卫生间。

之后安歌被迫围观了整场个人秀，还是加时提供擦背打沐浴露服务的那种。

卫生间中，傅斯珩又给安歌重新复习了一遍她以前讲过的话。

在继“时装周上绝不和任何男人扯上关系”这一条后，安歌被迫立下了她人生中的第二条屈辱条约，并保证会写至少八百字的个人秀观后感。

“冰可乐还喝吗？”

“不喝了。”

“油炸食品还吃吗？”

“不吃了！”

“个人秀还看吗？”

“不看了！”

安歌的后颈被傅斯珩一捏，又迅速改口：“看！”

隔天。

安歌坐上保姆车，闭上眼傅斯珩个人秀的景象历历在目，脑子发蒙，但那八百字个人秀观后感还是要写的。

安歌没有多少缓冲的时间，接下来的几天，她一天比一天忙。

代言广告的拍摄结束后，中国国际时装周又紧锣密鼓地拉开了序幕。中国国际时装周几乎不用安歌试镜，不过毕竟不是什么 High Fashion 大秀，安歌虽然收到不少邀约，但被秦湘推了不少。

秦湘在这方面把控得非常严格，有抄袭前科的一律拒绝。

时装周开始前，不少媒体暗自猜测J·M被IGD资本收购后是否会抓紧机会借本次时装周试水，然而一直到时装周结束，都未见到IGD的身影。

时装周一结束，钟霖以个人名义召开发布会，宣布正式加入IGD名下的风雅纪，担任风雅纪的艺术总监和首席设计师，未来将会和风雅纪共同进退。

至此，IGD资本正式完成对J·M的收购，J·M改名换姓，彻底地抛去过去的历史，变成风雅纪重整出发。

走秀工作告一段落，安歌又马不停蹄地赶到《黎明时分》的剧组。

官方发布定妆照后，电影还未正式开拍，便收获了不少关注。

前不久的开机仪式又上了一次热搜，就在大家都以为冯楚生也要走炒作路线时，他又带着剧组人间蒸发了，谢绝任何媒体探班和采访，不知道又窝在哪里搞秘密拍摄了。

北川，天气迅速变凉。

安歌刚到剧组，冯楚生本着物尽其用的原则，直接安排安歌成了书淡淡的指导老师，并要求书淡淡下午务必到场观看安歌的拍摄，好好学习认真做笔记。

她的镜头少，拍得快拍得顺半天就能搞定，再不济一天就够了。但对象是吹毛求疵出了名的冯楚生，安歌也没底。

冯楚生的要求太高了，哪怕一个镜头磨到他满意，他还能要求再磨一磨。安歌从秦湘那里得知，虽然剧组开拍已有一段时间，但实际并没有拍多少镜头。

休息室内。

安歌合上剧本："湘姐，你帮我看看有没有什么边远地区的行程？帮我安排一个。"

自从她答应了傅斯珩再也不喝冰可乐，不吃炸鸡，无论她在哪里赶工作，每天的一日三餐总会有傅斯珩手下的人负责。

不论在哪，总有IGD资本名下的酒店！忍无可忍！

"有啊。"秦湘佯装正经，"非洲你去不去？穿草裙去走秀。"

小圆放声大笑："哈哈，娘娘你放弃吧。

“再说，你以前不是也一直吃这些，没差啊。”

不等安歌开口，秦湘抢先接道：“她啊，大概就是骨头痒，欠收拾。

“这世上有一种人，有些事本来也不想做，一旦有人管着她，她就忍不住想搞点事，试图吸引那个人的注意力。

“你懂吗？你还可以把它理解为这是夫妻之间的情趣。”

小圆笑：“不管怎么说，还是要谢谢傅总！天天请和我湘姐吃大餐，娘娘，你放心，我会替傅总好好监督你的！

“炸鸡味都不会让你闻一下！”

“那我还真是谢谢你们啊。”安歌缓声说。

“不客气，应该的。”小圆抱拳，“为傅总服务，天经地义！”

“不是，圆儿你还记得你老板姓什么吗？”

安歌的手机振动了一下。

来电显示——云涧酒店北川分店。

好，不愧是傅斯珩，这里竟然也有他的酒店！

安歌接起。

“夫人，您好，我是云涧国际连锁酒店北川分店的负责人，鄙人姓张，夫人可以叫我小张！”小张很热情，“夫人在剧组秘密拍摄期间，将由我们北川分店为夫人及其经纪人、助理提供一日三餐服务。

“今日份菜谱，第一份，水煮鸡胸肉加一份果蔬沙拉，只加了一点点盐。第二份，那可多了，我们准备了油爆大虾、宫保鸡丁、糖醋排骨、红烧狮子头……”小张滔滔不绝地报起了菜谱。

报完，小张又说：“这是傅总请剧组所有工作人员吃的。夫人您的是第一份。”

安歌哽住。

小圆欢呼：“谁请我吃饭谁是我爸爸！”

“我可没有你这么大的闺女。”安歌回。

全剧组狂欢。

是人是鬼都在加餐，只有安歌被秦湘隔在休息室中，埋头吃“草”。

“叩叩”两声，休息室的门被敲响。

“娘娘。”书淡淡托着餐盘进来，一看“哟”了一声，“还在吃草呢？

“帮我谢谢傅总啊。”

书淡淡将餐盒紧挨着安歌的餐盒放下。

右边的色香味俱全，红烧、清蒸、炖煮样样都有，而右边……

安歌拿手机拍了一张照，连滤镜都没加，直接发给了傅斯珩。

安歌：“看看，这是人能做出来的事吗？”

傅斯珩收到时，一家人正在吃烧烤。

南娴和白露在花园里搭了个烧烤架，准备了不少配菜。

四个老的兴致勃勃，安之儒这次没拉着傅清让喝酒，因为等会儿要赶车去剧组。

傅斯珩不怎么吃这些，没一会儿就放下了筷子。

看完安歌的消息，傅斯珩面不改色地把白露推了出去。

傅斯珩：“妈给你准备的。”

下一秒，安歌撤回了消息。

安歌：“帮我谢谢妈妈！”

再一刷新，朋友圈多了一条新的消息。

养珩宝的gugu：“今天的安咕咕有乖乖吃饭吗？

“有的。

“谢谢妈妈！爱您！”

配图的照片明显是重新拍过的，只有她自己的那一份，还加了甜甜的滤镜。

傅斯珩的嘴角一扬，给安歌点了赞。

“爸，安歌的镜头是下午拍摄吗？”

“是啊。”安之儒接着补充，“肯定要补拍！你冯叔是吹毛求疵的，有得磨呢，你晚个两天去接人差不多了。”

“嗯。”

傅清让又问：“都安排好了？”

傅斯珩支着额角，点头：“你和妈？”

“你忙你的，我和南娴已经定了去巴黎的机票，打算先看看婚纱，回来再和你商量。你爸正好当翻译！”

书淡淡刷到安歌的朋友圈：“没看出来，我们娘娘嘴这么甜。”

书淡淡揭开餐盒第二层，扬眉：“给你偷渡的麦乐鸡块，只有一小块，吃不吃？当和你学台步的学费，安老师。”

“我哪敢教淡总走秀啊，淡总十六岁在T台上大杀四方的时候我还在读孔孟呢。”安歌嘴上这么说着，飞快地从书淡淡手上拿走了那一小块麦乐鸡块。

当天下午，拍摄现场。

“好！卡！”冯楚生喊停，“还可以，有那么点感觉了！”

“今天先这样，安歌好好休息一晚，琢磨琢磨怎么把这种感觉加强，明天继续！

“下一组准备！”

安歌去休息室换衣服。

坐在监视器不远处的安之儒跟着起身，和冯楚生打了个招呼，准备带闺女走了。

北川影视城。

安歌挽着安之儒的胳膊，凑近了细嗅，没闻到酒味，才说：“今天没拉着傅斯珩喝酒？”

安之儒拍了一下安歌的头：“还不是你让你妈把我私藏的酒全没收了。

“还没嫁出去呢，胳膊肘就往外拐了。”安之儒笑笑，“你以为我看不出来小傅不好酒？哪能啊，还不是为了他们父子，你爸这叫舍‘酒’陪君子，这感情啊都是喝出来的。”

停车场离得远，父女俩也没什么事，为了多说一会儿话还多绕了两条路。

到停车场后，安歌戴着卫衣帽子，双手揣在卫衣兜里，等着安之儒倒车。

黑色的SUV倒出停车位。

安之儒刚把车门打开，安歌就像一只灵活攀树的小松鼠，飞快地钻进了车里。

当晚，安歌再次被营销号爆出出轨。

青柠娱乐：“今日，有消息称安歌安娘娘已进组参加拍摄。

“当初，定妆照刚公布便引起轩然大波，这些年跨行发展的模特不在少数，但安娘娘这步子未免跨得太大了！

“要说背后没有圈内金主捧，小编是不信的，然而傅总名下并没有任何涉及娱乐行业的项目，这其中必有蹊跷。在我们的持续追踪下，终于发现这位中年大叔，不知傅总又该作何感想呢？”

配图有四张，全部高清无码。

第一张：安歌亲昵地挽着中年男人的胳膊。

第二张：安歌凑近中年男人身边细嗅，似撒娇。

第三张：安歌仿佛怕被人发现似的，飞快地钻进了中年男人的车内。

第四张：安歌挽着中年男人进入同一家酒店。

#超模安歌出轨中年大叔#和#安娘娘背后的金主#这两个话题直冲热搜前五名。

然而点开评论区，是另一副光景。

“你又说你安娘娘干吗？不知道造谣微博转发过五百是犯法的吗？建议晃晃脑子，听听你脑子里的水声！”

“你觉得我会信吗？狼来了的故事听过吗？”

“IGD资本，出来干活了，律师函警告，又有营销号过来送人头了！”

“IGD资本快出来干活了，你们老板的夫人被欺负了，这能忍吗？这不能忍啊，听我的，律师函警告！”

“坐等下一秒傅总宣布成立IGD娱乐，转为娘娘服务！”

“我可求求你们这些营销号，放过人家安歌吧，人家就是一个普普通通的小模特，她真的就是懒得理你们才能让你们上蹿下跳到今天！”

……

“啊！”秦湘翻着评论群，第N＋1次叹息，“这么一出，可真是前无古人后无来者。”

小圆听了，发出一阵鹅叫，抱着水果盒子笑倒在了沙发里。

小圆从抱枕下面摸到手机，点进评论区，叼着勺子，吐槽：“娘娘，请问你们家傅总知道自己被老丈人绿了吗？”

评论区一路翻下去，小圆笑得越发厉害：“哈哈哈，这评论区怕是圈内独此一家吧，连路人都在帮你控评！

“厉害了我的娘娘，有排面！”

秦湘捧着手机，附和：“有排面！我们时代的公关部门都快要失业了！”

“哈哈哈。”小圆又是一阵鹅叫，“傍晚的时候这条假新闻刚被爆出来，湘姐就收到了公关部门那边发过来的消息，我们湘姐乍一看到消息，差点没把手机给摔了。

“我当时还想，你可真行，我就离开那么一会儿工夫，你又凭自己的实力把自己送上了热搜。”秦湘摇摇头，“回头等我气势汹汹地冲到评论区，一看，差点没背过去。

“营销号真不是个东西。”秦湘越说越无语。

下午收到时代影视公关部门发过来的消息，秦湘又气又急，心想这又是哪来的老男人，然而等她看完全部的新闻再听完安歌的解释，那点刚冒出来的火星子一下灭了。

老男人是安之儒，上一代的老作家，身兼数职，目前还是S市作家协会的会长，牛哄哄的大人物。

这样的大人物竟然是安歌的爸爸！亲的！

当时秦湘听到安歌说是她亲爸的时候，整个人都惊呆了，满脑子都是安歌到底是哪里来的“泥石流”？

哥伦比亚大学哲学系毕业的高才生，好好待在家里享福不好吗？

没事购购物看看书，有空约小姐妹吃个饭，三五不时世界各地游一圈，非得当个小模特受这份气？

受气？秦湘转念一想，也不对，毕竟这位“泥石流”好像从来没把网上的言论当回事。

她都不在乎，哪来的气可受。

“那我们就这样？”秦湘还是不放心，又问安歌。

安歌看了一眼微博，心比天大：“这不挺好的吗？”

“那安老先生那边怎么说？”

安歌拿起手中的剧本扬了扬，注意力重新回到了剧本上：“他大概也不会理会的。”

秦湘一噎：“那你们还真是一家人啊。”

小圆意犹未尽地吃完水果盒子，又摸了一个木糠杯，边吃边问：“娘娘，请问傅总什么时候成立IGD娱乐啊，我可以去应聘吗？”

正在专心琢磨剧本的安歌合上剧本，看向正吃得不亦乐乎的小圆：“圆儿，你的良心不痛吗？”

“不痛。”小圆嗷一嗓子。

秦湘拿胳膊肘抵小圆：“娘娘的意思是请你出去吃！

“走吧，圆儿。”秦湘拎着小圆起身，边走边数落，“你左一个水果盒子右一个木糠杯，也不怕回头体重飙升到两百斤。”

“不怕！”小圆轻哼一声，“魏助理说了，漂亮的皮囊千篇一律，有趣的灵魂两百斤。”

秦湘冷哼两声。

房间的门被合上。

安歌抱着剧本慢慢躺回沙发上，摸到手机给傅斯珩发消息。

安歌：“傅总，你家魏助理上班时间撩我家的圆儿，借着你的名义，左一个水果盒子右一个木糠杯地送。”

安歌：“太过分了。”

傅斯珩：“？”

安歌：“哪有公款追女朋友的，我建议让魏助理先写一份八百字的检讨小作文。”

北川地理位置偏东北，寒冬来得特别早，尤其到了晚上，北风呼啸着席卷地面，气温极低，寒风凛冽。

傅斯珩下了车，收到安歌的消息，笑了。

不远处矗立在北川江边的云涧酒店，灯火通明，江对面高楼林立，晚上江面上漂泊着几只游轮，江景秀丽。

傅斯珩的风衣下摆被风扬起，抬头，朝云涧大楼的第八层看去。

第八层偏左边的房间亮着灯，巨幅的落地窗被窗帘遮住。

“傅总,我去找前台拿房卡。”魏舟推着行李走近,他的手机一直在响。

“不用了。”傅斯珩推过自己的行李，“不用跟着我了。”

“行嘞！”魏舟行走到一半又突然改口，“没房卡怎么行？”

行个鬼嘞！没房卡怎么进娘娘的房间？敲门吗？那还有什么惊喜可言了？

傅斯珩已经走远了。

魏舟留在原地，吹着冷风，兀自纠结了一会儿，一边纠结一边嘀咕：“不会真去敲门吧？

“那图什么呢？一早告诉娘娘不好吗？”

安歌见傅斯珩没回消息，也没在意，只当他在忙。和书淡淡聊了几句，刚想退出微信，就来了条消息。

傅斯珩："想换口味吗？"

安歌秒回："想！"

安歌跷着腿，在不大的沙发上滚了半圈，晃着腿打字。

安歌："我可以点单吗？"

安歌："咕咕想吃草莓味的大福团子！"

草莓味的？

"叮"的一声，电梯门开了。

八楼长长的走廊空无一人，隔一段距离亮着盏灯，点光源投射下油画颜色更显亮丽。

傅斯珩单手推着行李，走到里侧的房间门口停下。

《黎明时分》剧组在北川秘密拍摄阶段定的酒店原本不是云涧，一来剧组人多，跟组的制片、导演、摄影、舞美、灯光、录音，等等，这些人加起来，算上演员，足足有两百多人，不可能天天住五星级酒店；二来冯楚生一向不在乎这些虚的形式，他只管拍戏只管如何把戏拍好，只要能把戏拍好，让他住一晚八十的小旅馆他都愿意。

安歌进组之后，傅斯珩直接让魏舟把剧组的人都安排到了云涧，自己的老婆还是放自己眼皮子底下比较放心，毕竟安歌这人自带招黑体质。

事实证明，他猜得没错，她又被人送上了热搜。

傅斯珩："可以。"

安歌立刻回复了一个"亲亲"的表情包。

傅斯珩打开行李箱的锁。

黑色行李箱内的换洗衣物整整齐齐地叠放在右边，多是些衬衫，并不占位置。而左边空下来的地方，则放着一个黑色的大盒子。

大盒子上没有任何字，它的四周还散落了几个小盒子，小盒子各式各样。

傅斯珩将大盒子拿在手中掂了掂，低头打字。

傅斯珩："房间门口放了快递盒子，记得取。"

安歌："已经到了吗？"

傅斯珩弯腰将黑色盒子放在房间门口，拉着行李箱退到后面阴影处。

那里紧靠着落地窗，外面风声呼呼，城市灯光迷离。

高楼下车水马龙。

傅斯珩半倚着落地窗，回了一个“嗯”字。

傅斯珩的消息发过去不到三秒，惦记着草莓大福的安歌立刻开门。

门开了，屋内暖黄的灯光倾泻出来，暖气开得足。

安歌扶着门柄，探出小脑袋，先是朝电梯口看了一眼。

她冬天不爱穿臃肿的衣服，嫌不好看，在家都只穿单衣，出门也是套一件薄大衣，怎么漂亮怎么来，抗冻能力一等。

北川这么冷的天，她只穿了件单薄的睡裙，长及膝盖，外面套了件宽松的外套，小腿露在外面，赤着脚踩在地毯上，在灯下，莹白如玉。

傅斯珩看着。

她洗完澡，头发蓬松，十分柔软。

“噫？”安歌没发现人，一直跷在身后的左腿放下，视线落到了门口的地毯上。

地毯上放着一个四四方方的黑色纸盒子，看上去没有什么特别之处。

外表朴实无华，连字都没有。

安歌拿着手机半蹲下，拿起了纸盒子。

安歌的手机振动了一下，又进来一条消息。

傅斯珩：“拆开看看。”

安歌满脑子都是香甜软糯的草莓大福，丝毫没发现傅斯珩这一条消息有哪里不对。

她蹲在门口，暖气熏得她脸颊泛粉，长发顺势滑下。

纸盒子太薄，没用透明胶带密封，拆起来非常方便。

安歌满怀期待地打开，甚至连拍照发朋友圈给傅斯珩吹彩虹屁的文案都想好了。

纸盒盖被安歌掀起，安歌望一眼，再望一眼，内心生出无数问号。

尽头，响起窸窸窣窣的声音，似行李箱滚轮滚过厚实的地毯。

傅斯珩走近。

面前阴影一重，安歌闻到了熟悉的木质香，视线中出现了一双修长如玉的手，骨节分明。

他的食指和中指分开，从纸盒中夹出了一个小盒子，声缓说：“草莓味的。”

安歌心里仿佛有一万只羊驼在奔腾。

这也行？还能这样玩？

安歌抱着纸盒子，不动声色地向后退了两步，还没站起身就被傅斯珩捞进了怀里。

他搭在行李箱拉杆上的手一松，行李箱顺势向前滑行了一小段距离，停在房间里的一个角落里。

他进来，把房间门踢上。

傅斯珩的身上带着外面的寒气，风衣扣子冰凉。

安歌的指尖刮到扣子，没来得及出声，人又被抵在了门边的墙上。

安歌心里又有一万只羊驼奔腾着。

“你什么时候过来的？”

“下午。”

傅斯珩拿着小盒子的那只手臂撑在安歌的头顶上方，另一只手勾了安歌的一缕发丝把玩着，他俯身：“不是说换口味吗？”

安歌哽住。

傅斯珩偷换概念的本领一流。

她说的是这种口味吗？

小盒子被他单手拆开，空盒子落下，在地上滚了一圈，滚到了安歌的脚边。

“爸会查房吗？”傅斯珩敛眉问。

“你还会怕查房吗？傅总。”安歌踮起脚，勾上了傅斯珩的脖颈。

傅斯珩没说话，指尖贴着墙纸滑下，触到灯光。

灯一暗。

云淡星廖，月光皎皎。冷月落进漆黑的房间内，落了大半在床上。

安歌像是从水缸中捞出来一样，头发湿润，肩膀绷着，发丝黏在上面。

“不要草莓味了。”安歌轻喘着。

被满足了的人特别好说话，懒洋洋地应着：“不吃草莓大福了？”

“你个骗子！”

安歌的脑子和糨糊一样，想了一会儿，又动了动，到底没挡住大福团子的诱惑，慎重地开口：“你先告诉我，是什么草莓？”

傅斯珩翻身："明天带你去吃日料，你说呢？"

安歌咬着唇，轻哼一声。

另一边。

冯楚生第二天一早就开工，怕喝酒耽误事，以椰汁当酒和安之儒饮得正痛快。

"老安啊，还别说，你这女婿干事可真利落！"冯楚生连连赞叹，"一转眼你家闺女都成人了，你现在好了，闺女嫁得好，就等着退休享清福了！"

安之儒心里高兴，一想到女儿和女婿，心里非常美："你儿子也不差啊。"

冯楚生连连摆手，道："不听话，你是不知道。"

安之儒放在桌子上的手机响了。

"哟，这是南娴过来查岗了？"冯楚生开着玩笑。

安之儒定睛一看，说："我看看。"

看完南娴发过来的截图，安之儒的脾气瞬间上来了。

"砰"的一下，酒杯被扣到桌上。

冯楚生跟着瞅了一眼新闻，惊讶："这？"

"二十年目睹怪现象！"安之儒咂舌，"你们这圈可什么都敢说啊，什么都能说！"

"谁说不是呢？"冯楚生细看了新闻，"我就是个拍戏的，你可别把我和这些人混为一谈！早些年还有说我和电影女主那什么的呢，拍一部传一部！"

"疯了。"

安之儒点进微博，也没注意换号，直接转了那个营销号的原文，回了五个字加一个标点。

咕爸爸："老子是她爹！"

丝毫没有文人的样子。

因为时常给安歌抽奖，"咕爸爸"这个号零零散散也有两三万粉丝。

此微博一出，关注咕爸爸的安歌粉丝缓缓地打出了一个问号，还没来得细问，又一条微博出来，直接炸了两个圈。

南娴用自己的手机登录了安之儒一直交给助理管理的作者号，转发了咕爸爸的微博。

安之儒V：“看右边。这条微博是咕妈妈转的。还请造谣者自重，不接受道歉。”

评论——

“我一分钟之内看完了安教授小号所有的微博，世界上怎么会有这么可爱的爸爸！”

“不对，我的安教授，你怎么还学会网上冲浪了？不但会冲浪你还会较量！”

“安之儒安老先生是安歌的亲爸爸？等等，这个信息量有点大！”

“这是传说中的自爆马甲？硬核追星？”

“我酸了，娘娘也太会投胎了吧！长得超好看，家世还好，嫁的老公也是神人！”

“所以……上次朱竹清到底在安歌面前跳什么？那些说我们娘娘高攀的人呢？出来挨打了！”

“等等！让我理一理，咕爸爸是娘娘的亲爸，那另一个土豪粉呢？不会真是傅总吧？”

“GGdlgHB是什么意思？啊啊啊！我疯了！”

隔天早上。

安歌醒来，懒洋洋地爬上保姆车，去剧组等开工。

从外面到休息室的路上，安歌收获了全剧组的注目礼。

安歌坐在椅子里，低头看着裹得严严实实的自己，有些困惑。

她有哪里不对吗？

“圆儿。”安歌指着自己的脸，“我脸上有什么吗？妆花了？”

小圆细看：“白里透红，非常滋润！

“唇色过于红艳！”

“那为什么都看我？”

小圆一脸“我就知道”的表情，将自己的手机拿到安歌眼前，说：“喏！看到了吗？安之儒安老先生自爆就是你的土豪粉‘咕爸爸’！

“惊不惊喜？意不意外？

“咕妈妈也亲自下场，你们一家都太可爱了！哈哈，网上说咕爸爸和咕妈妈是硬核追星。”小圆说完，又道，“现在大家都在猜你的另一个土豪粉 GGdlgHB 是傅总！

“所以这位 GGdlgHB 是傅总吗？”

傅斯珩醒来的时候，安歌已没了踪影。

卧室内有淡淡的香水味。

手机在响。

傅斯珩不紧不慢地套上衬衫，单手扣着衬衫扣子，接了电话。

有苏衍出面，收购江淮织锦的事顺风顺水，加上江淮织锦，目前风雅纪下面已经六家手工工坊。

苏衍的语调一向缓慢，傅斯珩扣完最后一颗扣子，应声，声音暗哑。

“注意身体。”苏衍意有所指。

傅斯珩靠在窗边，问：“你羡慕我股票大涨？”

苏衍说：“你当心反水。”

开了个旁人都听不懂的玩笑后，傅斯珩的话锋一转，问：“苏安还画吗？”

苏衍沉默了一瞬，回：“会画的。”

“那我能提前预约苏夫人的档期吗？”

苏衍的意思模糊。

又聊了一会儿，傅斯珩挂了电话，揉了揉肩膀，开始工作。

下午。

魏舟进来收拾文件，收拾妥当，说了句没头没脑的话：“咕爸爸就是咕爸爸！”

“谁？”傅斯珩的笔尖一顿，“什么咕爸爸？”

魏舟的表情纠结，一脸想说又不敢明说的样子。

什么咕爸爸？就是老板天天在微博较量的那一位啊。

几经犹豫，魏舟把到嘴的话又咽了回去，打开手机新闻，将手机推到了傅斯珩的眼皮子底下：“您看。

“就是娘娘超话里的另一位土豪粉‘咕爸爸’，他真是娘娘的亲爸爸，您的老丈人！”魏舟迅速组织好语言，开始解释事情的始末，“昨晚安之儒老先生转了营销号造谣的微博，亲口说了五个字！”

魏舟竭力绷着脸，把安之儒的话又重复了一遍：“老子是她爹！”

魏舟的话音一落，“吧嗒”一声。

傅斯珩手中正转着的钢笔掉到了桌子上。

偏魏舟这会儿没了眼力见，再次开口：“其实这也不是什么重点，重点是现在网上都在猜 GGdlgHB 这个是傅总您的。

“目前‘GGdlgHB 傅斯珩’这个词条已经进了热搜前十了！”魏舟小心翼翼地问，“那个傅总您看，要撤热搜吗？”

作为替傅斯珩处理各种私事的生活助理，像什么寄送抽奖奖品这种脏活累活自然落到了他头上。

老实说，第一次帮傅斯珩寄杂志的时候，魏舟整个人都是蒙的，心里仿佛有一万只尖叫鸡在疯狂尖叫。

天！他们傅总竟然注册了微博！他不但学会了网上冲浪，还学会了和网友较量！吃错药了吗？

再后来，但凡娘娘有点风吹草动，他们老板总能和另一位土豪粉“咕爸爸”在娘娘的超话里较量起来。

一旦较量起来，自然少不了抽奖，抽奖的事情处理多了，魏舟已经麻木了。

有些人表面上看着风光霁月不食人间烟火，其实私底下就是个狂热的小粉丝，还是那种分分钟冲上去准备“打电话”的那种。

但昨晚那一出是魏舟没想到的！

生活总爱和他开玩笑，安之儒安老先生自爆马甲不要紧，可他自爆燃烧起来的热浪已经吹到了他们老板身上！

这个小号曝出去，他们老板以后还要不要面子了？还怎么谈合同？

见傅斯珩一直没反应，魏舟又喊：“傅总？”

傅斯珩的拇指抵着额角，手掌半遮着眼。

咕爸爸是咕爸爸？那个油腻的老男人是他老丈人？

傅斯珩垂下眼帘，滑开自己的手机锁屏，登录微博后点进了“咕爸爸”的微博主页。

一夜之间，“咕爸爸”的微博粉丝涨了足足二十多万，评论区全是打滚卖萌喊“太上皇好的”。

傅斯珩切到自己的主页，翻了翻自己的评论区，更沉默了。

评论区——

“有姐妹拼出了 GGdlgHB 到底是什么意思吗？打死我也不相信这是一串乱码！这一定是什么爱的讯号！”

“屁！会不会拼！分明是咕咕的老公 XX！”

“姐妹，你绝了！哈哈哈！那这个 HB 是什么意思，不应该是 GGdlgSH 吗！傅总的名字后两个字缩写是 SH 不是 HB！”

“福尔摩斯来了，娘娘上次发过一条微博称呼傅总为珩宝，而珩宝的缩写恰好是 HB！懂了吗？各位姐姐们，这位土豪账号注册的时候就叫 GGdlgHB，一直没变过，所以傅总和娘娘的感情是真的好啊！这串乱码解开就是‘咕咕的老公珩宝’！就问你秀不秀？”

魏舟悄悄瞄了一眼傅斯珩的评论区，摸了一把脸，心想这群人玩微博是带着显微镜玩的吗？

见傅斯珩将手背搭到了额头上仰面靠着椅背，一副不想说话的样子，魏舟忙道：“我现在就让人把热搜撤了！”

“撤热搜？”傅斯珩瞥向魏舟，“什么热搜？”

合着他说半天，他们老板没听进去几个字。

魏舟点开手机，一看页面，缓了缓道：“‘GGdlgHB 咕咕的老公珩宝’也上热搜了，还在前十……”

傅斯珩拿过手机看了一眼。

热搜第五：#GGdlgHB 咕咕的老公珩宝 #

傅斯珩的喉结一滚，突然想起自己的老丈人曾经私信过自己，他点开安之儒的私信。

私信日期显示第一次抽奖较量期间。

咕爸爸：“小伙子，有空吗？我们聊聊。”

咕爸爸：“我猜你年纪也不大，正是奋发向上的年纪，她又不是大明星，你花这钱不值得。听叔一句劝，把心思都放到生活上，认认真真地谈个恋爱，给女朋友多买点。”

他当时回的什么呢？

他当时回了四个字。

GGdlgHB：“和你无关。”

傅斯珩抬手压住喉结，扯了领带往后松了松：“安之儒呢？”

“安老先生一大早就去剧组了。”

“等他回来你再通知我。”

“行。”魏舟拿着文件准备出去，又被傅斯珩叫住。

“等会儿准备两瓶酒给我。”

一直到晚上，安之儒都没回来。傅斯珩没等到安之儒，倒是等到了安歌。

酒店房间的门被推开，安歌扫了一眼。

茶几上，傅斯珩的电脑开着，随意地置放在茶几一角。离电脑不远的地方放了两瓶酒，一旁是安之儒喜欢的小酒盏。

负荆请罪？

安歌半倚在门边，屈指叩了叩门。

早就察觉到动静的傅斯珩听见这一声，停下了打字的手，眼角的余光扫向安歌。

安歌套着薄风衣，气场全开，又冷又艳。

傅斯珩推开电脑，背向后靠到沙发上，抬手捏上了鼻梁。

“GGdlgHB。”安歌走进，双手抱臂，在傅斯珩面前弯下腰，看了他一会儿，嘴角扬起。

安歌松开双手，学着傅斯珩以往的动作，捏上了他的下巴。

“咕咕的老公珩宝。”

还挺骚，还会抽奖！抽奖就罢了，她老公和她亲爹竟然还在超话里因为抽奖的事情较量起来！

关键是她还不知道！

“你还有什么事是我不知道的？”

“没有了。”傅斯珩握住安歌的手腕，想把人抱到腿上，被安歌闪过去了。

“别想试图动手动脚蒙混过关。”安歌在对面的沙发上坐下，跷起腿，“娘娘不吃这套！

“审讯没完呢。”

傅斯珩配合着，准备接受审讯。

哪知，说要审讯的人转而研究起了桌上的两瓶酒，熟练地起了瓶盖，拿起一旁的小酒盏，倒了小半杯，嗅了嗅后，喝了。

傅斯珩眼底神色暗了几分。

“手机给我。”

白酒入喉，安歌的嗓子被灼得发哑，眼睛里迅速蒙上了一层水雾。

傅斯珩起身走过去，输了密码，将手机放到了安歌的手掌心上，又在她身边坐下。

“审讯没结束期间，我们要保持安全的距离。”安歌说着，抱着手机缩到了沙发一角。

开屏暴击。

傅斯珩的屏保是她的睡颜照，迎着日光，照片上的女人睡颜恬静淡然，肌肤白出了通透感。

白酒的度数不低。

安歌微醺，缓慢地眨了眨眼睛，不由得有些飘飘然，本来就没多少的火气更小了。

她果然好看！

“为了改掉你败家的坏习惯。”安歌点进傅斯珩的付款软件，将他所有的银行卡全部解绑了。

想了想，安歌又摸到自己的手机，解绑了一张银行卡，重新将那张银行卡绑到了傅斯珩的手机上。

“娘娘养你！

“你以后的每一笔日常开销，我都能收到短信。”安歌竖了一根手指头在傅斯珩的眼前轻晃，“要是再被我发现你和我爸两人偷偷摸摸地在微博上搞抽奖活动——”

酒劲彻底上来上来的安歌勾着唇，宣布：“你就和喵弟在书房睡一个星期。”

“那怎么够？”傅斯珩耐心地等到安歌醉了。

安歌醉酒，又软又憨，好哄好骗。

“嗯？”

“我不止那几张卡。”

傅斯珩的话音一落，眼前出现了一只手，她的手掌心向上，正对着他。

她的掌心薄薄的一层肉，十分细腻软绵："拿来。"

傅斯珩将自己的钱包交到了安歌的手掌心上，随后趁她迷糊的时候向前，兜住她的腰，把人圈在了沙发一角。

安歌对傅斯珩的小动作没有丝毫察觉，她打开傅斯珩的钱包，一张一张地数着银行卡。

"家里还有存折。

"都给你。"

傅斯珩把安歌捞进怀里，抬手撩过她一侧的长发别到耳后，鼻尖贴上她的鼻尖。

酒量真差，一杯倒。

安歌的眼眶湿漉漉的，没了平日的尖锐。

对视了一会儿，傅斯珩收紧了胳膊，说："我也给你。"

酒香浅淡，气氛温情。

"要不要？"傅斯珩诱哄着。

"要。"

气氛好到了极点，傅斯珩已经将安之儒抛到了脑后，老婆喝了酒就会迷糊，软绵绵的十分好揉搓，乖得不行。

偏偏这会儿门铃响了。

"小傅？"安之儒敲响了门后，隔着门喊道。

敲门声在不断地提醒着傅斯珩，他曾经回过安之儒的那四个字。

傅斯珩的额角轻跳了一下，只能放开安歌，去开门。

门一开，安之儒的双手背在身后，走了进来，那架势摆明了是要训人。

守株待兔等半天的魏舟一见安之儒回来，立刻差酒店工作人员将晚饭送到了房间。

小酌了几杯，安之儒果然训起了傅斯珩，话里话外都是成家立业的人了以后要勤俭节约。

不好好工作一天到晚搁网上冲什么浪呢？

安歌吃了一碗清粥，饱了，抱着傅斯珩的手机坐到了一旁，玩了一会儿。

傅斯珩的手机很干净。除了微博，几乎没有其他娱乐性质的软件，大多都是些和工作相关的软件。相册里面的照片少得可怜，就几张还都是她的。

微博除了抽奖，干干净净，什么都没有，要不是粉丝多，评论转发多，看上去基本和僵尸号无异。

安歌东点点西戳戳，刷了一会儿自己的超话，又退出微博，鬼使神差地点进了手机便签。

她本以为傅斯珩的手机便签也会干干净净的，没想到竟然还有一条。

更新日期在最近。

便签：

1. 生日 1.08。

2. 喜欢吃火锅。

3. 没工作时不太爱动。

4. 喜欢玩涂色卡的游戏。

5. 会偷偷吃炸鸡喝可乐。

6. 典型摩羯座，书上说摩羯座的女生富有正义感，总是一副“路见不平拔刀相助”的侠义心肠，不善言辞但贵在够真，所有的喜怒哀乐都写在脸上。她也是，得看着。

7. 处女座和摩羯座天生一对，不信这些，但对象是她，都可以。

8. 酒量差，一杯倒。

9. 不爱生气，有事会说。

……

便签零零散散地记了很多。

安歌半弯着眼睛，一条一条往下翻，微醺的状态下，越发飘飘然。

没飘多久，安歌越往后翻越不对，从云端坠了下来。

……

49. 所有的口味中，对草莓味最敏感。

50. 生理期正常，一般在月中，不会推迟，来前几天没精神，小脾气略大，前后几天都很敏感。

……

这他都知道？

当晚傅斯珩被安之儒拉着教育了很久。

酒瓶空了，安之儒说得心满意足后，走了。

傅斯珩捏着鼻梁找安歌，回头发现人不见了。

傅斯珩拿过桌上的手机，点进微信，有一条未读信息。

安歌的。

安歌："你自己一个人睡吧。"

剧组在北川的秘密拍摄告一段落，《我们结婚了》的综艺第一季最后一期差不多开拍了。

姜临在安歌跑去和书淡淡睡觉的第二天便赶到了北川。

美色面前，书淡淡果断把安歌踹了。

安歌被傅斯珩拎回去"教育"了一顿，便签上又多了两条。

拍摄当天，节目组照例过来接人。这次拍摄在西部，四对夫妇一下飞机，便有工作人员出现，工作人员在每对夫妇的眼前蒙上了黑布条。

一对夫妇一辆车，被工作人员扶上车后，四辆车一辆接一辆地开上高速，往西驶去。

越向西，越荒凉，车流量锐减。

在高速上行驶了大约一个小时，拐过弯后，车突然颠簸了起来，越往后晃动的幅度越大。

安歌坐不稳，几次撞到了车窗，在再一次撞到车窗后，她被傅斯珩搂进了怀里。

安歌伏在傅斯珩的怀里，问前面副驾驶上坐着的工作人员："我们节目组是缺经费吗？"

工作人员打了个哈哈，愣是半点消息没透露。

与此同时，另外三辆车内的嘉宾也是同样的反应。

何进峰："你们不会是想把我们卖了吧？"

乐珊："这是要开启丛林生存法则了？"

程灵："导演也太会挑路了。"

书淡淡："不知道的还以为司机开着车在路上跳老年迪斯科呢，一抖一抖的。"

姜临："蛇皮走位。"

弹幕全是"哈哈哈"。

司机开着车又跳了近半个小时的老年迪斯科，终于停了下来。

四对夫妇陆陆续续带着行李下车。

一下车，工作人员立刻上前解开了黑布条。

看到眼前的景象，四对夫妇纷纷沉默了。

这个节目组真的从来没想让他们过一天安稳日子！

这是西部的某个山区，刚下过暴雨，水泥路面坏了大半，道路崎岖又泥泞，杂草丛生。

节目组停车的地方是唯一一块没有烂泥的地方，只够众人落脚。

中间一条笔直的田埂，四周大片大片的农田，远远地有一座村落。

正值中午，炊烟袅袅，融进浅浅的雨幕中。

四下万籁俱寂，看着萧瑟又破败。

众人看向导演。

“导演，我们要怎么走过去啊？”乐珊举手提问。

一向爱说废话灌鸡汤的导演这次半句废话没有，对着众人做了一个“请”的手指：“走吧，各位，路在脚下！

“大胆地向前走！

“顺便说一下，我们最后一期的主题就叫《当我们老了》，当我们老了，依旧会选择扶持着向前。”

就在其他人犹豫到底怎么过去的时候，傅斯珩让安歌抱着一部分行李，自己背着大包，直接将人打横抱了起来，率先迈开了腿。

冷雨稀疏。

弹幕空了几秒后，瞬间被一句话霸占了屏幕。

“GGdlgHB冲呀！啊啊啊！”

“珩宝大胆走，咕咕永相随！”

九颗西柚

天阴冷，雨滴似雪非雪，刮在身上似刀割。

安歌被傅斯珩抱着，冷雨被风吹着往脖颈里落，冷得她一哆嗦，忙抖开节目组发的伞。

伞将傅斯珩遮住了大半。

“你——”

傅斯珩刚出声，安歌像是知道他要说什么，抱着他的脖颈往上蹿了蹿，用胳膊挡住了往他脖颈里落的冷雨。

“淋不到我。”安歌紧贴着傅斯珩，伞面倾斜着，挡住了摄像机也挡住了斜风冷雨。

傅斯珩的眼里带了丝笑意。

“抱紧了。”

两人走了一段距离，后面的人才跟上。

姜临抱着书淡淡，紧跟其后。

见有人带头，何进峰和乐珊慌忙效仿，他们的行李最多，但一次拿不了，只能将笨重的行李箱留在原地。

何进峰抱着乐珊没走几步，双脚便陷进田埂中的烂泥里，鞋垫粘了一层厚厚的泥，步子越来越重。

节目组的工作人员挥着手在后面喊：“看傅总！看傅总！跟着傅总和姜爷走！”

“尽量找杂草多的地方走！”

最后一对夫妇上路了，“帝后夫妇”没有选择前三对的方式，程灵拒绝了郝嘉宸的公主抱，背着包替郝嘉宸打着伞。

郝嘉宸拎着大行李箱，和程灵互相扶持着向前。

小村落通向外面的唯一一条田埂并不宽，长长的一条道，只够一辆小型面包车通过。

暴雨过后，道路泥泞，现在又飘着小雨，节目组的司机不敢开，怕轮胎打滑陷进水渠里出不来，又没办法联系到拖车，所以整个节目组的工作人员都是徒步进村的。

摄像小哥尤为辛苦，扛着厚重的机器，为了找到合适的拍摄角度，几乎是一路从泥水里淌过来的，他的脚一滑，差点摔倒，直播间的镜头一阵剧烈的晃动后，迅速平稳下来。

另一组跟上。

弹幕——

“请问摄像小哥哥还好吗？这个天摔一跤可不是闹着玩的……”

“呜呜，是的，没别的意思，辛苦各位工作人员了！”

“辛苦了！希望摄影小哥别再用生命找角度了，就这样看着他们的背影也挺好的！”

“附议，光看娘娘和傅总的背影，我都觉得粉红泡泡在不断往外冒！”

山脚的风，一阵比一阵刺骨。

凛冽的寒风透过衣料，一向不怕冷的安歌被冻得骨头都在打战，举着伞的手几乎快失去知觉。

走在田埂杂草上的傅斯珩没有表现出半点异常。

安歌一直勾在傅斯珩脖颈上的手绕到前面，捏上了他的耳垂，紧紧地偎在他的怀里，试图用身体挡住大半的寒风。

长田埂，走了近十五分钟。

村口，节目组临时搭起的棚子里。

安歌收了伞，她的鞋子没沾上半点泥泞。

傅斯珩放下安歌，问：“冷吗？”

“冷不冷？”

两人同时开口。

安歌愣了一下，弯了弯秋水瞳。

傅斯珩的黑色休闲裤被杂草打湿了大半，鞋底有泥，鞋面上还粘着草木屑。

安歌抓起傅斯珩露在外面的手塞进自己的大衣口袋中，手掌心覆到了他的手背上，捂着。

他的手背上还有冷雨，冰凉凉的。

“娘娘给你捂捂。”安歌抓紧，“这样就不冷了。

“等一下你把衣服换了，我看看。”

“你看什么？”

安歌隐隐觉得这话哪里不对。

傅斯珩这人总能一言不合就把话题带偏。

弹幕全是“哈哈哈”。

四对夫妇一个接一个地进来。

棚子简陋，四处漏风，不大的地方挤满了人，工作人员站在最外围，筑起了一道人墙。

导演喘匀了气，抱着一个透明塑料箱子，跺着脚走了进来。他扫视了一圈，目光在安歌和傅斯珩身上多停留了一会儿。

安歌背对着傅斯珩，靠在他怀里，她的双手抓着他的双手塞在自己的大衣口袋中，不大的口袋撑得鼓鼓的。

傅斯珩的下巴垫在安歌的肩上，从后面看就像傅斯珩主动抱着安歌的一样，两人时不时偏头交谈几句。

黏糊得没眼看。

“还挺会玩。”

导演嘀咕一声，恢复正色：“来来来，都静一静啊！抽奖分房了！抽奖分房了！

“最后一期我们玩个心跳的，不看积分，全靠刷脸，全凭手气，抽到哪间是哪间！

“每对夫妇各派一个代表，同时抽。

“来，好了吗？各位代表们向前一步走！”

四位女嘉宾同时向前。

“预备！”导演点头，比着手势，摸出不知哪来的哨子，吹了一下，“开始！”

四位女嘉宾再次出手，动作迅速，四条纤细的胳膊都伸进了透明的塑料箱内。

摄像机镜头对准了箱子。

安歌的手和书淡淡的手甚至小小地切磋了一番，过招后才抓到自己想要的纸条。

“都选好了吧？”导演背着手，转了一圈，“可以拿出来了，展开纸条看看你们是几号数字。”

“报数！”

四位女嘉宾从程灵开始依次报数。

程灵：“一！”

乐珊：“三！”

安歌：“二。”

书淡淡：“四。”

导演打了个响指，立刻有四名工作人员上前，他们每个人的手上都举着一张建筑照片。

待看清数字后，他们举着照片站到了对应数字的女嘉宾旁边。

导演适时地补充：“这就是你们住的地方！

“尽情体验吧！”

安歌偏过头朝旁边照片看了一眼。

这导演是不是和她过不去？

傅斯珩看完，面无表情。

弹幕——

“盲猜傅总的内心：这是什么玩意！这地方能住人吗？算了算了，毕竟是自己老婆选的地方，或许还能再抢救一下。”

“哈哈哈！娘娘这手气也是没谁了，一抽一个准，下最快的手，住最破的房子！”

“现在竟然还有茅草房？这也太惨了吧，现在可是冬天啊，山里有暖气有空调吗？”

“老实人告诉你，这些都没有！这里应该是西部一个比较贫困的山区，连交通都不发达！”

“呜呜呜，娘娘给傅总捂手那段好甜啊！我感觉这个节目组就是在故意为难我们‘钞能力夫妇’，明明积分够多了，下一秒导演宣布：好，那我们不看积分了，看运气吧。”

解散后。

四对夫妇打着伞，在不大的小村落中摸索着，往临时住处赶。

越往里走，连炊烟都稀疏了。

安歌和傅斯珩在二号房前站定，在两人的沉默中，弹幕笑得更欢了。

评论里热闹得很。

“非杠。不是为了节目效果。默默插一句，可能大家平时都看不到，也没多少机会可以看到，但现实确实如此。在我们吹着空调打游戏的时候，山区里的很多小孩子要早起翻过山头赶十几公里的路去学校。我支过教，从来没有看到过那样的景象，远比从电视从照片上了解的还要荒凉还要落后。

“第一天，看到满身泥泞为了过来上学冻得手都裂开的小孩子，我站在讲台上一下子哭了，太难受了，真的很难受，那个山区严重缺水，洗澡要去几公里外的镇上。

“没有投影仪，没有网络，只有一块破黑板和几支粉笔，刚去的时候几乎每天都哭，总觉得自己应该做点什么，一家一家地家访，一个班零零散散四十多个孩子，住址分散，常常走半天才能赶到一户人家，大多数人家都是这种土屋，更穷的就搭个棚子，冬天一家几口人挤在四处通风的棚子里。”

“科普一下，国家扶贫的力度远比我们想象的要大，真的一直一直在变好，但毕竟基数在那里，请多给我们的国家和相关工作人员一点时间！我们会越来越好的！”

“你们快看节目组的公告 # 与你们一同前行 #，未敢遗忘，未来的路希望与你并肩前行，哪怕你已老去。”

按照工作人员的提示，傅斯珩带着安歌推开了那间看上去要稍微好一点的房间。

茅草屋顶，外面糊了一层黄泥，里面倒是砖墙结构，地面上铺着板砖。

家具很少，一张桌子和几张方凳，四壁空空。

这里不睡床，用炕。

安歌将背包放在炕上，指尖在桌上抹了一下，打量着这间房子。

房子刚被打扫过，挺干净的。

“家里没人吗？”傅斯珩问。

“这家的婆婆一早就出门了，说是尽快回来。”工作人员朝门外一指，“收拾好就可以去村主任家集合了，午饭村主任请客。

“就村头那个小楼建筑，看到了吗？”

“好，谢谢。”

村落沿着条南北走向的山沟分布，从南到北坐落了不少人家，但这些人家基本上非常破败，门扉紧闭，院内的枯草比人高。

村主任家。

上菜的间隙，村主任简单地说了一些情况。

大致意思是村里年轻一辈嫌山村里穷，几乎都出去打工了，如今村子里根本没多少人。上了年纪的，老的老，死的死，一来二去，更荒凉了。

村里和附近几个村落合办了一个小学校，没几个老师，一个人多带几个学生，也够教。

村主任媳妇端着一大盆鸡肉炖粉条进来，热情的说道：“来啦，都饿了吧？饭马上就来！”

村主任搓搓手，显得很局促，道：“你们将就着吃，我们这里穷，没什么拿得出手，别见怪。”

“叔叔，你不坐下和我们一起吃吗？”书淡淡问。

村主任摆摆手，慌忙出去：“我们吃过了。”

米饭被端上来，村主任媳妇也出去了。

程灵未动筷子，出去倒了杯热水，路过小厨房，看见村主任一家挤在昏暗的小厨房里，就着剩下来的鸡汤蘸馒头，小方桌上只有一盘辣炒白菜。

程灵端着热水回来，说了情况，眼睛有些湿。

一顿饭，大家吃得略沉默。

乐珊和何进峰都收了心思。

安歌没什么胃口，怕不吃胃不舒服，用热水泡了一小团米饭，吃了。

傅斯珩一直没怎么吃。

最后，四对夫妇和约好似的，临走时纷纷在碗底下垫了钱。

和村主任道完谢，安歌和傅斯珩撑着伞慢慢回到了住处。

工作人员送来新的床单被套，安歌换完床单被套，把傅斯珩推倒在炕上，手指尖搭到了他的腰带上。

傅斯珩抓住安歌的手，起身：“别乱动。”

安歌指了指摄像机。

傅斯珩看了一眼，拎了一件衬衫，盖到了摄像机上。

屏幕黑了下去。

画面重新亮起来时，傅斯珩已经换好了衣服，歪靠在炕边。

外面的雨依旧未停，滴滴答答的雨声不断。

安歌坐在方凳上，望着外面的雨幕。

最后一期节目，导演没做任何说明也没有提任何任务，更没有没收他们的东西，相反还送了新的床上用品。

突然空下来，安歌有些不习惯。

屋内不聚气，阴冷。

傅斯珩的表情未变，朝安歌伸手：“我冷。”

安歌忍不住翻白眼。

——你冷个屁。

安歌关上门，刚走过去，便被傅斯珩抱进怀里。

“给我暖暖。

“睡一会儿？”

安歌想了一下，点头。

陌生的环境，又下着绵绵冷雨，无事可做。安歌脱鞋上床后，靠在傅斯珩的怀里，数着雨声，渐渐睡了过去。

傅斯珩没什么睡意，单手搂着安歌，拿手机给魏舟发了一条消息。

山里的信号非常不好，勉强能发发消息，就是那圈圈得转半天，还不一定能成功。

好在守在直播前的魏舟是个人精，都不用傅斯珩细说，自己学会了抢答。

魏舟：“傅总，你和娘娘好好休息。这事交给我，我马上联系人安排！”

过了几分钟，收到魏舟消息，傅斯珩这才摁灭屏幕，合了眼。

没一会儿，院子里响起了细微的动静。

木门被推开。

傅斯珩醒了，轻手轻脚地下去，打开门。

一个戴着绿色头巾的老奶奶进来，她的头发花白，步履蹒跚，看上去大概六七十岁，满脸皱纹，深得和树皮一样。

她拄着拐杖，另一只手打着把破旧的黑伞，伞柄上挂着一只红色的大塑料袋，塑料袋沉甸甸的。

"你们来啦？"老奶奶穿着一件枣红色的旧棉衣，脚上踩着一双黑色的胶鞋，她拎起红色购物袋，和善地笑道，"听说你们过来，我一早去镇上的集市买了些排骨。

"来这里辛苦你们了。"

傅斯珩站在门口，颔首："谢谢奶奶。"

天寒，心却很暖。

安歌还没醒，傅斯珩怕吵醒她，反手关上门，帮老奶奶将东西拎进了厨房。

厨房梁低，逼仄又破旧。土墙被烟熏得焦黑，灶台上满是陈年的油腻，已看不出原本的颜色，龛内放着缺了口的瓷罐。

傅斯珩看着，微微抿了唇。

老奶奶像想起什么似的，从口袋中掏出一张纸币，强硬地塞进傅斯珩手里："吃饭就吃饭，给钱做什么。

"都是自家养的，花不了几个钱。"老奶奶看着瘦弱，力气大，还起钱来和打架一样，"我离得老远就看见村主任站在村口等我，一上来就要把钱给我。"

傅斯珩推脱不开，只能接了。

"这里脏，你快出去。"老奶奶要赶人，"我来就好。"

"没事。"见老奶奶踮着脚要拿龛内的棕色瓷罐，傅斯珩先一步拿了下来，"要拿这个吗？"

"嗯。"老奶奶打开缺了一个口的盐罐子，将新鲜的排骨放进瓷盆内，撒了些盐，先腌着。

傅斯珩刚摸了一手油，也没太在意。

老奶奶扶着灶台，进了后面烧火的地方，她擦着火柴点燃了一捆稻草，将草推进了灶膛里，絮叨：“给你们烧点热水，晚上泡个脚去去寒。”

说着，她又要起身到锅前添水。

傅斯珩制止：“是放这里的水？”

“对，水缸里面。”

锅里添了水，稻草引燃后再加干柴，干柴烧得噼里啪啦作响，土屋内竟迅速热了起来。

“快过年了，你们拍这个也挺辛苦的吧？”

“还好。”

“明天就要开始准备年货了，过年我儿子和媳妇回来，还带大孙子回来。”映着火光，老奶奶笑得很慈祥，“你多大？二十五六岁有了吗？”

“嗯。”

“那也没多大啊。有孩子了吗？”

“刚结婚。”

“哦哦，我儿子像你这么大的时候，我的大孙子都会叫人了，一口一个奶奶。”老奶奶一边回忆，一边说着。

傅斯珩听着，偶尔应几句。

暮色逐渐沉下，雨停了，炊烟再次升起。

“你们夫妻俩工作都挺忙的吧？我儿子儿媳就是，早出晚归的。”

傅斯珩未开口，先听到了安歌的惨叫声。

“啊——

“傅傅！”

“怎么了？”老奶奶也被吓了一跳，急忙扔下手中的火夹，蹒跚着跟在傅斯珩身后。

傅斯珩的反应快，老奶奶起身的瞬间，他就已经走到了房间门口，推开了门。

“怎么”两个字没说出口，安歌就迎面跳到了他的身上。

傅斯珩伸手接住。

“珩宝。”安歌刚睡醒，长发微乱，双手勾着傅斯珩的脖颈，长腿紧紧地圈在他的腰上。

“有老鼠啊！”安歌一想到开灯时见到的场景，双腿圈得更紧了，“它刚才在啃柜子。

“不知道从哪里叼了个苹果核过来！”

傅斯珩轻笑。

“真的有老鼠！好肥一只。

“我要喵弟。”

“怎么了？”老奶奶一脚踏进来，一抬头，看到抱在一起的两人，慌忙转身，还贴心地将门带了起来。

“奶奶？”安歌急忙从傅斯珩身上滑下来，她动作太急，差点摔倒，“奶奶，你听我说！”

弹幕——

“哈哈哈！对不起，这是我没想到的！千算万算，没算到娘娘竟然怕老鼠，按她的性格不应该上去就给老鼠一个过肩摔吗！”

“有人看清娘娘往傅总身上蹦的动作了吗？直接省去了起跳的步骤，比偷跑的老鼠还快，哈哈！”

“对不起！我只注意到傅总的动作自然又熟练，熟练到了甚至让人心疼的地步！”

小厨房里。

“我等会儿给你拿一张粘鼠板。”老奶奶怕安歌冷，拖了个火盆出来，往里面添了点烧成碳的干柴，“烤烤火。”

“谢谢奶奶。”安歌乖巧地道谢。

老奶奶又从地窖里摸了两个红薯出来，埋进了火盆里：“吃得惯这个吗？”

“烤红薯。”安歌偎在傅斯珩的身边，“以前读书的时候可喜欢了。”

老奶奶笑道：“我那小孙子也喜欢。”

没一会儿，屋内弥漫着浓郁的烤红薯香气。

老奶奶拨开炭火，用火夹将烤红薯夹给安歌。

安歌掰开烤红薯，撕下一片，喂到了傅斯珩的嘴边：“尝尝？

“甜的。”

傅斯珩尝了一口。

老奶奶笑眯眯地看了一会儿，又去炖排骨。

屋内很暖，烤红薯极香。

时间仿佛在这座偏僻的小村庄里慢了下来，年越来越近，家家户户开始备起了年货。

过年对这里的人来说是一件天大的事，意味着团圆。

年夜饭早早地备好，杀猪腌肉，自家捏包子蒸糕点。

忙不过来的，几家聚在一起，分工合作。年味极浓。

这一期，导演自始至终没有公布任何任务，日子一天天过去，节目没有任何波澜，没有撕，没有较量，只有细水长流别样的日常。

一开始安歌以为会无聊，但被老奶奶带着，天天忙着学捏包子。

一大群人聚在村主任家忙着和面、包包子。

最后一天村主任不在，一大早去赶集了，替这里腿脚不利索的老年人采购烟花、烟酒和散糖。东西多，傅斯珩和姜临被请过去帮忙，他们倒好，直接“打劫”了节目组的车。

最后一天，安歌总算学会了捏带花边褶皱的包子。

见傅斯珩进来，安歌捧着掌心的小包子，献宝似的给他看：“给你的小包子，可爱不？”

她的手上沾满了面粉，怕包坏浪费面，揪的面团都特别小，包出来的包子也是小小的一个。

“接啊！”老奶奶催促道。

见傅斯珩接过，老奶奶忙说：“我们这里啊，管小孩子叫‘小包子’。过年新媳妇给丈夫包包子、蒸包子，寓意来年会生小孩子。

“准着呢，不会错的。”

村主任笑道：“你们赶紧生一个吧，挡不住的！”

“是啊！”村主任家的其他人纷纷附和。

“啊？”安歌有些蒙。

傅斯珩捏着包子，意味深长地看了安歌一眼。

最后一天，一如来时，村主任请客。

晚上，四对夫妇和来村主任家打下手准备年货的奶奶们围坐在炕边，闲聊着。

炕被烧热，奶奶们被请上炕，紧挨着炕边摆了一张大方桌，桌下置放着装满炭火的火盆，偶尔炸一声，烤红薯的香味渐渐溢出。

大方桌上摆满了刚出笼的包子，热气腾腾腾的，不同于城市里买的那种外皮白软的包子，这里的包子表皮发黄。

这群老奶奶们一个劲地给四对夫妇夹包子，拉着四位女嘉宾不放手，询问着什么时候“蒸包子”。

得知程灵已经有儿子后，这群老奶奶又将进攻的重点放在了书淡淡和安歌身上，实在是他们长得太讨喜了。

闲聊了一会儿后，村主任的媳妇掀开门帘，端着一盆面疙瘩进来，村主任手脚麻利地给四对夫妇盛了一碗面疙瘩。

面疙瘩上铺着一层切薄的肉片，淋了自家榨的香油，撒上小葱花，色香味俱全。

屋内没开空调，却分外暖和。

村主任吃了大半碗面疙瘩，放下碗，问：“你们明天几点的车啊？我喊人送送你们，你们行李多不好走。

“山里天气冷，早上多穿点！”

正小口吃着面疙瘩的乐珊忙开口说：“不不不，不用麻烦，我们自己搬就行了。”

“是啊，我们自己来，也没多少。”何进峰附和。

“谢谢村主任叔叔。”

“说多少次了，淡淡是吧？叫我叔就行了。”村主任捧着碗，想起什么似的，又说，“你和你们家那口子行李多吗？”

书淡淡忙摇头。

面疙瘩吃完，老奶奶又在唠家常，一会儿说张家的媳妇一会儿又说李家的儿子。

虽然听不懂，但气氛极好。安歌靠在傅斯珩的肩上，两人坐在角落里。

听着窗外呼啸的北风，安歌捏了捏傅斯珩的骨指，有些舍不得这样的氛围。

平淡又安静。

炊烟的味道非常好闻，大多数人家都供奉着灶王爷，大锅烧出来的锅巴很香。

虽然没有网，连像样的电器都少得可怜，这里的人过着数百年都难得一变的生活，日出而作日落而息，日子看起来清贫，但精神上有大多数人没有的富足。

到点，村主任照例开了电视机。

新的电视，但因为信号不好，跳了一阵雪花，画面才逐渐清晰起来。

电视放不了几个频道，只有央视的几个频道，但每每到晚上这个点，这里的人总会守在电视机前等《新闻联播》开始，听听国家的大事小事，末了赞扬道：“好哇”。

他们一辈子都没出过大山，但在他们眼里，眼下四海清平，八方朝贺的日子就是好日子，以后只会越来越好。

电视中，主持人在讲偏远地区准备年货的盛况，字正腔圆。

老奶奶笑着附和。

安歌拿了两个自己包的小包子，一个放到了傅斯珩的手上，一个自己边吃边捂手。

“傅傅。”

傅斯珩略低下身，听安歌说话。

“我们回去也和老安头一起准备年货吧。”安歌弯着秋水瞳，“今年娘娘陪你过年。”

“好。”

普通到不能再普通的白菜馅包子。

安歌包的那个，傅斯珩吃出了清甜的味道。

吃了饭，众人和村主任告别道了谢，打着手电筒，慢吞吞地往回走。

手电筒的光照在山脚下，拉得又长又远。

直播间被关闭，最后一期节目，彻底结束。

从头到尾都没有任何刺激的任务，更没有无休止的较量，每一天都很普通，普通到甚至有些无聊。

看看云，逗逗狗，和村里的人一起准备糕点，在闲聊中一天就这么过去了。

不知不觉，又后知后觉。

隔天一早，老奶奶早早地起来给安歌和傅斯珩煮了鸡蛋，看着他们收拾行李，嘱咐了很多，翻来覆去都是同一个意思——

回去好好过年，多陪陪家人。趁年轻，要个小孩子。

节目组的工作人员来到了院门口，安歌背着包，屈起食指，指关节抵着鼻头，被傅斯珩牵出了院门。

“路上小心啊！慢慢走哦！”老奶奶倚在门口，朝安歌和傅斯珩挥手。

“奶奶，再见。外面冷，您回去吧！”

“我看着你们走，路上慢慢走。”

破旧的小土屋逐渐被甩到身后，直至成了一个黑点。

村口，节目组临时搭建的小棚子里。

四对夫妇都稍显沉默，气氛凝滞。

安歌抱着傅斯珩，怕摄像机拍到，把头埋在傅斯珩怀里，问：“傅傅，你说奶奶会看到枕头下的纸包吗？”

“会。”

“那奶奶会生气吗？”

在人情面前，安歌总是特别柔软，总是替别人想着。

傅斯珩垂眼，抬手顺了顺安歌的小脑袋，反问：“那你还想做吗？”

想了一会儿，安歌给了肯定的回答：“嗯。”

傅斯珩揪了下安歌的脸。

导演在上面做最后的总结：“总而言之，谢谢各位的参与，《我们结婚了》第一季节目到此正式结束，有缘再见！

“在最后，我提前祝各位新年快乐，万事如意！

“也别觉得有太多的失落，生活就是这样的，一如和你们每个人的相遇，开始伴随着各种措手不及的意外事件，但最后都会回归细水长流。

“不论是节目上的你们还是电视机前的观众朋友们，祝愿你们细水长流的生活背后，是别样的精彩。”

最后一期节目剪辑播放后，网络上的反响热烈，好评不断，这集平淡如水的山村日常再次创下收视新高。

越来越多的社会人士开始关心起那些被遗忘的山村，保护逐渐消失的村落文化的决案也被提上日程。

社会人士捐助不断，大张旗鼓地准备给山村修路，然而记者去采访时才发现早在节目组拍摄未结束那会儿，IGD资本便一声不吭地承下了修缮那个小山村交通道路的所有费用。

没有任何报道，亦没有任何宣传。

被曝光后，任网络上的赞扬声一声高过一声，IGD 资本从头到尾没有作出任何回应。

官博细翻下来，IGD 资本寥寥几次回应，都是为安歌正名。

网友们这才后知后觉地发现他们无形之中又吃了一盆狗粮。

记者不死心，想要预约访谈，也被魏舟直接拒绝了，最后问理由竟是要陪老婆过年。

记者被迫又吃了一盆狗粮，想着这盆狗粮不能自己一个人吃，大笔一挥写了篇稿子投到了娱乐版块，以调侃的口吻喂吃瓜群众吃了满满一大盆狗粮。

过年，大家都闲了下来，也不知道是哪个好事者在微博上搞了一个“国民老公”的提名，虽然是野榜，但因为节目组热度居高不下以及“钞能力夫妇”超话里的“沙雕土豪粉”傅斯珩从被提名的那一刻开始，票数便一马当先，直接碾压苏衍、沈亦白和叶泽，荣登榜首，喜提“国民老公”。

“钞能力夫妇”超话——

唧唧复唧唧：“你不投我不投，傅傅何时能烫头！你一票我一票，傅傅今晚造小人！”

唧唧复唧唧：“万水千山总是情，投傅一票行不行！大家投，才是真的投！”

回复完一个网友留的“你怎么知道傅总今晚造小人”的评论，安歌见傅斯珩回来，忙放下手机，坐在床上，伸着胳膊等抱。

傅斯珩稍挑了眉梢，走进：“这么乖？

“你做什么亏心事了？”

“你不喜欢？”

傅斯珩轻笑。

很快，事情就向网友提问的方向发展而去。

在 S 市没待几天，安歌和傅斯珩便被傅老爷子请回了 B 市，一同前往的还有安之儒和南娴。

由于傅清让和白露都回来了，机会太难得，傅老爷子自然不肯放他们在别的地方过年，而安歌又是结婚的第一年，肯定舍不得让老安头和南娴两口子自己在家孤零零地过年。

后来两家一合计，干脆一起过个年，分什么傅家安家，两头跑还浪费时间。

四个老的早早地到了B市，沉寂许久的傅家老宅热闹了起来。

听说傅清让回来，傅清让的旧部纷纷登门拜访，车进车出，导致南锣胡同被挤得水泄不通。直到过年前几天，才好一点。

傅清让谢了客，家里几个男的都闲了下来，又都喜欢下棋，碰到一块，自然少不了要切磋。

别人家是国粹声不停，到这里，搞得跟开围棋馆一样，连安歌都被拉过去顶了傅斯珩的位置，说是凑数，其实是天天输棋的那个。

好在傅斯珩忙完了，晚上会替安歌把场子找回来。

往年老宅里的年货都是老管家照清单准备的，再加上傅老爷子的助理吴建安做事周到，年年送上不少，几乎不用人操心。

这年不一样，白露回来亲自动手，拉着南娴没少跑商场，空着手出门，大包小包地往回拎。

大年三十前三天，B市的大街小巷都挂起了红灯笼，尤其是像南锣胡同这样的老巷，院内院外俱是喜庆的色彩。

春联还没贴上，老宅里早早地挂起了红色小灯笼。

穿过影壁，走过中庭，后院的抄手游廊上满是小灯笼，傅老爷子嫌不够喜庆，差人别出心裁地在中庭拉了一串小彩灯。

因傅周深的事，傅清霜和陈远到要过年那天才回老宅，他们没回，傅老爷子也没打电话叫。

拖到不能再拖了，傅清霜才带人回来，傅老爷子自然不会给好脸色。

倒是傅清让“请”陈远下了一盘棋，丝毫没给陈远留退路。

陈远输得很难看，傅清霜本想说什么，但对上傅清让的眼神，到底什么话都憋了回去。

围棋不提倡赶尽杀绝，傅清让这样明显是动了怒，他在警告她，犹如下棋，稍有不慎，满盘皆输。

她能争取到的就好好守着，别真惹怒了他，也别再去招惹傅斯珩，到时候她分毫争不到怨不得别人。

大冷天，屋内开着空调，傅斯珩和安歌腻在一块，南娴和白露在准备火锅配菜，傅清霜却流了一身冷汗。

白露自始至终没说什么，但和傅清霜并不亲，明明是一家人，傅清霜一家除了陈意涵，倒成了外人。

有些隔阂一旦出现，可能一辈子都消不掉。

年三十那天，下了一场雪。从早上开始，雪花纷纷扬扬地落下。

茶水烧开，南娴和白露一个和肉馅，一个揉面团，准备晚上包饺子、包馄饨。

过年很忙，傅斯珩也很忙，忙到他昨晚拿忙当借口，找安歌提前预支了从初一到初七的夫妻生活，交足了公粮。

明明出力的是傅斯珩，安歌早上起来的时候，差点觉得自己是一只废咕咕。要不是一大家子都在，不能睡懒觉，她真不想起来。

安歌洗漱完，下楼，发现院子里已经积了薄薄的一层雪。

傅老爷子穿着一身红色唐装，正背着手仰着头，指挥着傅斯珩贴对联。

他站在院子里，也不嫌冷。

安歌靠在落地窗旁边，手指缩进袖口，嘴上叼着白露刚给她温过的低脂牛奶。

“这儿！”傅老爷子一顿比画，瞎指挥，“再往左边去一点！再高一点！再低一点！再往右边去一点！”

左左右右、上上下下地说了个遍，傅老爷子还是不满意：“兔崽子，你会不会啊？找个位置这么难吗？”

傅斯珩停下，看向了安歌：“挑个位置。”

安歌站到中庭里，大概比画了下，指着玻璃窗的正中央。

“倒福”被贴上。

“听我老婆的。”傅斯珩说。

傅老爷子哼哼，转头问安歌：“咕咕，你说，爷爷刚才比画的位置不对吗？明明是他自己的问题！

“不听指挥，瞎贴！”

安歌看着傅斯珩，眼底带着笑，像藏着小星星。

“走啊，后院还没贴呢。”傅老爷子继续指挥傅斯珩。

临到中午，傅家老宅的屋前屋后都贴上了对联，里里外外，一片红火，格外喜庆。

午饭过后，傅老爷子说要为晚上的守岁活动养精蓄锐，心满意足地

提早回房睡觉了，

安歌一上午都没缓过来，有些怏怏的，在傅清让和安之儒踏雪出去散步后，靠着沙发迷迷糊糊快要睡着时，被人抱了起来。

安歌想睁开眼，但闻到熟悉的木质香后，又懒得动了。

被傅斯珩抱着，安歌舒舒服服地睡了一个回笼觉，再醒来，窗外有了暮色。

傅斯珩靠在床边，在看安之儒写的时评。

雪依旧未停，中庭内积了厚厚的一层，照得屋内亮亮的。

两人腻了一会儿，这才洗漱，下楼。

一楼客厅，南娴和白露在包馄饨，托盘内都是馄饨，阿姨早放假回家了，她们手生，托盘前半段的馄饨包得并不好看，到后面模样才逐渐好起来。

安歌从傅斯珩那里摸了一块果糖，撕开糖纸，咬着糖果，有样学样地拿了张馄饨皮，准备露一手。

傅斯珩跟着安歌走到一半，被傅老爷子一句“过来”叫了过去。

“陪爷爷来一盘！”

另一边，傅清让和安之儒未分胜负，正到白热化阶段。

傅斯珩执白，落子后不见丝毫谦让。

春节联欢晚会开始，一家人围坐在桌边。

老宅许多年没这么热闹过了，往年都是沉默着吃一顿饭，

这年，中庭内的红灯笼映着雪地，隔着落地窗，雪景漂亮。

满满一桌年夜饭，各式菜皆有，小瓷炉上烫着酒，酒香四溢。

傅老爷子把私藏多年的酒杯拿了出来，烫过后，老爷子亲自给每人倒了一杯。

酒倒到安歌那里时，被傅斯珩拦了下来。

“身体不舒服？”傅老爷子询问。

傅斯珩替安歌开了一罐椰汁，回了句：“在备孕。”

“咯咯。”陈意涵被呛住。

一桌子人安静下来，不由自主地看向了安歌。

安歌捧着椰汁，愣住了。

傅老爷子率先反应过来，一拍桌子：“这个好。”

安之儒特别满意，别提多美了。

白露和南娴相视一笑，两人又小声商量上了。

“那长命锁是要准备了吗？”

“银的好还是金的好啊？”

“我听别人说是先戴银后戴金。”

“先别管银不银金不金了，咕咕生的一定好看，就是不知道像阿珩还是像咕咕啊，还是像咕咕好一点吧！”

安歌插不上话，只能在桌子底下踢了傅斯珩一脚。

备个屁的孕，都是借口。

昨天还在避孕，现在就备孕了，鬼话真是张口就来。

一顿年夜饭吃了很久，越吃越热闹，吃了年夜饭，傅清霜找了个身体不舒服的理由退了，傅老爷子也没强留。

两家人坐在沙发上，看着春晚，嗑着瓜子，说说笑笑的。

合上玻璃门，傅斯珩带着安歌去后院放烟花。

雪停了。

后院抄手游廊挂了一排小红灯笼，中间被人扫出一片空地，落在荷塘里的雪成了冰碴子。篱笆内圈着蜡梅，雪压上枝头，暗香盈袖。

年三十不禁烟，接近零点，B 市陆陆续续地响起爆竹声。

爆竹留到零点放，安歌挑了仙女棒。

仙女棒被点燃，火星明亮。

安歌捏着自己的那根仙女棒靠到了傅斯珩的那根身上，她弯着秋水瞳，眸光映着火光，水光潋滟。

傅斯珩伸手，将安歌头上戴着的带毛球的白色帽子往下拉了拉。

第一年，有除了爷爷之外的人陪他过年。

原来，过年还可以这样。

零点的钟声响起，B 市的大街小巷都炸起了烟花，映得天空五光十色。

“新年快乐！我的珩宝！”安歌笑着仰头去看烟火，被傅斯珩从身后抱住。

“嗯？”

安歌的小脑袋向后，砸到了傅斯珩的肩上。

傅斯珩抬手遮住了安歌的眼睛，另一只手捏上安歌的左手无名指。

安歌只觉得无名指上一凉，好像被套上了一个纤细的金属。

“新年快乐，我的小娘娘。”傅斯珩拿下手，下巴垫在安歌的肩上，左手五指分开，扣紧了安歌的手。

安歌忙垂眼去看，无名指上被套了一个非常漂亮的戒指。

白银戒圈，细细的两圈，上面镶着圈极细的碎钻，中间的水滴形蓝钻和粉钻相对，各占据着一个戒圈。

两颗钻石贴合得并不紧密，傅斯珩的手指轻推，戒圈竟一分为二，两颗钻石也随之分开。

蓝钻因为太过稀少，表示无与伦比的爱，也象征着可遇不可求。

而粉钻则象征着一生一世只爱一个人。

蓝与粉，一个是他一个是她。

“婚戒。”傅斯珩抱着安歌，在满城的爆竹声中，说：“妈说等到结婚那天再给你，可我等不及了。”

安歌偏头，亲了傅斯珩的侧脸。

“新年快乐，我的珩宝。”安歌许诺，“这是我陪你过的第一个新年，以后我们还会有无数个新年。

“希望今年是你，明年也是你，岁岁年年都是你。”

龙凤呈祥的烟火被燃起，满城火树银花。

傅斯珩转过安歌的身子，长指挑着她的下巴，低头亲了上去。

他们在满城的烟火中接吻。

新桃换旧桃，陈酒换三愿。

一愿，郎君千岁；二愿，妾身常建；三愿，愿如梁上燕，岁岁常相见。

从此朝暮与共，携手白头不相离。

这一年春天来得极早。

几乎是年后化雪不多久，枝条便抽出新绿，春风推开窗棂，路过小楼，留下盎然春意。

春暖花开时，他们准备了大半年的婚礼如期举行。

因傅清让有不少同僚到场恭贺，婚礼前后几天会场戒严，自然曝光不得，再加上傅斯珩的性子原本就低调，只邀请了苏家、叶家和沈家的人，所以知晓这场世纪大婚礼内幕的人少之又少，媒体更是没有收到半点消息。

傅斯珩和安歌低调地完了婚。

之后不久，傅清让和白露假期结束，回到了区里工作。

傅斯珩将工作推后，陪了安歌一段时间。

有了傅清让的保驾护航，对宁瑾本就没兴趣的傅斯珩开始着手重整IGD资本，一晃小半年过去，在这小半年中，IDG资本旗下的产业陆陆续续地公布，全网震惊。

IDG旗下的产业竟丝毫不比宁瑾集团少，不论是宁瑾涉及的还是未涉及的领域，IDG资本几乎均有涉猎。

那些死咬着宁瑾二公子要与宁瑾大公子争夺财产的人被甩了一个响亮的耳光，渐渐闭上了嘴巴。

既有IGD，又怎么会要宁瑾？

傅家二公子娶个小娘娘，又何须宁瑾做聘礼？有也罢，没有也罢，这世界太小，只够他一个人折腾的，古有江山为聘，他亦是。

安歌每每看到网上说傅斯珩宠她宠得没有章法的消息时，都有一种她是狐狸精转世的错觉。

怎么什么事都能往她身上扯？傅斯珩要清算名下的产业，网上那群脑洞大开说傅斯珩这叫以江山为聘，只为娶小娘娘过门。

她和傅斯珩说了，傅斯珩嗤笑一声后，点了头。

安歌这就没话说了，只能越发低调。

入了夏，安歌便开始忙碌起来，左一个杂志封面右一个代言广告的，立夏后的那两个月她几乎是连轴转的。

八月末九月初那几天，她才轻松下来，但也没放松几天，四大时装周又开始，春夏大秀拉开了序幕。

流水的时装秀，铁打的安咕咕，安歌踩完以商业化为主的纽约时装周，又赶往伦敦，平均下来，一天两到三场秀。

这一年的安歌和开了挂一样，HF成绩太过耀眼。

虽然她推了去年的VS大秀，但她接连拿下了三个“蓝血”代言，随后登上了美版的《VG》封面，成为第一个完爆四大刊的中国模特，细数下来，到九月份，安歌已经拍摄了十二张《VG》封面，单人封占多数。

安歌走完米兰的最后一场秀，被秦湘带着，又马不停蹄地赶到了巴黎。

还没到秦湘定的那家酒店，便被傅斯珩的人拦了下来。

最近几个月安歌一直在忙工作，和傅斯珩聚少离多，有时候十几天才见一次面，休息不到两三天，又走了。

和去年一样，又是那家位于巴黎八区凯旋门脚下、紧邻着香榭丽舍大街的酒店，安歌原本想休息两天，尽力把状态调整好替风雅纪走秀。

哪知道傅斯珩打着帮她调整状态的借口，变着花样交足了公粮。一直到官方日程开始前一天，才放过她。

J·M被IGD资本收购，已经过去近一年。

这一年，风雅纪的发展备受关注，由于“三金影后”林思晗和不是顶流却胜似顶流的姜临先后为风雅纪站台代言，拍摄宣传广告，风雅纪的国民度节节攀高。

虽然普通人买不起风雅纪的高定，但都知道如今国牌定制在崛起，所有人都在期待风雅纪在巴黎春夏时装周上的惊艳亮相，所有人都希望风雅纪能够一洗J·M带来的屈辱。

官方安排的日期在九月二十八日，九月二十六日，时代影视旗下所有的一线艺人由林思晗带队赴巴黎观看风雅纪春夏大秀，替风雅纪造足了势头，各类报道层出不穷，越来越多的人开始关注风雅纪。

九月二十八日，下午两点十五分。

看秀的嘉宾已经到场，在所有人翘首期盼时，时代影视官博发布了最新一条消息，再次造成全网轰动。

时代影视：“感谢大家的关注，直播间地址请戳下方！

“时代影视将携手风雅纪，为各位看官带来别样的国风传奇。再次感谢钟霖老师。悄悄透露一句，本次大秀由苏安苏老师担任秀场首席设计师，秀场背景音乐由姜临姜爷原创作词作曲，与此同时还有肖冉肖老师倾情助力，敬请期待！”

评论——

“我没看错吧？这个阵容，也太豪华了！‘三金影后’带队捧场，苏大银行家的夫人担任秀场设计师，姜爷担任音乐指导，这就罢了！傅总好大的面子，连肖冉都请出来了！”

“啊啊啊！大魔王的老婆，我们电竞女孩也来了！游戏不打了，话就放这里，我今天就要在这直播间买房！”

“我猜傅总请到苏安也就和苏衍一句话的事，不过肖冉是真让人意外，国画大家倾情助力，我现在就好奇到底怎么助力！”

“土拨鼠尖叫！啊啊啊！苏安和肖冉竟然合体了，一个油画大师一个工笔画大师，这个太狠了！”

“对不起，我们电竞女孩是来看大魔王的！啊啊啊！求求你，快点直播，等不及了！”

秀场后台。

安歌在做着最后的调整，做了一组深呼吸后，刚压下去的倦意又上来。坐到椅子一角，安歌轻咽了咽口水，始终倦倦的。

安歌最近也不知道怎么回事，动不动犯困，她原本就不爱动，如今更不爱动了，就想瘫着。

书淡淡凑近她，递了个吸管杯：“不舒服？”

“不是。”

“喝点温水缓缓。”书淡淡丝毫不见紧张，她一只手拿吸管杯，一只手拿着手机，在听姜临的新歌。

安歌抿了小半口温水，没敢多喝。她每次想睡不能睡的时候就容易瞎想，想着想着紧绷的神经不由自主地放松了下来。又做完了一组深呼吸，安歌的脑子里突然蹿进了一个画面。

在那个小山村里，老奶奶说丈夫接了新媳妇包的包子，来年肯定会抱宝宝。

安歌隔着衣服，抬手，小心翼翼地覆到了小腹上。

这个月快月末了，姨妈确实没来。不会是真的吧？

不等她多想，秀场导演开始嘶吼，不断地喊着“GO GO”。

后台，模特们整装待发。

下午两点二十七分。

巴黎大皇宫内被装饰一新，超级贵宾嘉宾区，林思晗、肖冉和苏安坐在第一排，另一旁还坐着沈亦白、叶泽和苏衍。

对于一旁的安静沉默，林思晗这一边可要热闹多了。

肖冉坐在两人中间，细看了一眼秀场的布置。

苏安将古典私家园林的建筑精髓融入秀场之中，讲究点景、借景和意境深化秀的主题。T 台尽头，两面大鼓悄然而立，比一般的鼓要高上不少，上下蒙着牛皮，古老的龙凤图腾覆其上，显得庄严而神秘。

大鼓下则是堂鼓，堂鼓置在莲花台上，潺潺的流水绕过两面鼓，逐渐汇聚到 T 台上。

真正的水面 T 台，玻璃台面上流动着浅浅的一层水，这一层水流到 T 台尽头又尽数流入玻璃台面下方，下方如一条黯淡的星河。

肖冉看完，抿紧了唇。

这 T 台绝对没有表面上看上去的那么简单。

苏安见状，半开着玩笑问："有何高见？肖大师。"

"我哪敢啊，苏老师。"肖冉的指尖虚虚一指，"你大概还留了后招。"

苏安支着下巴，莞尔："你猜呀。"

"我不猜，反正等开始就知道了。"肖冉轻轻眨着眼睛。

肖冉和苏安都不是明星，两人不必像林思晗一样，时刻保持仪态，交谈起来多了几分随意。

苏安勾着唇，淡淡地解释道："现在很多秀场的设计过于喧宾夺主，殊不知设计师所要展示的衣服才是秀的精髓所在。

"秀场的设计应该起辅助作用，协助模特将设计师的设计完美地展示出来。

"而这次风雅纪的大秀主题又叫《一梦浮生》，所以……"

肖冉捧着奶茶纸杯，接道："所以你别出心裁地设计出了这种流水 T 台，让你们家苏大银行家心甘情愿地被傅总宰了一笔。"

苏安轻哼一声。

林思晗轻笑，悄声道："这叫什么？妇唱夫随嘛。"

林思晗的话音刚落，秀场的灯光暗下。

T 台上方的灯光全开，在强光的衬托下，玻璃 T 台中央缓缓流动的水像极了银河，晶莹剔透。

只一瞬，光灭。秀场彻底暗下来，江水泼鼓面，闷响三声。

大鼓接连被敲响，鼓声阵阵。

远远的，传来了引魂的驼铃声，似在唤醒千年大梦。

烽鼓蓦起，南柯初醒。

一束柔光打上去，两个裹着层层染色后的云母锦纱的舞姬跳到了堂鼓上，她们的脚腕上系着铃铛，每踏一下堂鼓，银铃轻响。

她们边踏堂鼓边击大鼓，锦纱飞扬。

下方，干冰的雾气如薄雾，蒙上了T台。

鼓声骤停，灯光再次暗下去。

黑暗中，T台的尽头出现了一个身材高挑的人。

T台上方灯光全开的瞬间，她未多做停留，甩开了交叉。

她光着脚，犹如穿着高跟鞋，脚面紧绷着踮起，雾气随着她的抬脚，又散开。

她的脚尖点到水面上，水面溅开，水珠四溢。

月牙白的无肩带抹胸长裙，裙摆及脚踝，裙摆处的颜色由月牙白转向墨青，颜色的过渡自然。

里面月牙白的丝光锦缎上方用工笔绘了银白的霜花，下摆轻纱层叠，大片留白，最外面套了件轻纱制的短衫，透出里面的霜花，轻纱短衫下摆缀着月牙白流苏。

丹青落笔，引山水墨画入局，一笔一画勾勒着大中华上下五千年的历史文明，转承启合间，处处惊艳。

安歌的长发被月牙白长钗束起，两肩略向后收着，脊背挺得笔直，V颈线很深，神情清冷，犹如女皇。

她手里拿着月色宣扇，定点时旋身间层叠的轻纱似牛奶般漾开。

安歌扬起头，目光落在傅斯珩的身上，樱桃粉的唇瓣微微分开，似诱吻。

“唰”的一下，宣扇被打开，安歌以扇面作挡，遮住了唇，转身。

定点干净利落。

落在知情人眼里，这分明就是调情！

许文馨表面唾弃，其实心里非常羡慕：“这个女人连走路都在对别人放电！”

黎昼回道：“你可醒醒吧，人家是电自己的老公！”

许文馨撇嘴：“你有没有发现，娘娘这次走得相当温柔！踏穿T台的气势弱了不少！”

“那可能是因为没穿高跟鞋，而且这次 T 台上全是水，没听过吗，以柔克刚，懂吗？”

许文馨笑了笑。

全息 T 台，苏衍负责为自己老婆的梦想花钱，在安歌转身合上宣扇的那一刻，千年大梦终醒。

蹁跹的蝶飞起，围绕在安歌的身边，她抬手，蝶停留在她的指尖，蝶翼轻颤。

全场的掌声如雷鸣般。

第二个模特紧跟其上，模特穿着高跟鞋，走得小心翼翼。

很快，第一主题接近尾声。

书淡淡压轴，曾经十五岁出道，十六岁横扫各大秀场的美胸战士、美黑达人如今已亭亭玉立，她目若点漆，气质空灵，然而在她抬脚的那一刻，妖娆的台步出卖了她。

她同样赤着脚，如果说安歌是女皇，那她就是绝代妖姬，神秘又诱人。

墨色晕染的长裙，刺绣从上面一直蜿蜒到裙摆，似某种图腾。

书淡淡的长发同样被墨色长钗束起，定点时，长裙的裙摆被她扬起，她抬手直接取下了长钗，发丝如瀑，倾泻而下。

水花被溅起，书淡淡卡着背景音乐的点，转身。

第二个主题开始。

安歌再次出现在 T 台尽头，她和书淡淡擦肩而过的瞬间，气场相碰，竟然激荡人心。

掌声再次响起。

随后第二个主题、第三个主题，直到最后一个主题，安歌和书淡淡轮番开闭，两大国模撑起了整场秀，将气氛推向高潮。

千年大梦终醒，朝代更迭间传承下来的四大刺绣，工笔勾勒，笔走灵韵，回峰酣畅。

墨迹挥洒，以风月作笔，鼓声震响当年的传奇。

史册留名，而今无须再翻看曾经的旧迹。

最后一个主题结束，掌声如雷鸣般。

大鼓再次被敲响，鼓面振动间，龙图腾似活了过来。

闭场环节。

安歌领闭，书淡淡次闭。

婚纱压轴，安歌穿着结婚时的婚纱，手执一枝白色铃兰花，向 T 台另一边的傅斯珩缓缓走去。

左手无名指上的蓝粉双钻在灯光下熠熠生辉，婚纱大裙摆被水流打湿，头纱极长，拖地，铺满了整个 T 台。

轻纱下的脸庞如工笔系刻画，安歌一改走高定秀的冷艳，见到对她伸出手的傅斯珩，抿唇后笑了。

安歌走到尽头，将戴着婚戒的手放到了傅斯珩的手上，另一只手环上了他的脖颈。

傅斯珩轻轻松松地将安歌从 T 台上抱了下来。

安歌的视线一转，落到了傅斯珩身后一直坐在轮椅上的薇薇安身上。

薇薇安合上电脑，推着轮椅出来，冲安歌张开双臂："我们咕咕是最棒的！我就知道，你会一直走下去的！"

安歌俯身，回抱了薇薇安："谢谢你。"

薇薇安爽朗地笑出声，拍了拍安歌的背，说："我现在在写小说，你不用担心我啦，我很好。

"要说谢谢，应该是我说，谢谢你愿意替我走秀，陪我练习台步，一直鼓励我，虽然你以前完全没有要当模特的想法。"

薇薇安双手合十，笑道："希望你可以一直走下去。"

安歌点了一下头。

书淡淡次闭，她带着模特们踏上 T 台。

模特们一个接一个地走过，不论是墨色渲染的轻纱，工笔细绘的花卉飞鸟，还是珠绣与刺绣交相间的风韵，都在述说着古老国度的灿烂文明。

且看这九州的浩荡，上下五千年，血脉依旧源于炎黄，不论是国风还是气节，都是一脉相承的，千年未变。

传奇永不毁灭。

—全文完—

番外一：1 + 1 > 2

傅唧唧小朋友的到来，是个彻头彻尾的意外。

他从一颗受精卵发育成一个只有一个月大的小胚胎，她的妈妈安歌都没有发觉，甚至揣着她在巴黎时装周上开启了“秀霸”暴走模式。

直到时代影视安排的季度体检……

秦湘作为安歌的经纪人，连安歌的生理期都记得清清楚楚的经纪人，特别有先见之明地替安歌安排了相关检查。

“恭喜啊！”

从好友林思晗的妈妈赵玥的手里接过 Hcg 化验单，安歌还是蒙的，一副状况外的模样。

怎么就快一个月了？不是，怎么就怀孕了？

“不想要？”赵玥浅笑着问。

“不是。”安歌回神，下意识地抬手护住了小腹。

隔着单薄的雪纺裙，她的小腹平坦，甚至隐隐向下凹，腰线玲珑有致，根本想象不出那里有一个小胚胎在发芽。

“一直在避孕？”赵玥了然，一猜一个准，“纯属中奖？”

“嗯。”安歌点头。

纯属中奖。她永远不知道明天和意外哪一个先来。

赵玥一副见怪不怪的样子，叮嘱道：“别紧张，我就随便问问。

“毕竟也不是百分百避孕，成功率一般为百分之八十五，正确使用的情况下，成功率可达到百分之九十八。我听我家闺女说，你们小夫妻的感情好得不行，有也正常。

"频率问题。"

秦湘憋笑，还频率问题？

这话翻译成大白话，不就是概率性事件，她和傅斯珩的次数多，有了可太正常了。

鉴于小胚胎很健康，赵玥只叮嘱了几句，末了又加了一句："行了，我回头再和南娴说，下次再检查你记得把小傅叫过来，我再给他说一遍。"

安歌道了谢，和秦湘走出妇产科大门，步子有点飘，仿佛走在一团棉花上。

S 市人民医院，中庭。

"你不和我一起回去？"秦湘将袋子递给安歌，"我让司机先把你送回去，反正你最近都没什么工作，好好休息。"

安歌拿着装着病历和化验单的小袋子晃了晃："你先回去吧。"

"小祖宗，我哪敢让你一个人待着啊，万一你又路见不平一声吼，揣着肚子里那个小小祖宗上去就跟别人打架怎么办？

"回头傅总还不得找我！"

安歌指了指中庭里的长椅："我在那里坐一会儿，等一下让他过来接我。"

"真的？"

"真的。"

"不行，我还是留在这里陪你吧！"

"别，你看我是那么不理智的人吗？"

"你是！"秦湘又补充道，"而且这里还是医院，现在医患关系这么紧张，万一你一个控制不住，冲上去就要教别人做人怎么办？

"你可是有前科的人！你连傅总都敢教育！你就说吧，还有什么事是你不敢的？"

"你不是有急事？"安歌试图动之以情晓之以理，"现在是法治社会，动手解决不了任何问题，我们要讲道理。

"而且哪有人天天来医院闹事又正好被我碰上。"安歌说着，指了指自己的小肚子，"现在他最大，他让我做什么我就做什么。

"文明人，不动手。"

“真的？”

“真的，你快去忙吧。”

秦湘勉强点头同意：“要不我让小圆过来陪你？”

“行了，你放心地走吧。”安歌朝秦湘扬了扬手机，“我现在给傅斯珩发消息让他过来接我，总行了吧？”

“那行。”

秦湘走的时候一步三回头，不忘强调：“你可千万别搞事啊！”

安歌比了一个“好”的手势，尾指勾着小袋子，坐到了长椅上。

医院里人来人往，住院部的大楼后面种了一片海棠花，恰好进入了果期。

十月的天，阳光正好，风也舒适。

安歌拿着化验单看了又看，看完一遍再看一遍，嘴唇一抿，嘴角勾起了笑。

安歌单手抚着小腹，略伸直了腿，脚跟点在地面上，有一下没一下地哼起了《小叮当》。

阳光透过树叶间的缝隙，落了一地的光斑。

风一吹，这些光影跟着晃动。

花坛边有蚂蚁，它们在成群结队地搬运着不知从哪里捡到的饼干屑。

安歌蹲在花坛边看了一会儿蚂蚁，心底柔软得不可思议，软到快要冒泡泡的那种。

她知道傅斯珩其实没有那么不喜欢小宝宝，当初参加节目要带“小草莓”的时候，他对“小草莓”的关心不比她少半分，甚至有过之而无不及。

祖宗看着高高在上难亲近，骨子里其实是个非常温柔的人。

他以前不想要小宝宝，无非是父母的事，现在他不太想要小宝宝，单纯就一个原因——嫌小宝宝打扰他“煎咕咕”。

只是……某个小宝贝想来，他亲爹想拦也拦不住。

安歌轻轻“啧”了一声，滑开锁屏，点开微信，戳了某个什么都不知道的老板。

安歌：“滴滴——”

安歌：“亲爱的珩宝，收到请回答！”

IGD资本。

傅斯珩放在办公桌上的手机振了一下，屏幕亮起。

傅斯珩正在看文件，没注意到手机。

倒是在一旁等着傅斯珩签字的魏舟，悄悄看了一眼自己老板的手机屏幕。

亮起的屏幕上显示着傅斯珩给那人的备注——老婆。

默默被塞了一口狗粮的魏舟在提醒和不提醒之间纠结了一会儿，最终选择含蓄地说："傅总，有消息。"

傅斯珩听了，没动，依旧在翻文件，他用自己的行动告诉魏舟到底是消息重要还是工作重要。

魏舟望了望窗外，再次提醒："是娘娘的消息。"

果不其然，下一秒，魏舟就看着自己的老板合上看到一半的文件，拿过了桌上的手机。

魏舟在心里疯狂吐槽：看，这就是双标狗。工作重要还是老婆重要？上一秒还是工作重要，下一秒就是老婆重要了。

傅斯珩："嗯，老婆。"

安歌的指尖点着屏幕，心情好到极点，连打字的时候都弯着眼。

安歌："工作的时候开小差？"

安歌："老板可还行。"

傅斯珩："乖。"

安歌："有一个好消息和一个坏消息，你要先听哪一个！"

安歌："其实嘛，这个坏消息也不坏！"

消息发送成功，安歌的微信页面显示正在输入。

安歌的指尖点着膝头，就等着傅斯珩说先听坏消息了。

哪知道时间久了，傅斯珩还学会了抢答！

傅斯珩："许文馨给你送了新的制服？"

安歌："？？？"

安歌："正经的。来，珩宝，起立！立正！稍息！向后转，看看窗外，看见了什么吗？"

傅斯珩："？"

安歌：“这是娘娘给你打下的江山！看见高悬在头顶的太阳了吗？现在是白天，你可醒醒吧。”

傅斯珩支着额角，漫不经心地打字。

傅斯珩：“你的哲学老师没和你说过条件是可以创造的吗？”

条件是可以创造的。有吗？

安歌认真地回想了一下给他们上马克思主义哲学的老师到底有没有说过这句话，想了半天，发现没有。

安歌：“没有。”

傅斯珩：“现在听过了。”

傅斯珩找到周家的小太子爷“不小心”分享给他的链接，复制粘贴后发给了安歌。

傅斯珩：“挑几个还是全买？”

啥玩意？安歌带着疑问点开了傅斯珩发过来的网页地址。

网速流畅，页面瞬间加载出来。

Agent Provocateur，简称AP，翻译成中文便是大内密探，伦敦高级内衣品牌，和维多利亚的秘密时装秀不一样，他们家的大多数都是透明的蕾丝。

安歌只扫了一眼，耳窝就迅速热了起来，抿着唇瓣关掉了网页。

自打结婚，哦不，自从第二场个人秀以后，傅二狗子宛如打开了新世界的大门，再加上他挑剔又会享受的性子，说实话，安歌还挺喜欢傅斯珩这种调调的，但是现在……

安歌想到宣传网页上的粉白猫耳朵，舔了舔唇瓣，刚想打字拒绝，抬手摸到自己的小腹，勾了个坏笑。

买！娘娘有钱，娘娘给他买。

安歌：“娘娘满足你。你开心就好，你想买几个就买几个！”

傅斯珩看完消息，眯了一下眼睛，稍稍坐直了身子，提了点兴致。

安歌爽快得让他有点不适应。

傅斯珩的指尖顿了片刻，想到反正安歌再怎么折腾也折腾不出什么大的水花，直接点开了网页，挑了些顺眼的一路下单过去，甚至还买了两个兔尾巴。

一白一粉。

傅斯珩把网页滑到最下面，支着下巴，有股说不出的慵懒闲适。

魏舟看着非常欣慰。老板开心，大家省心，娘娘一个人造福千万家。

魏舟甚至在心底里幻想起了等会儿下班请小圆看电影的场景，美滋滋的。

傅斯珩加购物车，选了快速送达，结算后付款。

所有的步骤一气呵成。

“叮咚”一声，付款成功。

傅斯珩眉毛轻挑。

于此同时，安歌收到了银行发过来的扣款信息。

中国农业银行：“您尾号 3176 账户 10 月 21 日 10:08 完成支付宝交易人民币 -18520.00。”

这是买了多少？

傅斯珩：“大概下午到，记得签收。”

安歌哽住了，不知道说什么。把微信消息从头到尾翻了一遍，越看心情越复杂。

她实在搞不懂，为什么事情突然就往这个方向发展了？她不知不觉中就被傅斯珩带到了沟里……

傅斯珩：“你刚才说什么好消息？”

安歌：“恭喜你中奖了！无价之宝！开心吗？”

傅斯珩：“无价之宝是你吗？”

这撩得她猝不及防，傅斯珩肯定背着她偷偷补过课。

看着那个句号，隔着屏幕，傅斯珩都能想象出安歌茫然又不想认输的模样。

跟他玩套路，嫌自己的命长。

看在安歌爽快答应的分上，傅斯珩勾着嘴角，决定先哄哄快要奓毛的安歌。

傅斯珩：“坏消息呢？”

安歌：“我心里有别人了！”

傅斯珩的手机停止了振动。

办公室里突然静了下来。

魏舟一时有些不习惯，平时娘娘要是主动找他们老板，两人肯定要腻歪好一会儿，这次结束得太快了。

不正常。魏舟不动声色地掀起眼皮，瞧了傅斯珩一眼。

秋阳折入室内，光影明亮，傅斯珩半靠着椅子，修长匀称的骨指叩在手机后面，指尖悬停在屏幕上方，一时没动，神情看不清喜怒。

傅斯珩看着安歌发过来的消息，垂眼，眼睛眯了一下，轻嗤了一声。

心里有别人了？

傅斯珩的指尖轻轻点下，开始反思，最近一段时间他是不是对安歌太好了，把她惯得皮又痒了起来？

傅斯珩没接安歌的话，直接给秦湘发了一条消息，问清了地址。

秦湘一直惦记着安歌，生怕她再惹事，收到傅斯珩的消息，见傅斯珩要接盘，忙不迭地把这块烫手山芋丢了出去。

秦湘："市人民医院的中庭，住院部大楼后面倒数第三个休闲椅上。"

傅斯珩："体检结果怎么样？"

秦湘"啊"了一声。

这个问题问得好，很有灵性。

秦湘点开对话框，来来回回地编辑了好几次回复，始终觉得不妥，每次都在要发送的时候删掉了已经编辑好的话。

秦湘长叹了一口气，想到安歌要求保密的事，斟酌着回复了三个字，十分含蓄。

"挺好的。"

安歌还活蹦乱跳的，并且身体力行地诠释了什么叫"1＋1＞2"。

医院、体检、挺好的……

傅斯珩的眉心一跳，抬手捏上鼻梁时，脑子里蓦地冒出了一个猜测。

上个月和这个月，安歌好像一直是可营业状态，每个月一次暂停营业的日子迟迟没来。

傅斯珩的脸色瞬间变了，从椅子上起身后急忙向外走。

他突如其来的动作把魏舟吓了一跳。

魏舟见傅斯珩冷着脸，一副"别招惹我"的模样，忙跟上去，追问："这是怎么了？"

该不会是他们娘娘出事了吧？

魏舟想到这个可能，吓得心惊肉跳。

“车钥匙。”

“啊？哦哦！”魏舟回神，忙从裤子口袋中掏出车钥匙递给傅斯珩，“要叫救护车吗？

“我现在就安排医生！”

傅斯珩的步子一顿，瞥了魏舟一眼，目光更冷了。

魏舟没刹住脚，直直地往傅斯珩怀里撞。

傅斯珩向后退了半步，避开魏舟：“有时间乱想，不如把风雅纪并购手工纽扣工坊的文件整理发给我。

“限你今晚之前。”

魏舟一个踉跄：“啊？”

见傅斯珩没回自己，安歌倒也识趣地没再凑上去招惹他，她坐在长椅上支着下巴，一会儿看看天上飘浮的白云，一会儿看看花坛边缘辛勤劳作的小蚂蚁们，整个人悠闲得不行。

安静了有一会儿的手机再次响起，秦湘的消息一条接一条地进来。

秦湘：“宝贝，你还在医院吗？”

秦湘：“你别乱跑啊，千万别动手！听姐的话，姐跟你说，没有什么事是警察叔叔不能解决的。”

秦湘：“如果有，那一定是警察叔叔还不够多，我推荐你打10086。”

秦湘：“哈喽？宝贝，你还在吗？”

秦湘：“在的话，请吱一声！”

安歌：“吱——”

秦湘：“行嘞，你乖乖待在原地不要走动，我让傅总去给你买几个橘子。”

安歌：“纠正一下，朱自清的《背影》讲的是父与子，我才是爸爸。”

秦湘敷衍地回了六个句号。

市中心，恰逢中午出行高峰期，人民医院附近的车流量骤增，一直在堵车。

红绿灯口，车子更是堵得寸步难行。

傅斯珩的下颌紧绷，搭在方向盘上的指尖微颤。

车内的空调连降三个度，他还是嫌烦。

是他的疏忽，上个月就应该发现的。

只要一想到安歌怀着孕还踩着十几厘米的细高跟走秀，傅斯珩的额角就跳得欢快。

流水的时装秀，铁打的安咕咕，她一天三场。吃得少，睡得晚，起得早。

傅斯珩扯松了领带，将领带随手丢到副驾驶座上，微微仰着头，抬手压了压喉结后，烦躁地摁下了车喇叭。

前面的车终于往前挪了半米的距离。

红灯跳转成绿灯。

离人民医院不到两千米的距离，他足足等了近十分钟，道路越来越堵。

傅斯珩的耐心彻底告罄，直接将车停到了路边。解开安全带，下了车，甩上车门，他几乎是用跑的。

傅斯珩穿过挂号厅，进了中庭，一眼看到了坐在倒数第三个长椅上的安歌。

她手里捏着不知道从哪里折下来的树杈子，低着头，饶有兴味地在花坛边缘点来点去。

秋阳落在她身上，静得像一幅画。笔触柔和，颜色细腻。

她的嘴角勾着，脚跟在地面上有一下没一下地点着，有几分幼稚。

傅斯珩的烦躁一扫而空，眯着眼看了安歌一会儿，心渐渐静了下来。

“饿吗？”

傅斯珩调整好情绪，走过去。

“嗯？”

安歌面前的阴影一深，闻到了熟悉的木质香，立刻丢了树杈子，抬头去看傅斯珩。

一向精致又挑剔的男人此刻竟显得格外随意，他的领带被扯丢开，额前的碎发稍显凌乱，衬衫袖口的扣子被解开，往上折了折。

他收好她随手放在长椅上的化验单，又平静地问：“想吃什么？”

安歌看了片刻，突然笑了。

“火锅。”安歌试探着提要求，“要红汤。

“可以吗？”

傅斯珩的喉咙发紧，垂着眼“嗯”了一声。

评分高的火锅店内爆满，人声鼎沸。

仿古的雕花木窗隔开一桌又一桌，细竹帘放下。

傅斯珩的筷子拨开汤底上面一层厚厚的辣椒油，雾气滚滚。虾滑下锅，肥牛卷稍微涮两下便熟了。

香气四溢。

安歌可能是因为怀孕心思更加敏感，咬着筷子，觉得自己有时候真卑微。

这个不能吃那个要少吃的，为了保持身材连吃口肉都要掂量掂量。

再加上傅斯珩几乎不怎么让她碰辣的，冰的和炸的就更不行了，整整一年，安歌都觉得自己是属兔子的。

肥牛卷烫熟后，傅斯珩拎过桌旁的热水壶，取过干净的瓷碗，倒了一碗热水。

傅斯珩把蘸满辣油的肥牛卷过了热水，涮一遍，这才夹给安歌。

还能这样的吗？

安歌在吃和不吃之间纠结了一会儿，选择了先尝尝味道。

麻辣味不重，虽然过了一遍热水，但味道再怎么差也不可能比开水烫西兰花差，安歌尚算满意。

一口肥牛卷一口虾滑，安歌摸着小腹，又伸出了小脚，再次在作死的边缘大鹏展翅。

“他说他想吃百奇饼干。”

傅斯珩放下筷子，挑着眉梢，看着一脸无辜的安歌。

“赵阿姨说是你的问题，不是我的问题。频率太高，难免中奖。”安歌摆出无辜的表情，强调，“你得负责。”

傅斯珩扯了扯嘴角，反应平淡：“嗯。”

“要草莓味的超细百奇饼干。”

“还有呢？”

“暂时没有了，只要草莓味的。”

傅斯珩似笑非笑地朝安歌看了眼。

傅斯珩买的那箱东西下午就到了，然而并没有派上什么用场。

入秋之后，天黑得越发早。

大纸箱被收起，吃了晚饭，安歌洗完澡便躺到了床上，习惯性摸手机想玩一会儿涂色小游戏。慢了一步，手机被傅斯珩没收了。

“早点睡。”傅斯珩拿了本杂志递给安歌，“我等会儿过来陪你。”

还不到睡觉的点，安歌没什么睡意，翻了一会儿《VG》，又觉得无聊。

安歌掀开被子，在楼下的书架上找了一本讲《宋明理学》的书，打算养养瞌睡。

这种玄而又玄的东西最能养瞌睡了。

果不其然，没翻两页，安歌的睡意上来，打了个哈欠，合上了书。眼皮耷拉，没一会儿，她睡着了，本以为不会睡得很沉，哪知道最后她连傅斯珩什么时候回来的都不知道。

秋夜，万分寂静。

傅斯珩熄了灯，单手揽着安歌，继续看着下午没看完的电子书。一本书翻完，不知不觉过了零点。

傅斯珩没什么睡意，点开了 Word 文档，凭着印象概括总结后，单手打字，一条一条记下。

屋内没开空调，睡到半夜，安歌出了一身汗。

安歌翻身后，被手机屏幕的光照到，眼皮颤了颤，缓缓地睁开了眼。

她的头枕在傅斯珩的胳膊上，透过眼皮间的缝隙，模模糊糊看到一个类似文档一样的页面。

傅斯珩的手机屏幕上右上角显示的时间为00:48。

小贴士：

1. 小咕咕大概三十六天左右，孕酮值正常。

2. 忌口：忌吃高脂肪、高热量、高糖食物，忌寒凉辛辣食物，等等。

3. 孕期脾气可能会变大，情绪也会更加敏感，得顺着。

4. 前后三个月不能同房，中间三个月夫妻生活要温和。

……

傅斯珩揽着她，在单手记着小贴士。

安歌的视野清晰后，默默看完了全部。

从中午见到傅斯珩的时候，安歌就知道傅斯珩没有表面上那么平静。

他的感情一贯藏得深，别人窥不到几分。

想到那些注意事项，安歌突然伸手戳了戳傅斯珩的胸膛。

傅斯珩迅速摁了锁屏。

“吵醒你了？”

安歌抬头，摸黑胡乱地亲了亲傅斯珩的下巴，伸手圈上他劲瘦的腰，埋头贴着他的胸口说：“别紧张。”

“我和他都会好好的。”

傅斯珩顺了顺安歌的脊背，她的脊骨明显，身上几乎没有一丝赘肉。

太瘦了。

“我和唧唧都会好好的，别担心。”

傅斯珩顺着安歌脊背的手一顿：“叽叽？”

“对啊。”安歌又亲了亲傅斯珩的下巴，“我晚上翻《宋明理学》的时候突然想到的。

“是不是特可爱？

“安安家的闺女叫苏滚滚，我们家的可以叫傅唧唧。”

男女都可以用，可爱。

“傅叽叽？”

“对，傅唧唧！”

傅斯珩果断换了一个话题：“明天早上想吃什么？”

番外二：舍己为人傅斯珩

十一月，气温骤然降了下来，风又冷又干。

安歌的工作基本上被暂停，只剩下零星几个谈好的代言广告没拍，秦湘挨个沟通，能延后的延后，不能延后的也都推了。

不用工作，安歌安心地当起了咸鱼，实在太无聊又找了几本考研书，打算没事考个研究生，全当胎教了。

这天下午，安歌接了通秦湘的电话。

“小祖宗！十万火急！火烧眉毛了！”秦湘开门见山，“你还记得你还有一场商业秀没走吗？”

“Victoria's Secret Fashion Show。”

“得亏你还记得。”秦湘吐槽，“去年主办方没请得动你，你说你今年走，合同也签好了。

“我就是问问你，你还走不走？算了，你的意见不重要，傅总肯定不会让你走。”秦湘自言自语，“我还是联系那边，看看违约要赔多少钱吧。”

“反正你们家傅总也不差那点钱。”秦湘说着就想挂电话，“行了，没事我挂了。”

“等等！”

“嗯？”

“我没说我不走。”

电话中出现了一阵诡异的沉默。

片刻，秦湘喊出声：“你要走？傅总同意了？”

“没。”

“那你跟傅总提了？”

“也没。”

“哦。”秦湘冷笑一声，“你信不信你要是提了，傅总能把你的腿打断。

“哦不，你要是能走这场维密，我和小圆现场给你表演撞大墙。”秦湘开完玩笑，又说，“你还是好好休息吧，宝贝。”

“给你个讯息，明天你和小圆就可以为我撞大墙了。”安歌想了想，又补充了一句，“赔钱是不可能赔钱的，没钱，我要养小咕咕。”

最后，安歌到底是怎么让傅斯珩点头同意她走VS的成了一个秘密，反正临晚上那会儿，安歌发了条朋友圈。

赚钱养小咕咕的咕咕：“Victoria's Secret Fashion Show 见啦。咕咕咕。”

很快，评论区被问号占领。

苏衍发了一个问号。

魏舟：“我们老板被盗号了？”

书淡淡：“娘娘威武！咕咕大胆飞，傅总永相随！”

秦湘：“为你痴，为你狂，为你哐哐撞大墙。”

小圆：“娘娘威武，呜呜呜，为你痴，为你狂，为你哐哐撞大墙！”

林思晗：“世界第九大奇迹，哈哈。”

肖冉：“不知道说什么，点个赞叭！”

这一年的Victoria's Secret Fashion Show落户S市。

这是他们第一次在亚洲地区办秀，饶是官方保密活动做得再好，也架不住带着显微镜在网上冲浪的网友们的侦察，迅速扒出了大秀的地点——梅赛德斯奔驰文化中心。

因为一些不可抗力的因素，Victoria's Secret Fashion Show 延后了一段时间，往年都是十一月初开始录制，十二月份的时候在电视上进行转播，这年VS官方终于认识到要与时俱进，走起了亲民路线，首次开启了网络同步直播。

High Fashion 和 VS 对模特身材的要求不一样，High Fashion 恨不得模特个个都是高竹竿子＋飞机场，台布中庸即可，主要是展示秀服，而VS则要求模特身材丰满健美，瘦得琳珑有致，台步活泼性感奔放，要能带动现场的氛围。

High Fashion 超模可以在 VS 秀场上客串，而 VS 商业模特很少有走 HF 的，在这背后，有不少 High Fashion 超模在走过 VS 后被奢侈品牌所摒弃，不是所有的模特都可以像诸神时代的超模一样。

诸神时代的超模造就了 VS 的辉煌，而诸神时代之后的超模更像是抱着 VS 的大腿从而打开知名度，因着连续几年的用人不当以及被网友嘲为“鸡毛掸子”的秀服，VS 在持续走低后终于改变了以往的商业策略，重新走上了抱 HF 超模大腿的道路。

安歌之前很长一段时间都在走 HF，体重过瘦，在秀前她的训练量非常大，她一边忙着美体一边还得顾着肚子里那个，孕妇操和瑜伽也不能落下。

她在忙着训练，傅斯珩在忙着挨训。

怀孕走秀这么大个事，自然不能瞒着，傅老爷子和安之儒在知道安歌要去走秀后，两人先是齐齐地沉默，随后又不约而同地鼓励了一番。

不同的是，安之儒是发自内心的鼓励，他一向开明，虽说也担心，但毕竟有傅斯珩在，他还是放心的，自家闺女的事业肯定要支持。

而傅老爷子就不一样了，他是表面上鼓励，对着安歌是一脸慈祥，再三叮嘱别太辛苦，有什么事还有傅斯珩顶着。回头挂了电话，一转身迅速打了通电话给傅斯珩，把傅斯珩训了一顿。

训完一顿还不行，傅老爷子只要想起来，那必定是打电话过去，再把自己的孙子傅斯珩拉出来遛遛。

大秀当天，梅赛德斯奔驰文化中心，媒体艺人云集。

十一月末的夜晚，寒风凛冽，而场馆内，气氛热烈，T 台灯光暗淡迷离。

前台，高级贵宾观众席第一排，靠中间的位置。

傅斯珩单穿着一件黑色的衬衫，未系领带，也未戴领针和袖扣，他的坐姿慵懒随意，手机被放在左侧大腿上。

开秀的时间所剩无几，离得越近，傅斯珩手机振得越厉害，全部是傅老爷子训人的消息。

傅斯珩以不变应万变，傅老爷子说什么他都简简单单地回一个字。

划水划得光明正大。

傅老爷子显然不满意，感觉自己一拳打在了棉花上。

爷爷：“你除了‘嗯嗯嗯’，你还会什么啊？”

傅斯珩：“没有我，哪来的小咕咕？”

饶是傅老爷子久经商场，老脸皮厚惯了，也没想到傅斯珩会回这么一句话，关键是还非常有道理。

傅老爷子顿了顿，训人的消息一条接一条地往外发，越训越起劲。

傅斯珩直接摁了锁屏。

在爷爷眼里，安歌是没有错的，如果有，那一定是他的问题。

手机屏幕刚暗下去，便再次亮起。

爷爷：“一定是你的问题，你应该好好反思一下，咕咕那么单纯的孩子——”

后面的话，傅斯珩懒得再看，光看“单纯”那两个字，他都能气笑了。

嗯，单纯，是挺单纯的。学以致用，都知道卡时间点跟他提要求了，而且时间节点她卡得还挺准的。

傅斯珩舒了一口气，敛了神色。

旁边一直空着的位子有人落座了。

“感谢傅总啊，让苏大银行家连输了两套房子给我。”苏安红唇明艳，落座后打了招呼。

傅斯珩偏过头：“嗯？”

苏衍的脸色平静，倒是苏安笑得越发妖娆了。

她前段时间比较闲，把VS近几年的大秀视频挨个看了一遍，看到安歌走那场主题秀的时候，她喊苏衍过来看看。

苏衍在哄苏滚滚，没兴趣看。

两人聊了一会儿，聊到了傅斯珩，苏衍说以傅斯珩的性格，安歌以后不用再想走VS这类商业秀了。

只有一种情况例外，那就是只走给傅斯珩一个人看。

她当时就反驳了一句。后来聊着聊着，两人不知怎么的就打起了赌。

苏衍很干脆，直接的同时还不忘给自己谋福利，说：“傅斯珩要是能同意他老婆走VS，沁园两套房全送给你。相反，傅斯珩要是不同意，还请苏夫人以后配合一点。”

她也不是赌不起的人，女人超准的第六感给了她自信，顺溜地接了句：“可以，姿势你随便挑。”

再后来，显而易见的。

苏安翻身农奴把歌唱，成功晋升成了地主阶级，成了苏衍的房东，把苏衍踹去和他亲儿子苏宝睡了几天。

都说天道好轮回，风水轮流转，苏衍也翻车了。

听完苏安的解释，傅斯珩笑了："不客气。"

"苏总年纪大了，力不从心属正常情况，评估风险难免有失手的时候。"

苏安在听到"力不从心"那四个字的时候，很不给面子地笑了出来。

苏衍递了个警告的眼神给苏安，又看向了傅斯珩，那眼神只传递出一个讯息。

——你怎么就不争气？

傅斯珩当没看到。

现场的气氛热烈。

苏衍神态自若地收回了视线，又想起什么似的，从苏安包里拿出一个卷起来的锦旗，递给傅斯珩："苏宝送给他傅叔叔的。

"打开看看。"

苏衍的表情很正经。

傅斯珩拎着锦旗的上端，拇指一松，卷起的锦旗立时敞开，两边和末尾缀着的黄色长穗微甩着。

深红色的丝绒锦旗，黄色宋体字，写着："感谢傅叔叔舍己为人，造福千万家。"

"舍己为人？"四字成语在傅斯珩的舌尖上滚过，他看苏衍的眼神仿佛在说一句话。

——你儿子好像不太聪明的样子。

苏衍不在意。

倒是苏安，想都不想，直接把苏衍给卖了："都是苏衍教的，苏宝还小，他不懂的。"

傅斯珩点点头，眼神换了一个意思——

子不教父之过。有其父必有其子，亲爹都不聪明了又怎么指望儿子聪明呢？这不是强人所难吗？

傅斯珩收了锦旗，用微信给苏衍发了一份0-3岁婴幼儿早教的文档，套用了安之儒不久前对他说过的话，要求苏衍好好看、认真学、仔细品。

“滚滚还小，你还有机会。”

苏衍慢悠悠地道：“共勉。”

热场音乐被切，观众席灯光暗下，T 台灯光渐次亮起。

映着镁光灯，T 台上的闪粉和碎钻折射出细雪一般的银光。骤然间，开秀音乐响起，巨幅大屏变幻出最纯粹的烈火，银光似落上了抹轻红。

Victoria's Secret Fashion Sho 开秀环节，第一个主题，Goddesses（女神）。

城堡的钟声响起，伴随着拉长的钟声，灯光打到了 T 台上面。

“哇——”

“哦？”

众人这才发现 T 台顶上吊着一个黑色的铁笼。

架子鼓鼓声响起，全场气氛嗨了起来。

吊着的铁笼被缓缓放下，铁笼内的数位模特们映入眼帘，她们一直维持着定点的姿势，哪怕在高空中，也不见丝毫怯懦，身姿极稳。

几乎是下降的瞬间，傅斯珩一眼认出了站在最前面的安歌。

VS 抱 HF 超模大腿抱得太过明显，再加上 S 市又是主战场，讨好的意味十足，让安歌以非签约天使的身份拿下了大开。

灯光师非常心机，始终不肯将灯光落在模特的脸上，一直将光聚在模特佩戴的内衣上面。

鼓点一熄，灯光全暗。

模特们的正脸始终没看到。

铁笼彻底降落下来，紧跟着，更加密集更加躁动的鼓点骤然响起。

红光四射，一声响，铁笼被打开的瞬间，卡着背景音乐的节拍，安歌放下一直掐在腰上的手，甩开了步子。

安歌穿着红色缎面制的长靴，长度快到膝盖那里了，长腿傲人，腿型无可挑剔。长靴上缀了圈细小的红色宝石，楚腰纤细。再往上便是这年的 Fantasy Bra（幻想内衣），最中间嵌有一颗五十二克拉的梨形红宝石吊坠，上面有近三千颗的钻石组成雪花图案，勾成 Fantasy Bra 的主体，连系带都是由纯银打造而成，奢华至极。

为防止走光，里面又加了红色的内衬。

安歌栗黑色的长发被卷成了大波浪，披散在肩头。凌厉的大交叉，交叉到快要起火的剪刀腿。

随着她走路的动作，发丝被鼓风机扬起，平添了几分野性。

明明主题是“女神”，她却更像一个小恶魔，歪戴在头顶的红色小礼帽丝毫压不住她的气势。

视觉效果极强。

看着安歌没有丝毫顾虑的交叉步，苏安轻声说：“要不是知道，我还真看不出来她是个——”

孕妇。后面两个字，苏安消了音。

哪有孕妇是这样的？踩着长靴，宛如御驾亲征的女皇，所过之处，所向披靡。

没见过，长见识了。

现场非常嗨。

傅斯珩的表情冷淡，明明做过无数次心理建设，看到安歌的那一瞬间，不爽的感觉一点点扩大。

安歌硬是把 VS 走出了 HF 的架势，前半段路程没有丝毫互动，十分高贵冷艳。

就在所有的粉丝都以为安歌会继续以这股子冷艳的劲风靡全场时，安歌嘴角勾起，看向傅斯珩，露出了一个傅斯珩才看得懂的表情。

——注意！我要开始搞事了！

傅斯珩挑眉。

安歌偏头的瞬间，长卷发甩出了一个漂亮的弧度，撩人万分。

她的视线落在观众席第一排的某个人身上，抬起双手，移到身前，左右手的食指对抵到一起，随后向两边画去，画出了一个爱心。

安歌两只手的食指再次相贴的那一刻，隔空对傅斯珩抛了一个“亲亲”，将画好的爱心推给了傅斯珩。

现场导播非常会来事，手疾眼快地将镜头对准了观众席第一排，找到了那位让安娘娘隔空示爱的神秘大佬。

现场的气氛嗨到爆，掌声、口哨声不断。

苏衍意思意思地鼓了鼓掌，道：“傅总舍己为人，名不虚传。”

而与此同时，第一主题未谢幕，网络上的气氛也是嗨得不行。

#安娘娘隔空示爱#的话题冲上了热搜前排。

点开话题，里面的发言五花八门。

“我从来没想过……有生之年能看见安咕咕这样走秀！她以前走秀从来不笑的，大前年的维密也是全程冷艳得不行！”

“感恩傅总，让我看到了这么可爱的娘娘！虽然这个爱心不是我的，但我可以假装它是我的！”

“只有我一个人关注今年的Fantasy Bra的价格吗？这又是一个上千万美元的！”

“上千万美元又怎么了？傅总马上给你买下来。”

万众期待的VS圆满地落下了帷幕。

被人津津乐道的上千万美元的Fantasy Bra在大秀未结束，便被一位神秘买家预定了。

官方从不透露任何客户消息，只道未拆卖整个卖了出去。

虽然没有半点风声，但大家都心照不宣地默认了这位神秘买家是傅斯珩。

忙完最后的工作，安歌被全家人看着做了一次详细检查。

小胚胎非常顽强，作为一个见过大场面的小胚胎，他非常健康。

安歌无聊，又捡起了考研书，全当是在胎教了。

别的小胚胎听ABCDEFG，她听孔孟老子道德经，接受着马克思列宁主义的熏陶。

时间过得很快，四个月末的时候，安歌的小腹终于有了明显的凸起。

傅斯珩逐渐减少了工作，晚上经常带着安歌出去散步，时不时看一场电影。

看电影是其次，吃遍大街小巷才是正事。

模特不是明星，超模圈也不是娱乐圈，出行轻松自在，不必遮掩。

这天看完电影，从电影院出来之后，安歌挽着傅斯珩的胳膊，逛起了夜市。

夜市人来人往，繁华热闹。

他们买了一份章鱼小丸子，安歌捏着竹签，时不时地从被傅斯珩拿着的纸盒中戳一个。

傅斯珩怕别人撞到安歌，一路上都在抬手护着她。

几个月下来，安歌早就习惯了时不时抬手摸一摸小崽崽在的地方。

夜色深，本以为不会有人认出来。

哪知道还是有显微镜女孩存在，她悄悄地拍了一张照片，放到了安歌的超话里。

某不知名路人：“偷偷问一句，娘娘这是怀孕了吧？”

照片上的安歌穿着宽松的毛衣外套，小腹凸起，脚下踩着一双毛绒绒的平底鞋，整个人看着十分柔软。

而她身边的男人一直抬手护在她身侧，灯下，两人格外养眼。

点开评论——

“上图？”

“实锤了！这看着就知道怀了不止三个月了！”

“等等！我忽然想起来，这女的是不是怀着孕就去走秀了？”

“好狠！”

“不对！重点明明是傅总和娘娘养小咕咕了！@爸爸去哪儿，导演你快看这里！听我的，快给我安排！我不听！”

◈◇ 番外三：唧唧来了

傅唧唧出生在九月中旬，和爸爸一样，是一个挑剔的处女座。

说起为这个小胚胎起名，安之儒一家差点没“打”起来。

在小胚胎六个月大的时候，安之儒把安歌和傅斯珩召了回来，左手《楚辞》右手《诗经》，面前茶几上还堆了好几本《唐诗注疏》《宋词三百首》，再往下还压了好几本专辑诗词选，粗略看下来，什么花间词、小山词应有尽有。

安之儒撸起袖子，摆出了演讲的姿势：“在正式起名前，我们先来看看咕咕崽爸爸妈妈的名字。”

见安之儒摆开长谈的架势，安歌不自觉地坐直了身子。

“我们先来说说你的，斯珩斯珩，你爷爷应该和你说过你名字的出处。

“我记得老爷子说你这个名字是傅清让起的。”

傅斯珩略微一颔首。

“斯珩，斯这个字出自《诗经・大雅・下武》，于万斯年，受天之祜。受天之祜，四方来贺。”

安之儒合上《诗经》，点名道：“来，安歌同学，麻烦你把你老公的名字大概翻译一下，就说‘斯’这个字就行。”

傅斯珩搭在安歌凸起的小腹上的手轻轻顺了一下。

“斯年，又叫“这样的年”，而于万斯年，受天之祜则是在漫长的岁月里，受到上天的庇佑，天赐洪福长长久久，四方的诸侯前来朝贺。

“对，而“珩”这个字，同样出自《诗经》，《小雅・采芑》篇载，服其命服，朱芾斯皇，有玱葱珩。

“合起来呢，就是老傅同志希望你一生平安顺遂，享受着天赐予你的福禄，也有着凌驾于他人之上的能力，从而使别人心甘情愿地为你所用。

“而你也确实做到了。”安之儒说着，有些欣慰。

“说完你的，再说我们家安歌的，她的名字出自《楚辞·九歌·东皇太一》，扬枹兮拊鼓，疏缓节兮安歌，取了个一生顺遂平安的意思。

“都说女《诗经》男《楚辞》，你们倒过来，也是配得很！”

安歌实在揣摩不准老安头的心思，看了一眼老神在在的傅斯珩，问：“所以呢？”

“所以？所以取名要有寓意啊。”安之儒长篇大论讲完就得出这么个结论，“马虎不得。”

安歌和傅斯珩都不想说话。

“你知道你林叔家的小外孙女吧？”

“嗯。”傅斯珩颔首，“沈了了。”

“对！小时了了，出自《世说新语》，林学森这个糟老头子明明是个搞物理的，取起名字来倒是不含糊，我们老安家搞文学、搞艺术的怎么能输给隔壁搞物理的。”

安歌哽住。

南娴插话：“大名急不得，现在都兴起小名，咱们可以先想想小名！老林倒是会取，了了，既当大名又当小名，寓意还好。”

“你们对小名有什么想法吗？”安之儒又问。

安歌试探着接道：“我翻《宋明理学》的时候想了一个。”

傅斯珩偏过了头。

“《宋明理学》啊？那倒还有些说法。”安之儒摸着下巴，“什么寓意啊？”

“傅唧唧！”

“嗯？”安之儒把名字过了一遍，觉得不对劲，“傅啥玩意？”

安之儒看向傅斯珩的眼神不对了。

傅斯珩抿唇。

“唧唧啊，哼哼唧唧的唧唧。”安歌解释。

“那和《宋明理学》又有什么关系呢？”

“我没说和《宋明理学》有关系啊。”

安之儒转头问傅斯珩："你同意了？"

安歌迅速扭头看向傅斯珩，朝他递了个眼神。

——你要是敢说一"个"不字，断粮警告。

傅斯珩不想断粮，前后三个月都不能碰，中间还断粮。

"在想。"傅斯珩选择了打太极。

安之儒稍稍放了点心。

"嗳，叫'小豆豆'怎么样啊？"南娴说道，"小豆芽成长日记。"

"隔壁老王家的泰迪就叫'小豆豆'。"安歌反驳。

"不比你'傅唧唧'好听啊？"南娴抬手点安歌的脑袋瓜子，"你要是真起这么个名，我们小咕咕以后怎么出去见人啊？"

"别的小朋友自我介绍道，哥哥姐姐好，我叫'沈了了'，我叫'苏滚滚'，我们小咕咕自我介绍'我叫傅唧唧'？"

"不挺好听的吗？"

为孩子起名这个话题高开低走，最终又不了了之。

之后，在起小名这件事上，安歌坚持要叫"傅唧唧"，并且为之和傅斯珩切磋了无数个夜晚。

每次都以割地赔款开头，无疾而终而结束。

傅斯珩对别人狠，对自己更狠，而他的快乐一向是建立在别人的痛苦之上，哪怕安歌在他身上不管是"武力镇压"还是"哼唧相求"，最后关头他都能说一个字——不。

但安歌是那种不撞南墙不回头，撞了南墙还能再撞一次的人，所以最后在待产室的时候，安歌疼得直冒冷汗，还不忘再提一次。

这次傅斯珩想都没想，点头同意了。

傅唧唧小朋友刚出生的时候皱皱巴巴的，像一只小老鼠，但没几天便长成了一只奶油团子，粉嫩又Q，十分可爱。

出院回家后，安歌几乎每一天都在反思自己当初给傅唧唧取这么个小名到底对不对……

因为她真的太能哭唧唧了。

人如其名，一开始安歌以为她只是太小了才会这样，然而后面的事实向她证明并不是的，她就是想哭唧唧而已。

早也哭，晚也哭。

开心也哭，不开心也哭，只要她想，无论何时何地都可以哭出声。

光哭不下雨，一点点雨滴都没有。

而且她还完美地遗传了傅斯珩挑剔的性格，非常认人。两个月大的小崽崽什么都不会，就会认人，闭着眼睛都能知道是谁在抱她。

阿姨不要，月嫂不要，抱了就哭，一旦哭出声，一般人还哄不住她。

南娴和安之儒都不行，必须要她和傅斯珩亲自上手。偶尔她也不行，一定要傅斯珩过来，她才会赏脸，意思意思地配合一下，哭的声音一收，小脑袋蹭蹭，傲娇地打个哈欠在傅斯珩怀里寻个舒服的地方继续睡觉。

安歌不知道傅斯珩心里怎么想的，不过肉眼可见的，在对傅唧唧的事情上，傅斯珩的耐性会多很多。

小奶油团子两个月大一点点的时候，某天下午，快到傅斯珩回来的点了。

躺在婴儿床上的傅唧唧睁开了眼睛，盯着吊在床上的小海豚玩具好一会儿，手指头绕来绕去。

等了一会儿，傅斯珩还是没有回来。

安歌看着挂在墙上的复古钟表，数着点，在钟表时针划过罗马数字“Ⅴ”时，傅唧唧果然按时按点地哭了起来。

倒也不是真哭，就是撇着小嘴巴，扯开嗓子在那里喊，试图引起注意。

安歌无声地叹了一口气，撩开婴儿床边的白色轻纱帘，将趴在床上哼哼唧唧的傅唧唧抱到了怀里。

“你亲爱的傅傅可能临时有事。”安歌轻轻顺着傅唧唧的背，哄着，“乖啊。”

傅唧唧哭的声音小了那么一点。

“爸爸不喜欢哭的小朋友，你看妈妈就不哭，所以爸爸非常喜欢妈妈！”安歌说这话的时候一点都没脸红。

“再哭爸爸就不喜欢你了哦。”

傅唧唧闭着眼睛，小巧的鼻头皱起，蜷缩着搭在安歌锁骨处的手指头动了动，酝酿不到两秒，哭的声音陡然放大。

皮了一下的安歌：“呃……”

说好建国以后不允许成精的呢？

“爸爸可喜欢你了！”安歌抱着傅唧唧在卧室里来回转悠了两圈，一边哄一边轻轻晃着她，“你这么会撒娇，爸爸怎么可能不喜欢你！

“爸爸最喜欢会撒娇的宝宝了。”

傅唧唧哼哼唧唧的声音小了一点，颤了颤，软乎乎地趴在安歌肩头，继续跟奶猫似的哭着。

大有不见到傅斯珩绝对不收声的势头。

五点三十分，傅斯珩还是没有回来。

平时这会儿，傅唧唧早早地就躺到了亲爹的怀里。她可能是急了，手指头一直在不安地动着，最后蜷进了粉色袖中。

她微张的嘴巴，奶香一点一点往外冒，似乎在酝酿个大招。

马上就要下雨了。

安歌捏了捏她的小爪子，低头亲了亲她的脸颊，安抚道：“我们给傅傅打个视频电话，好不好？

“马上就可以见到他了。

“然后我们唧唧可以问他，珩宝为什么现在还不会回来陪宝宝……”说着，安歌抱着傅唧唧走到了床边，拿到扔在床中央的手机，点进微信，找到傅斯珩，戳开对话框，直接打了通视频电话给他。

视频通话的请求音响了一会儿，没人接。

傅唧唧淡色的小眉毛拧到了一块。

安歌真怕哄不住她，一直在和她说话。

“你亲爱的爹地长这么大都没什么人敢训他，向来只有他训别人的份，没有别人训他的份。

“妈妈以前都被他训过，唧唧等会儿——”

提示音断开，视频通话被接通。

安歌松了口气。

“老婆？”

傅唧唧听到声音，停下了哭的腔调，愣愣地睁着眼睛看向安歌的手机屏幕。

视频画面微微模糊了一会儿，一阵晃动后才清晰起来。

傅斯珩出现在镜头里。

“怎么了？”傅斯珩倾身，戴上了白色的无线蓝牙耳机，将手机放到了车载手机支架上。

镜头正好完整地摄入他的上半身。他穿衬衫打领带，一丝不苟，搭在方向盘上的骨指硬挺修长，腕骨清瘦，下颌线条凌厉，内敛又禁欲。

安歌学着傅斯珩往日里面无表情的模样，伸手指了指怀里的小奶油团子："问你的宝贝女儿。"

傅斯珩扫了一眼。

傅唧唧小朋友瞪着双大眼睛，正要把手指头往嘴里塞。

"还不错，没哭。"

呵，天真！

见到他当然不哭唧唧啦，小丫头收放自如，哭得情真意切，照这么培养下去，估计三岁就能拿奥斯卡了。

安歌抱着傅唧唧坐下，将手机竖着放在枕头边，抓住了傅唧唧要往嘴巴里塞的手指。

"来，唧宝。"

傅斯珩将手臂搭在车窗边，指腹压了一下唇。

唧宝。前无古人后无来者的名字，听得快，容易听岔音节。

小唧宝在安歌的怀里待不住，想离傅斯珩近一点。

安歌懂她的意思，将手机拿到了她的手边。

"看看这是谁？是不是你哭唧唧想求抱抱的人？"

傅唧唧的小脑袋蹭过安歌，头顶的一小撮软毛被蹭得立起，水润的眸子里满是好奇，直勾勾地盯着手机屏幕里的傅斯珩。

她除了哭，还发不出什么其他的音节。

傅唧唧眨了眨眼睛，小脑袋一低，伸出了手指，五根短短的手指头分开，似乎是想要摸摸屏幕里的傅斯珩。

她的小爪子一摁，不小心触到了红色挂断键。

手机屏幕接触灵敏，下一秒，屏幕一黑，傅斯珩消失了。

傅唧唧很不开心，小脑袋动动，又哭出声。

好在傅斯珩及时回拨了过来，安歌接了。

傅唧唧没来得及收腔。

"来，傅傅，现在请你听一听你宝贝女儿的戏腔，还是淮剧风格的，好听吗？"

等红灯的间隙，傅斯珩想起了以前安歌学着淮剧腔调捻着兰花指喊他“傅叔叔”，轻笑了一声。

“乖。”

也不知道他是在哄安歌还是在哄傅唧唧。

傅唧唧顿时收了手，吸着小鼻子，乖乖窝在安歌怀里，什么也不干就直勾勾地盯着傅斯珩。

两人见傅唧唧没再哭，转而有一搭没一搭地聊起了天。

“下午做什么了？”

“陪傅唧唧睡了一会儿，睡醒给喂了奶，看了一会儿书。你今天怎么这么晚？”

“嗯？”傅斯珩懒洋洋应着，丝毫不在意有傅唧唧这么个听墙角的，“想我了？”

他的语气缱绻，像极了每每最后温存时腻着说话时的调调，斯文又坏。

安歌默默望天。

傅斯珩这人总能一言不合把话题带偏。

安歌怕带坏小孩子，忙止住这个走向不太对的话题。

“想啊，我和唧宝都想你。”

“嗯。”傅斯珩也没打算继续让傅唧唧听这个墙角，解释，“魏舟最近在忙结婚的事，请了假，顾言蹊临时有约。”

“那傅总辛苦了啊。”

“辛苦有什么补偿吗？”

晚上，不到八点。

傅唧唧早早地进入了梦乡，睡得正熟。

安歌暂时没把她放到婴儿床里，因为她每天晚上到十一点都要醒来一次，醒了一定要再喝一瓶牛奶才能继续睡，所以安歌在大床上给她铺了张柔软的水蜜桃形状的垫子，方便等一下喂食。

“是不是特别可爱？”安歌枕着傅斯珩的手臂，靠在他怀里，给他放着白天录的傅唧唧抬脚的视频。

怕吵醒傅唧唧，两人几乎耳语。

看完视频，傅斯珩拿过安歌的手机，摁了锁频，单手撑着枕头，微微起身。

安歌默契地环上了他的脖颈。

离傅唧唧醒来的点还有一会儿，两人打发时间似的接着吻。

“嘘——”安歌抬手捂在傅斯珩唇边，“别吵醒她。

“坏得狠，我跟你讲，你小时候是不是就是这脾气？”

傅斯珩挑眉，啄了下安歌的手掌心，将她铺散在枕面上的长发顺到后面。

安歌的指尖抵着傅斯珩的喉结，笑了一声。

气氛正好，渐入佳境。傅唧唧跟太子爷点卯一样，到点哼起来。

安歌推了推傅斯珩，傅斯珩将落在额前的碎发抓到脑后，翻身下床去替傅唧唧冲牛奶。

床边开了一盏小橘灯，灯光柔和。

安歌支着下巴，歪头看着软垫里的小奶油团子。

傅唧唧醒了，吮着小嘴巴。

奶油团子未长开，但架不住爸妈基因好，取其精华去其糟粕后，傅唧唧长得十分甜。

傅斯珩那边有甜甜的奶香味溢出。

傅唧唧闻到奶味，小脚丫子一蹬，像条在浅水塘里打滚的泥鳅，翻身过去，脸朝向正在拧奶瓶的傅斯珩。

嗯？翻身了？安歌愣了。

傅斯珩拿着奶瓶过来，将奶嘴塞进了傅唧唧的嘴巴里。

傅唧唧淡色的小眉毛舒展开，满足地吮吸起了牛奶。

“怎么了？”傅斯珩视线落到一旁愣怔的安歌身上。

安歌突然跳了起来，勾着傅斯珩的脖颈：“傅傅，她会翻身了！

“她自己翻的！就刚才突然一下子，翻了过去！

“简直是个小天才啊！才两个多月！

“根本不用人教。”

◈◇ 番外四：养唧唧日常

小天才傅唧唧果然没让她亲妈安歌失望，不但在翻身这件事上远远领先其他小朋友一大截，连坐起来也是。

三翻六坐七滚八爬，除了爬这件事，她所有的动作都是提前大半个月就会了。

非常天才，天才到安歌以为她在爬行这件事上也会领先别的小朋友。

然而，事实证明，任何事情都不要想太美。

傅唧唧小朋友快足七个月的时候，还不会爬。

傅唧唧小朋友到底什么时候学会爬的呢？这是一个未解之谜。

傅唧唧满八个月的时候，安歌已经彻底放弃了教傅唧唧爬行这件事，变得佛系。因为不管她怎么诱哄傅唧唧，傅唧唧都不会上当，绝对不会往前挪一步。

哪怕她那位早就一分钟净收入不止三万块的亲爹亲自上阵也不行。

别问，问就是不给面子。

她只会坐在软蓬蓬的水蜜桃软垫里，睁着水润润的眼睛看着上蹿下跳的安歌，宛如看猴。

偶尔碰上她心情好，她看开心了还会赏一个甜甜的笑，她一笑，安歌就拿她没办法，只能随她去。

所以，傅唧唧小朋友八个月零十天的时候，依旧不会爬。

每每夜深人静，安歌想起还不会爬的傅唧唧，总有一阵说不上来的惆怅。

虽说她不求傅唧唧真的是个小天才，也不求傅唧唧还没上学就自学小学课本，门门拿满分，也不求她三岁就会背诵唐诗宋词三百首，但是爬这件事……

总而言之，这些都是年轻妈妈的焦虑。

傅斯珩不太懂，或者说懂了也不太理解，因为他比安歌还佛系，他对傅唧唧就两个要求。一是成人，不谈成绩，只需要她品行端正；二是健康快乐。

傅唧唧小朋友八个月零十一天的时候，苏衍一家来了。

傅斯珩和苏衍手下的项目各有侧重，聚在一起多是聊工作，且他们想打哑谜，说起话来一般人还真听不懂。

安歌从来没有凑上去听一听的念头，怕听了怀疑人生。

苏安和苏衍之间的误会解除后也懒得听他的工作，只是偶尔从苏衍嘴里套套话，买一支稳赚不赔的A股赚个奶粉钱。

两位大美人妈妈碰到一块，聊天话题自然落到了小宝宝身上。

“嗯？”苏安用手指逗弄着傅唧唧，“她不肯要阿姨吗？”

“嗯。”安歌点头，放轻了声音，“看到阿姨都能哭，非常认人，而且一般人都哄不住她，有时候还一定要傅斯珩过来。”

“啊？”苏安一听，乐了，“这么小就黏爸爸啊？

“那可了不得了，换位思考一下，你要这么想将来我们小唧宝长大了，肯定不会轻易就被普通的小男生给骗走。

“起码要你们家傅总那样的才行。”

安歌低头看了一眼表面上又乖又甜其实猴精的傅唧唧，陷入了沉默。

这说得好像很有道理的样子啊，根本骗不走啊。

察觉到自己亲妈的目光，傅唧唧非常赏脸地仰头看了看安歌。

她今天穿了件毛绒绒的粉白色兔子爬服。

因为要保护小宝宝们的四肢，减少他们在学习爬行时腹部与地板的摩擦，所以爬服多是连体款式的，且非常可爱。

傅唧唧肚皮那里是一撮椭圆形的白色软毛，其余地方都是非常柔和的粉色，垂耳兔＋圆球尾巴，可爱到炸。

苏安越看越喜欢，忍不住开口：“苏宝小时候就喜欢这种衣服，他小时候可软可萌了，还肉乎乎的。”

安歌轻应："现在长大了，是一个矜贵的小公子了。"

苏安摆摆手，想揭苏宝的短，想想又没揭。

苏宝的喜好其实没变，就是苏衍教他说他现在已经是个大孩子了，大孩子要有大孩子的样子，要成熟稳重。

所以小苏宝这才收敛了起来，其实心底里还是喜欢穿成这样的傅唧唧。

傅唧唧乖巧地坐在自己妈妈的怀里，直勾勾地盯着不远处坐在沙发尾上的苏滚滚，以及站在苏滚滚身前的苏宝。

苏滚滚穿着件定制的小裙，齐刘海，长发服服帖帖地披散在脑后，一侧戴着浅蓝色的蝴蝶结发卡。

是个可爱妹妹，而她面前的苏宝早就退去了婴儿肥，眉眼像极了苏衍，长腿基因初现。白色涂鸦短袖，下搭黑色长裤，脚下一双黑白AJ，又酷又帅。

安歌感叹完一个萌一个帅，话锋一转，又转回了"爬"这件事上。

"你们家苏宝和滚滚是什么时候学会爬的啊？"

"嗯？"苏安回想了下，"老话不是常说'三翻六坐七滚八爬'吗？苏宝前三个都会得挺早的，滚滚没他会得早，都是要人教才动动。

"怎么了？唧唧现在还不会爬？"

安歌指了指一直靠在她身上的傅唧唧，说："不会，你看她像会的样子吗？"

"也不用太急，总会会的。"苏安笑了一声，"唧宝这么聪明，肯定一学就会。"

安歌没好意思说连傅斯珩都没能把她教会。

傅唧唧看着沙发尾的两人，动都不动一下。

那边，苏宝从自己的小书包里拿了一瓶养乐多，在苏滚滚面前晃了晃，完全是一副大哥哥的模样。

"喝不喝？"苏宝讲话比三岁半时清晰了不少，换在以前他肯定会说成"豁不豁"。

苏滚滚垂在沙发边的脚丫子勾着，狠狠地点头："豁！"

"那你要叫我什么？"苏宝微微弯下腰。

苏滚滚很上道，乖乖喊了声："哥哥！"

苏宝骄傲得不行，非常满意，大有"我的妹妹天下第一可爱"的意思。

他点头后，从又去自己的小书包里翻细吸管，翻了半天没找到，又翻了一遍，还是没有。

“我们不用吸管好不好？”

“猴！”

苏宝问什么，苏滚滚一律说好。

机智的小苏宝撕开了养乐多瓶子上的塑料薄盖。

养乐多的奶香飘了出来，和奶粉不一样的味道。

一直窝在安歌怀里的傅唧唧嗅了嗅小鼻子，坐起了身。

“嗯？”安歌奇怪了，“怎么了？”

沙发尾，苏宝已经将养乐多送到了苏滚滚的嘴边，他一只手放在瓶身后面，稍稍倾斜过瓶身。

苏滚滚舔了舔唇瓣，眼看着嘴巴要碰上养乐多瓶口的时候，傅唧唧突然动了。

她低下身子，手脚并用，飞快绕过安歌，往沙发尾爬去。动作流畅，还自带规避障碍功能，丝毫看不出是第一次爬行。

安歌直接看愣了。

不是不会爬吗？

“她不是会爬吗？”苏安比画了一下，“动作不是还挺熟练的吗？”

不远处随时注意着自己老婆和女儿动静的傅斯珩眉心一跳。

傅唧唧身后大圆球似的兔尾巴一颠一颠的。

她不费吹灰之力地爬到了苏宝面前，乖乖坐好，仰着头直勾勾地看着被苏宝捏在手里的养乐多。

“唧唧也要喝吗？”

傅唧唧不会说话，只盯着。小奶油团子乖乖甜甜的，要喝的意思非常明显。

苏宝请示了家里的大领导，问：“衍衍，唧唧可以喝养乐多吗？”

苏衍点头。

三小只开开心心地分起了养乐多，留下安歌一个人在神游。

苏衍看向了傅斯珩，似笑非笑地问：“不会爬？用牛奶哄也不走？”

傅斯珩没说话。

苏衍再接再厉：“那看来是哄的人不行，换成苏宝，唧唧不是挺会的吗？”

傅唧唧小朋友一岁半前，安歌一直没复工，生活重心都在小宝宝身上。

因为她消失得太久，网络上偶尔会冒出一两声她消失的声音，但很快又会被知情人怼回去。

安歌每每听到都是一笑置之，她在这方面看得很开。

模特圈不是娱乐圈，有个性又任性的模特非常多，前一秒事业蒸蒸日上快要达到巅峰了，下一秒就能退隐结婚生孩子，然后开始环游世界，偶尔闲了还能考个大学。

HF 超模也是普通人，根本不是明星，也不需要刻意维持知名度，但总有闲得不理解的网友认为话题度越高越红，其实根本不是的。

纵观近几年为各大“蓝血”“红血”开闭秀的超模，把这些模特的名字贴到网上，热度甚至不如一个十八线小花，这都是说得好听的，不靠翻译，光是这些模特的名字，大部分网友都不认识，他们的关注点大多在前去时装周看秀的大小明星身上。

所以说，网络上最不缺这些明明不懂还非要上赶着上去指指点点的人，要是每一个都要在意，她还要不要睡觉了。

再复工，安歌多半是为了打发时间。

她该有的都有了，四大刊全部集齐“蓝血”代言也有，至于 MDC 超模排行，能不能从一般模特上升到传说，她就更不在乎了。

傅唧唧两岁的时候，安歌正式复出。

一改往日秀霸的形象，安歌只在每年的四大时装周上扭一扭，刷个脸，场数从一季的大几十场锐减到十几场，其余剩下的时间都用来陪老公和宝宝了。

不管外界的评价，安歌对这样的生活现状非常满意，甚至打算等傅唧唧再大一点，再去读个全日制的研究生。

近两三年，风雅纪的发展如日中天，早已脱离了轻奢品的行列，虽然不能和“六大蓝血”“八大红血”比肩，但也是可以拿得出手的国牌高定，步入了奢侈品行列，越来越多的明星开始有意识地穿着风雅纪的高级定制去参加各大颁奖典礼或者是走红毯。

又是一年，傅唧唧小朋友三岁了。

四月末，风雅纪率先拉开了早春度假系列的序幕，在S市的云涧酒店举行了发布会。

受邀前来看秀的明星大腕不在少数，但他们都没有资格坐到第一排中间的位子。

因为只要有安歌安娘娘在的秀，那个位子只能是傅斯珩的。

早春度假系列的秀场依旧由苏安担任总设计师，比起巴黎时装周上的高定秀场，早春度假系列的秀场要接地气不少。

结合本季主题，苏安取了一个“曲径通幽”的意思，酒店中庭的大广场上燃起了烛火，孔明灯冉冉升起后被固定住，中间的T台似林间曲折的小道。

秀未开始。

傅唧唧被傅斯珩抱着带到了现场，她太矮了，又不愿意坐到椅子上，傅斯珩更干脆让她靠到自己的腿边。

现场有不少明星频频看向这个小不点，但不管是谁，都没敢随意拍照，生怕惹到傅斯珩。就算是受邀媒体，也都小心翼翼地避开了这位一出生便领先别人一大截的小祖宗。

傅唧唧小朋友穿着长筒猫咪耳朵袜，下身一件黑色小短裙，上面则套了一件草莓红的外套，斜扣，扣子处缀着晴天娃娃。外套带帽子，帽子外形像圣诞帽，尾端缀着一颗大铃铛。

“爸爸。”傅唧唧小朋友丝毫不怯场，“咕咕呢？”

她站得不太稳，左手搭在傅斯珩腿边，小身子一晃一晃的，她晃，帽子后面的铃铛跟着叮当作响。

“妈妈等会儿就出来。”

“从哪里出来？”

说话间，秀场的背景音乐一切，安歌出来了。

依旧是她大开。奶油白的流苏长裙，曳地的裙摆随着她的步伐，微甩着向前，似开出了花。

她的身段妖娆，丝毫不像生过小宝宝的。

傅唧唧小朋友“哇”了一声，见到自己的漂亮妈妈非常开心，拍着小手：“妈妈！”

傅斯珩笑笑。

她摇摇摆摆地晃着身子，帽子上的铃铛响得更厉害了。

安歌目不斜视。

秀场T台与观众席离得非常近，不过一脚的距离。

在安歌快要走到傅斯珩和傅唧唧身边时，出现了意外。

一直靠在傅斯珩腿边摇摇晃晃的傅唧唧小朋友突然一脚踩到了T台上，朝安歌伸出了小手。

全场愣住了。

“妈妈，牵牵。”她的声音奶气十足。

离得近的观众听到声音，不由得都笑了。

离得远的，则是满脸好奇。

“啊，妈妈，牵牵嘛！”傅唧唧又伸出了另一只脚。

就在众人都以为傅斯珩会将傅唧唧抱回来的时候，出乎所有人意料的一幕出现了。

冷艳女神安歌突然笑了，伸手牵过了自己的小宝贝，带着她继续向前走。

傅唧唧绑了两个低矮的小啾啾，小啾啾上有着柠檬饰品。

小奶油团子的步子并不大，走三步晃两下，随着她走路的动作，帽子后面的大铃铛左摇右晃的，叮叮当当作响。

非常可爱。

全场愣不过三秒，反应过来，被傅唧唧逗笑了，纷纷鼓掌。

安歌配合着傅唧唧的步伐，走得很慢。

秀场导演半句话都不敢多说，及时调整了背景音乐的节奏，叮嘱下一位模特晚一点上场。

开玩笑，一个是他的老板娘，一个是他老板的女儿，他当然选择积极配合啊！

鉴于是傅唧唧小朋友主动入镜，媒体哪里还有不拍的道理。

安歌牵着傅唧唧走过一遍，下场没多久，网络上铺天盖地的全是傅唧唧小朋友走秀的视频。

安歌的微博评论区非常热闹。

“来，先让我严肃地介绍一下！这是世界上最小的HF模特，今年三岁！小名傅唧唧，台步非常可爱！”

“我被萌死了！请问这是什么神仙颜值？”

“这一家也太甜了！”

有一位非常注重养生的爸爸在，傅唧唧小朋友的日常作息非常好，是个早睡早起的乖宝宝。

某天，傅唧唧醒来，正站在床边，任由安歌替她套着鸡小萌的外套。

她刚睡醒，表情有片刻的茫然，头顶柔软的发丝被蹭得微微立起。

清醒的时候是个大哥，不清醒的时候是个“娇气包”。

“娇气包本包”正攥着安歌的胳膊，埋头在她的怀里，小声念着“妈妈”。

“妈妈”长“妈妈”短，过了一会儿，傅唧唧困倦的劲头过去，恢复了活力。

安歌这才开始给她套衣服。

“来，唧宝，伸出你的左胳膊，左是哪边知道吗？”

傅唧唧卖力地点点头，配合着抬左胳膊：“爸爸说唧唧拿奶瓶的那只手是右手，不拿奶瓶的是左手。

“对不对，妈妈？”

“嗯嗯。”

因为南娴和安之儒没少逗傅唧唧讲话，老两口又会教，傅唧唧说话比普通小朋友要好上不少，再加上有傅斯珩在，一点点的小逻辑她理得非常清楚。

“现在抬起你的右胳膊。”

傅唧唧弯着眼，晃着小身子，抬起了自己的右胳膊，像是一只摇摇摆摆的小企鹅。

“抬一下你的小脚脚！

“先左脚，后右脚。”

“小脚脚！”傅唧唧跟着重复了一遍，扶着安歌的肩膀，抬起了自己的小脚脚，白嫩的小脚丫动来动去。

整个穿衣服的过程，她非常乖，安歌让伸胳膊伸胳膊让抬脚就抬脚，根本不用操心。

理好衣服，安歌挠了下傅唧唧软绵绵的下巴，道：“好了，现在你已经是一只成熟的‘小唧崽’了，要学会自己找爸爸了！”

说完，安歌把傅唧唧抱下床，开始叠被子。

成熟的“小唧崽”摇摇摆摆地出了卧室，她身后衣服上的毛球随着她的步伐摇摇晃晃。

“爸爸！”

傅斯珩正在扣袖口。

傅唧唧冲了进来，抱住了他的大腿，仰头说：“抱抱啊。”

傅斯珩理好袖口，抬手抽过一旁的领带，弯腰将傅唧唧抱了起来。

卫生间。

傅斯珩替傅唧唧挤好牙膏，将她的小牙刷递给了她。

她的牙刷非常小，上面挤了黄豆粒大小的牙膏，无香。

傅唧唧踩在小凳子上，靠着洗手池，咬着小牙刷，磨蹭了一会儿，突然抬手戳了戳一直倚在洗手池边等她的傅斯珩。

“爸爸？”

“嗯？”

傅唧唧歪过小脑袋看了一眼门口，确认安歌不在后，这才神神秘秘地靠近傅斯珩。

“爸爸，问你一个问题。”

“什么？”

傅唧唧的声音更小了。

“妈妈不能和我们一起出去玩吗？”

“嗯。”

“哦——”傅唧唧垂着长长的眼睫毛。

“想妈妈？”傅斯珩问。

傅唧唧宛如一个小大人，奶声奶气地说：“唧唧怕爸爸会想妈妈。”

傅斯珩轻挑了一下眉梢。

“妈妈说爸爸一天都离不开她，她还说她每次出去工作都要先把爸爸哄好，然后爸爸才让她出去。”

三岁的傅唧唧吐字清晰，模仿能力非常强，歪着小脑袋想着安歌和她悄悄说过的话，几乎一字不差地复述了出来。

“妈妈还说爸爸也是一个小宝宝，得哄着！”

傅·好奇宝宝·试图挑战权威·唧唧又问："那妈妈这次哄爸爸了吗？

"爸爸现在开心吗？

"爸爸会想妈妈吗？"

来自傅唧唧小朋友的三连灵魂拷问。

傅斯珩抿了抿唇，不太想说话。

"哄了吗？"傅唧唧认真地想了下，觉得自己的妈妈可能还没来得及哄，不由伸手在自己的口袋里摸了好一会儿，摸出了一块安歌早上奖励给她的草莓夹心饼干。

"爸爸，手。

"伸右手手。"

傅斯珩拿下一直环着的胳膊，伸出了右手。

傅唧唧郑重地将那块小草莓夹心饼干放到了傅斯珩的手上，又有模有样地念道："妈妈不哄爸爸，唧宝哄爸爸。

"爸爸不要太难过。

"妈妈只是太忙了，她要替唧唧赚奶粉钱。"

傅斯珩低垂着眼看手掌心上躺着的草莓饼干，沉默了一会儿，道："谢谢。"

他的声音听不出丝毫情绪起伏。

傅唧唧放好小牙刷，扶着自己亲爹的大腿颤颤巍巍地从小凳子上下来，说："不客气，爸爸。"

楼下正在替傅唧唧冲牛奶的安歌只觉得后脊一凉，无缘无故地打了个喷嚏。

◈◇ 番外五：安咕咕在读研究生

傅唧唧稍微大一点的时候，安歌把考研提上了日程，因为工作不忙，空余的时间比较多，她准备考全日制研究生。

临到了选专业，安歌左思右想，纠结了半天，决定跨考读个历史方面的。

安之儒知道后欲言又止，最终拐着弯地暗示安歌，大概意思是历史是S大的王牌专业，她又丢下书本好久了，难啊。

就差没直说她是不是看不起S大的王牌历史！

再直白一点，她是临时抱佛脚的，不行！

不等安歌开口，一直窝在安歌怀里啃胡萝卜的傅唧唧突然高举着啃到一半的生胡萝卜，晃着小手，喊："加油咕咕！一定不放弃！

"不放弃！"

细听之下，还隐隐有着微弱的旋律感，像极了最近某爆红女团的主打歌。

以傅斯珩和安之儒的喜好和品位，这歌几乎不会出现在他们的身边，安歌知道这歌是南娴放给傅唧唧听的，为了让她少吃一点糖少碰蛋糕泡芙。

安歌捏了下傅唧唧软绵绵的脸颊。

南娴爱美，养她的时候就是，什么漂亮给她买什么，对她的身材非常上心，现在轮到傅唧唧……就怕她吃成一个小胖墩，连哄带骗把她的饭后甜点换成了脆甜的生胡萝卜。

安之儒沉默了一下，选择了回避。

小祖宗偏不放过他，似乎是觉得不过瘾，扶着安歌的肩膀，踩着安歌的大腿颤巍巍地站了起来。

胡萝卜偏粗的那端被她包在手心里，细的那端啃了半截，她的五指白嫩，短短的指节还不能完全握住胡萝卜。

傅斯珩怕她摔下去，扶了她一下。

傅唧唧撑着自己亲爹的手掌站稳了，左脚踩着右脚脚背，立在安歌的大腿上："爷爷！

"预备唱！"

一旁的南娴适时地起了一个调，又做了些许改编。

"不达目的不放弃！不放弃！

"加油我的安咕咕！不达目的不放弃！"

安之儒对上傅唧唧那双水润润的眼睛，唇瓣蠕动了一下，还是选择了替安咕咕加油。

"加油我的安咕咕！不达目的不放弃！"

老安头很给傅唧唧面子，唱得非常大声。

安歌抿着唇不说话。

傅唧唧啃着胡萝卜，非常开心，一双眼睛弯成了月牙状。

傅斯珩轻咳了一声，左手支着额头微遮住眼睛，有些忍俊不禁。

在傅唧唧的搅和下，这一场家庭会议直接变成了安咕咕考研鼓励动员会。

有了傅唧唧做后盾，安歌选定了专业方向，进入了紧张的复习状态。

安之儒说得也对，S大的历史专业报录比非常低，除去本校保送的，报考人数上百，只录取不到三个人。

安歌是那种要不不做，既然要做就努力去做的性格，为了复习，越起越早，甚至比傅斯珩还早。

每天早上傅斯珩半醒间，翻身往身边一摸，那里都是空的，连一丝热气都没有。

傅斯珩习惯了温香软玉在怀，陡然空了，揉着额角坐起身的时候还有些不太满意，给魏舟发了信息。

没一会儿，魏舟将S大历年来中国史考研的信息整理成了文档，文档里面不仅有真题，还有系里教授们的研究方向和课题。

这些都是考研需要收集的资料，很费时间，而且受多方面限制，网络上收集到的资料不是很全，但自主命题又很容易考到。

收集分析材料并在此基础上做出预测，对傅斯珩来说太简单了，甚至有些大材小用。根据魏舟收集来的资料结合每年的高频考点，傅斯珩给安歌预测了这年大概率会考的内容，圈点勾画了重点后又将文档发给了自己的老婆。

安歌表面上没说什么，但当晚就身体力行地奖励了一番傅斯珩。

有宝贝闺女加油和大佬老公押题，安歌的复习有条不紊地进行着。最后的笔试和面试都十分顺利，一点都没要老安头出面。

离开学还有段时间，傅斯珩把之前安歌欠的夫妻生活全补上了，餍足后的傅斯珩十分好说话，心情一好，甚至给安歌的大导赞助了一个项目的经费。

安歌主攻唐宋史，平时课不多，她也不用住校，偶尔上课会带上傅唧唧。

因为系里都是醉心学术的能人，根本没人关心网络上的八卦，所以安歌读了大半年研究生，也没人认出她是 MDC 排行榜上的超模。

系里的师兄、师姐们偶尔谈起安歌，说得最多的还是夸傅唧唧长得漂亮，会遗传，尽挑妈妈好的基因遗传。

安歌还挺喜欢这种氛围的。

傅唧唧也喜欢，她喜欢的理由非常简单，因为那些大哥哥和小姐姐们没少偷偷喂她小零食。

又是一年开学季，这一年安之儒主动接了一门选修课的教学任务，主讲唐宋元明清时期的饮食文化。

安歌只要有空，都会带着傅唧唧来给老安头捧场。

因为安之儒上课从不点名，期末只需要交一篇小论文，不少大一新生听了学长、学姐们的意见，选择了混他的学分。

第一节晚课，大综合教室挤满了人。

安歌牵着傅唧唧进了教室，选了后排靠窗户的位子。

刚下过雨，空气十分清新。

傅唧唧被安歌抱坐到椅子上，盯着窗外看了一会儿，又扭头，乖乖趴到桌子上。

晚课没开始，坐在后排的男生要么在刷球赛，要么在组排打游戏。

本科和硕士的氛围不一样，傅唧唧像只刚出窝的小兔子，好奇地瞅着。

“啊？”傅唧唧出声。

“怎么了？”安歌问。

“喝水水。”

前排的男生听到小孩子的奶音，转头一看，恰巧看到了安歌。素颜，很漂亮，气质绝佳。

刚满十九岁的小男生耳根子一下子红了，只觉得周遭的空气闷热。

“等一下，你乖乖在这里，我一会儿就回来。”

安歌的眼睛半弯，露了一个笑。

傅唧唧双手抓着桌沿，乖乖点头：“好哦。”

安歌走了，傅唧唧的视线重新落到了前排男生的脸上，直勾勾地盯着他。

男生的脸更红了，仔细看连脖颈都红了起来。

“哇，这是哪个院的！身材也太好了吧？”

“兄弟，你认识吗？”

“她有男朋友吗？”

……

周围窃窃私语的声音不断，傅唧唧丝毫不受影响，依旧直勾勾地看着男生。

男生和小萝卜头对视了一会，后知后觉反应过来她是在看他放在桌子上的奶茶。

男生舔了舔唇瓣，略紧张地问：“小妹妹？”

“啊？”

男生反手拎过桌子上未开封的奶茶，讨好似的递给了傅唧唧。

傅唧唧眨巴了一下眼睛，没有接。

“小朋友，刚才那位小姐姐是你什么人呀？”

傅唧唧转了一圈黑珍珠似的眼睛，趴着，乖巧地回答：“姐姐呀。

“漂亮姐姐。”

“难怪你也这么可爱。”男生一听，立马将奶茶放到了傅唧唧的眼前，“送给可爱妹妹的。”

安歌到楼下自动贩卖机那里买了瓶矿泉水，回去的时候安之儒刚进教室。

“咕咕。”傅唧唧双手捧着胖胖的奶茶纸杯，小爪子紧紧地搭在上面，“这是前面的哥哥送给我的。

“唧宝可以喝吗？”

对上傅唧唧期待的眼神，安歌没拒绝，点头，说：“你谢谢小哥哥了吗？”

时刻注意后面动静的男生立刻转头，像极了小奶狗。

“谢谢。”安歌轻笑了一声。

“不……不用谢。”小男生的耳根又红了。

这一节课，傅唧唧喝奶茶喝得非常开心，她开心，老安头也开心，上课十分卖力。

总而言之，大家都很开心。

选修课每周一节，都在晚上，安歌每周都带傅唧唧去听老安头的课，那位小男生每周雷打不动地都会送傅唧唧一些小零食，有时候是一瓶果奶有时候是一块米糕。

几次下来，安歌有些不好意思，回送了小男生一盒雪媚娘。

小男生腼腆地收下了，对傅唧唧更好了。

这天，又是晚课。

小男生没来，傅唧唧趴在最后一排的桌子上，有些失落，下了课，被安歌牵着走出教学楼，整个人都怏怏的。

安歌揉了揉她的小脑袋。

不远处的车灯亮了起来。

“傅傅来了。”安歌半蹲下来，“你不开心吗？”

傅唧唧踮脚抱住安歌的脖颈，撒娇似贴着她的脸颊蹭了蹭。

傅斯珩见不远处一大一小的两只“咕咕”没动，将车倒出停车位，缓慢行驶到了安歌的身边。

刚想打开车门，身后传来了小男生的声音。

傅唧唧趴在安歌的肩头上，软软地“啊”了一声。

车窗被降下，傅斯珩扫了一眼来人。

天冷，小男生外面套了件夹克，里面黑色短袖，清瘦秀气。

“呼——”

小男生呼出热气，挠头，将奶茶递给了傅唧唧，话却是对着安歌说的：“抱歉啊，不好意思，今天来晚了。晚上老师找我帮他整理论文来着。”

“没事就好。”安歌捏着傅唧唧的小爪子，朝小男生挥了挥，“她还以为你感冒了。”

“没有的事，谢谢。”小男生太过腼腆，飞快地看了安歌一眼，道了声“晚安”后跑了。

安歌微微叹了一口气，捏着傅唧唧的小脸：“小唧宝，你这么小就招小哥哥喜欢，你爸爸他知道吗？

“不对，应该是你苏宝哥哥知道吗？”

傅唧唧哼哼唧唧了两声，捧着奶茶喝得心满意足。

傅斯珩眯着眼，看着小男生的背影。

现在的大学生都是作业太少了，闲，别人的老婆都惦记。

傅斯珩搭在方向盘上的指尖轻轻叩了一下，意味不明地轻扯了下嘴角。

很快，到了新的一周。

傅斯珩百忙之中抽空，陪自己的老婆和孩子听了一节自己老丈人的课。

为了哄傅唧唧，傅斯珩破天荒地给傅唧唧买了杯奶茶，加了她喜欢的珍珠和椰果。

傅唧唧被傅斯珩抱着，一声叠着一声地叫爸爸。

傅斯珩牵着安歌走进教室，有傅唧唧这么个自动宣传机在，课还没上完，“可爱妹妹傅唧唧是漂亮姐姐亲闺女”的消息像长了腿似的，迅速传遍了大一年级组。

从此再也没有哪一位小哥哥对安歌抱有其他的想法。

兵不血刃，傅斯珩轻松获胜。

番外六：可可爱爱盐酥鸡

在苏安的盛情邀请下，傅唧唧被傅斯珩送到了苏安家小住了一段时间。

九月末十月初，开学季。

大大小小的学校都在忙着举行开学典礼，苏滚滚恰好到了上幼儿园小班的年纪，有苏淮在，不愁没人领着苏滚滚上学。

只是苏淮领着滚滚上学后，家里便只剩下傅唧唧一个人。

傅唧唧比苏滚滚小一岁，正是放养的年纪，不用上学不用写作业。

苏淮和滚滚都不在，一连三天，傅唧唧都有些恹恹的，甚至连草莓牛奶都少喝了一瓶。

苏安想方设法逗傅唧唧，奈何傅唧唧见过的套路太多，并不买账。

她每天午睡醒了之后，便搬个小马扎乖乖坐在落地窗边，鼻尖贴着落地窗，双手扒在上面，等着苏淮和滚滚放学。

小丫头养不出什么肉，瘦瘦小小的一只。她穿着猫咪老师的连帽衣服，猫咪帽兜盖在小脑袋上，长睫毛轻颤一下，和安歌如出一辙的眼睛又软又润。

可爱又乖巧。

好可怜哦，都没有小朋友陪她玩。

苏安和苏衍商量了一下，由苏衍出面，和学校那边简单沟通了一番，将傅唧唧送进去临时待几天。

学校方面答应得非常爽快。

N中的小学、初中和高中只隔着条马路，校与校之间用地下通道连接，校区非常大，附属幼儿园便落在小学校区里，离苏淮上课的教学楼不过几百米的距离。

傅唧唧得知自己可以和苏淮滚滚一起去上学，非常开心，当晚打了通电话给自己的亲爹，叽里咕噜说了一堆。

她亲爹也不知道在干吗，大部分时间只是听着，偶尔敷衍地“嗯”一声。

电话快挂断的时候，她亲爹终于说了一个长句子。

“喜欢就多住一段时间。”声音懒洋洋的，带着餍足。

她亲妈冒了一句：“你还是个人吗？”

傅唧唧不懂自己的亲妈为什么说自己的亲爹不是个人，但这并不妨碍她觉得她自己的亲爹说得有道理。

“嗯嗯。”傅唧唧乖乖点头后，给傅斯珩立下了保证，“我不回去！”

傅家父女都心满意足地挂了电话。

傅唧唧第一天上学，苏衍和苏安亲自将三人送到了学校大门口。

傅唧唧背着苏安替她买的小草莓包包，开心地朝苏衍和苏安挥了挥手。

作为学长的苏淮一手牵一个，左手牵滚滚，右手牵唧唧，将两只小萝卜头送到了幼儿园小班的门口。

苏淮一出现在幼儿园小班的门口，便引起不小的骚动。

苏淮在幼儿园小班的人气非常高，喜欢他的小萝卜们不在少数。每天都有小朋友变着花样给苏滚滚送零食，希望她带回去和她的帅哥哥一起分享，但苏滚滚小朋友是个好滚滚，非常听大美人妈妈的话，从不要陌生人的零食。

傅唧唧坐在苏滚滚旁边，双手老老实实地搭在桌子上，看着软乎乎的。

有小朋友给苏滚滚送零食的时候还不忘探探口风。

“咦，你也是苏淮哥哥的妹妹吗？”

“他刚刚牵了你！”

傅唧唧将送零食的这一幕尽收眼底，水润的眼睛眨了下：“是呀。

“滚滚是姐姐，苏宝是哥哥，我是妹妹！”

“哇——”

小朋友们听了，十分羡慕。

苏滚滚依旧拒绝了那些送过来的零食。

"你喜欢什么小零食啊？"

小傅唧唧鼓了鼓腮帮子，道："我最喜欢喝草莓牛奶了！"

"还有草莓软糖、草莓果冻……"傅唧唧一口气说了一长串。

那个被苏滚滚拒绝了的小朋友直接将两瓶草莓牛奶送给了傅唧唧。

"给你呀。

"我有草莓饼干，都给你，你可不可以拿一块给苏淮哥哥？

"我有草莓软糖哦！分给你！"

之后课上的自我介绍环节，在老师的引导下，傅唧唧又将自己喜欢的零食说了一遍。

所以，第一天上学，傅唧唧借着苏淮的名字，空着小草莓包包来的，最后却满载而归。

小草莓包包里全是平时傅斯珩不让她吃的小零食。

傅唧唧很开心，由衷地觉得上学真好。

番外七：苏淮哥哥跟我回家吗？

一年一度的全国高中生数学建模竞赛拉开了序幕，国赛的举办地点在S中。

S中有专门的竞赛班，历年来承办过不少大型学科竞赛，次数太多，本校学生对这一情况早已习以为常，并不会给予过分的关注，再加上学业繁重，大多非竞赛生偶尔闲聊起也只是说一说哪个学校集智慧与颜值为一体的帅哥多。

在集智慧与颜值这一方面，S中几乎从未遇过对手，年年都能拔得头筹。

毕竟前有“考王”沈亦白，后有“学神”周梒江，最近的还有“大魔王”叶临，这三个人跟接力似的，凭一己之力扛起了S中的“学术和颜值”大旗，成绩一个比一个逆天，颜值也是一骑绝尘。

哪怕这三位大神早已毕业，江湖至今仍有他们的传说，人气不减当年。

只是……这年稍稍出了点意外。

一轮省赛过去，S中的风头被江淮地区的省一中N中盖了过去，且不论是成绩还是颜值方面，S中都落了一筹。

对此，高中部的学长、学姐们倒是十分淡定，甚至开玩笑说风水轮流转，然而一墙之隔外的初中部却沸腾了起来，与有荣焉的她们纷纷觉得这不应该。

大课间，初一（6）班。

“啊啊啊！我不服！”傅唧唧前桌的女生意难平，“我倒要看看是何方妖孽竟然这么猖狂！呜呜，我们学校今年再拿个第一就是三连冠了！”

“心痛到不能呼吸。”另一个女生接话，扼腕叹息，“学长们不吃馒头能不能争一口气？稳住我们的三连冠！你翻到了吗？到底是何方妖孽啊？”

“嘘——别吵吵，我这不正翻着官网吗，我听我堂姐说好像是叫什么苏淮的，啧，这官网该维护了，网页也太卡了！”

前桌的两位女生头挨着头，嘀嘀咕咕的。

傅唧唧趴在课桌上，垂眼，听到熟悉的名字动了动耳朵，指尖跟着在桌上无意识地画了一个“淮”字。

“这名字还挺好听的。”

“叛徒！不准说好听！”

“找到了！”

“我看看！让我看看！”

“我——”后面一个音节陡然消失。

下一秒。

“妈妈，这人好帅！”

“比赛官网的证件照都可以拍出这种效果吗？等等，这个分数是不是有点逆天了？”

短短数秒内，前桌女生完成了“叛变”。

“难怪学长、学姐们都这么淡定，人家硬实力杠杠的，这要怎么比得过？”

“比不过！歇一歇吧，咱们做人最重要的是心中有数，不能昧着良心讲瞎话。”

“不是，你这叛变得也太快了吧？”

前桌女生睨了一眼同桌，转身敲了傅唧唧的课桌：“来，不信咱们问唧唧，咱们学校高中部有比这颜值还高的吗？”

“嗯？”

被突然点名的傅唧唧慢吞吞地应了一声。

“唧唧，你看！”前桌女生以迅雷不及掩耳之势将手机贴到了傅唧唧眼皮下。

傅唧唧刚睡了一小会儿，反应一时有些慢，她的手指蜷缩在校服袖口中，又慢吞吞眨了一下眼睛。

她的鼻尖离屏幕里照片上的人不过半厘米的距离，几乎要亲到照片。

男生额前的碎发削薄，有些遮眼，鼻梁高挺，一双眼似笑非笑，带着几分疏离感。

有匪君子，如切如磋，如琢如磨。

有匪君子，充耳秀莹，会弁如星。

“是不是特帅？”

傅唧唧的倦意散干净，不动声色地后仰，鼻尖远离了屏幕，指尖勾着宽松的校服袖口，点了点头。

女生得到满意的回答，轻车熟路地摸到了N中的论坛，单独开贴求苏淮的日常照。

“亲爱的唧宝，帮我顶个帖子呗！捞我一下。”

“好。”

傅唧唧点开了同学发过来的链接。

正值国赛期间，几个排名靠前风头正劲的高校论坛十分热闹，不一会儿就有人回复了。

1L：“注意你们的行为！网络并非法外之地！”

2L：“网络并非法外之地＋1！苏淮学长是我们省一中的招牌，岂是你们想看就看的？”

3L：“姐妹，听我说，帅哥资源就要一起分享，你分享一张我分享一张，快乐加倍啊。”

4L：“别听他们的，我是老实人，不是我们不想发，而是我们也没有……”

5L：“窥屏窥半天，你们就让我看这个？我们B市一中学霸的照片满天飞，连上课睡觉的照片都被贴了出来，你们省一中也太不给面子了！”

6L：“话说回来，今年最惨不过S中，不但三连冠没了，连颜值也输了……”

7L：“这才第一轮，谁输谁赢还不一定呢，S中感觉自己有被内涵到。”

8L：“就是就是，万一苏淮学长要是喜欢上S中某个小学妹呢，这冠军奖杯最后还不是他媳妇的吗？再四舍五入就是S中的啊，再再四舍五入就是S中三连冠啊。”

9L：“哈哈，这三连冠神了，快快对苏淮使用美人计！”

10L：“你的角度好清奇，S中历年的传统难道不是自产自销吗？沈亦白的媳妇是林思晗，周棆江的老婆是喻见！”

……

很快，上课铃声响了。

教室里安静了下来，傅唧唧托着下巴，望着窗外。

窗外鸟鸣啾啾，天气高爽。

高中部的逸夫园被划为比赛场馆，一早封了路，但S中一向比较人性，并没有采用全封闭模式，来比赛的学生可以自由进出校园，甚至连住宿都可以自行安排，住校或者住酒店皆可。

那苏淮呢？

傅唧唧想着，放在抽屉里的手机响了一下。

苏淮的消息。

苏淮：“下课等我。”

傅唧唧答非所问：“你要住校？”

苏淮：“嗯。”

傅唧唧没再回复，专心听课。

上午的课很快结束，傅唧唧抓着手机，跟着同学一起出了教室，往楼下走。

楼梯口挤满了人，寸步难行。

苏淮：“下课了？”

傅唧唧：“刚下，我去找你？”

苏淮：“不用。”

苏淮：“我在你们教学楼楼下。”

看到苏淮的消息，傅唧唧突然停下步子，被后面的学生推挤了一下，一个踉跄，踏空了最后一节台阶。

往下扑的时候傅唧唧隐约看见了白色校服衬衫衣角。

苏淮正半倚在离她大概十几米远的墙角，身子隐在阴影中。

千钧一发之际，傅唧唧在想自己见面就对苏淮行跪拜大礼的行为是不是特别丢人。

预想中的疼痛没来，身旁的男同学反应极快，及时伸手拉住了傅唧唧。

“你没事吧？”

“没事，谢谢。”傅唧唧站起来，眼角余光瞥见苏淮走了过来。

“没事就好，吓我一跳，你们中午吃什么？去哪个食堂？东区还是西区？一起啊。”

“我们去东区，唧唧呢？”

“你们去，我有事。”傅唧唧摆摆手，朝不远处的某人小跑过去。

“啊？”

“等等，那边那个男生好眼熟！是不是特像那个谁？是我的错觉吗？”

“不！这不是你的错觉！就是你上午嗷嗷直叫求日常照的那位……”

苏淮站直身子，视线从刚才捞住傅唧唧的男生身上掠过，拿出了放在黑色校服长裤中的手。

男生身形单薄，少年气十足。

傅唧唧在离苏淮半步远的地方停下，双手背到身后，鼻尖渗出薄汗。

“你没有事吗？”

言下之意，他来做什么。

“不想我来？”苏淮瞥了眼离自己老远的傅唧唧，散漫的劲收敛稍许，俯下身，“背着我偷偷做坏事了？

“他是谁？”

傅唧唧脑子里冒了一个问号。

空气怎么突然有点酸？

“一个同学。”傅唧唧想了想，又补充了两个字，“不熟。”

一时摸不着苏淮的意思，傅唧唧又问了一遍：“苏淮，你来做什么啊？”

“叫我什么？”

走在前面的苏淮突然停下了步子，傅唧唧差点撞上去，好在及时停住了脚。

苏淮转身，逆着日光，又问了一遍：“叫我什么？”

苏淮正处于变声期，声音略带磁性。

“苏淮哥哥？”

苏淮似是轻笑一声，低声说：“来请小唧宝吃饭，你上次不是说想吃盐酥鸡吗？

“放心，傅叔叔不会知道的。”

他还知道瞒着爸爸啊？

最后，两人出去吃了一顿毫无营养的快餐，苏淮没怎么动筷子，傅唧唧一个人承包了所有。

吃完午饭，苏淮又带傅唧唧去了奶茶店，排队替傅唧唧买奶茶。

中午校外的奶茶店正是营业高峰期，店内十分热闹。

苏淮站在队伍末尾，丝毫不见半点不耐，也压根没分半点注意力给周遭探究的目光。

傅唧唧仰头看着比自己高不少的苏淮，凑近了稍许，指尖挠了挠他清瘦的腕骨，轻捏着他校服衬衫袖口的一角问：“哥哥。”

“嗯？”

“你要跟我回家吗？”傅唧唧大胆了不少，半弯着的眼里藏着星星点点的光。

不到两小时，N中的校园论坛翻了天。号称没有苏淮日常照的帖子里多了不少照片，全是S中学生贴的。

照片上，穿着N中白色校服衬衫的苏淮学长完全不似往日的高不可攀，甚至可以说有一些黏人，对穿着S中初中校服的小学妹十分宠溺，又是请吃饭又是买奶茶，还非常体贴地把人送到了班级门口。

小学妹长得格外漂亮，像BJD娃娃，长腿细腰，水润的眼里仿佛盛着光，细白的手指勾着校服袖口，小动作十分柔软。

1L：“号外！号外！号外！我刚在奶茶店，听见我们小学妹问苏淮，‘哥哥你要和我回家吗’，你们的苏淮学长一秒都没带犹豫地同意了！”

2L：“？？？”

3L：“你们S中是没有自己的论坛吗？”

4L：“美人计？”

5L：“哈哈，笑死我了，N中的招牌就这么折在S中的小学妹手里了。”

6L：“让我们提前恭喜S中全国高中生数学建模竞赛三连冠！起立！鼓掌！奏校歌！”